光文社文庫

優しい死神の飼い方

知念実希人

KOBUNSHA

光　文　社

優しい死神の飼い方

†

目次

プロローグ

雪混じりの凍《い》てついた風が私の黄金色《こがねいろ》の毛皮に打ちつけ、体温を奪っていく。

初めて味わうこの『寒さ』という感覚に、私は辟易《へきえき》していた。いや、悠長《ゆうちょう》に辟易している場合ではない。上司の手違いで夏毛を纏《まと》っている体なのだ、このままでは凍死してしまう。わずか三時間ほどで地上での寿命を終えては情けなさすぎる。上司はともかく、『我が主様《あるじ》』に申し訳が立たない。

ああ、自己紹介がおくれてしまった。私は犬である。名前はまだない。

……いや、それは正確ではないな。言い直さなくてはなるまい。

私は細かい点が気になるたちなのだ。仕事仲間には『神経質すぎる』『人間の小姑《こじゅうと》のようだ』と揶揄《やゆ》されるが、些末《さまつ》な点まで気が回らなければ、『我が主様』のしもべとして十分な働きはできない。

自己紹介をやり直そう。私は三時間ほど前より犬の肉体に宿り、この地上に降り立った高貴な霊的存在である。名前も、『我が主様』より授かった麗《うるわ》しい真名《まな》があるが、地上のいかなる生物も、その名を発音することも聞き取ることもできない。その意味で、私はこの地上ではまだ名前がないと言っていいだろう。

今、私の姿を人間が見れば、彼らが『ごおるでんれとりばあ』と呼ぶ種類の雄犬《おすいぬ》に見えるであろう。黄金に輝く毛並みの、威風堂々とした雄犬だ。しかし、これは仮の姿、『容《い》れ物』にすぎない。本来の私は霊的な存在であり、下賤《げせん》な人間ごときには知覚することも、計器で感知することもできないのだ。ただ、人間が私達の存在を知らないかと言えば、そんなことはない。彼らはなぜか我々の存在を（確信はないようだが）知っていて、我々に好き勝手に名称をつけて呼んでいる。

彼らは我々を……。ん、なんと呼んでいたかな？　寒くて頭が上手くまわらない。それに元々、人間などにどのように呼ばれようが興味がなかったもので……。ああ、思いだした！『死神』だ。そう、人間は我々を『死神』と呼ぶのだった。

死神というと人間達は、黒い外套《がいとう》を纏った骸骨《がいこつ》が巨大な鎌を持ち、命を刈り取っていく姿を想像するらしい。失礼なことだ。私達はそのような姿をしていないし、そんな野蛮なこともしない。

私の仕事は、人間の死に立ち会い、肉体という檻《おり》から解放された『魂』を『我が主様』のもとへと導くことだ。魂という霊的存在になった人間の回収係、道案内、それこそが私の仕事だった。そう、……「だった」のだ。

なぜ高貴な私が獣《けもの》の姿を借り、地上に降臨《こうりん》したかというと、これには深い訳がある。

まあ、簡単に、ごく簡単に言えば、……『左遷《させん》』ということになるだろう。

死んだ人間の魂は私達の案内により『我が主様』のもとへと向かう。しかしごくたまに、人生に強い『未練』を持って死に、死後その『未練』に縛りつけられ、地上に留まる魂がいる。人間達が『地縛霊《じばくれい》』と呼ぶ魂だ。

この地縛霊は、以前から道案内の死神にとって頭痛のたねだった（死神に頭などないが）。一度地縛霊になった魂は、私達が必死に説得するにもかかわらず、なかなか『我が主様』のもとに行こうとしない。死神は強引に魂を連れて行くことはできないのだ。肉体を失い剝《む》き出しになった魂が長時間地上に留まると、やがて鉄が潮風に冒《おか》されるように劣化していき、ついには消滅する。完全なる消滅。完全なる『無』だ。『我が主様』の所有物である魂を消滅させてしまう、それは私達にとって最も恥ずべきことだった。

担当する魂が消滅する確率が高いということは、我々の間では、仕事の成績が悪いということになる。そして遺憾《いかん》なことに、最近、私の成績は極めて悪かった。

しかしそれは、私の能力の問題ではない。私が担当している時代、地域に問題があるのだ。その証拠に、私と同じ二十一世紀の日本という国を担当している死神の成績は、押し並《な》べてふるわない。

だから私は直属の上司に、我々の声である『言霊《ことだま》』を発し、伝えたのだ。『成績が悪いのは、この時代の、この国に住む人々の生活に問題があるのです』と。

なかなかに物わかりの良い上司は、私の主張に耳を傾けてくれた（もちろん霊的存在である上司に、耳などないが）。そのことで気をよくした私は、その後に蛇足《だそく》を付け加えてしまった。

『彼らが生きているうちから接触でもしないかぎり、成績を上げることは困難なのです』と。

上司は私の言霊に、『なるほど』と同意を示すと、続けてとんでもないことを言い出した。

『それなら、君にその役目を任せよう』

私は絶句した。異なる次元に存在する私達を人間は知覚できない。直接魂に干渉して、言霊で話しかけたり、夢に出るなどの方法がない訳ではないが、そんなことをしてもほとんど『気のせい』ですまされてしまうし、場合によっては『精神を病《や》んだ』と思われてしまうことさえある。

私は最初、上司が冗談を言っているのだと思った。しかしすぐに、生真面目《きまじめ》な上司が冗談など言ったことがないという事実を思いだし、慌《あわ》てふためいた。

『魂になるまで人間は私達を知覚できません。生前の人間と深く関わるなど不可能です。それに、人間達に私達の存在を知られることは禁忌《きんき》だったはずです』

『では、地上での仮の姿を与えよう。それなら、人間に私達の存在を気づかれることなく、接触できるよ』

仮の姿？　不安が更《さら》に増殖していった。

『私の本来の仕事はどうするのですか？』

『大丈夫だ。たしかに君は優秀な「道案内」だが、「道案内」は他にも大勢いる。君が抜けた穴は、みんなで協力して埋めさせるよ』

『しかし……』私は何とか反論を試みた。高貴なる私が欲に塗《まみ》れた醜い人間達と生活するなど、悪夢以外の何物でもなかった。

『……！　待ちなさい』

言霊を重ねようとする私を制すると、上司は黙り込んだ。上司がなにをしているか気づき、私も黙る。数瞬の間を置いた後、上司は恭《うやうや》しく『「我が主様」の御心のままに……』と呟《つぶや》いた。

上司は『我が主様』から御言葉を賜《たまわ》っていたのだ。私は安堵した。きっと『我が主様』は『優秀な「道案内」に人間の相手をさせるなどとんでもない』とおっしゃったに違いない、そう思った。しかし次の瞬間、楽しげに上司が発した言霊で、期待は粉々に打ち砕かれた。

『「我が主様」の御言葉をいただいた。「面白そうだからやらせてみなさい」とのことだ』

呆然《ぼうぜん》とその言霊を聞いた瞬間、私は全ての抵抗を諦《あきら》めた。上司に逆らうことはそれなりの覚悟さえあれば可能だが、『我が主様』の御言葉には逆らえない。私は『我が主様』の御意志を体現するために生まれ、そのためだけに存在するのだから。

もはや私が発すべき言霊、発することのできる言霊はただ一つだけだった。私は内心の絶望を悟《さと》られぬよう、恭しく言霊を放った。

『……「我が主様」の御心のままに』

おや、長々説明している間に、雪で白く染まった視界が揺れ始めた。これが地震というやつか？

……いや、これは地震ではないな。地震で視界が三百六十度回転するはずがない。

ああ、これが『眩暈《めまい》』というものか。うむ、かなり気持ちが悪い。腹の中で内臓が躍っているかのようだ。ん？　この『足』と呼ばれる、腹に付属した移動用の骨格に力が入らない。このままでは先に進めないではないか。これは困った。

私は力無く、その場にへたり込む。なにもかも忘れて、このまま目を閉じてしまいたかった。

……よく分からないが、これはかなりよくない事態ではないか？　以前、私が雪山で『道案内』をした魂が死ぬ前に、「眠ったら死ぬぞ！」とか言われていた気がする。

なにやらこの数時間で見た情景が頭の中を次々に掠《かす》めていく。これが『一生の走馬燈《そうまとう》』というものか？　しかし、数時間しか地上にいない私が見る走馬燈のなんと無意味なことか。凍りついた樹々と雪に覆《おお》い尽くされた山道しか浮かんでこない。

よりによってこんな吹雪の日に、目的地からかなり遠い場所に、しかもあろうことか、夏毛のまま私を放りだした上司が悪いのです。

私が『我が主様』への言い訳を考えはじめた時、頭に柔らかく温かいものが触れた。

「こんなところでなにしているの？」

頭上から声をかけられ、私は弱々しく顔を上げる。若い人間の雌《めす》……もとい、娘が首をかしげながら私の頭を撫《な》でていた。

年齢は二十歳前後だろうか？　小柄《こがら》な体をもこもこの『だうんじゃけと』で覆っている。形の良い鼻筋は涼《すず》やかで、垂《た》れ気味の二重《ふたえ》の目は、小さな顔に比較してかなり大きかった。

この娘の顔のつくりが、人間の世界では『なかなかの美人』と称されるものであることを、道案内として長年人間達に関わってきた私は知っていた。

吹雪で道を見失ったようだ。どこか体を温めることができる場所はないか？

「くぅーん……」人間の言葉をしゃべろうとした私の口は、なんとも情けない鳴き声を発した。

ああ、この『犬』という動物の舌は、人間の言葉を発音するのに適していなかったな。獣の体に封じられていても死神としての能力はいくらか残っている。その気になれば言霊を発することはできるだろう。ただ、精神に直接語りかける言霊なら人間にも聞こえるだろうが、それでは私が普通の犬ではないことがばれてしまう。私はしかたなく、儚《はかな》げな眼差《まなざ》しで娘を見る。

『目で語る』という方法だ。

「そっかそっか、迷子になったんだね」

私の眼差しをどう理解したのか分からないが、娘は再び私の頭を撫でた。温かい手のひらの感触が心地よく、尻尾が自然と左右に揺れる。

しかし、この娘はどこから来たのだろうか？　ふと私は、娘が着ているだうんじゃけとの裾《すそ》から覗く服が『白衣』と呼ばれる、病人を修理する施設で着用される作業着であることに気がつく。

「ほら、すぐそこにうちの病院があるから。立てるかな？」

娘は吹雪の奥を指さした。私は目を凝《こ》らす。巨大な鉄製の扉が半開きになり、そこから雪に覆われた広い庭園が見えた。庭の奥には、三階建ての洋館がうっすらと吹雪の中に浮かび上がっていた。門扉《もんぴ》に掛けられた表札には『丘の上病院』と記されている。

「おんっ!」喉《のど》から歓喜の鳴き声が滑り出た。

この場所こそ上司から指示された私の左遷……ではなく、新しい仕事場だ。

私は残った力を振り絞《しぼ》り立ち上がると、娘に寄り添い、門に向かって歩き始める。

「あ、動けるんだ。よかった。ところで私は菜穂《なほ》、朝比奈《あさひな》菜穂っていうの。君は?」

菜穂と名乗った娘は、雪で白くなった私の背中を撫でながら訊ねてきた。私は思わず『我が主様』から頂いた真名を名乗ろうとするが、「わんっ」と声を上げることしかできなかった。まあ、もし発音できたとしても、人間であるこの娘が私の真名を聞き取ることはできないだろうが。

「そっか。それじゃあ、ここでの名前を私が考えてあげるね」

菜穂は再び私の鳴き声を勝手に解釈すると、眉間《みけん》にしわを寄せ考え込む。この娘、かなり思い込みが激しいようだ。

「そうだ、『レオ』はどう? 君の毛並み、ディカプリオの金髪《きんぱつ》みたいに綺麗だから」

でかぷりお?

「うん、いいんじゃない。レオ。どうかな?」

菜穂は笑顔で私の頭をぐりぐりと撫でてくる。

れお？　ふむ……。悪くないのではないか。舶来《はくらい》言葉らしき軽薄な雰囲気が鼻につかなくはないが、どことなく気品を漂《ただよ》わせている。私は同意を表すため、大きく「うおんっ」と鳴いた。

「気に入った？　よかった。それじゃあ早く、冷えた体を温めないとね」

今度は偶然なのか、菜穂は私の意思をしっかりと理解した。菜穂の隣で、私は新しい名前を頭の中で反芻《はんすう》しながら歩きはじめる。

さて、それではあらためて自己紹介をするとしよう。

私は犬の体に封じられている死神である。名前は『れお』となったらしい。

第1章　死神、初仕事にとりかかる

1

深皿に盛られた『どっぐふうど』を腹の中に収めると、私は口の周りを舐《な》め、舌に残る牛肉の芳醇《ほうじゅん》な味を楽しむ。肉体に縛りつけられることなど苦痛でしかないと思っていたが、この『食事』という行為はなかなか悪くない。まあ、高貴な私が下賤な人間のように、快感の虜《とりこ》になるようなわけもなく、節度を持って楽しむだけだが。

「きれいに食べたね。おやつのビスケット欲しい？」

笑顔で私の食事を見ていた菜穂が声をかけてくる。その手には三つ、食欲を激しく刺激する香りを放つ茶色い固まりがあった。

……ふむ、もらってやってもいいぞ。私は居ずまいを正すと、片方の前足を宙に浮かして、『お手』という行動を行った。なぜか私の意思とは関係なく、口に唾液《だえき》があふれる。

「お利口さんだね」菜穂は皿の上に『びすけえと』を置いた。

私は急いで焼き菓子にかぶりつく。いや、別に私が食欲の虜になっているわけではないぞ。私が特別な存在だと悟られないため、犬らしい行動をとっているだけだ。そう、それだけだ。

「美味しかった？」菜穂は膝を曲げ、私の顔を覗き込んできた。

悪くはなかった。私は「わんっ」と鳴く。この病院に来てからの三日間で、聡明な私は、犬としての自然な感情表現を身につけていた。

「よかったね」私の頭を撫でると、菜穂は皿を食堂へ運んでいく。食堂の奥の調理室に片付けるのだろう。私は白衣に包まれた華奢《きやしや》な背中を見送った。

下賤な人間にしてはよくできた娘だ。この地上では単なる一匹の迷い犬に過ぎない私の世話を、忙しい勤務の合間を縫ってやいてくれている。三日前、弱り切った私をこの病院に置いてくれるように、偏屈《へんくつ》な院長に頼み込んでくれたのも菜穂だった。

菜穂が院長を必死に説得してくれなければ、いやそれ以前に、吹雪の中で戸締まりの確認をしていた菜穂が私を見つけなければ、すでにこの犬の肉体は生命活動を停止し、私は『我が主様』のお叱りを受けながら、必死に上司に責任転嫁《てんか》をしていただろう。

地上に降り立ってわずか数十時間の間に、菜穂には犬の姿のままでは返しきれないほどの借りを作ってしまった。この借りをどうやって返せばよいだろうか？　そうだ、何十年かあとに菜穂が死んだ時には、私がじきじきにその魂を『我が主様』のもとに導いてやることとしよう。

私は決意を固めながら、大きなあくびをした。この体は腹がふくれると睡眠がとりたくなってくる。私が普通の犬ならこのまま惰眠《だみん》を貪《むさぼ》るのだろうが、私は『我が主様』からの崇高《すうこう》な使命を帯《お》びてこの場所にいる。

軽く頭を振って眠気を頭蓋骨の外に放り出すと、私は廊下を歩きだした。廊下の柔らかい絨毯《じゅうたん》が肉球を心地よく包み込む。

私は左右を見回しながら、広く長い廊下を優雅に進んでいく。この廊下には古臭《ふるくさ》いが、なかなかに上品な調度品が置かれていた。廊下の一番奥に置かれている、すでに時を刻む仕事を放棄した巨大な柱時計など、その全体から神々《こうごう》しいまでの存在感を放っている。

廊下の片側に二つの大きな扉があり、それぞれ食堂と私が主に住処《すみか》にしている団欒室《だんらんしつ》へとつながっていた。どちらの部屋も中で小さな舞踏会ができるほどの広さがある。さらに奥、柱時計の手前にも小さな扉があり、そこは調理室につながっている。廊下の反対側の壁には、大きな窓が四つほどあり、うららかな陽光を屋敷内に運んでいた。

私はこれまで、魂の道案内という仕事柄、病院という場所をよく見てきた。しかし、この病院はこれまで見てきたものとは一線を画《かく》するものだった。普通の病院なら、私のような病原菌を運ぶ可能性のある獣は、決して院内に置いてなどもらえないだろう。

事実、最初に菜穂が私をこの屋敷に連れてきた時、恰幅《かっぷく》の良い中年の看護師長は目を見開き、「すぐに捨ててきなさい」と言った。それに対して菜穂は「そんなのかわいそうです。飼い主が見つかるまでここに置いてあげてください」と、あの娘にしてはかなり強い調子で反発してくれた。

一瞬、二人の看護師の間に緊張が走ったが、強い決意を湛《たた》えた菜穂の視線を浴び、師長はため息混じりに折れた。「院長が許可したらいいわよ」と。

師長に対しては外見に似合わぬ強さを見せた菜穂だったが、さすがにこの病院の主である院長の所に私を連れて行く時は、緊張していたようだった。病院の三階にある『院長室』と札《ふだ》のかかった扉を叩く時は、かすかに手が震えていた。

「……入れ」という感情の籠《こ》もっていない声が扉越しに響き、菜穂は私を引き連れて部屋の中に入った。年季の入った机と、医学書であふれた巨大な本棚が置かれた殺風景な部屋だった。

「なんの用だ？」

「あの……お、院長先生。この子、迷子で、できればここに置きたいんですけど……」

顔を上げた院長と呼ばれた痩せた中年の男は、縁《ふち》の太い眼鏡の奥から値踏みするように私を見た。

「ここがどこだか分かっているのか？」

「……はい」菜穂は体を小さくして、消え入りそうな声で言った。

「それでもその犬をここに置くべきだと？」

なにも答えることができず、うつむいた菜穂を見て、無意識に私は唸《うな》り声を上げていた。菜穂はひざまずき、私の首を抱きかかえるようにしながら頭を撫でた。私が院長に飛びかかるとでも思ったのかもしれない。

「あの……外で飼いますから、それなら患者さん達には……」

「だめだ」菜穂の提案を、院長は一言で切って捨てた。

なんという情のない男だ。この男が死んだ時は、魂を海の底にでも数日放置してやろう。私は唸り声を大きくしながら決心した。しかしその前に、院長に心変わりさせなければならなかった。この病院は私の新しい『職場』なのだ。

しかたがない。私は精神を集中させた。死神としての能力は、犬の体に封じられていても消えてはいない。人間より遥かに高等な霊的存在である私にとって、下等な人間の魂に干渉し、一時的に言動を操《あやつ》るぐらいのことはできないこともなかった。

肉体という鎧《よろい》に守られた魂に干渉するのは、本来は容易なことではないのだが、今は私も肉体を持ち、人間に知覚できるようになっている。その分、注意を引いて魂に干渉しやすかった。目を合わせれば良いのだ。視覚は意識と直結している。視線さえ合わせれば、私はその先にある魂に触れられる。

それは人間が『催眠術』と呼んでいる能力に近かったが、死神である私のそれは、人間の催眠術師などの比ではない。行動をある程度操れるだけではなく、思考も読みとれるし、人間が眠っていたりすれば、夢の中に入り込むことさえ可能だった。

しかし、私が能力を使おうとする寸前、院長は口を開いた。「飼うなら室内で飼え」

予想外の発言に私は精神集中をやめ、目を丸くした。

「え？　いいんですか」菜穂も私と並んで、元々大きな目をさらに見開いていた。

「動物は患者の精神に好影響を与える。ただし飼うなら、患者と接触できる室内でだ」

「あ、え、あの……」なんと答えて良いか分からないのか、菜穂は口ごもった。

「まだなにかあるのか？」

「いえ、ありがとうございます」

深々と頭を下げた菜穂につられ、私までお辞儀をしてしまった。

「……面倒はお前がちゃんとみるんだぞ」

院長は頭を下げた私を少々訝《いぶか》しげに見ると、無愛想に言い放って、私達から机の上の書類へと視線を移したのだった。

かくして、菌をまき散らす危険性より、あふれんばかりの魅力の有益性の方が高いことが認められ、三日前に私はこの病院の象徴として確固たる地位を築いたのだ。人間はこれを『ますこっと』、または『ぺっと』と呼ぶらしい。

しかしいくら私の神々しいまでの気品が患者の心を癒《いや》せるとしても、ここが普通の病院なら、さすがに室内を歩き回れはしなかっただろう。

廊下を歩きながら、精神を集中させる。甘くそしてどこか腐ったような不快な匂いを私は感じ取った。匂いの流れてきた方向を向く。廊下の一番奥より少し手前、階上へとつながる大きな階段の方向を。

私はこの匂いを知っていた。犬の嗅覚はすぐれているらしいが、普通の犬はこの匂いをかぎ取ることはできないはずだ。これは私が犬だから感じ取れるのではない。私の本質が死神であるから感じ取れるのだ。

自らの死期を悟った人間は、高位の霊的存在だけが感じ取ることができる独特の気配、匂いを発する。

人生に満足し、穏やかに死を受け入れている人間は、若葉のように爽やかな香り。生前そのような香りを発していた者の魂は、滞《とどこお》りなく我々の案内に従い、『我が主様』のもとへと向かう。やっかいなのは甘ったるい、果実を腐らせたような匂いを発する者達だ。人生に強い後悔を残し、近づきつつある死を受け入れることができずにいる者達。彼らが発するその不快な気配を、私達死神は『腐臭《ふしゅう》』と呼んでいた。

この『腐臭』が濃ければ濃いほど、それを発する人間が死後に『未練』に縛られ、地縛霊となる確率は高くなる。そして階段から漂ってくる『腐臭』は、顔を顰《しか》めなくてはならないほど強かった。

そう、ここは普通の病院ではない。緩和《かんわ》医療病院。またの名を『ほすぴす』。不治の病に冒された人間が、最期の時を肉体的、精神的苦痛を取り除きながら過ごす終《つい》の住処《すみか》。

私は階段を見上げ、大きく伸びをする。犬の体で地上に降りてから三日、体にも病院にも慣れた。そろそろ仕事を始めなければ、口うるさい上司から小言を言われてしまう。

この病院にいる地縛霊予備群の患者達に接触し、『未練』から解き放ってやる。それが『我が主様』から課せられた私の使命だ。不本意な仕事ではあるが、全力でやり遂げるとしよう。

私は『腐臭』の漂う二階に向かって軽やかに階段を上り始める。

さて、この体での初仕事といこう。

2

二階まであと三段の所まで階段を上ったところで、正面に看護師達が働く詰所《つめしょ》が見えてきた。たしか『なあすすていしょん』とか呼ばれる場所だ。私は看護師達に見つからないように体を屈《かが》める。

しかし『なあすすていしょん』という呼び名は一体なんであろうか？　舶来の言葉なのだろうが、この種の言葉を使う意味が理解できない。

私は長い間、この国で『道案内』として働いてきた。低俗な人間には興味のない私だが、仕事をしていくうちに人間達が生み出した音楽や絵画などの芸術、文化には多大なる興味を持つようになっていった。長く関わってきた贔屓目《ひいきめ》もあるかもしれないが、この日本という国の生み出した『侘《わ》び寂《さ》び』は、静かに、厳《おごそ》かに、そして美しく精神を磨き上げる、至上の文化だと思っている。

しかしそれにもかかわらず、最近は舶来の文化がこの国に激しく流入し、この国本来の散りゆく桜の花弁のような、儚くも美しい伝統を駆逐《くちく》しはじめている。私はかねがねそのことに心を痛めていた。舶来の言葉を積極的に使うなど、考えただけでも虫酸《むしず》が走る。

ああ、そんな場合ではなかった。私は身を屈めたまま、上目遣いでなあすすていしょんの中を窺《うかが》う。中では二人の看護師が忙しそうに動き回っている。そのうちの一人は菜穂だった。

丁度良いことに二人とも記録や薬の確認をしており、こちらを見ていない。

この屋敷に住むことを許された私だが、それは一階に限ってのことだ。病室のある二階への侵入が見つかれば、最悪、ここを追い出されかねない。口の中が乾燥し、心臓の鼓動が激しくなる。

今だ！　四本の足に力を込めると、一気に三段の階段を飛び越え、素早くなあすていしょんの前を通過する。二階の廊下へと飛び出した私は、大きな鉢植えの陰に身を隠し、後方を窺った。看護師達が出てくる気配はない。気づかれなかったようだ。

こんな体に封じられる前は、人目など気にせず、それどころか重力や壁なども無視して移動できたというのに、なんとも面倒なことだ。

私は視線を廊下の奥へと走らせる。そこには一階と同じように幅広で長い廊下が延び、その両側に五つずつ互い違うように部屋が並んでいた。

この三日間で菜穂が私に語りかけてくる言葉から集めた情報によると、病室はこの十室だけで、部屋は全て個室だということだ。つまり、最高でも十人しか入院できない。しかも、現在は十人どころか、半分の部屋も埋まっていないらしい。

私はくんくんと鼻をひくつかせる。広く、天井も高い豪奢《ごうしゃ》なつくりの廊下は、むせ返りそうなほど甘い『腐臭』で満たされていた。

さて、どこの患者が地縛霊となりそうなのだ？　私は廊下全体に漂う強い『腐臭』の源泉を探る。

……なんだこれは？　十数秒鼻を動かしたあと、私は首をかしげる。

一……二……三……四……。廊下には四種類の『腐臭』が漂っていた。

『腐臭』は一人一人、微妙にその香りが異なる。数人しか患者がいないのに四種類の『腐臭』。つまりそれは、入院している患者のほとんどが地縛霊予備群であり、私はその全員に対して『仕事』をしなくてはならないということだ。

眩暈がしてきた。いくら地縛霊化率が高いこの時代のこの国でも、地縛霊になるのは数十人に一人といったところだ。よほど強い『未練』がなければ、そう簡単には地縛霊になどならない。肉体を離れた剝き出しの魂にとって、この世界に長く留まることは、裸のまま寒空の下で過ごすようなものなのだ。入院している患者の大部分が強烈な『腐臭』を発しているなど、あまりにも異常だ。

このような場所だからこそ私が派遣《はけん》されたのか。これは大仕事になりそうだ。

背後を振り返って、看護師の姿がないことを確認した私は、素早く最も近くの『腐臭』が漏れ出ている扉に近づく。前足の肉球を扉の端に引っかけ、横開きの扉を小さく開けると、私はその隙間に体を滑り込ませた。

入り込んだ空間は十畳ほどの部屋だった。私は警戒しながら部屋を見回す。廊下と同様に、ここも一般的な病室とは趣《おもむき》を異にしていた。

古びた、しかし高尚《こうしょう》な雰囲気を醸《かも》し出している西洋風の家具が備えつけられていた。壁には大きな窓があり、その手前に『べっど』とかいう西洋製の寝台が置かれている。所々に彫刻が施《ほどこ》された、上品かつ重厚なその寝台の上には、一人の男が横たわっていた。

「……犬？」寝台の上の男は私に気づいて目を丸くする。

男の第一印象は『枯れ木』だった。入院着から覗く細い腕には、今にもひび割れそうな乾燥した黄色い皮膚が張り付いている。頬はこけ、目の周りは濃い隈《くま》で縁取られていた。そして私を見る瞳の白目の部分は、卵の黄身のように黄色く染まっている。それが肝臓という臓器が機能不全に陥《おちい》った時に生じる『黄疸《おうだん》』という症状だということを、私は道案内としての長年の経験で知っていた。

普通の人間であってもこの姿を見れば、容易に男の死期が近いことを悟るだろう。

「ああ、菜穂さんが言っていたな……。犬を飼うって」男は独《ひと》りごちる。

菜穂は私のことを患者達に伝えておいてくれたらしい。これは仕事がやりやすい。

本当によくできた娘だ。菜穂のことを考えると、なぜか私の尻尾は勢いよく左右に動いてしまう。この生理反応はなんなのだろうか？

尻尾の動きをなにか勘違いしたのか、男の表情が緩《ゆる》み、手招きをしてきた。なるほど、これが『ぺっと』の仕事か。生まれ持った愛嬌《あいきょう》によって人間の心を和ませる。これはこれでなかなか有意義な職業かもしれない。私の本職である『道案内』とは比較するまでもないが。

私は寝台のそばに近づく。男は弱々しく手を伸ばし、私の頭を撫ではじめた。菜穂と比べると、硬くかさついた手のひらだが、それでも悪い気はしない。どうやら犬の体というものは、人間に撫でられるといい気分になるようにできているらしい。

仮の体について新しい発見をしながら、私は考え込む。さて、これからなにをするべきなのだろうか？　私は『道案内の死神』として『我が主様』に創造された存在なのだ。魂を導くこと以外の仕事などやったことがない。いや、私以外の死神でも、このあとどうすればいいかなど分からないだろう。我々のような高次元の存在がこの地上に降り立ち、直接生きている人間と接触することなど、これまでほとんどなかったのだから。

とりあえずできることからやるとしようか。私は息を吐き、目を凝らす。やがて私の目には、男の体が透《す》けて見え始めた。私は内臓まで露《あら》わになったその体を注視する。

右の脇腹に『それ』はあった。赤ん坊の頭ほどの巨大な癌腫《がんしゅ》。それが肝臓に深く食い込み、融《と》けるかのように周囲に浸潤《しんじゅん》している。

……あと一ヶ月というところか。私は男に残された時間を見積もる。

死神は人間の命を左右する能力こそ与えられていないが、仕事を遂行《すいこう》する上で必要な様々な能力を備えている。人間の病を見るというこの能力もその一つだ。

寿命があと一ヶ月だとすると、その間にこの男を『未練』から解き放たねばならないな。

「お前、名前はなんていうんだい？」

男が話しかけてくる。私は思わず「『れお』だ」と答えようとしたが、口からは「わんっ」という音が出るだけだった。

「そうかそうか、レオだったよね」

私は目を見張る。今の鳴き声でどうやって私の名を？　だが、すぐに疑問は消えた。

「この前、菜穂さんが言っていたっけね」

しかしこの男、犬がしゃべれないことぐらい知っているだろうに、なぜ私に質問をしたのだろう。人間の考えていることはよく分からない。私は首を捻《ひね》りながら次の言葉を待った。私の名前を聞いたのだから、自分も名乗るのが礼儀というものだ。しかしいくら待っても、男は窓の外を物憂《ものう》げに眺めながら私の頭を撫でるだけだった。

しかたがないので、私は男の細腕へと点滴液を落としている点滴袋を見る。そこには『南《みなみ》竜夫《たつお》』と記されていた。これが目の前の男の名だろう。

南の横顔は窓から射し込む光に照らされているにもかかわらず、蒼白《あおじろ》く、生気がなかった。

南は窓枠に置かれた小さな黒い塊《かたまり》を手に取ると、顔の前に掲げ、愛《いと》おしそうに見る。

あれはなんなのだろう？　私には黒い石ころにしか見えない。

数分間、その小汚い炭の塊のような物質を眺めていた南は、緩慢《かんまん》な動きで首を回し私を見ると、ひび割れた唇を開いた。

「私はね……もうすぐ死ぬんだよ」

知っているよ。

この男が黙り込んでから何分経ったのだろう？　私は南に頭を撫でられ続けながら考える。「もうすぐ死ぬんだよ」と言ったきり、南は三日前の吹雪が嘘のように晴れ渡った窓の外と、小さな黒い塊を交互に眺め続けていた。私はてっきり、「もうすぐ死ぬんだよ」のあとに、この男が自らの『未練』について語りだすものだと思っていた。しかし、待てど暮らせどその気配はない。

あまりにも長時間頭を撫でられているせいで、摩擦《まさつ》で頭頂部が熱を持ってきた。このままだと私の美しい黄金色の毛が、頭頂部だけ薄くなってしまいそうだ。

ああ、埒《らち》があかない。私はどっぐふうど臭《くさ》いため息を吐くと、「わんっ」と鳴き声を上げる。小さく体を震わせてこちらを見た南と、私の視線がぶつかる。その瞬間、私は南の意識を絡《から》め取った。南の目が焦点を失っていく。この男のように弱気になっている者は簡単だ。死の恐怖と、これまでの人生への後悔で魂が衰弱《すいじゃく》しているので、容易に魂に干渉できる。

さて、申し訳ないが少々強引に情報を引き出させてもらおう。なに、体に害はないよ。

それではお前を縛っている『未練』の話を聞かせろ。私は南の魂に直接促《うなが》す。

「あれは、終戦の少し前のことだったかな……」

南がなにかに取り憑《つ》かれたかのようにしゃべりはじめる。……取り憑いているのは私か。

しかし、話で聞くだけでは正確な情報を得ることはできないな。私は再び精神を集中させ、意識を南に同調させる。私の脳裏に、薄い『せぴあ色』に染まった映像が流れ込んできた。

これは南の魂深くに刻まれた記憶。彼を縛っている思い出の鎖。少々趣味が悪いがこれも仕事だ。過去を覗かせてもらうとしよう。私は目を閉じ、記憶の奔流《ほんりゅう》に意識をゆだねた。

3

これは現実なのだろうか？　雑草が生い茂る川岸の土手に腰掛け、南竜夫は自問する。そうしなければならないほど、目に映る世界は歪《ゆが》み、濁っていた。まるで目の前に、汚れてしわの寄った膜《まく》が張っているかのように。

時の粘度《ねんど》が増していく。すでに何十時間もこの川縁で呆《ほう》けているような気がする。しかし、ここに来たのは昼過ぎだった。太陽は微《かす》かに赤く色づき始めたとはいえ、地平線からは大きく離れている。家を飛び出してから二、三時間しか経っていないのだろう。

わずか二、三時間、しかしその間に、竜夫はこれまでの十八年の人生を全て振り返って見たような気がした。最期の時に現れるという人生の走馬燈を見るかのように。

呆然と水面を眺めていると、背後で草を踏みしめる音がした。

「なにをしているの？」

頭上からかけられた涼やかな声に、竜夫と現実との間に張られた膜が剝ぎ取られる。

「別に……」

竜夫は振り返ることなく答えた。振り返らなくても声で、相手が誰なのか分かった。

「別にじゃないでしょ。物思いに耽《ふけ》るなんて竜夫君に似合わないよ」

冗談めかした声に竜夫の唇がへの字に曲がった。

「放っておいてくれよ！」

口からこぼれた言葉は、自分でも驚くほど棘々《とげとげ》しいものだった。背後から返事はない。今の暴言に呆《あき》れて帰ってしまったのだろうか？　竜夫は慌てて振り返ろうとする。しかしその前に、ふわりと空気が揺れ、隣の草はらに人影が腰掛けた。

「なにかあったの？　お姉さんが聞いてあげる」

紫色の和服に身を包んだ檜山葉子《ひやまようこ》は、その切れ長の目を細め、柔らかく微笑《ほほえ》んだ。それだけで、周囲が明るくなったような気がした。

竜夫は反射的に顔を伏せる。捨て犬のような情けない顔を、この一つ歳上の幼なじみであり、そして想いを寄せる女性には見せたくなかった。

「葉子さんには……関係ない」竜夫は顔を伏せたまま、か細い声で呟く。

「あら、そんな言い方ないでしょ。少し前まで一緒に遊んだ仲なのに」

「少しじゃない。もう一年も前だ」

「そう？　時間が経つのは早いわね」

「どうせ東京が楽しくて、時間が早く感じたんだろ」

一年前、葉子は東京の女学校へと去っていった。地元の工場で働く自分を置いて。

「東京なんてつまらなかったわよ。みんな気取っちゃって。木登りもできない子ばっかり」

「木登りなんて東京じゃ必要ないだろ」

「木に登らないと、なってる蜜柑《みかん》も取れないじゃない」

「蜜柑ぐらい買えばいいだろ。葉子さんの家は金持ちなんだから」

思わず嫌《いや》みのこもった言葉を吐いてしまい、竜夫の顔が自己嫌悪で歪む。

「自分で取って食べた方が美味しいでしょ」葉子はおどけて言った。

「……屋敷から出ていいの？　この前だって、おじさん怒っていたんだろ」

竜夫は遠くの丘の上を眺める。ここから歩いて三十分ほどの丘の上にそびえ立つ巨大な洋館、それが葉子の実家だった。空襲を受けるようになった東京から疎開《そかい》で帰ってきてからというもの、葉子は約束しているわけでもないのに、毎日のようにこの河川敷《かせんじき》にやってくる。そして竜夫も、材料不足で稼働が悪くなってきている工場での仕事が終わると、真っ直ぐにここに向かうようになっていた。

「ここに来るのはそんなに大変じゃないの、下りだから。帰りは疲れるけど」

「なんで毎日こんな所まで来るんだよ？」竜夫は拗《す》ねた子供のような口調で言う。

「竜夫君に会うために決まっているじゃない」

なんの気負いもなくそう言うと、葉子は持っていた巾着《きんちゃく》袋の中から大きな飴玉を取り出し、人差し指で竜夫の口に押し込んだ。

「はい、家から持ってきたの。美味しいわよ」

葉子の告白になんと答えていいのか分からず、竜夫はただ無言で飴玉をなめる。蕩《とろ》けるような甘味が舌を包み込んだ。戦争が始まって四年、物資不足は悪化の一途をたどっており、葉子のような嗜好品《しこう》は手に入りにくくなっていた。特に竜夫のような貧乏人には。

今の言葉は自分をからかっているだけなのだろうか？　久しぶりの甘味をじっくりと味わいながら、竜夫は眉間《みけん》にしわを寄せる。

幼少の頃、同じ学校に通っていた葉子と竜夫は、帰り道が同じ方向であったことから、よく一緒に遊ぶようになった。遊ぶ場所は決まってこの川縁だった。

二人が成長し、葉子が時々自分の住む屋敷に竜夫を呼ぶようになった頃、竜夫は葉子が自分とは違う世界の住人であることに気づきはじめた。屋敷で会う葉子の父親は、町の男達とは着物も、立ち居振る舞いも、会話から染み出す知性もまったく異なっていた。

竜夫はそんな葉子の父親に憧れを抱いていたが、父親の方は娘と過剰に仲の良い少年に、良い感情を抱いていなかったらしい。二人が思春期を迎える頃、父親は竜夫と会うことを葉子に禁止した。その時期は竜夫の葉子に対する想いが、友情ではなく愛情へと変化していった時期でもあった。

葉子の父親は世界中を飛び回る多忙な男だった。特に戦争が始まってからは。その父親の目を盗んで会うのは困難なことではなかった。禁止されるほど若い二人は反発し、この川縁でひそかに会っては、会えなかった日々のことを語り合った。そして一年前、葉子が東京に旅立つ前日の別れ際、葉子は柔らかい唇を竜夫の頰に押し当ててくれた。葉子が東京に行ってからは、手紙で連絡をとりあうこともしていた。

葉子が自分のことをどう思っているかはまったく分からない。単に幼なじみの弟のような存在なのだろうか？　それとも、少しは自分と同じような想いを抱いてくれているのだろうか？

「それで、元気がない理由をまだ聞いていないんだけど」葉子は自分も飴玉を頬張る。

「葉子さんには関係ないだろ」

「……そう、関係ないならしょうがないね。もう訊《き》かない」

突き放すような葉子の言葉に、竜夫は思わず顔を上げる。もはや自分がどんな顔を晒《さら》してい
るかなど気にならなかった。ただ、隣に座る女性に見捨てられることが怖かった。

葉子は柔らかく微笑んでいた。我が子を見る母親のような表情で。

「その代わりに、独り言、言ってみたら？」

「独り言？」意味が分からず竜夫は呟く。

「そう、独り言。そうすると気分が楽になるかもしれないわよ」

こんなこと、葉子に言ってもなんにもならない。そう、言っても泣き言になるだけだ。

竜夫は歯を食いしばり言葉を飲み込もうとする。しかし、胃の手前までいった言葉は激しい
嘔気《おうき》とともに口の中に逆流してきた。

「……赤紙が……来た」

食いしばった歯の間から、嗚咽《おえつ》に近い声が漏れた。

「赤紙が来たんだ！　俺は戦地に行くんだ！　俺はもうすぐ死ぬんだ！」

足が自分のものではないかのように震え出す。

漠然と覚悟はしていた。去年十九歳から十七歳へと対象年齢が切り下げられた徴兵検査で、

少年の頃から野山を駆け回っていた竜夫は、甲種《こうしゅ》合格となった。即時入営《にゅうえい》こそ免れたものの、いつ召集されてもおかしくはなかった。しかし、実際に召集令状が届き、戦地へ赴《おもむ》くこととなって初めて、竜夫は『死』を間近に感じ取っていた。

葉子は竜夫に近づくと、その首に腕を回した。

「怖いよね」綿毛のような言葉が竜夫の体を包み込む。

「そんなことない！」竜夫は勢いよく顔を上げた。「お国のために死ねるんだ！　怖いわけないだろ。大日本帝国の勝利のために戦って……」

「負けるわよ」

喉の奥から絞り出すように叫んだ竜夫の声を、葉子の囁《ささや》きがかき消した。

「え？」

竜夫は口を半開きにして葉子の顔を見る。葉子がなにを言っているのか理解できなかった。

「もうすぐ戦争は終わる。この国は……負けるの。父がそう言ってる」

葉子は寂しげに微笑むと、噛んで含めるようなゆったりとした口調で繰り返す。

竜夫は慌てて辺りを見回した。こんな片田舎の川縁に憲兵などいるはずもなかったが、今の言葉が誰かに聞かれていないか確認せずにはいられなかった。

「大丈夫、誰もいないよ」竜夫の心の内を見透かしたかのように葉子は言う。

「なんでそんな……。日本が負けるなんて……」舌がうまく回らない。

「父の友人達はみんな知っている。日本にはもう勝ち目がないことを。政府も『ソビエト』に仲介してもらって米国と交渉しようとしているの」

「そんな……」

『日本は天皇を拝する神の国』『国民が一丸となれば、神風が吹き勝利する』

それらは幼い時から親や教師達に刷り込まれ、竜夫の自我の根底に存在していた。それが葉子の父の言葉でなければ、「日本が負けるはずがない」と、一笑に付しただろう。しかし、葉子の父親の言葉は親や教師の言葉より遥かに質量をもっていた。

この田舎町から単身上京し、貿易会社を興して一代で巨大な財を築いた名士。事業を広げ、この町にも工場をつくり、町に様々な恩恵をもたらしている。

「父はもうすぐ、私達を連れて日本を出るつもりなの。もう準備も進んでいる」

「そんな……。嘘……だよね？」

すぐに葉子が「嘘よ、信じた？」と言うことを期待した。しかし葉子は憂いを含んだ表情のまま、竜夫を見つめるだけだった。竜夫の耳元で世界が崩れ去る音が響いた。

日本が負ける。そして、葉子はこの国を捨てて逃げてしまう。黒い感情が全身を冒していく。

さっきまでも恐怖は感じていたが、この国を、ひいては愛する女性を守るのだという使命感が、かろうじて暴れだしそうな死の恐怖を押さえ込んでいた。しかし、その蓋が外れてしまった。一度暴れだした獣を再び押さえ込むことは、もはや不可能だった。

「……大丈夫よ」首筋に柔らかいものが巻きつき、若草のような爽やかな香りが鼻孔に広がる。

「落ち着いて、大丈夫だから」

沸騰したかのように熱を持っていた脳が冷まされていく。

「ねえ、私も竜夫君に言わないといけないことがあるの」

竜夫の首を抱いたまま、葉子は耳元で囁いた。

「私、もうすぐ……結婚しないといけないの」

「は？」竜夫は間の抜けた声を上げた。脳の奥へと葉子の言葉の意味が浸透していくにつれ、今度は目の前が真っ白に変色していく。赤紙を受け取った時に匹敵する衝撃が全身を走った。

「あ、だ……誰と？　なんで？」

自分のものとは思えないほど掠《かす》れた弱々しい声が、喉から滑り出た。葉子は竜夫から腕を放すと、川面を見つめる。

「父の知り合いの息子。華族の家系なんだって。華族っていっても、商売下手でお金に困っている貧乏華族だけどね。いま東京から疎開して、うちの屋敷に居候《いそうろう》しているの」

自分の婚約者の話だというのに、葉子は興味なさげに言う。

「その人のことが……好きなの？」竜夫の声は相変わらず掠れたままだった。

「好きなわけないじゃない、あんなひき蛙みたいな男。近くにいるだけでも鳥肌が立つ」

葉子は足元の小石を拾うと、川に向かって横投げで放った。水面を石が跳ねていく。

「じゃあ、なんでそんな男と……？」

「父が決めたのよ。あちらの家は父の財産が欲しい。一代で成り上がった父は、『華族』の親戚が欲しいってわけ。馬鹿みたい。戦争に負けたら、華族なんてなんの価値もなくなるのに」

竜夫はなんと答えればよいのか分からなかった。なぜ葉子は自分にこんなことを話すのだろう?

「ねえ、竜夫君」強い決意を内包した声で葉子は呟くと、竜夫の耳に口を近づけた。「私と……遠くに逃げない?」

「え? なに? なにを言って……」

「二人で逃げだすの。誰も私達のことを知らない遠くまで逃げて、二人だけで生活していくの。赤紙のことも、私の結婚のことも忘れて」

「そ……そんなことできるわけ……」

お国のために戦うことから逃げる。そんな恐ろしいことできるはずない。

「なんでできないの?」

葉子は竜夫の正面に回り込むと、瞳を覗き込んでくる。竜夫は答えに詰まった。

「竜夫君には家族もいないんだから、迷惑がかかる人なんていないでしょ」

葉子の言葉に顔が歪んだ。たしかに自分には家族はいない。母親は自分が物心つく前に病気で早逝《そうせい》し、父も数ヶ月前に工場の事故で命を落とした。いま世話になっている叔父は、竜夫という食い扶持《ぶち》が増えたことを露骨に迷惑がり、赤紙が届いた時に満面の笑みを見せたほどだ。家族がいない、それは竜夫が胸に抱えた傷だった。

父親の死から数ヶ月の時間をかけて、ようやくできあがった心のかさぶたが剝がれ、じゅくじゅくと膿《う》んでくる。いかに想い人といえど、聞き流すことはできなかった。激高し口を開いた瞬間、葉子は自分の額を竜夫の額とぶつけた。こつんという音が響く。葉子は吐息のような声で囁いた。

「だから、私が新しい家族になってあげる。新しい家族になって、ずっと一緒にいてあげる。だからあなたは守って。国じゃなくて……私を」

「葉子……さん……？」

竜夫が呆然とつぶやくと、葉子は立ち上がり、向日葵《ひまわり》のような笑みを浮かべた。

「色々準備もあるでしょうから、明日の深夜零時、ここで待ち合わせしましょう。竜夫君が来ても来なくても、私はここから逃げ出す。でも、できるなら一人より二人がいいな。……待ってるから」

軽やかに身を翻し土手を上がっていく葉子を、竜夫は無言で見送ることしかできなかった。


葉子が姿を消してから十数分、竜夫は川縁に座り水面を眺め続けた。

葉子さんは本気なのだろうか？　そして自分はどうするべきなのだろうか？

背後から足音が聞こえてきた。葉子が戻ってきたのかと思い、竜夫は慌てて振り返る。しかし、そこに立っていたのは背広姿の知らない男だった。年齢は四十絡みといったところか、それほど暑くないにもかかわらず、贅肉で弛《たる》んだ脂《あぶら》ぎった顔に汗が浮かんでいる。男の後ろ、土手の上にはいつの間にか黒塗りの車が停まり、その運転席には羆《ひぐま》のように巨大な体格をした男が座っている。

一目見た瞬間に、竜夫は目の前の男に嫌悪感を抱いた。醜い外見もさることながら、自分に向けられた石ころを見るような目つきが気に入らなかった。

「なにを話していた？」二重顎《あご》を震わせながら、男は吐き捨てるように言う。

「は？」

「葉子となにを話していたか訊いているんだ」

醜い男に葉子を呼び捨てにされ、竜夫は無意識に拳を握り込む。

「誰だよ、あんたは？　関係ないだろう」

「関係ある。葉子は俺の妻だからな」

男の顔に下卑《げび》た笑みが浮かんだ。竜夫はようやく男の正体に気づく。葉子が言っていた婚約者。

「葉子に近づくんじゃない。お前なんかと俺達は住む世界が違うんだよ」

あまりにも尊大な男の言い様《ざま》に、竜夫の自尊心が激しく反発する。

「うるさい！　黙れ。俺は……」

「南竜夫。葉子の幼なじみだろ」

自分の名を言い当てられ、竜夫は絶句する。

「妻の身辺調査ぐらい当たり前だ。ここに戻ってから葉子が、毎日お前に会ってるのも知っている。ただな、調子に乗るな。あの女は俺のものだ」

男の目にぎらついた欲望が灯る。男への嫌悪感は吐き気を催すまでに強くなった。

「葉子さんはお前の妻なんかじゃない！」

「すぐにあの女は俺に嫁ぐんだよ。あの女が俺に抱かれるところでも想像して引っ込んでいろ」

脳が沸騰する。視界が怒りで紅く染まった。拳を男の顔面に叩き込もうと振りかぶると同時に、横から伸びてきた手が竜夫の手首を摑《つか》んだ。

いつの間にか運転手の男がすぐ脇に立ち、その丸太のような腕を伸ばしていた。運転手は無造作に革靴を履いた足を持ち上げると、膝を竜夫の腹に食い込ませる。腹に穴が開いたのではないかと思うほどの衝撃が体を突き抜けた。口から黄色い胃液があふれる。

婚約者の男は二重顎を震わせながら、心から楽しげに這いつくばる竜夫を見下ろした。竜夫は腹を押さえながら言葉を絞り出す。

「……貧乏華族のくせに」

へらへらと笑っていた男の顔が引きつった。歯肉を剝き出しにするほどに唇をそり返すと、運転手に向かって目配せをする。運転手は無表情で頷くと、竜夫の体に蹴りを叩き込んだ。

痛みで体を丸める竜夫に、婚約者の男は唾を吐きかける。

「お前も葉子のことを考えるなら変な気を起こすんじゃない。あいつは俺の妻として生きるのが一番幸せなんだ。お前みたいな素寒貧《すかんぴん》と逃げてどうするんだよ」

この男、駆け落ちの計画に気がついている？　竜夫は力なく顔をあげた。

「行くぞ」男は運転手を促すと、太った体を揺らしながら土手を上っていく。

二人が乗り込んだ車が吐き出す排気煙の悪臭が、竜夫の鼻を掠めていった。

どうするんだ？　薄い月明かりに照らされた夜道を歩きながら、竜夫はひたすら自問を繰り返す。葉子との約束の時間は間近に迫っていた。

今日一日、ずっと迷っていた。葉子と逃げるべきなのか、それとも戦地へ向かうべきなのか。答えは数分ごとに変化していき、結論を出すことはできなかった。

入営地への出発は明日の午後に迫っている。叔父は邪魔者が消えるということで、これまで見たことがないほど上機嫌で、何度も「お国のためにしっかりな」と声をかけてきた。しっかりなにをするべきなのか、叔父が言外に言いたいことは痛いほど伝わってきた。しっかりと死んでこい。

自分を必要としてくれている者は、今やこの世界に一人しかいない。葉子に対する想いが胸の中で成長し続ける。しかし、自分と逃げることが葉子にとって幸せなのか確信が持てなかった。

頭痛をおぼえるほどの迷いを抱えたまま、竜夫は土手下にたどり着いた。これを越えれば待ち合わせ場所だ。竜夫は土手を上り始める。自然と足の動きがはやくなっていった。

「葉子さん！」土手の上に着いた瞬間、無意識に叫んでいた。声が夜風に吹き流されていく。

しかし、川縁に人影はなかった。

「は、ははは……」喉から乾いた笑い声が漏れる。

それはそうだ。なにを期待していたんだ。竜夫は笑い声を上げたまま両手で顔を覆う。爪がこめかみの皮膚を破り、血を滲《にじ》ませた。

明日、入営地へと向かおう。叔父の言うように、国のためにしっかりと死んでこよう。

「なに変な声を出しているの？」

背後から声をかけられ、竜夫は息を呑む。

「ごめんなさい、すこし遅くなっちゃった」

振り返ると、大きな鞄《かばん》を両手で持った葉子が、凛《りん》とした洋服姿で立っていた。はにかんだ顔を月光が蒼く照らす。竜夫は口を開く前に、葉子の華奢な体を力いっぱい抱きしめた。

「竜夫君、どうしたの？」

竜夫は口を開けずにいた。もし口を開けば絶叫してしまいそうだった。もはや迷いは消えていた。腕の中にいる愛しい女性をどんなことをしても守りきる。

数分して感情の嵐が収まると、竜夫は葉子からゆっくりと体を離した。

「本当に……来たんだ」

「当たり前でしょう。私から言い出したんだから」葉子は呆れ声で言う。

「……その服、似合うね」

「そうでしょ。いつもの和服だと動きにくいから」

「よく出てこられたね、おじさんとか華族の男に気づかれないで」

「それが大変だったの。あの男、私が逃げようとしているのに感づいていたみたいで、昼間ずっと監視されていたの。私がいない間、部屋に忍び込んだ形跡まであったのよ。本当に気持ち悪い。それでね、夜になって窓から木の枝を伝ってなんとか逃げてきたの」

葉子は大仰に肩をすくめた。

「やっぱり木登りは大切だね」

二人は声を合わせて笑い声を上げた。ひとしきり笑い終えると、竜夫の胸にじわじわと不安が湧き上がってくる。

「本当にいいの、俺なんかで？　金も持っていないし、赤紙から逃げるような……」

葉子は人差し指を竜夫の唇に当て、言葉を遮る。

「見せたいものがあるの」

葉子は重そうな鞄の中から巾着袋を取りだした。昨日飴玉が入っていた袋だった。葉子はその中から昨日と同じ丸い飴玉を取り出した。

飴玉がどうしたのだろう？　竜夫が不思議そうに砂糖の塊を眺めると、葉子は目を見開いた。その手から飴玉がこぼれ落ちる。

「ごめん、竜夫君、ここで待っていて。すぐに戻るから」

「え、どうかしたの？」

「すぐに戻るから、ここで待っていて」

戸惑う竜夫の質問に答えず、葉子は「ここで待っていて」と繰り返すと、身を翻して土手を駆け下り始めた。

「あっ……」竜夫はなにも言うことができず、葉子の背中を見送った。

なにが起こったのだろう？　葉子はいったいどこに？　竜夫は何が起こったか分からず、唖然として葉子の背中を見送った。

数十秒後、鼓膜をつんざく駆動音が竜夫を我に返す。見ると巨大な車が土手を駆け上がってきていた。竜夫の近くで急停車した車の後部座席の扉が勢いよく開き、中からひき蛙に似た男が飛び出してきた。葉子の婚約者だ。

「葉子はどこだ！」男は竜夫の胸ぐらを掴むと、大量の唾を飛ばしながら叫んだ。

竜夫はなんと答えてよいのか分からず、その場に立ちつくす。

「畜生、あの女どこに消えやがった。どこにいやがるんだ！」

わめき散らしていた男の視線が、竜夫の足元にある鞄を捉えた。その瞬間、焦燥に満ちていた顔に、醜悪な笑みが広がっていく。

「お前、捨てられたな」

「え？」男がなにを言っているのか分からず、竜夫は呆けた声を上げた。

「その鞄、葉子のものだろう。あの女、俺を選んだんだ。お前なんかと逃げても未来がないって気がついたんだよ。今頃屋敷に戻って、馬鹿なことをしたと反省しているさ」

「そんなはずない！　葉子さんはそんなことしない！」竜夫は叫ぶ。

「それじゃあ葉子はどこに行った？　お前をこんな所に残して」

「それは……」

「お前はずっとここで待っていな。俺は自分の家に帰って葉子に仕置きをしないとな」

「あの家はお前のものじゃない！」

「もうすぐ俺のものになるのさ。家も葉子も」

竜夫のささやかな抵抗を鼻を鳴らして笑い飛ばすと、男は悠然と車に乗り込んだ。

車が走り去ると、辺りに静寂が落ちた。冷たい夜風が心の熱を奪い去っていく。

葉子は自分を捨てたのか？　いや、そもそも本当に葉子はここにいたのだろうか？　ついさっきまで葉子と触れ合っていたことも、自分の妄想ではないかと疑ってしまう。

うなだれる竜夫の耳を、突然けたたましいサイレンが打ちつけた。鼓膜《こまく》と同時に心臓が激しく震えた。それはこの国に住む者にとって、最も忌《い》むべき音だった。空襲警報。

竜夫は空を見上げる。巨大な影が淡く光る月の前を横切った。

「B29……」カラカラに渇いた口から呻《うめ》き声が漏れた。

翼竜《よくりゅう》のような巨大な影から、小さな球状の影が産み落とされる。数秒の間をおいて、臓腑《ぞうふ》を震わせる爆裂音が響き、遠くに火の手が上がった。軍事施設もないこの町は、今まで空襲を受けたことはなかった。きっと都市を爆撃した帰りに、余り弾を目についた町に適当に落としているのだろう。脳裏に葉子の顔がよぎる。

「葉子さん！」竜夫は声を上げると土手を駆け下り始めた。

葉子の屋敷は丘の上にある。爆撃の目標として目につきやすい。あの男が言ったとおり、もし葉子が屋敷に帰っていたら危険だ。

葉子が自分を捨てたかもしれないという疑念は頭から消え去っていた。

竜夫は全力で地面を蹴って駆け出した。

炎に包まれた丘を竜夫は駆け上がっていく。あと少しで屋敷にたどり着く。

輻射熱《ふくしゃねつ》が肌を炙《あぶ》り、立ち込める煙で胸が苦しい。息を吸うたびに燃えた大気が肺を焼いていくが、それでも竜夫が足の動きを緩めることはなかった。

葉子は無事なのか？　頭は想い人のことで満たされ、苦痛を感じることすら忘れていた。炎で赤く染まった視界に、屋敷の門扉が入ってくる。そのそばには婚約者の男の車が停《と》まっていた。

あと少しだ。二十分近く酷使《こくし》して悲鳴を上げている足に、竜夫は最後の鞭を入れる。遠目に昨日自分を蹂躙《じゅうりん》した大男が車に乗っているのが見え、竜夫は舌打ちをする。あの男が簡単に屋敷に入れてくれるとは思えなかった。

どうすればいいのだろう？　竜夫がそう思った瞬間、車が火に包まれながら宙に舞った。

すぐそばで爆弾が炸裂《さくれつ》し、炎の龍が車体に喰らいついたのだろう。現実味のない光景に竜夫は棒立ちになる。轟音《ごうおん》を立て、自動車は地面に叩きつけられた。

ふらふらと門扉に近づいた竜夫は、まだ炎を上げる車を覗き込む。車の中で人形《ひとがた》の赤黒い物体がぶすぶすとくすぶっていた。それは泥人形のようで、数十秒前まで生きていた人間だとはとても信じられなかった。鼻に肉の焼ける悪臭が入り込んできて、竜夫は激しく嘔吐した。

これが戦場……。この地獄から葉子を助けなければ。

ふらふらとおぼつかない足取りで、竜夫は爆風で押し倒された門扉を踏み越えていく。色とりどりの花が植えられていたはずの庭園は、かわりに炎の花弁が咲き乱れていた。炎越しに洋館が陽炎《かげろう》のように揺れて見える。屋敷は爆弾の直撃こそ受けていないようだが、所々が破壊されていた。

屋敷の正面扉が開く。竜夫は目を見張った。扉から出てきたのは葉子と、あの婚約者だった。男に手首を摑まれ、葉子は身を捩《よじ》っている。その時、竜夫の耳に不吉な音が響いた。力強い駆動音とそれに混ざる風切り音。竜夫は遥か天空を見上げる。一機の爆撃機が爆弾を産み落としていた。そしてその真下には……。

「だめだぁ！」

竜夫は声の限り叫んだ。しかしその声は、もつれ合う二人の耳には届かなかった。

次の瞬間、爆風と炎が葉子と婚約者に襲いかかり、枯葉のように軽々とその体を吹き飛ばす。

「あああぁーっ！」耳を塞ぎたくなるほど悲痛な絶叫が鼓膜を震わせる。竜夫はそれが自分の口から漏れていることにすら気がつかなかった。

竜夫は走る。道を塞ぐように燃える炎も気にならなかった。ただ真っ直ぐに葉子に向かって走った。全身を炎に包まれた婚約者の男が絶叫していたが、竜夫の意識には入って来なかった。

「葉子さん！」走りよった竜夫は倒れる葉子の体を抱き起こした。

「竜夫……君？」葉子は閉じていた目を微かに開いた。

「かぁ……」竜夫の喉から声にならない声が漏れる。

抱き上げた葉子の体は、右肩から腹にかけて炎の牙に抉《えぐ》られていた。竜夫は目を逸《そ》らす。

「……竜夫君だぁ」葉子は笑顔を浮かべる。触れれば壊れてしまいそうな儚い笑顔を。

「しゃべらないで！　大丈夫だから、きっと大丈夫だから！」

「ごめんね、……本当にごめんね」

葉子はまだ無事な左手で竜夫の頬を撫でた。その目から大粒の涙がこぼれる。

葉子に謝罪され、竜夫は悟った。やはり自分は捨てられたのだと。葉子は最後の最後に、あの婚約者を選んだのだと。しかしそんなことはどうでもよかった。葉子さえ死なないでくれるなら。

葉子はすぐそばに落ちている巾着袋に手を伸ばす。袋は炎で燃えてほとんど原形を留めていなかった。その袋に手を入れると、中からなにかを掴みだし竜夫の手に握らせる。

竜夫は手のひらを開いて、その上にあるものを見た。それはうずらの卵ほどの炭の塊だった。

焦げた飴玉？　これがいったい？

「もう、私があげられるのはこれだけ……、それを持っていって」

葉子は耳をすまさなければ聞き取れないほど弱々しい声で囁く。

こんな飴玉がなんだと言うんだ。竜夫は炭の塊を無造作に懐に押し込むと口を開く。しかし、言葉が出て来なかった。自責の念が心を蝕《むしば》んでいく。

なぜあの時、葉子を行かせてしまったのだろう？　なぜ自分は葉子を守れなかった？

葉子の口がかすかに動いた。しかし柔らかそうな唇から言葉が紡《つむ》がれることはなかった。竜夫の腕の中で、『命』という形のない物が消え失せていく。

葉子の亡骸《なきがら》を抱きしめ、その体が冷たくなっていくのを感じながら、竜夫は叫び続けた。

いつまでも、いつまでも、いつまでも……。


屋敷や庭園、そして森に広がっていた火も消え、太陽が天高く昇った頃、町の者達が屋敷にやって来て、竜夫を葉子の遺体から引きはがした。抵抗する気力など竜夫にはもはや残されていなかった。竜夫は体中に負った火傷の治療のため町へ運ばれていった。

その後の捜索で、葉子の両親や屋敷の使用人は、森の中の防空壕で焼死体で見つかった。

担架《たんか》に乗せられ屋敷から運ばれる途中、雲一つない晴天の空を眺めながら、竜夫は懐《ふところ》から小さな炭の塊を取りだした。もはや涸れ果てたと思っていた涙で視界がかすむ。竜夫は手の中の塊を投げ捨てようとした。しかし金縛りにあったかのようにその手は動かなかった。葉子との最後の思い出、葉子がなぜか自分に最後に与えてくれた物。それを手放すことができなかった。

竜夫が自宅で療養している間に、葉子が予言したように日本は戦争に敗れた。玉音《ぎょくおん》放送を聞いて叔父が泣き崩れるのを見ながら、竜夫は自分の中に何の感情も湧き上がらないことに戸惑っていた。

戦後少し経って、竜夫は警察官となった。二十代後半になると上司達がしきりに見合いを勧めて来たが、竜夫はその全てを断った。心の中に一人の女性を引き摺《ず》っている自分が、結婚などしていいはずがないと考えていた。三十代も後半になると、縁談の勧めもなくなった。

独身者であったことも関係したのか、それほど出世はしなかったが、竜夫は警察官を定年まで勤め上げ、そのあとは毎月入ってくる年金で細々と生活していった。一人の生活は味気なく、義務で生きているような感覚に陥っていた。そのせいか、自分が末期の肝臓癌を患っていることを告知された時は、絶望よりも先にかすかな安堵を覚えた。

延命のためのあらゆる治療を拒否する竜夫に、主治医はホスピスを勧めてきた。世話になった主治医に看取ってもらおうと思っていた竜夫だが、渡されたホスピスのリストの中に、あの屋敷を改装して作られた病院があるのを見つけ、そこを終の住処にすることを決めた。

葉子を守れなかったあの場所で、後悔に苛《さいな》まれながら死にゆくのが運命だと思った。

庭を見下ろせる病室に入院した竜夫は、葉子が命を落とした庭園と、戦後七十年間肌身離さず持っていた炭の塊を眺めながら毎日を過ごしはじめた。

自らの命が尽きるのを待ちながら。

4

語り終えた南の瞳が焦点を取り戻していく。私は閉じていた目を開け、寝台の下から上目遣いに南の様子を窺った。南は肺の中に溜まった空気を吐き出す。窓から射し込む日光に照らされたその顔には、疲労が色濃く刻まれていた。

私の能力は人間の体力を削ることはないはずだが、考えてみれば心の傷を鮮明に回想させたのだ。精神的に衝撃を受けてもおかしくはない。南の体から発する『腐臭』が一際《ひときわ》強くなった気がする。

「ちょっと、……一人にしてくれないかな」南は力ない声で言う。

部屋には私と南しかいない。ということは、おそらく私に向かっての言葉だろう。

しかたがない、部屋の主が出ていって欲しいというのなら、従うのが礼儀だろう。それに、私も落ち着いて考えたいことがある。

私は立ち上がり、てくてくと扉に近づくと、その端に肉球を引っかけ小さく隙間を開ける。

廊下に出た私は、再び観葉植物の陰に身を隠すと、ふと後方の扉を振り返る。

そういえば、犬の私がまるで言葉を解しているかのようにすぐに部屋から出て、不思議に思われていないだろうか？

……まあいいか。数瞬考えてから結論を出す。犬に普通に話しかけるような男だ、犬が言葉を理解しても不思議には思わないだろう。それよりももっと重要なことを考えなければならない。

どうやって南の魂を救ってやればよいのか？

私は頭を高速回転させながら、時機を見計らって植物の陰から飛び出し、階下への階段へと向かった。今回も首尾良く、看護師達に気づかれることなく階段まで走り抜けることができた。

一息に一階の廊下まで下りた私は、半開きになっている扉を通って団欒室へと入ると、窓際に置いてある『そふぁ』とかいう西洋長椅子の上で丸くなった。窓から射し込む午後の陽光が体を温める。暖炉で薪《まき》がはぜる音が心地よい。私は瞼《まぶた》を落とす。

別に眠ろうとしているわけではない。南の『未練』を観察している中で、聡明な私だからこそ気づく様々な違和感を見つけたのだ。上手くいけば南を救う糸口が見えてくるかもしれない。私は目を閉じたまま、思考を広げていった。

さて、そろそろかな。大きく垂れた耳をぴくりと動かすと、私は窓の外を眺めた。空には天空高く丸い月が浮かんでいる。もう少しで日付が変わる時間になっていた。

南の記憶を覗き見てから数時間、私はずっと、夕食を食べた時間を除いて、この団欒室の長椅子の上で過ごしていた。

途中で中年の看護師に、「気楽そうでいいわねえ」などと嫌みを言われたりもしたが、私は決して気楽に眠っていたわけではない。南の回想の中で感じた違和感の正体を考えていたのだ。

素晴らしい頭脳を駆使した結果、南の過去に起こったことに対して、私は一つの結論を出していた。南を『未練』から解き放つことができるかもしれない結論を。

私は長椅子から飛び降りると、廊下を通過し階段をのぼる。昼間に一度やっているためか、今度はそれほど緊張しなかった。

見えてきたなあすすていしょんの中には、中年の看護師が一人しかいなかった。記録でもつけているのか、座って机の上に視線を落としている。私は素早く階段を駆け上がり二階の廊下を南の部屋の前まで進むと、昼間やったように扉の隙間に爪を差し入れ、強引に開いて部屋に入る。

部屋は闇で満たされていた。しかし、本来夜行性動物である犬の目を持つ私には、かすかに窓から射し込む月明かりで、部屋の様子がはっきりと見てとれた。私は南が眠る寝台に近づいて行く。

痩せ細った南が寝ている様子は、まるで遺体が安置されているかのようだった。

寝台の上の南が小さく「うっ」と声を漏らした。なにか夢でも見ているのだろう。丁度良い、その夢に邪魔させてもらうとしよう。俗《ぞく》に『夢枕に立つ』というやつだ。

私は床に丸くなると瞑想を始め、精神を南の魂の波長に合わせていく。私の意識が南の意識の中に溶け込んでいった。

5

気づくと、私は夕暮れの河川敷に立っていた。南の記憶の中で、葉子と会っていた場所だ。見ると、すぐそばの土手に南が座っている。しかしそこにいる南は十代の青年ではなく、黄疸で顔が黄色くなった、萎《しな》びた老人の姿だった。

「なにをしているんだ？」南に近づくと、私は声を出して訊ねる。

ここは夢の世界、精神の世界。そしてこの場所に入り込んでいる私は、実体を持たない高位の精神体である。どんな姿になることもできるし、どんな能力を使うことも可能だ。犬の姿をしているのは、一番馴染《なじ》んでいるからと、南を驚かせないために過ぎない。私は南の隣に腰を下ろした。

「なんで……犬がしゃべっているんだ？」南はまじまじと私を見つめてくる。

「ここは夢の中だ。犬がしゃべろうが、空を飛ぼうが、なにもおかしくない」

私は肩甲骨《けんこうこつ》をすくめる。人間の『肩をすくめる』という動作を真似てみた。

「ああ、そうか……夢か。夢ならしかたないな」

思ったより簡単に理解してくれたようだ。と言うより、私に興味がないだけだろうか？

「それより質問に答えろ。こんなところで一人寂しくなにをしているんだ？」

「特になにも……」覇気のない声で南は言う。

「そうなのか？　ここで想い人を待っているんじゃないのか？」

「……誰も来ないよ」

「そうだな、誰も来ない。……お前が誰とも会おうとしていないからな」

南は俯《うつむ》いたまま黙り込む。

「けれど本当は想い人に会いたいんじゃないか？」

「彼女は……私に会いたくないはずだ」

「なぜそう思う？」

「彼女は私より、婚約者を選んだんだ。それに……私は葉子さんを守れなかった。彼女は私の腕の中で死んだんだ」魂の欠片《かけら》を吐き出すかのような、痛々しい口調で南は言う。

「お前はたしかにその女を守れなかった。けれど……」

私は正面に回り込むと、ずいっと南に顔を近づける。

「本当にその女はお前を捨てたのか？」

「うるさいな。なにも知らないくせに適当なことを……」

私は更に顔を近づけ、南の言葉を遮った。鼻と鼻が触れそうになる。

「私は全て知っている。全て。頭の悪いお前とは違ってな」

「なにを言って……」私の迫力に押され、南は口ごもった。

「お前の想い人は、お前を置いて自分の屋敷に戻った。それはなぜだ？」

「なぜって、私を……捨てたから。彼女は婚約者をとったんだ」

「自分から駆け落ちを提案したくせに、お前に会い、お前の顔を見て急に気持ちが変わったと？　そして蛇蝎《だかつ》のごとく嫌っていた婚約者のもとに帰ろうと思ったとでも？」

私は素早く言葉を継ぐ。南は口を開くが、その口から声がこぼれ出ることはなかった。

「その女はとっさに、お前と逃げたあとに訪れるであろう未来に怯えたのか？　素寒貧で、しかも戦争から逃げようとしている情けない男とともに生活する、そんな一生を送るよりも、心身ともに醜い男とつがいになれば手に入れられる、裕福な未来を手に取ろうとしたのか？　なるほど、それはある意味賢明な判断だ。きっとお前の想い人は金銭が人生の全てと考える卑しい女だったのだろう」

私は挑発してみる。

「彼女はそんな女性じゃない！」

嚙みつかんばかりの勢いで南は言う。私はわざとらしく大きくため息をついた。

「そう言い切れるのに、なぜお前は彼女を信じない。なぜ自分が捨てられたと子供のように拗ねて、こんなところで萎《しお》れているんだ？」

私は淡々と質問を重ねる。南は再び力なく俯いた。

「けれど……、彼女は私を置いて家に戻ったんだ」

「それで、お前は女に裏切られたと決めつけたのか？　他の理由は考えなかったのか？」

「彼女はあの男と一緒にいたんだ！　それに、最後に言ったんだ！　……『ごめんね』と」

食いしばった歯の隙間から、南は痛々しい声を絞り出す。

「少し冷静になれ。もっと頭を使うんだ」

「頭を使う？」

「そうだ、お前は冷静な判断ができなくなっている。もっと落ち着け、感情に振り回されるな」

「そんなことしたところでなにも変わらな……」

「黙れ！」私は興奮してまくし立てる南を一喝する。「口を閉じて、ゆっくりと思い出すんだ」

「……思い出す？」南の顔に戸惑いが浮かぶ。

「お前が女と別れた時のことだ。女がお前を置いて家に帰る前、なにか起こらなかったか？」

私は斜め下から南を睨《ね》め上げる。私が全てを教えては意味がないのだ。南が自ら答えを見つけ、そして納得しなければ、地縛霊化は防げないだろう。

私にとって重要なのは真実ではない。南が納得いく物語を見つけ、それにより『未練』を断ち切ることだ。下らない人間の過去になにがあろうと、高貴な私の知ったことではない。

「葉子さんが帰る前……？」

「そうだ、女がおかしな行動をとったりしなかったか？」

「たしか、なにかを落とした。……そうだ、飴だ。飴玉を落としたんだ」

「それから？」私は先を促す。

「それを見て、彼女の顔色が変わった。そして、私を残して家に帰ってしまった……」

「なんで飴を見て、女は帰ろうとした？」

「それは……、私と逃げたらそんな贅沢《ぜいたく》は二度とできないと思って……」

「うおんっ！」うじうじと口の中で言葉を転がす南を、私は吠え声で黙らせる。人間の言葉を使うよりこの方が迫力がある。案の定、南は体を仰《の》け反らせて口をつぐんだ。

「さっきから頭を使えと言っているだろう。他の可能性も考えてみるんだ。まったく、犬に頭を使えなどと言われて、人間として恥ずかしくないのか？」

まあ、私は普通の犬ではないが。

「彼女は、飴玉を見て驚いていた……」宙空を見つめながら南が呟く。

そう、その調子だ。なぜ飴玉を見て驚いた？

「葉子さんは……巾着袋に入っていたのが飴玉じゃないと思っていたのかも」

正解だ。私は夢の中でなければ浮かべられない人間っぽい笑みを浮かべると、立ち上がった。

「行くぞ」

「行く？　どこに？」南は額に深いしわを刻む。

「決まっているだろう、あの屋敷だ。お前が今入院している場所、そして、想い人を失った場所だ」

黄土色《おうどいろ》に染まった南の顔面が、痙攣《けいれん》でも起こしたかのように引きつった。

「どうした？　早く立ち上がれ」

南は駄々をこねるようにふるふると顔を左右に振る。

「ずっとここにいるつもりか？」私は再び南の正面に立った。「そうやって、いつまでも逃げ続けるつもりなのか？」

「放って……おいてくれ」

南は逃げるように視線を外す。しかし、私は南の視線を追い、真下から南の伏せた顔を覗き込んだ。

「お前はもうすぐ死ぬんだぞ」

南の喉から、食べ物を詰まらせたかのような音が漏れた。

「お前に残された時間は少ない。長い間生きたのに、お前は最後までこの呪縛から逃れることなく消えるのか？　それがお前の人生か？」

南は無言のまま、必死に私から視線を外そうとする。しかしそのたびに、私は南が向いた先に、現実ではあり得ない速度で移動した。夢の中なら簡単なことだ。

「お前は自分の人生が望むようなものでなかった責任を、死んだ女になすり付けているだけじゃないのか？　本当は『死』を意識するまで、そんな女のことなど忘れていたんじゃないのか？」

私はさらに挑発を重ねる。

「違う、私は本当に彼女を愛していたんだ！　彼女が全てだったんだ！」

南は私に向かって身を乗り出すと、大声をあげる。

「なら、お前は知るべきだ。お前が愛した女が死んだ時、一体なにがあったのか」

南の顔の筋肉が複雑に蠕動《ぜんどう》する。あと一押しといったところか。

「行くぞ、あの日なにがあったのかを知るために。お前の呪縛を解くために」

私は顎をしゃくった。南は躊躇《ためら》いがちに、ゆっくりと頷いた。


背後から荒い息が聞こえる。

遅い！　私は苛立ちながら、息も絶え絶えに坂道を上ってくる南を見下ろした。

たしかに本来は、高齢でしかも癌に冒された体で坂道を上るのは難儀なことだろう。しかし、ここは現実世界ではない。南自身の夢の中だ。南がその気になれば若者のように速く歩くことも、空を飛ぶことも、それこそ屋敷まで瞬間移動することすらできるはずだ。しかし、歩みは遅々として進まない。南の深層意識が過去の屋敷に近づくことを恐れ、拒絶しているのだろう。まったくもって情けない。

ん？　もしかして放っておくと、このまま永遠に屋敷に着かないのではないか？

……しかたがない、ここで始めるか。私は少し坂を下り、南の隣で歩調を合わせて歩く。

「遠いな」私は南に話しかけた。

「ああ、遠いよ」荒い息の合間を縫いながら、南は同意する。

お前が遠くしているんだよ。

「屋敷までまだかかりそうだ。その間、世間ばなしでもどうだ？」

「世間ばなし？」

「そう、世間ばなし、軽い雑談だ。時間潰しにはいいだろう」

南は元々しわの多い顔に更にしわを寄せ、困惑の表情を作る。しかし私は構わず話しはじめる。犬に表情を読むことを期待する方がおかしいのだ。

「お前の想い人はどんな女だった?」

「彼女は、とても……綺麗なひとだった」

「外見など聞いていない。中身だ中身」顔のつくりなど、皮膚の凹凸でしかない。

「とても……聡明な女性だったよ。年上ということもあっただろうけど、私なんかより遥かにしっかりしていた」

「なるほど、そんな女が輝かしい将来を捨て、お前と逃げようとしたわけか」

「きっと、気の迷いだったんだ。だから間際になって、目が覚めて家に……」

「ああ、もうやめないか! 勝手に悲観的になるんじゃない。私はこう言いたいんだ」私は一拍間を置いて続ける。「それほどお前のことを愛していたのだとな」

「私を……愛していた?」南は歩みを止めると、呆然と呟く。

「当たり前だろう。その女は自分の全てを捨ててでも、お前とともに生きようとしたんだぞ。そうでなければ、なぜ自分の家から逃げようとする?」

「それは、婚約者が嫌いだったから……」南は自信なげに呟く。

「違う。それなら、あんな時期を選ばないはずだ。この国が最も混乱していた時だぞ。どこに行けばいいのか、どこが安全なのかも分からない。姿をくらますならば、海外に渡ってからでも良いはずだ。それなのになぜか、敗戦濃厚でしかも婚約者がすぐそばにいて見つかりやすい時期を選んだ。なぜそこまで焦っていたのだ？」

何度も瞬《またた》きを繰り返していた南の目が、大きく見開かれた。瞳孔すら散大している。夢の中だというのに芸の細かいことだ。

「もしかして……私を……」

「そう、助けるためだ」詰まった言葉を私が引き継いだ。

女は自分のためではなく、戦場へ赴こうとしていた想い人のために逃げようとした。

「ただ単に『行くな』と言うだけでは、国のために死ぬ覚悟を固めはじめていたお前を説得できない。だから、まずこの国が負けることをお前に信じ込ませ、その上で婚約者から救い出して欲しいと持ちかけた。逃げる大義名分を与えるためにな。なるほど、たしかに聡明な女だ」

「けれど、最終的に彼女は家に戻ったんだ。私を捨てて」

「女は赤紙をもらったお前を救うために冷静沈着に状況を計算し、その上で全てを捨てる決心をしたんだ。そんな女が寸前になって怖じ気《おけ》づくと思うか？」

「じゃあ、彼女はなんで家に……？」

「一度家を出て、慌てて戻る。それはなぜだ？」

謎かけのような言葉に南は数秒考え込むと、私の顔色を窺いながら答えた。

「……忘れ物？」

正解だ。自信なげに呟いた南に向けて、私はにやりと口の片側を吊り上げてみせる。現実なら決して犬が浮かべないであろう表情を見て軽く眉根を寄せた南は、せっかく正解を出したというのに、すぐに自分の言葉を疑い始めた。

「けれど、あんな状況で家に帰るくらい重要な物なんて……」

「それを見に行くんだ。ところでそろそろ着くんじゃないか？　空襲があった日の屋敷に」

私が水を向けると、どこからかかすかに警報が聞こえてきた。それと同時に、月明かりに照らされていた夜道が紅く染まった。道の左右に茂っている樹々の葉が、突然紅葉したかのように炎を纏《まと》う。これはかつて南が見た光景。ようやく南が、目を背け続けてきた過去に向き合おうとしている。

「葉子さん……」南は呟くと、炎の中に延びる道を獲物を見つけた獣のように駆けていく。死にかけの老人にはあり得ない身のこなしだった。

あ、ちょっと待て。私は慌てて南のあとを追う。さっきまで息も絶え絶えだったくせに、急に走り出すんじゃない。

坂を駆け上がっていった私の目に、見慣れた庭園、そして洋館が飛び込んできた。しかし、その庭園は炎に包まれ、屋敷は所々が破壊されている。

屋敷の門扉まであと少しのところで南は立ち尽くし、ぶるぶると震えていた。ここまで勢いよく来たというのに、直前になって怖じ気づいたらしい。

「行かないのか？」

私が話しかけても、南は屋敷を凝視したまま動かない。この男はなにを恐れているのだろう？　再び想い人の死を見ることか、それとも、女がやはり自分を捨てていたという可能性か。

まったく世話が焼ける。

「女は警報の中を屋敷に戻った。本来なら防空壕にでも逃げ込むべきところなのに。いったいなにをそんなに焦っていたのだろうな」

私が誰にともなく呟くと同時に、背後から足音が響いてきた。振り返ると、若い女が不安げに空を見上げながら、坂を駆け上がってきていた。女の顔には見覚えがある。南の想い人、檜山葉子。

この光景を南は見ていないはずだ。おそらく私の言葉が南の想像をかき立て、屋敷へと走る葉子の姿を夢に投影させたのだろう。

「あ……」脇を通り抜けていく葉子に南は手を伸ばす。しかし葉子の肩を摑もうとした手は、その体を素通りした。大きく体の均衡を崩した南は、呆然と葉子の背を見送った。葉子は屋敷の中へと消えていく。

「なにを呆けているんだ。考えるんだ。あの女がなにを取りに戻ったのか」

「そんなことを知ってどうなるんだ！」頭を抱えながら南は叫ぶ。

「お前は知るべきなんだ。お前が愛した女がなぜ死んだのか。自分の命が尽きる前に」

「彼女が、葉子さんがなにを取りに戻ったのかが、そんなに重要だっていうのか？」

「ああ、重要だ。とてもな。考えろ、よく考えるんだ」

重ね重ねの私の説得に少々冷静さを取り戻したのか、南は苦悩の表情を浮かべ屋敷を睨む。

「彼女は飴玉を見た時、すごく驚いていた。……もしかしたら、あれがなにか別のものだと思っていたのかも」

いい調子だ。私は視線で先を促す。

「葉子さんが入れ間違えたのか……？　いや、取りに帰るぐらい大切な物を彼女が忘れるわけがない。なら……」咀嚼《そしやく》するようにぶつぶつと呟いていた南は、はっと顔を上げた。「あの男だ！」

南が叫ぶと同時に、私達のすぐ隣に黒い車が横付けされ、中から肉づきがよく目つきの悪い男があらわれる。葉子の婚約者だった。

「絶対に逃がさねえぞ！」

男は爬虫類《はちゆうるい》のように舌を出すと、重そうな体を揺すりながら屋敷に向かって歩き始めた。

「あの男がすり替えたんだ。彼女を逃がさないために。だからあの男はあんなに余裕があったんだ」

ようやく脳に鞭が入ったらしく、南は早口にまくし立てる。

「けど、いったいなにがそんなに大事だったんだ……？」

さすがに人間ごときの知能では、そこまでは気がつかないか。まあ聡明なる私だからこそ答えが出せたのだろう。しかたがない、そろそろ種明かしといくか。ここまで自分で頭を使ってきたのだ。十分に納得し、『未練』を断ち切ることができるだろう。

「お前と一緒に逃げるとしたら、最も大事なものは何だと思う？」

「……大事なもの？」南は下唇を噛みながら考え込む。

このまま答えを待っていると、その内『愛』とかなんとか、的外《まとはず》れで小恥ずかしいことを言い出しそうなので、私はさっさと答えを教える。

「金だよ」

人間が生み出した最も便利で、最も罪深いものの一つ。低俗な人間どもが群がる甘く危険な果実。

葉子はたしかに人間としては聡明な女だった。だからこそ、分かっていたはずだ。二人で逃げたあと、頼りになるのは『金』に他ならないことを。富豪の娘だった葉子は当然金を持ち出そうとする。

「金……」よほど意外な答えだったのか、南は口を半開きにする。

「そうだ。混乱した国で生きていくために、なによりも金が必要なことを女は知っていた。しかし、駆け落ちの計画に気がついていた婚約者が、前もってそれをすり替えておいた……、ん？」

滔々《とうとう》と語っていた私は首をあげ、炎で紅く染まった空を見上げる。巨大な鋼鉄の猛禽《もうきん》がいくつも空を泳いでいた。南の表情が恐怖に歪んだ。影は卵でも産むように、腹から楕円《だえん》の塊を吐き出していく。

ああ、以前よく見た光景だ。戦争中、この国で私が最も忙しく働いた時代、何度もあの巨大な鉄の塊が街を炎の海へと変えていた。私は懐かしさすら感じ、重力に引かれて落ちてくる死の卵を眺める。

屋敷の扉が開き、中から二人の男女がもつれながら飛び出してきた。次の瞬間、二人のすぐそばで鋼鉄の蛹《さなぎ》が羽化した。炎の羽が二匹の獲物に向かって襲いかかり、その体をはじき飛ばす。

「うああああー！」南の喉から獣じみた絶叫が上がった。

背後から駆け足で近づいてくる足音が聞こえて来た。私が振り返ると、青年時代の南が炎と同じほど顔を紅潮させ走ってきていた。青年時代の南は、歳老いた南に吸い込まれるように重なる。二人の姿は一つになり屋敷に向けて走り出した。私はあとを追う。

南の記憶の中で見た光景が再現されていた。葉子に駆け寄った南は、右の肩から腹にかけて炎にえぐられた体を抱き上げる。私が見た記憶と唯一違うのは、南の姿が顔に幼さを残す青年ではなく、黄疸で皮膚が変色した萎れた老人であるところだ。

「ごめんね、……本当にごめんね」

葉子は力なくまだ無事な左手で南の頬を撫でると、その手をかたわらで焼けて黒くなっている巾着袋に伸ばし、中から小さな炭の塊を取り出して南に押しつけた。

「もう、私があげられるのはこれだけ……」

そこまで言うと、葉子は激しく咳き込んだ。その体から命の灯火が消えていく。

「こんなもの！」

南は記憶とは違う行動をとった。差し出された手を払いのけると、葉子の体を抱きしめ、体を震わせて嗚咽をあげはじめる。払いのけられた黒い炭の塊は、ころころと地面を転がっていった。

「なにをしているんだ？」肩を震わせる南に、私は話しかける。

「……うるさい」

「分かっているんだろう。これは現実じゃない。お前の記憶が創り出した夢でしかない。別に今その女が死んだわけではないんだ。哀《かな》しむ必要などない」

「黙れ！　うるさいって言うのが聞こえないのか！」

聞こえてはいるよ。

この男はなぜこんなに泣き叫んでいるのだろう。夢であることは分かっているはずなのに。やはり私のような高等な存在には、下等な人間の行動はよく理解できない。

南が落ち着くまで待っていては、いつになるか分からない。私は土の上に転がっている小さな炭の塊を咥《くわ》えた。

「ほら、お前のものだ」私は首を振って炭の塊を南の足元に放った。しかし、南はその炭に一瞥《いちべつ》もくれることはなかった。

「なにをしているんだ。その炭を手に取れ」

「そんなごみがなんだって言うんだ。放って置いてくれ」

「ごみなどではない！」

いつまでもうじうじと幻の遺体に縋《すが》りついている南に、私の忍耐も限界に近づいていた。ようやく南はのろのろとこちらを向く。

「これは、ごみなどではない」私は同じ言葉を繰り返した。

「ごみだ。焼けた飴なんて、ごみ以外の何だって言うんだ」血走った目で南は私を睨む。

「お前はまだそれが飴だと思っているのか？」

「その袋に入っていたんだ。他になにがある？」南は剣呑《けんのん》な目で私を睨みつけた。

「その女は空襲の中、危険を覚悟で家に戻った。袋の中身は飴でなく、本来女が持っていこうとしていたものに変わっている可能性が高い」

極めて理性的かつ論理的な私の説明に、南は言葉に詰まる。

「じゃあ、この炭の塊はなんなんだ？　そんなに大切なものだって言うのか？　彼女が命をかけるほどに」南は炭の塊を摑むと、力任せに握りしめる。

「その女にとってはな」

「彼女が重要だと思っていたのは『金』だって、お前は言っていただろう。けれど、これは金なんかじゃない。お前は間違っているんだ。彼女は私を捨てたんだ」

南は涙で濡れた目で私を睨みつける。私は目を逸らすことなくその視線を受け止めた。

「よく思い出せ。その女の父親は、この国が戦争に負けると気づいていた。それほど先見の明があったのだ。戦後、紙幣が紙切れになる可能性があることぐらい分かっていたはずだ」

一瞬視線を宙にさまよわせた南は、目を見開くと、自分の手の中にある黒い塊に視線を注ぐ。

「それに海外に逃げるなら……、紙幣じゃあかさばって重い……」

その通り、あと一息、答えは自分で見つけるんだ。

「彼女の父親は財産を持ち運びやすくしていたんだ。きっと……貴金属に」

南は視線を炭の塊に置いたまま呟く。私は大きく頷いた。

「一つ教えてやろう。宝石の中でも『だいやもんど』は火に弱い。もともと炭素だからな。炭の塊になることもある」

南は炭の塊を見たまま口を半開きにする。

「ダイヤ……」

南の口からその単語がこぼれた瞬間、小さなくすんだ塊が、突然目映《まばゆ》い光を放ち始めた。白い光は炎で紅く歪む光景を塗りつぶすかのように広がっていく。視界が純白に支配される。

ようやく光が収まり、視力が戻ってくる。私はきょろきょろと左右を見回した。いつの間にか私達は屋敷の前から、夕日に染まるあの河川敷へと戻ってきていた。

南は土手に座り、自分の手の中の、光を凝り固めたかのような美しい塊を眺めていた。

「彼女は……これを渡そうとしていたのか……」

「そうだ。死を前にして、女はお前にそれを持って逃げろと言ったんだ。自分が死にかけているというのに、お前のことだけを考えていたんだ」

「私は……捨てられていなかった。彼女はこんなにも……私を愛してくれていたのに。私は……」

言葉が続かなくなり、どこまでも深い慟哭《どうこく》が夕日に燃える川辺を渡る。私はその場に寝そべると、さらさらと流れる川面を眺めた。

七十年間溜めに溜めた感情を吐き出すように、南は吠え続けた。

これでこの男は『未練』から解き放たれるだろう。最愛の女にいかに自分が愛されていたかを知ったのだから。哀しみは胸に残るだろうが、それでも最期の瞬間を迎える時、南は想い人の愛を思い出しながら、静かに逝くことができるだろう。『愛』など性欲をはじめとする様々な欲望が混ざり合って生じる、下らない一時的な感情に過ぎないが、下等な人間にとっては重要なものなのだろう。自らの人生を満足させるほどに。

さて、そろそろお暇《いとま》するとするか。私は立ち上がった。いつまでも萎れた老人が泣いている姿を見ていてもしかたがない。私の仕事はもう終わったのだ……多分。

このまま南を放って置いていいものか多少迷いつつも、私はこの世界から去ろうとし始めた。

「なにしてるの？」

唐突に、春風のような心地よい声が響いた。南は涙で濡れた顔を上げる。土手の上、落ちゆく夕日を背に、着物姿の女が立っていた。

「葉子……さん？」

ついさっき、南の腕の中で息絶えた女は、風に膨らむ長い黒髪を押さえながら南に近づくと、着物の裾を気にしながらその隣に腰を下ろした。七十年前と同じように。

「あら竜夫君」葉子は数時間ぶりに会ったかのように気軽に声を掛けた。「歳取ったわね」

呆けて葉子の姿を見ながら、「ああ……」と言葉にならない声を出していた南は、咳き込むように大きく息を吐いたあと、ゆっくりと震える唇を開く。

「……葉子さんは……変わらないね」

南はなんとか笑顔を浮かべようとするが、上手くできていなかった。顔の筋肉がおのおの自分勝手に動き、喜怒哀楽どれともつかない顔になる。

「それはそうよ、私はこの年齢で死んだんだから」

葉子は快活に笑った。南の表情が『哀』へと集中していく。

「気にしないで、あれが私の運命だったの。私はあの時、哀しくて、怖かったけど……満たされていた。……あなたがすぐそばにいてくれたから」

固く閉じられた南の唇が、再びぷるぷると震え出した。

「それに、あなたは生きてくれた。それだけで私は満足」

葉子の雪のように白い手が、枯れ木のような南の手を握る。葉子が触れた場所から、光の膜が南を包み込んでいった。水分を失っていた皮膚に張りが戻っていく。しわが消え去り、黄土色の肌が日に焼けた小麦色へと変わる。さざ波のように体を走った光が消えた時、そこには死に瀕した老人ではなく、生命力に満ちあふれた若者がいた。

青年となった南は葉子を抱きしめ、彼女の肩口に顔を埋める。押し殺した嗚咽が漏れだす。

「大丈夫だよ、もう大丈夫。辛かったよね」

葉子は我が子をあやすように、南の黒々と光沢のある髪を撫でる。私の耳に届く慟哭はさっきまでの痛々しいものから、母親をみつけた迷子の幼児があげるような、安堵と喜びに満ちたものへと変わっていった。

やがて南の声は次第に小さくなっていく。南は葉子の体に回していた両手を解き、少し離れた。気恥ずかしさからか、顔は伏せられている。

「落ち着いた？」

葉子の問いに、南は小さく頷く。その頰が紅く見えるのは、夕日のせいだけではないだろう。

「竜夫君と話したいこと、いっぱいあったの」葉子は夜の帳《とばり》が降りはじめた空を仰ぐ。

「俺もだよ」

葉子にならって南も天空を見つめる。夕日で紅く染まっていた空がいつの間にか、満天の星空へと変化していた。夢とは都合のいいものだ。

「ねえ、聞かせて。あなたがどんな人生を送ったのか」

「うん。けど、なにから話せば……」

「そうね、戦争が終わった後、竜夫君は何を……」

二人は肩を寄せ合い語り合う。

私はその姿を見ながら首を捻る。あの葉子は、真実を知った南が無意識に創り出したものなのだろうか？　あれほど悲嘆に暮れていた南に、そんな余裕があっただろうか？

まさか、七十年前に死んだ女の『魂』が、私と同じように南の夢に潜り込んだなどということは……。魂も死神と同様に霊的存在であるから、理論的には不可能ではないが。

数瞬思考を巡らせたところで、私は考えることを放棄する。確かめようがない。今私がとるべき行動は一つだ。私は瞼を落とすと、この世界での自らの存在を薄めていく。夜の闇の中に溶けていく私に、一瞬南が視線を送ってきた。

「竜夫君、どうかした？」

「いや、なんでもないよ。それより……」

南は首を左右に振ると、心の底から満足げな笑顔を浮かべ、葉子との話を再開する。

これ以上、二人の世界に邪魔をするのは野暮というものだろう。七十年ぶりの再会なのだから。

私はなかなか『粋《いき》』な死神なのだよ。

ゆっくりと瞼を上げる。網膜《もうまく》に暗い病室が映し出された。現実世界へと戻ってこれたようだ。ふと壁に掛けられている時計に目をやる。私が南の夢に侵入してから五分ほどしか経っていなかった。夢と現実とでは、時間の流れにかなり差があるらしい。

やれやれ、本当に疲れる仕事だ。現実世界では五分でも、体感的には数時間もうじうじしている老人の相手をしていたのだ。体の至る所がだるい。私は前足を前方に突き出して大きく伸びをした。

寝台の上を見ると、険《けわ》しかった南の表情が満足げに和らいでいた。心なしか、南瓜《かぼちゃ》の中身のようであった皮膚の黄色も薄らいでいる気がする。

鼻をひくつかせ、部屋の中の空気を吸い込む。甘ったるい『腐臭』は消え、朝日の射す森の中のような、清廉《せいれん》な香りが鼻腔《びこう》に広がった。もはや南が地縛霊となることはないだろう。

しかし単純な男だ。私は鼻を鳴らした。実際は葉子が渡した炭の塊が、焦げた宝石だったかどうかはわからない。その可能性は高いように思えるが、所詮は可能性だ。

もしかしたら本当に、あの炭の塊は焼けた飴玉で、南の想像通り葉子は寸前で駆け落ちを思いとどまり、南を捨てていたということだって十分に考えられる。

まあ、真実がどうであったかなど私には関係ない。重要なのは南に納得できる筋書きを信じ込ませ、地縛霊化を防ぐことなのだから。

なんにしろ初仕事は大成功だ。私は満足して部屋から去ろうとする。視界の隅に、窓枠に置かれた小さな黒い塊が飛び込んできた。部屋を出ようとしていた足が止まる。

……まあ、せっかくだからな。てくてくと窓際に近づくと、私は飛び上がり、黒い塊に嚙みついた。がりっという音が響き、口の中に不快な苦みが広がった。夢の中でくわえた時は無味だったのに、さすがに現実世界ではそうはいかないらしい。

ぷっと口の中のものを吐き出す。床に転がった塊を見て私はにやりと笑みを浮かべる。

割れた黒い外殻からのぞいたその中身は、窓から射し込む月光を乱反射し、星の欠片のようにきらきらと輝いていた。

第2章　死神、殺人事件を解明する

1

廊下の壁を見上げ、私は首をかしげる。いったいあれはなんなのだろう？　時刻はまだ午前八時前、窓から射す朝日が廊下を照らしている。

私が南の件で初仕事を終えてから、すでに三日の時間が経っていた。この三日間、私がなにをしていたかというと、……特になにもしていなかった。

いや、別に怠《なま》けていたわけではない。連続して死神の力を使ってしまったためか、南を救った翌日、私は激しい疲労を感じて仕事をするどころではなくなってしまったのだ。頭が鉛《なまり》のように重く、立ち上がることすら億劫だった。

私が純粋な霊的存在であった時は、『疲労』などというものは感じたことがなかった。つまりおそらくは、死神の能力を使うことが肉体に多大なる負荷を強いたのだろう。まったくもって、肉の檻に閉じ込められるということは不便なものだ。

死神としての能力が使えない私は、屈辱的なことだが、単なる犬にすぎない。『我が主様』から賜った役目をこなすには力不足も甚《はなは》だしい。しかたがないので私はこの三日間、定位置である一階の団欒室や廊下、そしてこの数日の晴天によって雪が解けた庭をぶらぶらとしたり、菜穂がくれるびすけえとを尻尾を振り振り摂取したりしつつ、体力の回復に努めたのだった。

ところでこの三日間、屋敷の内外を彷徨《さまよ》っていた私は、この屋敷に様々な不審な点を見つけていた。それらは死神でないと気づけないものもあれば、人間であっても少し目敏《めざと》ければ容易《たやす》く気づくことができるものもあった。その一つが、私が見上げている廊下の壁に刻まれている『これ』だ。

「なにしているの？　レオ」

声をかけられ、私は反り返るように背後を見る。そこには菜穂が上下逆さまに立っていた。いや、逆さまは私の視界か。私は顔の位置を固定したまま体を反転させる。

上下が正常に戻った菜穂は、白衣姿ではなく、青みがかった『わんぴーす』と呼ばれる服を着ていた。勤務中ではないらしい。あの『師長』とか呼ばれている中年女性などは勤務が終わると、臭い煙を吹き出しながら走る『車』という鉄の塊で病院を離れるが、菜穂は常にこの病院にいる気がする。おそらく住み込みで働いているのだろう。

「レオって、時々変な動きするよね。犬らしくないっていうか……」

細い顎に白い指をかけながら、菜穂がどきりとすることを言う。私は慌てて激しく尾を振り、「はっはっはっ」と荒い息づかいをしながら、『お手』を繰り返した。

「……まあいいんだけど」菜穂はどこか疑わしげに目を細める。

やりすぎだったのだろうか……？

「なに、この壁が気になるわけ？」

菜穂は壁に手を伸ばした。そこには奥が見えないほど深い穴が二つあいていた。いや、ここだけではない。よく見ると、壁の他の部分にも同じような穴がさらに三つ穿《うが》たれている。廊下の一番奥に置かれた巨大な柱時計に至っては、木製の側面が二ヶ所、破裂したように壊れていた。この柱時計が時を刻んでいないのも、それに原因があるのだろうか？

「ああ、これのことかぁ」菜穂の表情が歪む。「変なものに興味持つんだね、レオは」

それきり菜穂はなにも語らなかった。どうやらあまり積極的に語りたいような内容ではないらしい。まあ、それならしかたないか……。

団欒室へと戻ろうとしかけたところで私は足を止める。やはり『仕事場』であるこの屋敷について、詳しく知っておくべきかもしれない。私は菜穂を見上げた。

「ん、どうかしたの、レオ？　お腹すいた？」

それほど食い意地は張っていない。心の中で反論しつつ菜穂と視線を合わせる。私は軽く菜穂に『催眠』をかけた。南の時のように魂を支配下に置く必要はない。すでに意識に上っていることを口に出させるだけだ。ちょっとした切っ掛けを投げかければよい。

菜穂は眉間に軽くしわを寄せると、数回瞬きを繰り返す。自分の胸に湧き上がった衝動に戸惑っているのだろう。桜色の柔らかそうな唇が躊躇いがちに開かれる。

「この病院にはね、怪談があるの。……ここ、元々お化け屋敷だったんだ」

お化け屋敷？　それはたしか、暗い室内で仮装した人間が大声を出し、入ってきた人間が更に大きな金切《かなき》り声を出すという、意味の分からない施設のことではなかったか？

私は「わうっ」と吠え、続きの説明を催促する。

「……このお屋敷、交通の便は悪いし、戦争でひどく壊れたから、ずっと誰も住んでいなかったの。けれど八年ぐらい前に、ある人が屋敷を買い取って、きれいに修復して引っ越してきたんだ。中年の夫婦に小さな男の子の家族……」

菜穂はぽつぽつと語り始めた。

「ただ、その家族が普通じゃなかったの。ほとんど屋敷から出て来ないで、時々街におりてくるのは日が沈んでからだけ。そしてその時はいつも大きなサングラスにマスク、それに帽子までかぶって、顔を完全に隠していたの。それに噂じゃあ、その人達、この屋敷の窓という窓を全部内側から塞いだんだって。そんなだから街の人達が気味悪がって、陰で『吸血鬼家族』なんて呼んでいたの。私も昔は麓《ふもと》の街に住んでいたから、その噂を聞いたことがあったんだ」

ふむ、たしかに変わった家族だ。しかし、壁の穴の説明になっていない。菜穂は唇を固く結び、なかなか続きを話しださない。私は再び「わんっ」と軽く吠えて先を促した。菜穂はいかにも気が進まないといった感じで口を開く。

「その家族がここに住み始めてから一年ぐらい経った時ね、このお屋敷で……殺人事件が起こったの」菜穂は口をへの字に曲げた。

殺人事件？　それは穏やかではないな。私は目を見開き、菜穂にかけている催眠を少し強めた。最初は軽い気持ちで聞きはじめた話だったが、ここに至ってはしっかり情報収集しておかねばなるまい。

「ここに住んでいた人達ね、通いのお手伝いさんを雇っていたんだけど、その人が朝、屋敷にやってきたら、二人……この屋敷に住んでいた夫婦が血塗《まみ》れで亡くなっていたの」

菜穂の表情が硬度を増していく。

「二人とも銃で撃たれていて、屋敷の中がかなり荒らされていたんだって。すぐに街で宝石商をやっていた、たしか……金村《かねむら》とかいう人が指名手配されたんだけど、いまだに捕まっていないの」

なるほど、壁にあいた穴はその時の弾痕《だんこん》だというわけか。

話し疲れたのか菜穂は大きく息を吐くと、片手で胸を押さえた。心なしか疲労の色が見える。事件のことを語ることが、思った以上に負担をかけているようだ。

すまない。私は胸中《きょうちゅう》で菜穂に謝罪する。あと少し、ほんの少しだけ我慢してくれ。ここで話が終わってはあまりにも尻切れとんぼだ。今のままならたしかに悲惨な話ではあるが、悲惨なだけで珍しい話ではない。これだけではまだ『怪談』にはならない。

「ただ、時間が経って情報が集まってくると、変な話になっていったの。まず、子供の遺体が見つからなかった。最初は犯人が誘拐したのか、どこかに逃げたんだろうって考えられていたみたいなんだけど、家に来ていたお手伝いさんが変なことを言いだしたの」

変なこと？

「そのお手伝いさん、週に三、四回、朝からお昼過ぎまで屋敷にいてお掃除したり、ご飯作ったりしていたらしいんだけど、一度も子供を見ていなかったんだって。それに、街におりる時、夫婦はいつも顔を隠していたのに、お手伝いさんは雇い主の夫婦が顔を隠しているところなんて見ていなかったの。そのお手伝いさんは少し遠くの街から来ていたから、そこの家族に変な噂があったことも知らなかったんだって」

子供を見たことがない？ 子供が消えた？ 一体どういうことだ？ 情報が曖昧すぎて、頭脳明晰な私でも事態がよく把握できない。

「捜査がどうなったのか、子供は本当にいたのか、詳しくは知らないんだけど、その後街中で変な噂がたったんだ。殺された二人と顔を隠していた夫婦は別人だったとか、親子が誰かを身代わりにして姿をくらましたとか。ひどいのになると、子供は吸血鬼で、自分の両親を殺して消えたっていうものまで。娯楽の少ない街だから、面白半分に適当な話が広がっちゃって、結局この屋敷は『呪いの館』っていうイメージが定着しちゃった」

菜穂はふるふると顔を左右に振った。情報としては不十分だが、それもしかたがない。その頃まだ十代前半の少女であった菜穂に、これ以上の情報を期待するのは酷《こく》だ。

しかし、子供が吸血鬼だった？ なんという馬鹿げた噂だ。人間はなぜ存在もしないものを恐れ、あまつさえそれを愉しむようなことをするのだろう。その低俗な行動が理解できなかった。

「殺された夫婦の親戚がここを相続して売りに出したんだけど、場所が場所だし、気味悪い噂までたっているってことで誰も買わなかったの。そこに目をつけたのがうちっていうわけ」

なるほど、たしかにあの無愛想な院長ならそんな噂など気にしそうにない。

「ここなら自然がいっぱいで環境もいいし、値段も相場よりかなり安かったから、屋敷の中に残されていた家具ごと権利を買い取って、ホスピスに改装して今に至るんだ」

話し終えた菜穂は大きく息を吐くと、不思議そうに顔を傾けた。なぜ自分が犬に向かってこんなに長々と話をしたのか戸惑っているのであろう。

しかし、壁の穴のことだけ聞くつもりが、思いの外、多くの情報を得ることができた。

「ねえレオ、その男の子、本当にこの屋敷にいたのかな？もしいたなら、その子だけでも助かっていてくれればいいね」

菜穂は私の頭を撫でながら語りかけてくる。この一週間弱の経験で、菜穂が私に答えを求めているわけではないことは分かっていた。人間が犬に質問をするのは、自問している時なのだ。なぜそんな馬鹿げたことをするかまでは分からないが。

さて、今の話で色々なことが分かった。私は菜穂の魂への干渉をやめる。強く干渉していたわけではないので、特に菜穂に変化は見られなかった。辛いことをさせてすまなかったな。私は内心で謝罪すると、菜穂に尻尾を向けて歩き出した。

「あれ、レオどこに行くの？」

身を翻し、廊下を歩きはじめた私のあとを菜穂がぱたぱたとついてくる。私は玄関に行くと、開いている扉から外へと出た。

「あ、トイレかな？　もう少しで朝ご飯だから、すましたら戻ってくるんだよ」

菜穂は私の頭をくしゃりと撫で、廊下の奥へと戻って行った。菜穂の華奢な背中を見送ると、私は屋外へと出る。冬の朝の張り詰めた大気がなかなかに心地よかった。

私は別に排泄《はいせつ》のために外へ出たわけではない。菜穂の話を聞いて、あの壁に穿たれた穴だけではなく、この屋敷で見つけたもう一つの不審点の答えを見つけたのだ。それを確認しなければならない。

さて、どこに行ったかな？　私は庭を歩き回る。この数日晴天が続いたため、私が行き倒れた日に降った雪の大部分はすでに解けていた。あの大雪は、この地方でも異常なものだったらしい。よりによってそんな日に、あまつさえ夏毛で地上に送り込むとは、あの上司、私になにか悪意でも持っているのだろうか？

そんなことを考えながら歩いていた私は、気配を感じ振り返る。屋敷の陰に浮かぶ、灰色がかった霞《かすみ》のようなものを目が捉える。肉体の目ではなく、死神としての霊的な目が。

ああ、そこにいたのか。私は目を凝らす。ついさっき菜穂は、「子供だけでも生きていればいい」と言った。しかし、それは叶わぬ儚い願いだった。

屋敷の裏手、建物の陰になり日光が当たらない一角。そこに三人の、いや三つの地縛霊と化した魂達が、ひっそりと身を寄せるように佇《たたず》んでいた。

『私が誰か分かるな？』

手鞠《てまり》ぐらいの大きさの魂達に近づいた私は、言霊を放つ。たとえ近くに誰か人間がいたとしても、私の発している『言霊』を聞かれる心配はない。人間の声とは違い、直接精神に語りかけるこの霊的な声は、私が聞かせようとした対象にだけ届けることができるのだ。

地縛霊達はなんの反応もしなかった。

私は目を細めそれらを見る。本来、魂の表面は磨き抜かれた水晶のように滑らかで、淡く輝いている。しかし目の前で揺れる三つの魂はどれもくすんで、その表面はざらざらと毛羽立って見えた。ここまで劣化していると、もはや言霊を操る能力も失っているかもしれない。

この三つが菜穂が言った強盗殺人事件の被害者達だとすると、約七年間、この魂達は肉体に守られることなく、剝き出しのまま現世に留まっていたことになる。七年、それは脆《もろ》く儚い魂を劣化させるには十分な期間だ。このままここに留まり続ければ、ほどなく彼らは雪が日の光に解けるように、消え去ってしまうだろう。

『お前達は、この屋敷で殺された親子だな？』

私は言霊で質問を重ねる。一つの魂の表面がかすかに揺れた気がした。おそらくは肯定の意を示したのだろう。

『このままではお前達は消滅する。くだらないことをしていないで、すぐに私の仲間の導きに従い、「我が主様」のもとへ行け』

私は元道案内の死神として説得に当たる。しかし私の言霊を聞いた三つの魂は、子供の手を離れた風船のごとくゆるゆると浮き上がっていくと、逃げるように屋敷の屋根のあちら側に姿を消した。

私は嘆息する。他人に命を奪われた人間の魂は地縛霊化することが多い。無念が彼らを現世に縛り付けているのだろう。しかし、私のような理性的な存在にとって、彼らの行動はまったくもって理解不可能だった。

いくら現世に留まろうが、彼らが再び肉体を得ることは決してない。それならば無駄なことをせず、さっさと『我が主様』の元に行くのが最善だということは自明の理ではないか。

この疑問を口にするたびに上司は、『君は人間の「感情」というものが理解できていないね え』と私を揶揄した。しかし、私は声を大にして言いたい。『感情』というものを人間達はさも大切なものだと思っているようだが、長く死神として人間達に関わってきた私は、彼らがその『感情』に振り回され、不合理極まりない行動をとる場面を幾度となく目の当《ま》たりにしてきた。

強い感情は、魂の中に入り込んでしまった不純物にすぎず、本来必要ないものなのだ。そんなものを高貴なる私は、決して理解したいなどとは思わない。

私達死神にも喜怒哀楽の感情はあるが、それはおそらく人間のものとは根本的に異なるのだろう。私達はそれに振り回されて不合理な行動をとることなど決してない。

まあいい。私は魂達が消えていった方向から視線を外す。彼らの道案内は私の仕事ではない。

他の死神がすでにその任務に就いているだろう。私には彼らを救済する義理などないのだ。私が救済するべき者は他にいる。そう、すぐそこに。

私は屋敷の前に広がる三十めえとる四方ほどの庭園へと向かう。今は季節のせいか、土しかない花壇が広がり、その合間を縫うように細い小路《こみち》が張り巡らされている。その中心部は芝生が敷き詰められた小さな丘になっていて、頂上には今は葉を落としてはいるが、雄々《おお》しく枝を四方に伸ばした樹が胸を張って立っていた。おそらくは桜の樹だ。春にはさぞ美しい花をつけるだろう。

この前、この庭園で花壇に花の種を埋めていた菜穂が「私、この病院で看護師するのが夢だったんだ」と言った。その気持ちは分からないでもない。自然にあふれたここは、病院とは思えないほど環境が良い。

私は桜の樹の下、芝生に置かれた長椅子に視線を向ける。そこには壮年の男が頭を深く垂れ、地面を眺めていた。男の周りには、この庭園には不似合いなくすんだ空気が漂っていた。

さて、十分休息もとった。そろそろ仕事を再開するとしよう。肉球に伝わる冷たさを楽しみながら、わずかに残った残雪の上を歩き、私は鼻をひくつかせた。

ぴんと張り詰めた清冽《せいれつ》な雪の香のなか、甘い『腐臭』が鼻をかすめた。

2

「……なんだよ、お前は？」

長椅子に座った男は、私の姿を見ると嗄《か》れた声で言った。南よりはましだが、この男も痩せ細っていた。癌患者特有の悪液質《あくえきしつ》という状態だ。頭は抗癌剤のためか毛が抜け、えらの張った顔には赤黒い湿疹《しっしん》が浮かんでいる。そしてなによりも男の全身の中で目をひいたのは、化粧をしたかと思うほど濃い隈で縁取られた目だった。

その目から私に向かって、あからさまな敵意を含む視線が放たれる。

たしかこの男は『孫《ソン》』とかいう名だったはずだ。私は体を休めていたこの三日間で、看護師達の会話などから、南以外に二人の患者の名を把握していた。

孫のかたわらには小型の金属製の容器が置かれ、そこから半透明の、先端が漏斗《ろうと》状になった管が口元まで伸びていた。どうやら先端部からなにか気体が吹き出しているようだ。

私は目を凝らし孫の胸を透視する。黒く変色した右肺に、砂利を撒いたように無数の癌腫が嚙みつき、思い思いの成長を遂げていた。なるほど、これのせいで酸素が必要なのか。

「邪魔くせえんだよ！」

突然、孫は吐き捨てるように言うと、あろうことか蹴りを放ってきた。私は慌てて身を翻し、迫り来るつま先を避ける。体勢を立て直すと、私は孫に向け牙を剝き、低い唸り声をあげた。

人間ごときが死神である私を足蹴《あしげ》にしようとは、なんたる狼藉《ろうぜき》。

噛みつかれるとでも思ったのか、孫の表情に怯えが走る。まったく、高貴なる私が「噛みつく」などという、野蛮な攻撃をするわけがないではないか。いかに犬の肉体を借りようとも、精神まで獣に身を落とすことはない。そもそも、この男に罰を与えるのに噛みつく必要などないのだ。

私は孫を見ながら鼻を鳴らす。死神は人々が持つ印象とは異なり、命を奪ったり、逆に寿命を延ばしたりすることを許されてはいない。しかし、命に関わりさえしなければ、『病』に干渉し、ある程度まで操作することは可能だ。

「ぐっ？」孫は長椅子に座ったまま胸を押さえてうずくまると、激しく咳き込みはじめた。肺の奥深くから続けざまに吹き出す咳嗽《がいそう》で息をすることができず、溺者のように喘《あえ》ぐ。咳に混じって血痰《けったん》が口から吐き出された。

孫の顔が紫色に変色していくのを、私は冷然と眺め続けた。

数十秒後、私が再び鼻を鳴らすと、それと同時に孫の咳がぴたりと止まる。孫は慌てて漏斗を口に当て、酸素を貪りながら、気味悪そうに私を眺めた。私と孫の目が合う。

これで少しは頭が冷えたか？　それではあらためて、お前の『未練』について聞くとしよう。

私は目を細めて『催眠』をかけはじめる。孫は土気色《つちけいろ》の額にしわを寄せると、「うっ、うっ？」と唸りだした。ほら、無駄な抵抗はよせ。地縛霊化しそうなほど弱った精神が、私の干渉に耐えられるはずなどないのだから。案の定、すぐに孫の目の焦点が揺れた。

さて、それではまずお前自身のことについて聞くとするか。私が指示を飛ばすと、孫は肉厚の唇を緩慢に開いた。

「俺の名前は『孫』じゃない。『孫』は香港《ホンコン》で買った名だ。本当は……『金村安司《やすじ》』だ」

ああ、そうなのか。金村？　どこかで聞いたような……。しかし私はお前の名などに興味はない。いいから早く本題に入れ。

孫……いや、金村はさらに言葉を続けようと口を開くが、その声は言葉になる前に口腔《こうくう》内で噛み砕かれ、ひび割れた雑音にしかならなかった。

ほとんど魂を私の支配下に置かれながらも抗《あらが》おうとするとは、よほど恥ずべき過去なのだろう。

安心しろ、南を七十年間縛った『未練』からいとも簡単に解き放った私だ。お前がどんなに重い『未練』を抱えていても、たちどころに解決してやろう。私は大きく目を見開く。金村は数回頭を軽く振ると、かすかに開いた分厚い唇の隙間から言葉を絞り出した。

「七年前、俺はここで……人を殺したんだ」

……おいおい、いくらなんでもそれは少し……重すぎではないか？

「人を殺した」と告白したきり、金村は黙り込み、俯き続けている。その体からは私を蹴ろうとした時のような怒りも消え去り、蟬《せみ》の抜け殻を見るかのようだった。

七年前にここで人を殺したということは、この屋敷で起きた殺人事件のことに違いない。私はちらりと背後の屋敷を窺う。あの三つの魂は分かっているのだろうか、ここに自分達を殺した憎むべき犯人がいることを。おそらく分かっているのだろう。人に殺された者が地縛霊になりやすいのはたしかだが、普通は消滅の危機に陥る前に死神の説得を受け入れることが多い。殺されたという事実は、強力な『未練』になりやすいが、その一方で風化しやすく、しだいに魂をつなぎ止める力が弱まることが多い。たとえ死後であろうと、感情は時間により希《き》釈《しゃく》されるものなのだ。

危険なのは南の場合のような、長年培われた『未練』だ。長期間葡萄酒を寝かせたかのように熟成した感情は、風化することなく魂を縛り続ける。

もしかしたら、この男の存在があの魂達を縛っているのではないか？　すぐそばに自分達を惨殺《ざんさつ》した者がのうのうと居座っていたら、断ち切れる『未練』も断ち切れないだろう。

私は少々困惑していた。『我が主様』から授かった仕事は、金村を救うことだ。しかし本当にそれで良いのだろうか？　私がするべきことは金村を救うことではなく、罰することではないのか？　そうすれば、三つの魂が救われるかもしれない。この男のせいで現世に縛り付けられ、消滅を待っている哀れな魂達が。

いや、なにを考えているのだ。慌てて頭を振る。私がそんな判断をする必要などない。『我が主様』の命令を遂行することこそが私の存在意義なのだから。

私は蒼白く苦悩に満ち満ちた顔で俯く男を見る。しかし、この男はなぜここにいるのだろう？　七年前この屋敷で親子三人を殺害してから、どのような人生を送り、そしてなぜ名前を変え、末期癌患者としてこの病院にやって来たのだろう？　まずはその情報を集めてから、この男をどうするべきか考えるとしよう。

苦悩の表情を浮かべる金村が今、七年前の事件を思い起こしているのは確実だった。さてそれでは、三人の命を奪ったこの残虐非道《ざんぎゃくひどう》な男の頭の中を覗かせてもらうこととしよう。私は金村の精神に波長を合わせながら、静かに瞼を落とした。

3

どこからか陽気なクリスマスソングが聞こえてくる。クリスマスまであと十日ほど、この寂《さび》れた街も、過疎《かそ》をごまかすかのように祭り気分に浸っていた。そんな街の商店街の一角、『金村貴金属』と看板を掲げた小さな店舗の中で、金村安司はカウンターの上に出納帳《すいとう》を広げ、頭を抱えていた。

体中の汗腺《かんせん》から氷のように冷たい汗が滲み出す。脂肪を大量に蓄《たくわ》えた体ががたがたと震えた。かつて上質の瑪瑙《めのう》が採れたこの小さな街で、代々続く宝石商を引き継いで三十年、いや、この世に生まれ落ちてからの五十年で、これほどの危機を味わったことはなかった。

すべては一年前から始まった。一年前までは、あの底が抜けたかのようなバブルの崩壊も、それに続く長引く不況の間も、亡き両親の遺産をじわじわと取り崩しながら、得意先の全国展開しているアクセサリーショップに宝石を卸《おろ》すことで経営を維持してきた。しかし、命綱と思っていたそのアクセサリーショップは突然金村の首に絡みつき、締め上げはじめた。去年、なんの前触《まえぶ》れもなく、アクセサリーショップが倒産したのだ。直前に卸した大量の宝石の代金を払うことなく。

金村の店は、当然のように不渡りを出すことになった。金村は危機を乗り越えようと必死に金策に走った。取引先の銀行を訪れて、額を地面にこすりつけながら融資を頼んだ。しかし、もはや沈みかけている泥舟に金を載せるような愚行を、銀行はおろか街金《まちきん》すらも犯すことはなかった。

金村は頭をがりがりと掻く。白いふけが舞い落ち、爪が柔らかい頭皮を薄く破る。

今思えば、あの時大人しく倒産していればよかった。たしかにいくらかの借金を抱えたうえで、長年続いた家業を自らの代で潰すことにはなっただろうが、それは受け入れるべき不名誉だったのだ。しかし、自分は冷静な判断力を失っていた。混乱の海に溺れて、目の前に浮かんでいた藁にしがみついてしまった。その藁が毒草と知りながら。

金村が最初の不渡りを出した直後、以前から時々出所不明の、おそらくは出所をはっきり言うことのできない、宝石を売りつけにきていた体格の良い若い男が、ふらりと店に現れた。名前は『鈴木《すずき》』と名乗っていたが、おそらくは偽名だろう。

「金村さん、金に困っているんだって？」

鈴木は店に入って来るなり、低くひび割れた声で言った。金村は濃い隈で縁取られた腫《は》れぼったい目で、筋肉に覆われた男の巨体を眺めた。

「金を……どうにかできるのか？」

その答えを発した瞬間、鈴木の目に残酷な、決して堅気《かたぎ》の者には発せない光が走った。しかし、金村は頭の中で響く警告音に耳を塞いでしまった。

「任せときなよ」鈴木は唇を歪め、その外見には似つかわしくない愛想のいい声を上げた。

次の日、鈴木は金村が欲した以上の金を持って現れた。自分がアリジゴクの巣に足を踏み入れていることを自覚しながらも、金村は鈴木がカウンターの上に無造作に置いた札束に震える手を伸ばした。

金村には自信があった。自分が他の多重債務者のように、骨の髄《ずい》までしゃぶり尽くされることはないと。いざとなれば在庫の宝石を全部売り捌《さば》けば、金は返せると踏んでいた。そう、引き際さえ間違えなければ。

しかし金村は知らなかった。借金により人生の破綻《はたん》を迎えた者の大部分が、同じように考えていたことを。そして引き際を見極めることがいかに困難であるかを。

あと少し、あと少しすれば、そう思っている内に、借金はまさに雪山を転げ落ちる雪塊のごとく体積を増していった。

在庫の宝石を取り崩すことで、なんとか毎月返済をしてきたが、それも滞り始めている。しかも、毎月、利息分さえも返せていない。

鈴木は金を貸す際に、条件をつけてきた。名も知らぬ女を受取人にした生命保険に加入することだ。それがなにを意味しているか理解ができぬほど、金村は初心《うぶ》ではなかった。

このままでは近い将来、命で借金を清算することになる。金村はいつの間にか、鋭い顎を持つアリジゴクの巣の中心近くまで堕《お》ちていた。あと一押しで、鋸《のこぎり》のような顎に捕らえられ、干涸《ひから》びるまで体液を吸い尽くされるだろう。

逃げるしかない。店も、まだわずかに残っている在庫の宝石も置き捨てて。しかしそれがいかに危険なことか、金村は知っていた。

もはや金が尽きかけているのは鈴木も感じているはずだ。当然、夜逃げに対して警戒しているだろう。こんな小さい街だ、怪しい動きをすればすぐに人々の噂になる。逃げるなら、財産の処分もしないで、着の身着のまま逃げるしかない。

しかし、そこまでしたとしても、街から出られる可能性は低かった。自分が借りた金は鈴木のものではない。あの熊のような男の背後には、非合法の商売を生業《なりわい》とする組織がついているはずだ。おそらく自分の行動はある程度監視されている。逃げだそうとした瞬間に拉致し、命を金へと換金するために。金村の喉から「あぁぁ」という、絶望で凝り固められた声が漏れる。

店の扉が悲鳴のような軋みをあげて開いた。金村が顔をあげると、店の入り口に小学校低学年ぐらいの少年が佇んでいた。その顔は大人用のサングラスとマスクで大部分が覆い隠されている。

金村の胸腔《きょうくう》の中で苛立ちと、嫌悪、そしてかすかな恐怖が混ざる。その少年は街では知らない者がいないほどの有名人だった。ネガティブな意味で。

一年ほど前、街の外れの大きな丘の上にある、さびれた洋館に越してきた三人の親子。彼らは娯楽の少ない街で過ごす住民達の好奇心を激しく刺した。

館の窓という窓を塞ぎ、街におりる時、サングラス、マスク、そして帽子で完全に顔を隠す家族。当初、彼らが犯罪者なのではないかとまことしやかに囁かれていたが、真夏の熱帯夜でも彼らが長袖の服を着て肌を隠しているのが目撃される内に、噂は犯罪者から吸血鬼へと変化していった。

金村は暇をもてあました主婦達の口にのぼっているような怪談など、欠片も信じてはいなかった。しかし、少年の姿は思わず噂を信じてしまいそうになるほど不気味だった。

「なんの用だ？」金村は脅しつけるかのように少年に言う。

「……これ」金村に向かって手を差し出した少年の声は、言葉を覚えはじめた幼児のようにたどたどしかった。

「邪魔だ！」と言おうとした金村は、少年の手のひらの中で弾けた煌《きら》めきに射貫かれた。

金村は目尻が裂けそうなほど目を見開く。少年の手の上には、月光を集めて固めたような、淡く儚い輝きを放つ小さな塊があった。

「失礼します」

言葉を失っていた金村は、その声ではじめて店にもう一人男がいることに気がついた。少年と同じように巨大なサングラスとマスクで顔を隠した、おそらくは中年の男。

「こちらは、宝石の鑑定はなさっていますか？」長身の男は良く通る声で言った。

「あ、ああ、ええ。やっていますよ」

無意識に少年の手から光の塊を毟《むし》り取ろうとしていた金村は、慌てて手を引く。

「息子が家で見つけましてね。ガラス玉だって言い聞かせたんですけど。どうしても本物の宝石だって言い張るもので……」

男は苦笑いをしたような気配を放つ。その態度はごく普通の、子供に振り回される父親のものだった。

「ちょっと……拝見してもいいですか？」

金村は掠れた声を絞り出し、少年に向けて手を伸ばす。一瞬手をひっこめかけた少年は、「ほら」と父親に促され、渋々と光の雫を金村に手渡した。

金村は心臓の高鳴りを必死に抑えながら、机の抽斗《ひきだし》から拡大鏡を取り出し、手のひらの塊を覗き込む。しかし、拡大鏡など使わなくても分かっていた。自分の手の内にあるものが、芸術的なカットを施された、類《たぐ》い希《まれ》なる大きさのダイヤモンドであることを。

数千万円、金村は頭の中でダイヤの値段をはじきだす。これ一つで自分の借金を返しておつりがくる。金村には、それは地獄に垂れた蜘蛛《くも》の糸に見えた。

金村は拡大鏡を覗き込みながら、脳細胞に鞭を入れる。どうすればこの蜘蛛の糸を自らの所有物にできるのか。数分して、ようやく金村は顔を上げた。

「残念ですけど……ガラス製ですね」

平静を保ちながら、金村はダイヤを少年に返そうとした。しかし、ダイヤは皮膚と融合したかのように、なかなか指から離れなかった。少年はもどかしそうにダイヤを金村から剝ぎ取る。体の一部を抉り取られたかのような痛みが胸に走った。

「そうですよね。ありがとうございました。鑑定料はお幾らでしょう？」

父親は落胆する素振りも見せず、高級感の漂うブランド物の財布を取り出した。

「いえ、鑑定料はいただいていません。あの、たしかにガラス玉ですが、なかなかいいカットがされています。ネックレスなどに加工することもできそうだ。よろしければ一万円ほどで引き取らせて頂きますが、いかがですか？」

金村は心臓が張り裂けそうなほどの緊張を、愛想笑いの仮面で隠しながら言う。

「ありがたいのですが、息子がとても気に入っていて、一個も手放しそうにないんですよ」

「一個も？」

「ええ、同じようなガラス玉を十数個見つけていまして。それでは失礼いたします」

父親は子供を促して店から出ようとする。蜘蛛の糸が切れる恐怖が、金村の体を支配した。

「ちょ、ちょっと待ってください！」カウンターから身を乗り出しながら金村は叫んだ。「も、もし、そのガラス玉全部を譲ってもらえるなら、五十、いや百万出してもいいです。いや、全部じゃなくても、半分でも、一個でもいいから……」

オーバーヒートを起こした脳は、懇願の言葉を止めることができなかった。

「……残念ですけれど、さっき言ったとおりですので」

父親は警戒で飽和した声で言う。親子はもはや金村に一瞥もくれることなく、足早に店から出ていった。ドアの軋みがやけに大きく鼓膜を揺らした。

閉じられた扉を呆然と見ながら、金村は内心で自らを激しく罵《ののし》る。なぜ最後にあんな馬鹿なことを言ったんだ？　あんな態度を取れば、鑑定を疑ってくださいと言っているも同然だ。あの父親は他の鑑定士に鑑定を頼むかもしれない。そうなれば、全てが終わる。

時間はない。どうすればあのダイヤを手に入れることができる？　考えろ、考えるんだ。

瞬きも忘れ、金村は悩み続けた。

十数分後、顔をあげた金村は、緩慢な動きで電話に手を伸ばす。受話器を取り上げると、電話番号を打ち込みはじめた。この数ヶ月、もはや暗記してしまうほどかけ続けた番号を。

ぷるると軽佻《けいちょう》な電子音が響く。お前は何をするつもりなんだ？　すぐに受話器を置け。かすかに残った理性が金村に語りかける。しかし、その忠告を吟味する間もなく回線は繋がった。

「どうした、金村さん。金が都合できたのか？　それとももっと貸して欲しいのかい？」

電話の奥で、金村をアリジゴクの巣へと誘《いざな》った大男が愉しげに言った。金村は唾をゴクリと飲み込むと、乾燥した唇を開く。

「……用意してもらいたいものがあるんだ」

口から零《こぼ》れ出した声は、自分が発したものとは思えないほど、冷たく固かった。

冷たい、いや痛い。雪のちらつく深夜、太い樹の幹に背中を預けながら、金村はかじかむ指先に息を吹きかけた。ここから数百メートルの所に車を停め、徒歩で森の中を進んでここに来てから三十分以上経つ。真冬の夜の凍てつく大気が、体から容赦なく体温を奪っていく。

樹の幹から顔を半分ほど覗かせて、金村は百メートルほどの所に悠然と建つ洋館を眺めた。時間は深夜零時を回っている。屋敷の窓からは明かりは漏れていなかったが、それが住人が寝静まっているからなのか、それとも塞がれた窓から中の明かりが漏れていないだけなのか、金村には分からなかった。コートの懐に手を伸ばすと、金村は息を荒らげながら、ずしりと重い鉄の塊を取り出す。リボルバー式の拳銃。人を殺傷することだけに特化したその武器は、薄い月明かりの中、闇色に光沢を放っていた。

金村が連絡を入れた一時間後には、鈴木は新聞紙で包んだこの拳銃を持って店に現れた。

「これをどうするんだい、金村さん？　俺を撃とうっていうんじゃないだろうな」

店にやってきた鈴木は曲がった鼻を鳴らして笑った。

「そんなことするわけないだろ。あんたの仲間に殺される」

「分かってるじゃねえか。で、これで、なにやろうっていうんだよ？」

あっさりと仲間がいることを認めると、鈴木は心の底まで見透かすような目で金村を見た。

「そんなこと……言う必要ないだろ」

「ああ、言う必要なんかないさ。金さえ返してくれればなにも文句ねえよ。ちなみに、その

『お土産』の代金は五十万だ。忘れないでくれよ」

「五十万なんて端金《はしたがね》、いちいち気にしてるんじゃねえよ。来週にはお前らに借りた金、まとめて耳そろえて返してやるから、それまで大人しく待ってやがれ！」

金村は半ば破れかぶれで啖呵《たんか》を切った。一瞬目を丸くした鈴木は、すぐに嘲笑するかのように唇を歪めると、「まあ、頑張んなよ」と片手をあげ店をあとにした。

樹の陰に隠れながら、金村はおずおずと漆黒の銃身を撫でる。氷のような銃身の冷たさが、心の温度まで奪っていくようだった。

しかたがない、しかたがないんだ。金村は何度も自分に言い聞かせる。こうしなければ俺が殺されてしまう。あの家族がダイヤを持っていても子供の玩具になるだけだ。それなら俺が有効活用するべきなんだ。自分の言い訳が身勝手なものであることを知りつつも、金村は頭の中で呟き続ける。

拳銃を使うつもりはなかった。脅してダイヤさえ奪えばいい。自らを奮い立たせるように白い息を吐くと、金村は屋敷に向かって歩きはじめた。

屋敷は死んだように静まりかえっている。しかし家族はおそらく中にいるだろう。あの親子が店に来てから今日までの一週間、金村はできる限りの時間、この屋敷を張り込み、家族を観察していた。それによって、これほど大きい屋敷だというのに、家政婦と庭師が一人ずつ通いで勤めているだけだということ、日が出ている間は家族はほぼ外出しないことが分かっていた。

最初は屋敷が留守になった時に忍び込もうと思っていた。しかし、それが極めて難しいことはすぐに分かった。街へおりる時は決まって夜で、父親が子供を連れて車で出て行くことが多かった。

三人揃って屋敷の外に出るのは、深夜にあの銀行強盗のような姿のまま、親子で庭園を十数分散歩する時くらいだ。月光に薄く照らされた庭園を、顔を完全に覆い隠した三人が散歩をし、しかも子供はふらふらと揺れるような歩き方をしている光景は、ホラー映画の一シーンのようで、森の中からその光景を覗き見る金村の臓腑を冷やした。

柵をなんとか乗り越え、屋敷の前に広がる庭園に入ると、金村は身を屈めて走る。正面の玄関扉の脇に着く頃には、骨の髄まで染み入っていた冷気が霧散し、腹腔《ふくくう》で火が燃えているかのように体が火照《ほて》っていた。金村は深呼吸を繰り返し、腹の中に溜まった熱を吐き出していく。

扉の脇には、この古い洋館には似つかわしくないインターホンが設置してあった。金村は人相を隠すためのサングラスをつけると、インターホンに手を伸ばす。「道に迷った」とでも言って、誰かが出てきたところで拳銃を突きつければいい。もし怪しんで出なければ、扉に弾を撃ち込んでこじ開ける。金村は寒さで白く変色した指先でインターホンのボタンを押し込む。

しかし、予想した電子音が鼓膜を揺らすことはなかった。眉をひそめ金村は二回、三回とボタンを押し込むが、やはり反応はない。

壊れているのか？　金村は何気なく扉に手を伸ばし、取っ手を引く。拍子抜けするほど軽く扉は手前に開いた。

鍵がかかっていない？　隙間から中を覗き込む。薄暗い廊下が延びていた。奥にある扉からかすかに明かりが漏れているだけだ。廊下の暗さに金村はサングラスを外し、目を凝らす。

屋敷の中に誘い込まれているような気がして背骨に悪寒が走った。数瞬の躊躇《ちゅうちょ》のあと、金村は拳銃を片手にしたまま、わずかに開いた扉の隙間に体を滑り込ませた。

息苦しい、緊張で胸が締め付けられる。拳銃を手に薄暗い廊下を進みながら、金村は荒く息を吐く。鼻腔に不快な匂いが侵入してきた。温泉地で漂う硫黄臭のような、日常なら決して生じない匂い。

金村は目を凝らす。しかし暗く長い廊下は一番奥まで見通すことはできなかった。

硫黄のような匂いに混じって生臭い匂いを感じた。金村の表情が歪む。

血の匂い。それがこんなにはっきりと……。街の住民達の噂が頭の中で徐々に現実味を帯びてくる。金村が引き返す決意を固めた瞬間、目の前の扉が開き、光があふれ出してきた。中から長身の男が出てくる姿がスローモーションで網膜に映し出される。

あの父親……？　足から力が抜けていく。金村は柔らかい絨毯に尻もちをついた。

金村を睥睨《へいげい》する男のシャツは、胸元から右腕にかけて赤黒く汚れていた。明らかに大量の血液によって。そして男の右手には、赤く血で濡れたダイヤが握られ、電灯の光を反射して妖しく輝いていた。金村の脳裏に街の噂がはじける。

吸血鬼……。

「誰だ？　お前は？」男が低くくぐもった声で言う。

「うわあぁ！」腰を抜かしたまま、金村は狙いをつけることもなく引き金を引いた。廊下に鼓膜を破らんばかりの爆発音が轟く。

「がっ！」男は一声呻くと、交通事故にでもあったかのように後方に吹き飛んだ。その手からダイヤがこぼれ落ちる。

「あああああー！」金村は叫びながら引き金を引き続けた。そうしないと自分が殺される。混乱が視野を狭め、もはや倒れた男の姿すら目に入っていなかった。

弾を撃ちつくし、撃鉄がガチガチと空撃ち音を響かせる。腕が鉛のように重くなっていく。引き金を引き続けながらも、銃口は次第に下を向いていった。ついには手から拳銃が離れる。金村は目の前の床に転がるダイヤを震える手で掴み取ると、身を翻した。早く逃げなければ。その思いだけが先走り、足が動かない。金村は屋敷の外へ這い出ると、転げ落ちるように街へと続く道を走り続けた。


自分の店へとたどり着いた金村は、裏口から店内に入った瞬間、倒れ込んだ。普段まったく運動していない体で三十分以上走り続けたため、肺が張り裂けそうだった。酷使した足ががたがたと痙攣している。金村はカウンターの下に鎮座している金庫を開ける。その中には万が一夜逃げする時のために隠しておいた、虎の子の二百万円が入ったボストンバッグが置かれていた。これが最後の命金《いのちがね》だった。店に飾ってある宝石はほとんどがイミテーションで価値のないものだ。

この金と手に入れたダイヤさえあれば、当面の逃走資金には十分だ。逃げ出せば鈴木達に拉致される可能性があることは分かっていた。しかし、逃げるしかない。

あまりの恐怖に、自分の指紋がついた拳銃を現場に置き忘れ、更に乗っていった車すら置いてきてしまった。警察の捜査が入れば、すぐに自分にたどり着くだろう。しかしそのことよりも、さっきの男が銃撃から回復して、自分を追ってくることのほうが恐ろしかった。

そんなこと、あるわけがない。何度も自分に言い聞かせようとするが、その度に胸元を血に染めた男の姿がフラッシュバックし、心臓が縮みあがる。

逃げる先には当てがあった。かつて景気がよかった時代、香港からの宝石の密輸に手を染めていた。そのつてを使えば、香港に逃げ込めるはずだ。夜逃げが現実味を帯びてきた数ヶ月前から、金村は鈴木達に感づかれないよう慎重に、かつての密輸仲間にコンタクトを取っていた。

金村はバッグを抱えると、裏口から外へ出た。血塗れの男が背後から追ってくるのではないかという恐怖で何度も振り返りながら、金村は寒風の吹く暗闇の街を進んで行った。

悪夢の夜から丸一日経った未明、金村は港の固いコンクリートの上に腰を下ろしていた。運が良かったのか、それとも元々監視などされていなかったのか、鈴木達に拉致されることもなく、公共交通機関を使って密航用の船が待つこの港までたどり着くことができた。

地方新聞の夕刊を広げる手ががたがたと震える。その新聞には昨夜の事件が、社会面の上段に大きく取り上げられていた。

『自宅で資産家夫婦射殺　8歳の息子も行方不明　誘拐の疑いも』

その記事には、昨夜あの洋館に住む夫婦が何者かに射殺され、夫婦の息子が行方不明になっていると記されていた。しかし、自分が撃つ前からあの男が胸元を血で濡らしていたことなどについては、なにも書かれていない。

いったいなにが起こっているんだ？　金村にはわけが分からなかった。俺が殺したのは父親だけのはず。それに子供のことなど知らない。

……いや、本当にそうなのだろうか？　金村は背骨に冷水を注入されたような気がした。男が倒れたあとも、俺は無我夢中で引き金を引き続けた。あの時、もし奥の扉から騒ぎを聞きつけた男の妻が出てきていたとしたら、流れ弾が命中した可能性は十分にある。

俺は二人もの人間を殺してしまったのか……。新聞を持つ手の震えが、腕へ、肩へ、そして全身へと広がっていった。上下の歯がかちかちと打ち鳴らされる。

あの父親が血まみれだった姿、あれはもしかしたら、噂を聞いた俺の恐怖心が生んだ幻だったのでは？　それに子供、あの子供はどこに消えたんだ？　それも俺のせいなのか？　俺はいったい何をやったんだ？

分からない、分からない、分からない……。

金村はのろのろと、胡座《あぐら》をかいた足の中に収まっていたボストンバッグを開ける。香港への密航代金百万円を払った今、金村に残されているのは百万円とダイヤだけだった。金村はバッグの隅にハンカチに包まれて転がっていたダイヤを取り出す。

こんな石ころのために……。ダイヤの端に血の汚れを見つけ、金村は手の中の塊を海に向かって投げ捨ててしまいたいという衝動に襲われた。しかしそれはできない。記事には警察が重要参考人として、近くに住み、行方の分からなくなっている自営業の男を探していると書かれていた。間違いなく自分のことだ。このダイヤがなければ逃げられない。強盗殺人で二人を殺害……。逮捕されれば、よくて一生塀の中、下手をすれば首を括《くく》られる。

どうしてこうなってしまったのだろう？　鈴木から金を借りたこと、それが始まりだった。あの瞬間、底なし沼に足を踏み入れてしまったのだ。あとは沈むしかない。どこまでもどこまでも深く。

「時間だ。この国、未練、ないか？」

密航を手配した知り合いの香港人が、独特のイントネーションで声をかけてきた。金村は力なく頷いた。未練などあろうはずがない。この国での自分はすでに死んだも同然なのだから。

金村はノックダウンしたボクサーのようによろよろと立ち上がると、巨大な貨物船に向かって歩き出した。港を吹き抜ける一陣の海風が、金村の手から離れた新聞を大きく舞い上げた。

4

「香港に渡ってから、俺はダイヤを売り払って、それを元手に商売をはじめたんだ。くず宝石を仕入れて、それに偽の鑑定書をつけて金持ちに売り払うっていう詐欺商売だ。あの国では訳の分からねえバブルが起きていて、成金が風呂場のカビみたいに大量発生してやがった。あいつら本当にいい客だったよ。高ければ高いほどありがたがって買っていくんだ。それで今度は俺が成金になったってわけさ。人を殺して奪った金を元手にな」

私が瞼をあげ、回想の世界から戻ってくると、金村は自虐的に「くくくっ」と笑い、そして激しく咳き込んだ。口の前に持っていった手に血痰が張りつく。咳が一段落すると、金村はまた憑かれたように(まあ、私の能力のせいだが)ぶつぶつと話し始める。

「けどな、去年の初めから、やたら痰が絡む咳が出はじめて、検査に行ったら……肺癌でもう手術もできねえってよ。大金かけて色々と治療を試したけれどな、髪が抜けて痩せるだけだった。やっぱり俺みたいな奴を死神が見逃してくれるはずねえんだよな……」

私は鼻を鳴らす。まるで我々死神が自分の命を奪おうとしているかのような言い草だが、さっき透視した真っ黒な肺を見たところ、おおかた人を殺した罪悪感で大量に煙草でも吸っていたのだろう。何度も言うが、我々死神は人間の生死に対してなんの関与もしない。この男が癌で死ぬのは、阿呆のように体内に取り込み続けた毒煙のせいだ。

「死ぬなら、故郷で死にたかったんだよ。だからこの街に戻ってきた。闇金の奴らに見つかるかもしれないって思ったけどな、どうせ死ぬんだからそれも怖くなかった。まあ結局、名前が変わって、こんなに貧相になっちまった俺に気づく奴なんていなかったけどな。それで、街の総合病院に入院したら、ホスピスを勧められた。それも良いかもしれないなと思って来てみたら、なんとこの洋館だったたってわけだ」

金村は再び痛々しいほどの自虐を込めて笑い声をあげた。

「俺が殺した夫婦の怨念《おんねん》なんだろうな。それとも、どっかに消えちまったガキが本当に幽霊で、俺を祟っているのか。どっちにしろ、俺はここで……呪い殺されるんだよ」

まあ、たしかに殺された夫婦も、『消えちまったガキ』も、人間が言う『幽霊』としてこの屋敷に縛られているが、あれらに金村を呪い殺す能力などない。人間が魂に触れられないように、次元の異なった世界の存在と化した魂は、現世のいかなるものにもほとんど影響を与えられないのだ。

言うべきことを言い尽くしたのか、金村はうな垂れると大きく息をついた。私は全身で伸びをすると、解けた雪で濡れた路《みち》を歩きはじめる。金村の『未練』は十分に分かった。

金村の記憶を辿っていて、いくつか気になることがあった。まずそれを確認することにしよう。

大きな駆動音が私の鼓膜を揺らす。振り返ると、庭園の隣、柵で隔《へだ》てられた先にある駐車場に一台の車が停まっていた。黒い『すぽおつかあ』とか呼ばれている平べったい車だ。

車の扉が開き若い男が出てくる。たしかこの病院で、時々院長の代わりに勤務している医師だ。名前は……『名城《なしろ》』とかいったか。噂によれば、この医師が勤務している間、院長は麓の街で夜間の外来勤務をしているらしい。よく働くことだ。

私はなんとなくこの男が気に入らなかった。ひょろひょろとした痩身は風が吹けば飛ばされてしまいそうだ。菜穂は以前、この男の顔つきを「優しそう」などと評していたが、これは「優しそう」ではなく「頼りなさそう」と評するのが正解だ。

男子たるもの、もっと覇気を持たなければならない。この雄々しい私のように。

「あっ、名城先生」耳に心地良い声が響く。振り返ると、ごみ袋をもった菜穂が屋敷から出てきていた。菜穂は私のそばを素通りすると、名城に近づいて行く。「今日は早いですね」

「院長先生が三時頃から出かけたいっておっしゃっていたんで、少し早めに来たんだよ」

庭園と駐車場の間の扉状になっている柵を開け、名城は庭園に入ってきた。なぜか自分の縄張りに侵入されたような心持ちになる。

「そうなんですか。お疲れ様です」

二人は並んで談笑しながら、花壇の間の小路を病院へと向かっていく。

……なんとなく不愉快だ。私の喉から「ぐるる」と唸り声が漏れる。しかしなぜ自分が不愉快になっているのか、私自身よく分からなかった。二人が屋敷の中に消える。私も二人のあとを追って屋敷へと向かった。

玄関に入る瞬間、いつの間に戻ってきたのか、建物の陰に三つの魂が揺れていることに気がつく。彼らは生前と同様に、日の光から逃げるかのように、湿った影の中にじっと佇んでいた。

『慣れ』というものは素晴らしい。二階の廊下に置かれている観葉植物の陰に身を潜めながら、私はそんなことを考えていた。四日前はあれだけ心を砕き、冷たい汗をかきながら（実際は犬である私が汗をかくことはないが）侵入したというのに、今日はまるで散歩するような気軽さで、看護師達の目を盗み、風のように素早くここまで到達することができた。それもこれも、わずか一週間ほどで犬の体の潜在能力を引き出せるようになった私の優秀さによるものだろう。

私はちらりと、なあすすていしょんに視線を向ける。看護師長がたらたらと眠そうに働いていた。この一週間で気づいたことだが、どうやらこの病院には菜穂と看護師長、そして三人の中年女性、合計五人しか看護師がいないらしい。私は死神としての仕事上、病院という場所にはよく訪れるが、ここは今まで見てきた病院とはあまりにもかけ離れていた。

安く買った洋館を改装したということ、死にゆく患者を看取るという特殊な病院であるということを差し引いても、あまりにも異常と言わざるを得ない。

まず患者の数がとても少ない。たしかに医者はあの偏屈で神経質そうな院長と名城だけしかいないようだから、大量の患者に対応することはできないのだろう。しかしそれにしても、十室ある病室の半分も埋まっていないとはなんとも寂しいのではないか。

それに、二階廊下の奥にはいくつもの医療機器や、梱包《こんぽう》された荷物が山のように積まれている。そのなかには『ぽおたぶるれんとげん』と呼ばれる、麒麟《きりん》の首のような撮影装置を持った巨大な機器も置かれていた。病院ならもっと整理整頓をするべきではないのか。

まあいい、この病院の経営方針を心配している暇などない。今重要なことは『我が主様』から与えられた崇高な任務を果たすことだ。私はもう一度、なあすすていしょんを振り向き、看護師長があくび混じりに目を擦《こす》っているのを確認すると、すっと闇の漂う廊下を駆けた。肉球と絨毯という緩衝材《かんしょうざい》が足音を消してくれる。

『孫　潔《ケツ》様』と名札がかけられた部屋の扉を、隙間に爪を差し入れ横に開けて中に入ると、私は部屋の中を見わたした。

おおっ！　星の数ほどの人間の『死』を見てきた私も、思わず仰け反ってしまった。部屋の奥にある寝台の上で、金村が髑髏《どくろ》のように痩せこけた顔に、般若《はんにゃ》のごとき形相を浮かべ、こちら側を向いていた。目が閉じられているところを見ると、私を睨んでいるわけではなさそうだ。おおかた悪夢でも見ているのだろう。おそらくは七年前の夜の。

私は気を取り直すと、寝台に近寄り金村の顔を見上げる。遠くから見た時も気味悪かったが、近づくと夜行性の犬の目には、その顔に刻まれたしわの深さまではっきりと映り、凄みが増して見える。

さて、私が夢に潜り終えたあと、この苦悩の表情は消え去っているのだろうか？

私は寝台のそばに寝そべって目を閉じると、金村の夢の中へゆっくりと潜行を始めた。

5

雪が月光を乱反射しながら、はらはらと舞い落ちる。樹々は雪の花を満開にしている。月明かりの届かない森の中に私は佇んでいた。目の前には、厚い外套を着込んだ金村ががちがちと歯を鳴らし、太い樹の幹の陰から、病院を、いや七年後には病院となっている洋館を見ていた。

七年前の記憶を夢に見ているなら、本当なら金村は脂ぎった中年男のはずだ。しかし、私の目の前に立っているのは、癌と化学療法で体を蝕まれた、死相をありありと浮かべた男だった。南もそうだったが、夢の中では過去の場面でも、現在の自分が登場しやすいらしい。

金村の手の中で月光が黒く不吉に反射する。禍々《まがまが》しい回転式拳銃がそこにはあった。

「こんな所にいて、寒くはないのか？」

私は金村に話しかける。夢に意識だけ侵入している私は銀世界でも寒くはないが、七年前の記憶を蘇らせている金村はこのうえなく寒そうだった。金村はかすかな恐怖と戸惑いを浮かべながら私を見る。

「……なんでお前がここにいるんだ？　なんでしゃべってるんだよ？」

最近聞いた質問だな。

「ここは夢の中だ。犬がしゃべろうが、どこにいようが、なにもおかしいことなんてない」

私は南に言ったのと同様のせりふで答える。

金村は忌々《いまいま》しげに舌打ちをすると、私から視線を外した。説明に納得したのか、それとも単に私に構っている余裕がないからなのか、屋敷の方向を凝視し続けている。

「行かないのか？」私はからかうように声をかけた。

「うるせえ、黙れ！」

金村は殺気の籠もった目で私を睨むと、足を振り上げた。固そうな革靴のつま先が私に襲いかかる。しかし、私は微動だにしなかった。加速された靴の先が脇腹にめり込んだと見えた瞬間、足は私の胴体をすり抜けた。金村は勢い余って、その場で尻餅をつく。

この場にいる私は、金村の夢の一部ではない。病室で瞑想している私の意識を投影した、陽炎のような存在だ。私が許さない限り、この世界で私に触れることなどできるわけがない。

「なにをしているんだ、お前は？　早くあの屋敷に行け」

私は倒れている金村に嘲笑混じりに言う。

「……嫌だ」金村の口元から歯軋りの音が響いた。

「なぜだ？　実際はあの屋敷に入り込んだのだろう？　それなのに、この夢の中ではなんでそうしない？　なにを恐れているんだ？」

「…………」金村は無言のまま私を憎々しげに睨む。

「お前はもうすぐ死ぬ」

私は尻餅をついたままの金村にずいっと近づくと、その目を覗き込んだ。金村の体が震える。

「……そんなこと……分かっている」

金村の声は掠れ、ひび割れていた。私は金村に更に顔を近づけた。金村の低く潰れた鼻と、私の美しい曲線を描く鼻が触れそうなほどに。

「本当に分かっているのか？」

「なにを……言っているんだ？」金村は軽く仰け反る。

「お前はもうすぐ消えるんだ。そうなれば二度と現世に干渉できない。どんなに望んでも、どんなに足掻《あが》いても、お前はもうなにもやり直すことはできないんだ。もしかしてお前は、死んだら全て消えるとでも思っているのか？　犯した罪も消えて、なにも感じなくなるとでも？　それは間違いだ。お前達の言う『死』は肉体の消滅でしかない。そのあとも『魂』は罪を背負って存在し続ける。このままではお前は『未練』に縛られ、ただ後悔し、苦しむだけの存在となる」

私は淡々と事実を述べる。金村は泣き笑いのような表情を浮かべ、体を震わせはじめた。

「なら……どうすればいいんだ？　神父に罪を告白でもして、悔い改めればいいのか？」

金村は縋り付くように手を伸ばしてくる。しかし当然その手は、私の体に触れることはできず虚空《こくう》を掻いた。金村は顔から雪の中に倒れていく。さっき私に触れられないことは分かったはずなのに、なにをしているのだろう、この男は？

「言葉だけの『悔い改め』になんの意味がある？」呆れながら私は倒れ伏す金村に言う。

「そうだよ！　意味なんかないんだよ！　どうやったって俺の罪は消えないんだよ！」

雪の上に倒れたまま金村は絶叫した。

「そうとも限らないぞ、お前が犯した『罪』とやら、どうにかなるかもしれないぞ」

「……え？」

金村はいまだに倒れ伏したまま、九割の絶望と一割の希望が混ぜ合わさった視線を私に向けてくる。まったく、二度も私を足蹴にしようとしておきながら、虫の良いことだ。

私はちらりと巨大な洋館に視線を向ける。金村は表情筋を引きつらせると、幼児のようにぷるぷると顔を左右に振った。子供がやれば可愛いのだろうが、中年の男がやるとなにやら不快な気分になるな。

「いつまで自分の罪から目を逸らし続けるつもりだ」

私は苛立ちを隠すことなく、矢先の尖った言葉で金村を射貫く。

「あそこに行ってどうするって言うんだ？　俺は人を殺したんだ！　どうすれば許してもらえるって言うんだよ？」

四肢を雪の積もる地面についたまま、金村は野生動物が咆哮《ほうこう》するように天に向かって叫ぶ。

私は目を細め、普通の犬では決して作ることのできない侮蔑の表情を浮かべた。

「知るか。そんなことは自分で考えろ」

私はもはや金村を見ることなく、屋敷に向かって数歩進む。背後から響く金村の慟哭を聞いて、私はぴたりと足を止めた。

「……ただし、お前の罪は自分で思っているようなものではないかもしれないぞ」

私は独りごちるように呟いた。背後で金村が勢いよく顔をあげる気配がする。

「……どういうことだよ？」

「知りたいなら、ついてこい」

私は振り向くことなく暗い屋敷に向かって再び歩きはじめる。数秒のあと、背後から雪を踏みしめる音が聞こえた。私は口の両端を持ち上げて笑みを作る。

私は屋敷の玄関扉の所まで来ると、後ろからのろのろとやってくる金村を待った。

「開けろ」ようやく追いついた金村に私は言った。

金村はまるで冷気で氷像と化してしまったかのように、動きを止める。金村を解凍するべく私は「早く開けるんだ」と声を張り上げた。しかし、金村は動かない。

「それとも、逃げるのか？　この卑怯者」どうにも埒があかないので、挑発してみる。

「うるせえ、黙れ！」私に向けてか、それともふがいない自分に向けてなのか、金村は一声大きく吠えると、扉の取っ手を摑み、力任せに引いた。

扉の隙間からどこか人工的な光が漏れだし、金村の全身を包み込む。私の視界も真っ白に染め上げられていった。


「あ、ああ、あああああ……」金村の喉から悲鳴とも呻きともとれない音が漏れ出す。

扉から漏れだした光に包まれた直後、私と金村は薄暗い廊下に立っていた。私は首を三百六十度回して周囲を見回す。梟《ふくろう》のようにくるりくるりと頸椎《けいつい》を回す私を見て、金村は腫れぼったい目を見開いて一歩離れた。

「……何度も言うが、これは夢だ。首がどのように動いたとしても不思議ではないだろう」

今の私に肉体構造による制限はなにもない。私は気を取り直して屋敷内を見回す。そこはよく知っている場所だった。洋館の一階、私の住処。しかし、調度品の位置など細かい点が異なっている。よく見ると廊下の突き当たりにある、止まっているはずの古臭い柱時計も、せっせと時を刻んでいた。そしてなにより、私の知っている屋敷では燦々《さんさん》と輝く太陽の光を廊下へと運び、午睡《ごすい》を充実させていた大きな窓が、頑丈そうな木の板で中から塞がれている。七年前、金村が侵入した時の屋敷の廊下がここにあった。私は廊下をてくてくと歩いて行く。

「うわあああ！」突然、背後から金村の甲高い悲鳴が響く。

何事かと振り返ると、食堂へと続く扉が開き、そこから男が姿を現していた。

「来るな！　来るんじゃやねえ！」

鼓膜に痛みを感じるほどの金切り声を上げると、金村は拳銃を持った手を持ち上げる。底なし沼のように深く暗い銃口が男に向いた。なにをやっているんだ、この馬鹿は。

「やめんか！」

私が怒気を込めた声を上げると、金村は全身をびくりと大きく痙攣させ、拳銃を男に向けたまま硬直した。

「これはお前の夢だ。お前が念じればこの世界はどうにでも変わる。いいか、集中するんだ。集中してその男の動きを止めろ」

金村はぷるぷると顔を左右に振る。だから、それは子供でなくては可愛くない。

「いいから集中しろ！」

私に一喝され、金村は浮腫《むく》んでいる瞼を固く閉じた。それと同時に、金村に向かっていた男の動きが、踏み出した片足を宙に浮かした状態で止まる。やればできるではないか。

金村は目を開くと、その場に崩れ落ちた。情けない。私は少し見直したのを後悔しながら、金村に近づく。

「この男をお前は撃ったんだな？」私は彫刻のように固まる男を見上げた。

長身の男だった。年齢は中年にさしかかったぐらいといったところか。髪は短く切りそろえられ、金村を睨む鋭い目には殺気が満ちている。そして胸元から右腕にかけて服が赤黒く染まり、右手の中には血に濡れた宝石が握られていた。

ふむ、たしかに恐ろしげな容貌だ。思わず金村が撃ってしまうのも分からんでもない。私は一通り男を観察すると、振り返って腰砕けになっている金村を見る。

「この廊下を、現在の病院のものに変えろ」

金村は「は？」と口を半開きにする。察しの悪い男だ。

「この廊下を七年前ではなく、現代に変えろと言っているんだ。さっさと集中しろ」

この世界は金村の夢。金村の想像力によってどのようにでも変化させることができる。

「なんでそんなことを……」

「なんでお前に逐一説明しなくてはならないんだ？　いいからさっさとやれ」

犬の私にぞんざいに扱われたことに腹を立てたのか、顔面の筋肉を複雑に歪めながらも、金村は目を閉じた。廊下の景色が揺れていく。過去の廊下に現在の廊下の情景が重ね合わされるように、二重に見えてくる。それにつれて、廊下の中心に立つ男の姿も薄れていき、体が透けて見えるようになってきた。私は慌てて声を上げる。

「ああ、この男は消すんじゃない。男はこのままで、廊下だけを変えろ」

「な、なんで……？」

自分が最も消したかったものを残しておけと言われたことで、金村は狼狽《ろうばい》する。その瞬間、壁が飴細工のようにぐにゃりと歪み、まるで内臓のように蠕動をはじめた。奥の壁が迫ってきては遠ざかっていく。私は顔をしかめる。夢の主である金村の動揺がこの世界を歪めている。下手をすればこのまま夢が崩壊し、金村が目覚めてしまう。

「集中を解くな、すぐに説明してやる。今はこの廊下のことだけを考えておけ」

私は諭すように言う。

金村は納得しているとは言い難い表情ながらも、目を閉じた。騙《だま》し絵のように歪み、遠近感もなくなっていた廊下が次第に正常な形状を取り戻していく。男の姿も半透明ながらその場で固まり続けている。ようやく廊下が現在のものへと変化し終えた。私は半透明の男を見上げる。

「この男、本当にお前の店に現れた父親なのか？」

目を開き、怯えた表情で男を見上げる金村に、私は言った。

「なに言ってるんだ、当たり前だろ」金村は震える声で答える。

「お前の店に来て、宝石の鑑定を頼んだ男は顔を隠していたのだろう？　それじゃあなぜ、お前はこの男が店に来た男だと言い切れるんだ？」

「この屋敷に住んでいる大人の男は一人しかいなかったんだ。他の誰だっていうんだよ」

「もし、お前以外に侵入者がいたらどうだ？」私はにやりと口の両端を持ち上げる。

「は？」

ぽかんと口を開き、間抜け顔を晒している金村を見て、私は嘆息した。本当に察しの悪い男だ。私は大きく息を吸うと、最も重要なことをゆっくりと、噛んで含めるように言葉にした。

「お前はおそらく誰も殺していない」

その言葉はすぐには金村の思考に浸透してはいかなかったようだった。金村は何度もぱちぱちと瞬きを繰り返すと、数瞬後、眼球が飛び出しそうなほどに大きく目を見開いた。

私は「ついてこい」と首を振ると、廊下の奥へと進んでいく。廊下の側壁にはしっかりとあの小さい穴も穿たれていた。金村自身は普段、あんな小さな穴など意識していないのだろうが、正確に現実世界と同じ廊下を創り出している。人間の潜在意識とはなかなかに上等なものだ。

金村と並んで廊下の奥、柱時計のところまで来ると、私は玄関に向き直る。

「お前は玄関から少し入ったところで、あの男に向けて銃を撃った。そうだな？」

金村は口をへの字にして黙り込む。

「そうだな？」私は強い口調で同じ質問を繰り返した。

「そうだ……」ふて腐れたかのような態度で、金村はぼそぼそと答えた。

「男が倒れたのに、怯えたお前は残った弾も全部撃った。そして撃ち終わったあと、恐慌状態になったお前は、男が持っていた宝石だけ奪って一目散にこの屋敷から逃げ去った。そうだったな？」

「ああ……そうだ」金村の声は相変わらず覇気がない。

「何発撃った？」

「え？」

「お前は拳銃に入っていた弾を全部撃ち尽くしたんだな。それは何発だ？」

金村は手に持っている拳銃に視線を落とすと、その弾倉を数えはじめた。

「……六発だ」

「そうだ、六発だな」私は廊下を入り口から半分ほどのところまで戻り、壁を見上げる。そこには小さな穴が二つ穿たれていた。

「ここで二つ」

さらに廊下を少し進んだところの壁にも、同じような穴が三つほど散在していた。

「ここで三つ、あとは……」

私は振り返ると、廊下の突き当たり、柱時計が置かれた場所まで戻る。

「いったいなんなんだよ。全部俺が撃った弾痕だよ！」

金村は舌打ちをしながら頭を振る。私は金村を無視すると柱時計の横に回り込んだ。そこには二つ、銃撃された跡が残っていた。

「……ここに二つ」

「え？」金村は間の抜けた声をあげる。「え、それじゃあ全部で……」

「そう、七発だ。この廊下には七発分の弾痕がある」

「そんな馬鹿な……、なんでそんな……」

「簡単なことだ。お前以外にもこの家の中で発砲した奴がいたんだ」

「他の奴？　そんなこと……あるわけが」

「なにを言っているんだ、よく見ろ。他にもお前以外の者が銃撃した証拠があるじゃないか」

「証拠……？」

「お前は時計を撃てないんだ」

意味が分からなかったのか、金村は額にしわを寄せる。

「この時計は側面から斜めに弾が入っている。この角度で弾を撃ち込むためには廊下のかなり奥か、柱時計のすぐそこにある調理室から撃つ必要がある。もしお前が撃った位置から弾が飛んできたなら、正面の硝子《ガラス》板に当たるはずだ」

「か、壁に当たったりとかして……」

「どこにも跳弾の跡なんてない。跳弾するにはこの壁は柔らかすぎるんだろうな。当たった弾は全てめり込んでいる」

「じゃあ……どういうことに……？」

「だから、お前の前にこの家に侵入していた奴がいたんだ。おそらくは複数。そいつらはお前が侵入した時、すでに夫婦を殺していたんだろう。そして部屋を物色している時、ちょうどお前が現れたんだ。お前は物音に気がついて出てきた強盗犯の一人を撃ってしまった。そう考えれば男が血まみれだったわけも分かる。撃ち殺した被害者の体から宝石を物色でもしていたんだろうな」

「そんなことが……」金村は口をぱくぱくと動かす。

「証拠なら他にもある。たしか新聞には室内が物色されていたと書かれていただろう。お前の前に侵入していた強盗犯達が、家捜《やさが》しをしていたからだ。それにお前が嗅いだ硫黄と血の匂い、それは硝煙とすでに殺されていた夫婦から流れた血液の匂いだったんだ。もしかしたら、暗くて見えなかった廊下の奥には遺体があったのかもな」

金村は震える両手で自分の顔を覆うと、熱に浮かされたように呟いた。

「お、俺は殺していないのか？　俺は誰も……？　殺人と俺とはなんの関係もないのか？」

「関係はあるぞ」

私は金村の興奮に水を差す。まったく関係がないだ？　そうは問屋が卸さない。

「関係……ある？」

「お前はまだ、この男の正体に気がついていないのか？」

「正体？」金村は鸚鵡《おうむ》のように私の言葉を繰り返す。

ここまで言ってもまだ気がつかないのか？　少しは自分で考える気はないのだろうか？

「お前が撃ったこの男は、お前に拳銃と金を渡した男だよ」

「なっ？」金村は声をあげると廊下を走り、半透明のまま固まっている男に近づく。「違う！こいつは鈴木じゃない！」

「『鈴木』というのは、店に金や拳銃を持ってきた男だな。たしかにこの男はその『鈴木』じゃないが、お前だって分かっていただろう、『鈴木』が単なる使い走りにすぎなかったことを」

「それじゃあ、この男は……」

「年齢から見て、『鈴木』の上司かなにかだろう。元締めなのか、それとも下請け組織の頭《あたま》なのか、まあおそらくは後者かな」

「な……なんでそんな奴がここに……」

金村は目を剝いて叫ぶ。ここに至ってようやく私は理解した。この男はなにも考えていないのではない。自分の考えを認めたくないのだということを。私はじろりと軽蔑を含んだ眼差しを金村に投げかけると、突き放すように言う。

「お前のせいに決まっているだろう」

金村の表情が炎に炙られた蠟《ろう》のように歪んだ。私は構わず言葉を続ける。

「返済が滞っていたお前が、突然拳銃を要求し、借りていた金を全て返してやると啖呵を切った。当然金貸し達はお前がなにをするのか興味を持つ。なにしろお前は拳銃の代金を『端金』と言い放ったんだからな。しかも、お前が商売で扱っているのは『宝石』だ。金の匂いに敏感な金貸しが放っておくわけがない」

金村は無言で私の説明に聞き入る。

「お前は監視されていた。拳銃を受け取ったあと、何度もお前がこの屋敷を訪れては森の中から観察しているのも見られていた。この屋敷に『お宝』があると言っているようなものだ。もしかしたら最初金貸し達は、宝石を盗んだお前を襲おうとしていたのかもしれないな。けれど、お前がいつまでも行動を起こさないから、痺《しび》れを切らして自分達の手を汚した。まさかその日に、意を決したお前が強盗するとは思わずに」

「そ、そんなこと、お前の想像でしかない。なんの証拠もないじゃないか」

金村は『てれびどらま』の中の、刑事に追い詰められた犯人のようなことを言い出した。

「私は別にお前を裁きたいわけじゃない。ただ可能性の高い事実を教えているだけだ。お前が屋敷に入ろうとした時に、まったく関係ない強盗が屋敷に侵入していた。そんなことが偶然に起こると本当に思っているのか？」

「ほ、他の宝石商にも……ダイヤを見せていたかも」あくまで金村の往生際は悪かった。

「状況証拠ならあるぞ」私は『刑事どらま』とやらで覚えた言葉を使ってみる。

「証拠……」金村は私から一歩引いた。

「お前はどうしてこの国の外に逃げられた？」

「……どうしてって？」

「用意周到な金貸しが、どうしてお前の夜逃げを黙って見逃したんだ？」

金村は答えなかった。

「金貸し達はそれどころじゃなかったんだ。お前に一人撃たれたんだからな。撃たれた男が死んだのか、それとも助かったのか知らないが、お前の夜逃げを止める余裕などなかっただろう。それに、おそらく金貸し達は残りの宝石を手に入れた。わざわざお前を殺すなんて危険なことをする必要もなかったわけだ」

廊下に沈黙が下りた。まだなにか反論しようと顔を紅潮させていた金村だが、次第にその顔は蒼白くなる。金村はその場に崩れ落ち、膝立ちになった。

「俺は……どうすればいいんだ？」今にも消えてしまいそうなほど弱々しく金村は呟く。

「自分で考えろ」

私は金村を突き放した。私にとって重要なことは、金村が地縛霊にならないようにすることだ。そのために必要なのは金村が自らを赦すことで、実際に赦されることではない。

そもそも、なにかすれば償いになるなど虫が良すぎる。自らの行為の責任はいつまでもついて回るものなのだ。たとえ肉体が生命を失ったとしても。

「けれど……俺にはできることなんてないんだ。俺にはなにもない……、もうすぐ死ぬから」

「本当にそうか？　確かに残された時間は短い。けれど、そのわずかな時間でやれることがあるんじゃないか」

金村は座り込んだまま頭を抱え震えだす。私はその姿を睥睨しながら待つ。金村が自分なりの答えを見つけるのを。

夢の中の時間の流れで、数十分が経過する。金村は緩慢な動きで顔を覆っていた手を離すと、天井を仰ぎ、言葉を紡ぎはじめた。

「……あの家族の墓に参らないと。それに死ぬ前に、警察に事件の真相も話そう。そうすれば真犯人を逮捕してくれるかもしれない。けれど、その前に……俺には香港で稼いだ財産がある。それを……寄付したい。その金を世の中のために使ってくれるところに」

「お前がそうするべきだと思ったなら、すればいい」私はそっけなく答える。

「それで……償いになるのか？」

金村は私の顔色を窺う。犬の顔色を窺うとは珍しいことをするものだ。

「だから、なんで私に訊くんだ？」

「お前が俺に教えてくれたんじゃないか。俺がなにをしたのか。俺の罪がなんだったのか」

「その目を開いてよく見ろ。私はなんだ？」

「なんだって……犬だろ」

「そうだ、私は犬だ。どこから見ても立派な犬だ。お前は犬になにを求めているんだ？　償いになるかどうかなど、犬に判断してもらうのか？　そんなこと誰にも分からないんだ。お前がやるべきことはぐだぐだと悩むことじゃない。残された少ない時間、自分が正しいと思ったことを必死にやることだ」

「ああ、……その通りだな」金村は両手で顔を覆う。「償いにはならないかもしれない。俺は地獄に堕ちるかもしれない。けど俺は今……やるべきことをやるしかないんだ」

細く骨張った肩が震えはじめる。指の隙間から嗚咽が漏れ出す。その体の周りにたゆたっていた瘴気《しょうき》が薄くなっていく。

犬に説得されて泣くんじゃない。私は苦笑する。残された少ない時間、なにをするべきなのか、金村は自ら答えを出した。その答えが正しいのか、その行為によって洋館に縛り付けられている三つの魂が少しは救われるのか、私には分からないし興味もない。

ただ一つたしかなのは、金村は人生に意義をみつけたということだ。これで金村が地縛霊と化す可能性は低くなっただろう。たとえ短い間でも、必死に生きている人間は、『未練』に縛られはしない。

さて、仕事はここまでかな。少し疲れた。もう現実の世界に戻るとしよう。

私はゆっくりと目を閉じた。夢の世界での私の存在が薄くなっていく。


私は瞼を上げる。網膜に映し出されたのは、屋敷の廊下ではなく、痩せ細った男が寝台に横たわる病室だった。

私は毛についた水を払う時のように全身を震わせ、体の感覚を確かめる。思念体から急に肉体に戻ったので、どうにも違和感があった。この世界では私はしゃべることもできなければ、首を三百六十度回転させることもできない。それを忘れると頸椎を痛めかねない。

細かく体を動かすと、私は扉に向かって歩きはじめる。金村がもぞりと体を動かす気配に、私は振り返った。その顔には、この部屋に入ってきた時に浮かんでいた苦悩の表情は見えなかった。

金村の頰を一筋の涙が伝った。この男の、女や子供にしか似合わない態度に何度も苛つかされてきたが、涙は思いのほか似合って見えた。私の顔に再び苦笑が浮かぶ。夢の中ほどには上手く表情を作ることはできなかった。

扉に近づくと、入ってきた時と同様に、隙間に爪を差し込み肉球で扉を押していく。廊下へと出た時、頭にふと疑問が浮かんだ。私は足を止め、暗い天井を見つめながら瞬きを繰り返した。金貸し達が宝石を奪うため夫婦を殺したことはおそらく間違いないだろう。ただ、行方不明になった子供はどこへ消えてしまったのだろうか？　金貸し達に子供を誘拐する必要があったとは思えない。

しかし、浮かんだ疑問は手のひらに落ちた雪の結晶のようにすぐに消え去った。子供がなぜ、そしてどこへ消えたか。それは私の任務には関係ないことだ。それよりも能力を使いすぎてやや疲れた。早く住処である階下に戻り、体を休めよう。

私は天井から視線を引きはがすと、階段に向けて歩を進めた。師長が後ろを向いている隙になあすすていしょんの前を悠々と通り抜ける。

やはり、慣れとは素晴らしい。

第3章　死神、芸術を語る

1

端的に言って私は困っていた。雲一つない空から、冬のたおやかな日の光が降り注ぐ庭園の中心で、私は四肢を投げ出して日光の熱を吸収しながら、上目遣いに屋敷を眺める。

金村を地縛霊化から救ってから、すでに一週間の時間が経っている。この一週間で金村は、それまで骸《むくろ》のようだった体に生命力を取り戻していた。もはや酸素を吸う必要もないほど体調はよいらしく、庭園を散歩する時に、以前のような酸素入りの金属の箱を持ち歩いてはいない。そして毎日のように、背広をぴっちりと着込んだ『弁護士』と呼ばれる男が金村を訪ねるようになった。

私は弁護士という者達は、『法廷』とか呼ばれる場所で延々と口喧嘩をするのが仕事だと思っていたが、どうやら、人間の所有物を死後に割り振るようなこともしているらしい。

まあ、それによって金村が自らが考える償いができ、その結果地縛霊となることを防げるのだから、弁護士という人種も思いのほか役に立つようだ。

この一週間で私はすでに、能力の使用による消耗から回復していた。当然、私は次の『仕事』にとりかかろうとした。しかし、それが上手くいっていないのだ。

私はこの病院で二人を『未練』から解き放っていたが、まだこの病院には二種類の『腐臭』が満ちている。

そこまではいい。つまり、ここにはまだ二人の地縛霊予備群がいるということだ。

その内一人については、この屋敷に住みついてから二週間ほども経つというのに、名前すらもまだ知らなかった。

名前が分かっている一人については、この数日なんとか病室に侵入しようと試みているのだが、これもなかなか上手くいかない。

どうしたものか？　私が思案に耽《ふけ》っていると、駐車場に一台の小さな車が滑り込んできた。車は車輪を軋ませながら、横滑りするようにして停車した。砂煙が巻き上げられる。

「レオー」

菜穂が小さい紅色の車の窓から顔を出した。あの娘、普段の行動に似合わず車の運転が荒い。

どうやら、どこかに行った帰りのようだな。そう言えば、今日は朝食をもらったきり、菜穂には会っていなかった。車から降りた菜穂は大きな紙袋を手に、早足で私に近づいてきた。

「いいもの買ってきてあげたよ」菜穂は手に持っていた包みの中をがさがさと探る。

いいもの？　なにか美味いもの？　口の中に唾液があふれてくる。

「じゃーん」

菜穂が取り出したものを見て、私の期待は塩を掛けられた蛞蝓《なめくじ》のごとく萎んでいった。菜穂が手に持っているものは、どう見ても食べることはできなそうだ。なにやら細長い革にきらきら光る硝子玉がいくつも付いている。

「はい、まだ首輪なかったから買ってきたよ。可愛いでしょ」

首輪？　ということはもしかして……私が身につけるものか？　背筋に寒気が走る。

どう考えても、威風堂々とした雄犬である私に、その煌《きら》びやかな装飾は似合わない。下手をすれば道化じみて見えるだろう。

「ほら、綺麗でしょ？」菜穂は首輪を両手で持ち、じりじりと近づいてくる。

いや、綺麗なのかもしれないが、さすがにそれは派手すぎでは……。逃げなくてはという思いと、好意をむげにするのはどうかという思いがぶつかる。その一瞬の迷いが命取りだった。

「はい、じゃあつけてあげるね」

菜穂は立ちすくむ私の首に素早く手を回す。首の後ろから聞こえたかしゃりという音が、私には手錠をかませられた音のように聞こえた。

「うわー、レオ可愛いよ。すごく似合う」

菜穂は私が雄犬だということを失念しているのか？　それともひどく趣味が悪いのか？　菜穂の褒め言葉を絶望しつつ聞きながら、私は首を振ってみる。硝子同士がぶつかる軽い音が、私を更に絶望の底へと引き込んでいく。今日から決して自分の姿を鏡で見ないようにしよう。

舌を嚙み切りたくなる危険がある。

げんなりする私の姿を見て、きゃっきゃとはしゃいでいた菜穂だったが、その顔が急に強張った。どうしたのかと菜穂の視線の先を見てみると、いつの間にか青い車が駐車場に停車し、濃い紺色の背広を着て、縁の太い眼鏡を掛けた長身の男が、車にもたれかかるように立っていた。

「……また来た」

菜穂が憎々しげに呟くのを聞いて私は驚く。菜穂がこれほどに負の感情を表すのを、今まで見たことがなかった。私は何事か訊ねるかのように「くぅーん」と鳴く。

「……あの男、ここを買い取るつもりなの」

菜穂は私の首筋を撫でると、男を睨みながら語りはじめた。

買い取る？　どういうことだ？

「この病院ごと丘の土地を買って、ここにレジャー施設を作るつもりなんだって」

は？　なんだそれは？　ここはどうなるのだ？

「この病院ね、あと少しで……廃院になるの。もともと利益度外視で患者さんのための治療をしてきたんだけど、資金繰りが難航して。そんなときあの男が、買ったときの何倍もの値段でここを買い取るって言ってきたの。それで最終的にその話に乗ることになっちゃった。だから今は新しい患者さんはとっていないんだ。今いる患者さんがみんな……いなくなっちゃったら、この病院はお終《しま》い。あの男があんな話を持ってこなければ、もっと病院は続いたかもしれないのに」

なんということだ。私は目の前が真っ白になった。この病院の患者が少ないのも、二階の廊下に梱包された荷物が積まれていたのも、そのためだったのか。

私はどうすればいいのだ？　この病院こそが『我が主様』から仰せつかっている仕事場だ。この病院がなくなってしまったら、『仕事』ができなくなってしまうではないか。私はふらふらとよろける。

「あ、レオ、だめ！」

菜穂の焦った声を聞いて、私は花壇の中に足を踏み入れてしまったことに気がついた。

これは失敬。私はすぐに花壇から出た。菜穂は花壇に植えられている小さな苗を確認する。

菜穂は勤務時間外に、よくこの花壇に来て、手入れをしている。今は冬でほとんど花は咲いていないが、これほどの手間をかけているのだ、春には色とりどりの花が咲くのであろう。

「こうやって頑張って花を育てているけど、この花が咲くのを私は見られないかもしれないんだよね」菜穂は儚げに呟く。

なるほど、ここが開発されれば、当然この花壇も潰される。菜穂にとってあの男は職場を奪うだけでなく、手塩にかけたこの庭園を破壊する男でもあるのだ。

私は男を観察する。糊のきいた背広や高級感のある眼鏡、そして真っ直ぐに伸ばされた背筋。外見だけをみると理知的な雰囲気だが、どうにも嫌悪を抱いてしまう。菜穂の影響を受けているのだろうか？　いや、それだけではない気がした。

ん？　あの男、どこかで見たような……。気のせいか？

これが人間達が『でじゃぶ』とか呼ぶ現象なのか？　私が首を捻っていると、男は懐から携帯電話を取り出し、なにやらしゃべりはじめた。

「ああやって外から呼び出すの。病院には入らないように強く言っているから」

呼び出している？　いったい誰を？　疑問はすぐに解けた。男が電話をしてから数分後、病院から院長がいつもどおりの、いや、いつも以上の仏頂面《ぶっちょうづら》で出てきた。

駐車場へと向かった院長は男と話しはじめる。会話の内容は聞こえないが、遠目にも決して友好的な雰囲気には見えなかった。

「なにかと押しかけてきて、病院の中を見ようとするの。断っているのに」

菜穂の声にはまだ嫌悪がありありとうかんでいた。普段はおっとりしている菜穂がここまで腹を立てているということは、よほど強引な営業をしているのだろう。

「私、病院に戻ってるね。……これ以上見ていたくないから」

菜穂は沈んだ声を出しながら、立ち上がった。

私は「くぅ」と鳴きながら、とぼとぼ歩く菜穂の背中を見送ることしかできなかった。菜穂が屋敷に戻るのを見届け、私はその場にうずくまる。

そのうちに長身の男も諦めたのか、車に乗って去っていき、院長は相変わらず不機嫌そうに病院に戻った。

庭園に一匹取り残された私は日光を浴びながら、これからの行動についてしばし考える。

数十分思考を巡らしたところで私は決心した。このまま日光浴を続けていてもしかたがない。病院がたたまれるまでにはまだ時間があるが、入院している患者達はいつ死んでもおかしくないのだ。こうしている間に患者が死んでしまい、晴れて地縛霊ができあがったりすれば、『我が主様』に面目《めんぼく》が立たない。

決心を固めた私はすくりと立ち上がって、大きなあくびをすると、屋敷に向かって歩きはじめた。麗《うら》らかな陽光がかすかに後ろ髪を……もとい、後頭部の黄金色の毛を引いた。

屋敷に入った私は、一階廊下に誰もいないことを確認すると、玄関に置いてある『まっと』で肉球についた土を払った。以前この行動を看護師長に目撃され怪訝《けげん》な顔をされて以来、周りを確認してから足を拭くように気をつけていた。

私は住処でもある無人の廊下を進んでいく。開いた団欒室の扉の前を通り過ぎる時、中で本を読む南の姿が見えた。黄色く変色し、乾燥してひび割れていた南の顔には、今は血の気と潤いが戻っている。

南が間もなく死を迎えることは間違いないだろう。たとえ『未練』から解放されたとしても、寿命が大きく変わるわけではない。しかし、精神は肉体に大きく影響を与える。『未練』から解き放たれたことで体調が改善することは十分にあり得ることだ。

私は自分の仕事の成果に満足して鼻を鳴らす。それが聞こえたのか、南が私の方を向いた。

視線がぶつかる。南は目尻に深いしわを刻むと、満面の笑みをうかべ小さく頷いた。思わず頷き返してしまいそうになった首を慌てて止めると、私は再び廊下を進む。

南が見せた、どこか共犯者に笑いかけるような笑みはなんであろう？　よもや夢の中で私が色々と話しかけたことで、私のことを特別な犬だと思っているのではあるまいな。あれはあくまで夢の中の出来事だと理解してもらわなくては困るのだが……。

まあいい。南がどう思おうと、私が『仕事』を行うのに支障はない。さっきの態度を見る限り、南が私のことを皆にふれ回ることはなさそうだし、万が一、私が特別だと吹聴《ふいちょう》されたとしても、死を前にした病人の妄想だと片付けられるのがおちであろう。

余計な心配を頭蓋の外に追い払った私は、階段を見上げた。人の気配はない。素早く跳ねるように階段を上がりながら、なあすすていしょんを窺う。すていしょんの中には師長と菜穂がいたが、菜穂は点滴の調合に集中し、師長は記録を書き込んでいる。今なら行けるのではないか。この機会を逃してはならない。私は二階の廊下へと飛び出ると、一番手前にある部屋の前まで走る。

そう、この病室になかなか侵入できなかった理由、それはすていしょんに最も近く、看護師達に気づかれずに侵入することが容易ではなかったからだった。しかし、南、そして金村の病室への侵入で経験を積んでいた私は、扉を開ける術を完璧に身につけていた。菜穂達が顔をあげる前に肉球を巧みに使い扉を開けると、私はその隙間に体をねじ込んでいった。

なんとか上手くいった。安堵の息を吐きながら、私は病室の中を見渡した。最初に目に飛び込んできたのは、寝台に横たわる男の姿……ではなく、壁際に無造作に置かれた二つの絵画だった。

一つは巨大な絵だった。縦は人の背丈ほど、横はその二倍はゆうにあるであろう。私は薄暗い部屋に置かれたその絵を凝視する。それは油絵の風景画だった。

実は私は人間が『芸術』と呼ぶ様々な行動、音楽、彫刻、執筆などに少なからず興味を持っている。それらの行動は肉体に封じられた魂の衝動が発露したものであり、肉体の『欲』に支配されがちな下賤な人間が行う数少ない崇高な行為だと思っていた。

当然のように絵画に関しても一家言《いっかげん》もっている。私は少し離れて絵の全容を眺めた。まだ乾ききっていない油性絵の具の刺激臭が鼻孔に広がる。

駄作だ。私は即座に切り捨てた。その絵は病室から見える庭園を描いた風景画だった。どうやら暖かい季節の情景を描いたようで、絵の中の庭園には色とりどりの花が咲いている。

構図はしっかりしており、素人が描いたものではないことを窺わせる。しかし、色使いがよくない。まだ未完成であることを差し引いても、どうにも色に艶がない。絵の具を混ぜ合わせることで色を創る油絵において、これは致命的であろう。そして、それ以上に致命的な部分がこの絵にはあった。この絵には魂が込められていない。『魂の衝動』がまったく伝わってこないのだ。

空虚。それがこの絵に対する偽らざる感想だった。

続いて私は壁に立てかけられたもう一つの絵を見る。こちらはそれほど大きくない、手軽に持ち運べる程度の大きさだ。私はその絵を見て首を捻った。その絵の表面はひどく汚れていた。乾かないうちに擦ったのか、所々で絵の具が滲んでしまっていて、すでに絵の体裁をなしていない。しかし視線を外すことができなかった。落書きのような絵であるのに、そこからは魂の波動を感じた。

私ははっと我に返る。暢気《のんき》に芸術を語っている場合ではない。私は絵を鑑賞しに来たわけではない。呆けている間に、この部屋の患者に見つかり、看護師を呼ばれたりしたら大変だ。しかし振り返って見た寝台に横たわる男は、目を閉じ苦しげな寝息を立てていた。私は安堵の息を吐きながら男を観察する。

若い男だった。髪は薄く茶色に染めてある。痩せてはいるが南のように誰が見ても死が近いことが分かるほど極端ではない。顔のつくりは全体的に凹凸が少なく、あまり印象に残りそうになかった。年齢は三十前後というところだろうか？

この時代のこの国においては、かなり早くその命が尽きようとしているようだ。私の集めた情報によると、この男は『内海直樹《うつみなおき》』とかいう名のはずだ。

私は目を細めて内海の体の内部を観察する。右足の付け根の骨から、赤黒い『かりふらわあ』が咲いたかのように、巨大な肉塊が顔を出していた。たしかあれは『骨肉腫』とかいう腫瘍だ。今までにこれと同じ腫瘍で死んだ若者を何人も見たことがある。

さて、どうするべきか？　私は頭を悩ませる。内海は寝ているので、夢の中に侵入することも可能だろうが、今はまだ昼間だ。十分に深い睡眠に入っていないかもしれない。せっかく夢に侵入しても、途中で目を覚まされてはうまくない。

夢への侵入がかなり肉体に疲労を残すことを、私は過去二回の経験で知っていた。

できることならまずは、この男の『未練』がどのようなものであるのか、しっかり調べてから夢への侵入を試みたい。これまでのように内海が起きるのを待って『催眠』をかけ、話を訊き出すとしよう。私が決心をしたのを見計らったかのように、内海が「ううっ」と苦しげに呻きながら寝返りを打った。

おお、丁度良いではないか、起きそうな雰囲気だ。内海が私に気付いた瞬間『催眠』をかけ……。私が頭の中で『しみゅれいしょん』をしていると、内海は突然かっと目を見開いた。

起きたか。私は『催眠』をかける準備をする。しかしあろうことか、内海は私に気がつく前に横たわったまま自分の頭上に手を伸ばし、そこにあるぼたんを押した。私は目を剝く。たしかあれは『なあすこおる』と呼ばれるものだ。

「内海さん、どうしました？」

ぼたんの隣に埋め込まれた網目の『すぴいかあ』から、少々ひび割れた師長の声が響く。

「痛《いて》え！　痛えんだよ。さっさとどうにかしてくれよ！」内海は身を捩りながら叫んだ。

「……すぐにいきます」

「あんたが来てもしょうがないんだよ！　院長呼べよ。全然痛み止め効いていないじゃないか！」

「……分かりました」すぴいかあ越しでも分かる硬い声を最後に通信は切れた。

内海は舌打ちをすると、痛みに耐えるためか歯を食いしばり目を固く閉じた。まだ私には気がついていないようだ。

私は慌てる。間もなく師長があの無愛想な院長を連れてこの部屋を訪れる。菜穂ならまだしも、あの院長に見つかったら、この病院を追い出されかねない。これが私がこの病室に侵入することを躊躇っていた第二の理由だった。この男は日中、絶え間なく看護師を呼び出しているのだ。

私はせわしなく室内を見回す。すぐにこの部屋から脱出するべきか？　しかし、扉を開けた瞬間、院長と鉢合わせする可能性もある。室内にどこか隠れるところはないか？

視界の隅に、私が酷評した絵画が映った。あれだ！　私は後ろ足で床を蹴ると、壁に立てかけられた絵画の後ろに飛び込んだ。それとほぼ同時に扉が開き、院長と師長が連れだって入ってくる。

「痛むんですか？」相変わらずの平板な声で院長は言った。

「痛えよ！　死にそうなくらい痛えんだよ！　どうにかしてくれよ！」

内海は寝台の上で上半身を起こし、唾を飛ばしながら叫ぶ。

「フェンタニルパッチは今どのくらいだ？」院長は師長に訊ねた。

「一六・八ミリグラムです」

「レスキューは？」

「二時間前にモルヒネ液を内服しています。ただ、最近は回数が多くて傾眠が……」

師長は眉根を寄せる。院長はいつもどおりの不機嫌そうな表情のまま、無言で頷いた。

「痛みはずっと続いていますか？　それとも時々強い痛みが走るのかな？」

「ずっとだよ！　さっさとどうにかしてくれよ！」

叫びながら暴れる内海の体を一通り診察すると、院長は師長を見る。

「レスキューをもう一回飲んでもらえ」

「けれどこれ以上投与すると、やや過剰投与の気が……」

「患者が痛いと言っているんだ。痛みを取らないといけない」

「……はい」多少不満げながら、師長は薬を取るためか部屋を出て行く。

「辛い時はいつでも呼んでください。すぐに来ますから」

院長の声からは、この男にしては珍しく温度が感じられた。

「そんなことより早く薬をくれよ！」

「すぐに持ってきます」

院長の言葉通り、すぐに師長が小さな容器を片手に戻ってきた。師長から容器をひったくるようにして受け取った内海は、その中に入っていた水薬を一気に呷《あお》る。

「数分で効いてくるはずです」

「分かったよ。もう出て行ってくれ」

空になった容器を師長に押し返した内海は、ふて腐れたように布団をかぶり、寝台の上で院長達に背中を向けて丸くなった。師長は内海の背中におずおずと声をかける。

「あの、内海さん。夜なんですけど、鍵をかけるのはできればやめてもらえませんか」

そう、それがこの部屋に侵入できなかった最後の理由だ。この男はなぜか夜になると部屋に鍵をかける。そのため、深夜に部屋に侵入するという私の常套《じょうとう》手段が使えなかったのだ。

「うるさいな。鍵かけないと落ち着いて眠れないんだよ。どうせマスターキーがあるんだ。本当に俺になにかあった時は、それ使えばいいだろ。気分の問題なんだよ。気分の」

「けれど……それじゃあ、すぐに対応しないといけない時に時間がかかって……」

師長は口ごもりながら呟く。

「容体が急変した時に？　どうせこの病院はなにがあったって大した治療はしないんだろ」

内海は顔だけ振り返ると、挑発するように言った。

「治療というのは患者さんの寿命を延ばすことだけじゃない。残された時間をよりよく生きてもらうことも立派な治療です。私達はあなたの体の痛みだけじゃなく、できれば心の痛みも取り去りたいと思っています」

院長は相変わらずの無表情のまま、しかし諭すように柔らかい口調で言った。この院長もこんな声を出すことができるのか。意外な発見だ。

「……もういいだろ。眠くなってきたから出て行ってくれよ」内海は大きく舌打ちをする。

「分かりました」

院長は師長とともに部屋を出て行った。扉が閉まる音が寒々しく響く。

「畜生、なんなんだよ偉そうに」

内海は愚痴るように呟くと、何度も舌打ちを繰り返した。私は絵の後ろからその様子を眺めつつ、内海の前に現れる機会を窺う。

「痛え、痛え、痛えんだよ、畜生が！」

数十回の舌打ちを終えた内海は、今度は母親に玩具をねだる幼児のように、ベッドの上で四肢をばたつかせはじめた。耐えがたい痛みを感じているのは分かるが、あまりにも見苦しい。

この『ほすぴす』と呼ばれる種類の病院は、肉体の痛みを除去するのが主な目的のはずだ。しかし内海を見るに、疼痛除去は不十分と見える。どうやらあの院長、緩和医としての腕はいまいちらしい。偉そうなことを言っているが、思いの外、情けない医者だ。

いまだに四肢をばたつかせる内海を眺めながら私は嘆息する。このままでは内海から『未練』を聞き出すのは困難だ。痛みは魂の平安を乱す。混乱した魂には『催眠』が上手く効果を表さないかもしれない。

しかたがない。私は絵画の陰に隠れたまま精神を集中させ内海を凝視する。まずは内海の体から『痛み』を取り除いてやろう。なに、それほど困難なことではない。金村の病状を一時的に悪化させた時と逆のことをすればよいのだ。

ほれ、すぐに体から『痛み』が消え去り、このやかましい男もおとなしく……。

「痛え、くそっ、痛え、痛えよ！」

……。おとなしくならなかった。おかしい。確かにこの男の体から一時的に『痛み』を取り去ったはずだ。失敗したのか？　私は再び内海を凝視し、その体から『痛み』を消し去ろうとする。

「痛え！　痛え！　痛え！」

私の思惑とは裏腹に、内海は呪詛《じゅそ》を唱えるかのように、誰にともなく痛みを訴え続ける。

……なるほどな。私はようやく理解した。この男は肉体の痛みに苦しんでいるわけではない。この男の痛み、それは魂が蝕まれている疼痛なのだろう。

若くして死を迎える恐怖、自分の存在が消えてしまう恐怖、その恐怖を誰にも理解されないことへの怒り。様々な苦悩が内海の魂を浸食し、『疼痛』として現れているのだ。これでは私の能力でも痛みは取れない。まったく面倒なことだ。内海は再び枕元のぼたんを押す。

「全然痛み止めが効かねえんだよ。どうなっているんだよ！」

内海は金切り声を上げた。すぴいかあからは「すぐ行きます」という声が返ってくる。私は慌てて絵画の陰で身を小さくした。すぐに扉が開く。睨みつけるように扉の方向を睨んでいた内海の喉から、「うっ」と声がもれた。

「大丈夫ですか、内海さん」病室に入ってきたのは菜穂だった。

「菜穂さん……」内海の声は弱々しかった。怒りが満ちていた表情が、叱られた子供のようなものへと変化する。

「まだ痛みますか？　もう少しでさっき飲んだ薬が効いてくると思うんですけど……」

菜穂は心配そうに内海を見つめる。

「少し、よくなってきたよ……」内海は菜穂から目を逸らした。

「そうですか。よかったです」蕾が花開くように、菜穂の顔に笑顔が咲いた。

「忙しいのに呼んで悪かったよ。……もう大丈夫だから」

どこかばつが悪そうに内海は言うと、菜穂に背中を向けた。

「なにかあったら呼んでくださいね。すぐに来ますからね」

少し困ったように微笑みながら菜穂は病室を後にした。私は首をひねる。今の菜穂に対する態度はなんだ？　院長や師長に対する敵愾心《てきがいしん》剝き出しの態度とはあまりにもかけ離れている。

人間の男はその本能から、生殖年齢にある女、特に顔の部品の配置が『美人』と分類される女に対して弱い傾向があることは知ってはいる。そして、菜穂の顔が『美人』の範疇《はんちゅう》に入ることは確かであろう。しかしだからと言って、内海の態度はあまりにも露骨すぎるのではないか？

この男、菜穂に対して恋でもしているのだろうか？　私は絵画の後ろから這い出し寝台のそばに近づくと、丸まっている内海の背中に向かい、「おんっ」と小さく吠えた。内海はぴくりと震えると、振り返って私を見る。その眉間にしわが寄っていく。

「……犬？」

そこまで言ったところで、内海の言葉は途切れ、瞳孔《どうこう》がぐらりと揺れた。もちろん私が魂に干渉し、『催眠』をかけたからだ。

この病室はいつ誰がやってくるか分かったものではない。悠長にやり取りしている暇などない。それに、死の恐怖に魂を蝕まれているとはいえ、あまりにも子供じみた内海の態度に苛つきはじめていた。

ほれ、さっさとお前の『未練』がどのようなものなのか言え。簡潔にな。

「絵が好きだった。絵を描くのが……」

目の焦点を揺らしたまま、熱に浮かされたかのように内海は語りはじめた。

私は例のごとく内海と意識を同調させ、内海が思い出している記憶の情景を覗き込む。

さて、この男はどんな『未練』を持っているのだろう？

2

絵が好きだ。絵を描くことが。

山の中腹にある、街を見下ろす展望台で筆を握りながら、内海直樹は幸せを噛み締めていた。鼻腔を掠める絵の具の刺激臭は、直樹にとってはかぐわしい薔薇の芳香のようだった。

ほとんど人が訪れることのないこの展望台は、最も気に入っている場所だ。深い森に覆われた山々、その間に小さく広がる街、天気がよければ遠くに湖も見える。

春は色とりどりの花、夏は萌える緑、秋は紅葉、冬は純白の雪景色。ここには直樹が欲する全てがあった。

キャンバスの上に、直樹は軽やかに筆を走らせる。テレピン油で溶いた絵の具を塗り込めるたび、喜びが胸を満たしていく。

去年、東京の美大を卒業した直樹は、東京に残り美術教師の職などを探す同級生達を尻目に、故郷であるこの街に戻った。四方を山に囲まれ、娯楽も少なく、過疎が進みつつあるこの街に戻ることに迷いはなかった。

四年間の大学生活で直樹は悟っていた。東京には自分の求めるものはないことを。

コンクリートの大樹がそびえ立つ都会のジャングルは、娯楽と刺激に満ちあふれていたが、それらが直樹の心を揺り動かすことはなかった。

四年間、常に魂が渇いていた。その渇きを癒すため、卒業後すぐに故郷に戻り、アルバイトで口《のり》を糊しながら、胸の一番奥から湧きあがってくる衝動をキャンバスに塗り込めはじめた。大自然を描きたい。その美しさをキャンバスに写したい。それが直樹の根源にある欲求だった。

当初、生活は苦しかったが、欠片ほどの不満も抱いていなかった。肉体は空腹を感じても、精神は常に満たされていた。可能なら自らの命が尽きるまで、雄々しい自然に囲まれたこの街で絵を描き続けていたかった。

直樹は身を震わせると、着ているジャンパーの襟を合わせる。冬のせっかちな太陽は、すでに二時間ほど前にその姿を山の向こう側に隠している。しかし、直樹の前に置かれたキャンバスには、山あいに沈んでいく太陽が、燃え上がるかのように生き生きと描かれていた。

直樹は筆を止め目を閉じる。瞼の裏に、数時間前に見た空と山々の境界が赤く融け合う光景が蘇ってくる。直樹は目を見開くと、瞼の裏に見たイメージをキャンバスに塗り込んでいった。

半年ほど前、直樹は若い画家を対象とした、それなりに名のある公募展で大賞をとった。それ以来、作品はなかなかの値段で売れるようになっている。街に一人だけいる画商も、今や直樹の描いた作品を全て買い取ってくれる。アルバイトで生計を立てていた頃と比べると時間的に余裕ができ、その時間を絵を描くことに当てられていた。

直樹はキャンバスに目を向ける。昼と夜が重なる幻想的な時間がそこにはある。もしこの絵を画商に売れば、十数万円で買い取ってくれるだろう。しかし、直樹はこの絵をなじみの画商に見せる気はなかった。直樹にとって金など、生命活動の維持に必要なだけあれば十分だった。

視界の隅に人影を感じ顔を上げる。そこには細身の少年が立っていた。

「よう、来たか」直樹は少年に向かって微笑みかける。

「……うん」

聞き取りづらいほど小さい声で返事をすると、少年は笑みをうかべたような気配を発した。しかし、直樹には本当に少年が笑みを作ったのか確かめる術はなかった。少年の顔は巨大なサングラスとマスク、そして帽子で覆われ、ほとんど露出した部分がなかった。

直樹がはじめて少年に会ったのは、一年ほど前のことだった。普段のようにこの寂れた展望台で絵を描いていると、闇から浮き上がるように小さな人影が近づいてきた。

その姿を見た瞬間、喉から悲鳴が漏れかけた。巨大なマスクで口元を隠し、真夜中なのにサングラスをかけ、帽子を被っている少年は、ホラー映画の中から這い出てきたかのような不気味さを醸しだしていた。

「なんだよ、お前は？」

直樹は少年の死角でペイントナイフを握りしめながら、威嚇するように言った。しかし少年は怯《ひる》むことなく近づいてきた。

「何……してるの？」

少年が発したたどたどしい言葉は、直樹を更に警戒させた。ペイントナイフを握りしめる手が汗でじっとりと湿り気を帯びた。

「亮介《りょうすけ》ぇー。どこだー？　先に行くんじゃない」

街灯の光の届かない闇の奥から、今度ははっきりとした大人の男の声が聞こえてきた。どこか現実離れした空間に響いたごく普通の声に、直樹は一瞬安堵した。しかしその安心感は、闇の奥から現れた父親らしき男を見た瞬間に霧散した。長身の男は少年と同じように、顔全体をマスクとサングラスで覆っていた。男は少年を見つけると小走りに近づいて、そのそばに寄り添い、濃いサングラスの奥から直樹を見つめた。

「息子がお邪魔して申し訳ありません」

男は小さく頭を下げる。しかしその極めて常識的な行動を見ても、直樹の警戒心がゆるむことはなかった。外見の威圧感があまりにも強すぎた。

直樹は二人の正体に気づいていた。アルバイト先の喫茶店の店長が二ヶ月ほど前から噂していたのだ。この展望台がある山の隣の丘、その頂上近くに建つ洋館に、『吸血鬼』の家族が引っ越してきたと。

マシンガンのように噂をまくし立てる店長の話を聞いた時は、「なにを馬鹿なことを」と聞き流していたが、こうして実際に目の当たりにすると、『吸血鬼』というのもあながち間違ってはいないのではないかとさえ思ってしまう。

直樹は二人から視線を外さないまま、まだ絵の具の載った木製パレットを折りたたみ、その場を離れる準備を始める。

「なにしてるの？」少年は紅葉に染まる山々を描いたキャンバスを覗き込みながら、さっきと同じ質問を繰り返した。

「見たら分かるだろう。……絵を描いているんだよ」

直樹は警戒心を隠そうともせず、素っ気なく答える。

「……きれい」少年はたどたどしい口調で呟いた。

「きれい？　この絵がか？」直樹は手を止め、少年に訊き返した。

「うん、とってもきれい」少年はこくんと頷いた。

「そうか、きれい……か」

直樹は戸惑った。こんな気味の悪い子供の言葉だというのに、心が動かされていた。

四年間の美大時代、直樹は作品を褒められたことがほとんどなかった。基礎を重要視する教官は、直樹の独創的な色使いを『独りよがり』と切り捨て、矯正《きょうせい》しようとした。しかし、直樹はそれを拒絶した。パレットの上で絵の具を躍らせ、新しい『色』の誕生を待つ、そして偶然に生まれた色達をキャンバスの上に解き放つ。それが直樹にとっての絵だった。直樹にとって自らの色使いは、『芸術』そのものだった。

それ以来、教官は重箱の隅をつつくように、直樹の作品のあらを探し出し、多くの学生の前でなじるようになった。当然、周囲の評価は教官の意見に引っ張られ、直樹は校内で『劣等生』のレッテルを貼られ続けた。だからこそ、自らの芸術を認めてくれる者がいたことが嬉しかった。それが小さな子供だとしても。

「なんで、こんなにいっぱい色があるの？」少年は絵を指さす。

「なんでって……紅葉しているからだけど」

「こんなに、きれいなんだ」

夢を見ているかのような口調で少年は呟いた。サングラスとマスクによって顔を覆われているにもかかわらず、少年が笑顔をうかべていることが直樹には分かった。いつの間にか少年に対する嫌悪感は消え去っていた。

「画家をなさっていらっしゃるんですか？」父親が少年の頭に手を置きながら訊ねてきた。

「はあ……。いや、まあそんなところです」

直樹は曖昧に答える。何をもって『画家』を名乗っていいのか分からなかった。確かに自分は美術大学を卒業し、毎日のように絵を描いている。しかし、絵が売れたこともコンクールに入賞したこともない。果たして俺は『画家』なのだろうか？

自問自答する直樹に、男はマスク越しに柔らかい声をかけてきた。

「もしご迷惑でなければ、その絵を売ってはもらえませんか？」

「は？　え？　……これを？」予想だにしなかった提案に、直樹は口を半開きにする。

「まだ描きかけでしたか？　でしたら、できあがったあとでかまいませんので……」

「いえ、もう描き終えてはいるんですけど、ただ、俺の絵が売れたことなんてないんで……、いくらで売ればいいのかも分からないし……」直樹は正直に言った。

「私も絵には疎《うと》いのですが……」男はジャケットの胸ポケットから高級そうな財布を取り出した。「このくらいでいかがでしょう」

直樹は数枚の紙幣を受け取ると、慌ててその枚数を数えた。

「五万円！」

喉の奥から思わず迸《ほとばし》った甲高い声に、絵を覗き込んでいた少年がビクリと体を震わせた。

「少なすぎたでしょうか？」

「いえ、十分です！　十分すぎます」

直樹は胸の前で両手を振った。画材の元が取れるぐらい、数千円もらえれば御の字だと思っていた。五万円という金額は直樹の生活を楽に、アルバイト時間を減らして絵を描く時間に当てることができるようにするのに十分な金額だった。

「そうですか、よかった。息子も喜びます」

父親は自らの気味の悪い雰囲気を一掃するように、嬉しそうな声で言った。

その夜から、直樹は月に二、三度、夜の展望台で親子に会うようになった。今日のように。

「こんばんは」いつの間にか車から長身の男が降りてきて、近くに立っていた。その男の顔にも少年と同じように、巨大なサングラスとマスクが貼り付いている。

「どうも」直樹は愛想良く挨拶をする。この少年の父親も初めて会った時は気味悪く感じたが、今ではなんの違和感も抱かなくなっていた。

「ねえ、これって、太陽なんだよね？」絵を見ながら、少年は舌足らずな口調で言う。

「どこからどう見ても太陽だろ」直樹は唇を歪めた。

憮然とした直樹だったが、次に少年が発した言葉は直樹を喜ばせるものだった。

「きれい……」少年は前髪が触れそうなほど絵を見ながら呟いた。

「そうか、きれいか」直樹は微笑む。

「うん、あの……宝石みたい」

少年の精一杯の賛辞に、直樹の胸は温かく満たされた。

「気に入ったか？」直樹は少年の頭を撫でた。

「うん」少年は絵からサングラス越しの視線を外すことなく頷いた。

「いつもありがとうございます。今回の絵も気に入ったみたいで」

父親がいつもの柔らかい口調で話しかけてくる。

「そう言ってもらえると嬉しいです」

直樹は心からの笑みをうかべた。父親はこりこりとこめかみを掻く。

「あの、内海さんの作品が、世間ではもっと高い値段で売れていると聞いたのですが……」

父親の言うとおり、直樹の作品は有名画家への登竜門《とうりゆうもん》と言われる賞を獲得したあと、将来への期待もこめて二、三十万円で取引されるようになっていた。この作品も画商へ持ち込めば、十五万円は下らないだろう。しかし、そんなことはどうでもいいことだった。

「絵の値段なんて適当なもんなんですよ。正直五万円っていうのももらいすぎなくらいで」

それは偽らざる気持ちだった。一年前、少年の言葉に勇気づけられ、自分の芸術家としての才能は花開いた。できることなら無料で譲りたいぐらいだ。ただ、無料ではおそらくこの父親は絵を受け取らないだろう。

「まだ絵の具が乾いていませんから、二週間ぐらい風通しのいいところに置いてください」

「はい、分かりました」

父親のマスクとサングラスで隠された顔が綻《ほころ》んだように直樹は感じた。

なぜこの親子が顔を隠しているのか、直樹は今も知らない。きっと、なにか深い理由があるのだろう。その外見のためだけに街の人々から恐れられ、蔑《さげす》まれている親子。自分だけはこの親子の友人であり続けよう。

手を繋いで車に戻る親子の背中を見送りながら、直樹は心に固く誓っていた。

親子に夕日に染まる山々の絵を売ってから二週間後、直樹は街の外れの画廊を訪ねた。

この二週間、あの親子とは会っていなかったが、特に気にしてはいなかった。次に会う約束をしたわけではない。時々あの展望台で会い、気に入ってくれた絵があればそれを手直しして数日後に売る。そのような関係だ。親子が買い取らなかった絵だけを直樹は画商に持ち込んでいた。

直樹は額に入れた絵を画商に見せた。太った赤ら顔の画商は絵をさらりと見る。

「うん、まあまあの絵かな」脂ののった腹を震わせながら、画商は歯切れ悪く言う。

「どうも」

まあまあね……。直樹は唇の片端を吊り上げる。目の前の男にとって、絵とはあくまで『商品』であり、いかに芸術性が高くとも、値段がつかなければノートの落書き同然であることを理解していた。それ故、微妙な反応をされても気にならなかった。

「それにしても、内海君の描く絵は夜景が多いね。暗い色使いの方が表現できるの？」

直樹の絵を両手で持ちながら、画商は独りごちるように言う。

「はあ、そうですね」

直樹は生返事をする。特に夜景を多く描いている気などない。色使いもどちらかといえば明るい色を使う方が得意だ。しかし、目の前にいる男は芸術家ではなく『商人』だ。商人と芸術論を交わしたいとは思わない。

「じゃあ、これが今回の代金ね。中身を確認して、領収書に名前書き込んで」

画商の方も、別に積極的に芸術論をぶつけ合おうと思っていたわけではないらしく、すぐに茶封筒に入った紙幣を渡してきた。

封筒を受け取った直樹の背後で、画廊の入り口の扉が開いた。扉に取り付けられていた風鈴がカラカラと軽い音をたてる。直樹は音の方を向く。入り口にはあまり質の良くないスーツに、巨大な体をねじ込んだ男が立っていた。

「この絵、ちょっと見てくれねえかな?」

男は直樹のそばを大股で通り過ぎると、画商に近づく。煙草の匂いが直樹の鼻を掠めた。男は小脇に挟んでいた風呂敷包みを、投げ捨てるようにカウンターに置いた。中身が絵だとしたらあまりにも乱暴な扱いだ。画商の顔にありありと嫌悪感が浮かぶ。

「これなんだけどよ。いくらぐらいで買い取る?」

風呂敷をせわしなく開きはじめた男を尻目に、直樹は帰ろうとする。これ以上ここにいても、不快な思いをするだけだ。身を翻そうとした瞬間、風呂敷がはらりと解けた。

直樹は裂けそうなほどに両目を見開いた。

それは直樹が描いた絵だった。二週間前、あの親子に売った絵。山々の間に落ちていく燃える太陽。しかしその絵は二週間前の輝きを完全に失っていた。

ルビーのように透明感のあった紅色は、埃がこびりついて黒くくすみ、淡く融け合っていた空と山の境界は、乾ききっていない絵の具が擦られたため、いびつに歪み、滲んでいた。

「あ、ああ……」直樹の口から声にならない呻きが漏れ出した。

汚された絵を見た瞬間、魂が腐っていくような気がした。直樹は胸を押さえる。なぜあの絵がここに？　あの親子の家に大切に保管されているはずではないのか？　ふらふらとおぼつかない足取りで、直樹は男に近づいて行く。

「その絵を、どこで……、どこで手に入れたんだ」舌が強張ってうまく動かない。口からこぼれた言葉は、顔を隠したあの少年のようにたどたどしいものだった。

「あ？　誰だよてめえ」男は直樹を睨みつける。

「その絵を、どこで、手に……？」直樹は顔の筋肉を複雑に蠕動させながら男に迫っていく。

「なんだよ、気持ち悪いな。知り合いがいらねえっていうからもらったんだ。文句あんのか」

直樹の異様な気迫に押されたのか、男は視線を外し、言い訳するかのように言った。直樹は足元が崩れ落ち、宙空に投げ出されたかのような心地がした。

「それで、これいくらぐらいで買い取ってもらえるんだよ」

立ち尽くした直樹を訝しげに見たあと、男は画商に向き直った。

「これ、誰の作品なんですか？」画商は作品を凝視しながら言う。

「あ？　知らねえよそんなこと」

「絵の価値は誰が描いたかで決まるんですよ。それが分からないと、値段のつけようがない」

「あんたプロだろ。これが誰の絵かぐらい分かんねえのかよ？」

「そう言われましてもね、雑に扱われすぎですよ、この絵。ほら、絵の具が乾いていないうちに擦られたから、サインが潰れてる。これじゃあいくらなんでも誰の作品かなんて分かりかねます」

画商は大仰に肩をすくめた。

「おい、よく見ろよ。結構上手い絵じゃねえか。良い値がついたりするんじゃねえのか？　有名な絵だと何億とかで売れるんだろ」

ぎらぎらと脂ぎった期待を両目に湛えながら男が画商に迫る。画商は軽く鼻を鳴らすと、男の無知を小馬鹿にするように話し始めた。

「それは、有名画家の大作の話ですよ。申し訳ないけれど、この作品に値段はつけられません」

男は整髪料でなでつけられた頭を乱暴にぐしゃぐしゃと掻き毟ると、「畜生！」と吐き捨て、靴音を鳴らしながら出口へと向かった。

「あ、お客さん。絵を忘れてますよ」慌てて画商は男の背に声をかけた。

「いらねえよ。そっちで適当に処分しとけ」

苛立ちで飽和した声で吠えると、男は画廊から出て行った。乱暴に扉が閉められる。

「なんなんだよ、まったく」画商はぼやきながら、カウンター下に絵をしまおうとする。

「あ、ちょっと」直樹は思わず手を伸ばした。

「ん？　内海君、どうかした？」

「もしよかったら、その絵、……俺に譲ってくれませんか」

「この絵？　うーん、ま、いいか。こんな汚れたのどうするの？　塗りつぶして上からなにか描くつもり？　いやー誰がこんな扱いしたんだろうね。元々はいい絵だったような気がするんだよね」

画商は手の甲でぱんぱんとキャンバスを叩く。絵が叩かれるたびに、直樹は自分の魂にひびが入っていくように感じた。

「いえ、ちょっと……」

喉の奥から声を絞り出すと、直樹はキャンバスを奪い取るようにして胸に抱える。小首をかしげる画商を残し、直樹は画廊から逃げるように出ていった。凍りつくような北風が吹きつけてくる。直樹は背中を丸め、子供を抱くように自らが描いた絵を抱え直すと、おぼつかない足取りで家へと向かって歩きはじめた。

胸郭の中身を抜き取られたかのような虚脱感が、全身を支配していた。


直樹は絵が描けなくなった。

絵を描くことをやめたわけではない。しかし、筆を手にしても、なかなかキャンバスに筆をつけられない。なんとか描き始めても、紙やすりに筆を走らせているかのように手が進まなくなった。そして色、あの光り輝く色使いができなくなってしまった。パレットの上で、どうやってあの宝石をちりばめたかのような美しい色を創り出していたのか、もはや直樹には思いだすことができなかった。どれだけ必死に絵の具を混ぜ合わせても、そこに光が生まれることはなく、逆に必死になれば必死になるほど、くすんだ闇色に近づいた。

汚された自分の絵を見たあの日から、直樹は六畳一間の部屋に閉じこもり、ほとんど食事も取らずに、埃にまみれ見る影もなくなった自分の作品を眺め続けた。二日後、空腹に耐えかねて外に出た時、直樹はようやく知った。あの親子が住む洋館で強盗殺人事件が起こり、宝石商が容疑者として指名手配されていることを。その噂を聞いて驚いた直樹は、その足で洋館へと向かった。確認したかった。あの絵は強盗によって盗まれたのであって、あの親子は自分の絵を大切にしてくれていたということを。

洋館に着いた直樹は警官の制止を振り切り、必死に屋敷の中へと入った。そこに、自分の絵が何枚も飾ってあることを期待して。

屋敷に入った直樹の目に最初に飛び込んできたのは、廊下の一番奥、柱時計のすぐ脇に広がる血痕だった。広範囲にわたってどす黒く変色した床を見て、直樹はこの屋敷が殺人現場であることを実感した。しかし、直樹は足を止めることができなかった。警官に取り押さえられるまでに、洋館の三階まで走り抜けた。だが、どこにも自分の作品を見つけることができなかった。

屋敷から引きずり出された直樹は、事情聴取の際、喘ぐようにこれまでのことを説明し、「強盗達は自分の絵を全部盗んで行ったはずだ。画廊に絵を売りに来た男が犯人だ」と訴えた。

しかし、警官は直樹の主張を鼻で笑った。屋敷はたしかに荒らされていたが、金目のものはあまり盗まれていなかった。大して有名でない画家の絵など盗まれているわけがないと。そして事実、直樹が見たどの壁にも、絵が飾られていた痕跡は残っていなかった。

屋敷から追い出された直樹はふらつく足で家に戻り、そして再び引きこもって時間を無為に過ごしていった。絵を描くことができないままに。

芸術界の新陳代謝は活発だった。筆を持つことができなくなった新人画家など、皮膚から垢《あか》が落ちるようにその居場所を失った。生活していくための糧《かて》を絵で稼げなくなった直樹は、再びアルバイトで口に糊する生活へと戻っていった。

そんな状態が数年続いたある日、直樹は右足の付け根に痛みを感じるようになった。しかし、立ち仕事のせいだと考え、それほど気にしてはいなかった。

痛みが徐々に強くなり、耐え難いものになってはじめて、直樹は病院を受診した。面倒な検査を何回か受けた結果、陰鬱な顔をした主治医は直樹に、太股《ふともも》で死神が成長していることを告げた。

藁にもすがる気持ちで化学療法と放射線療法を試したが、どちらも若い細胞から発生した精力あふれる癌細胞の成長を止めることはできなかった。

絶望のどん底に突き落とされ、抑鬱状態に陥った直樹に、主治医はホスピスを勧めてきた。自分に降りかかったあまりにも理不尽な事がらに、自分が自分ではない感覚さえ抱きはじめていた直樹は、その勧めに従った。もはや自ら何かを決断することは直樹には億劫になっていた。ホスピスが自然に囲まれているという主治医説明も、直樹の選択を後押しした。

入院するホスピスに着いた直樹は目を疑った。そこは数年前、自分の絵を探しに飛び込んだ殺人現場だった。運命の悪戯《いたずら》と言うには皮肉が効きすぎている事実に、空洞となっていた直樹の胸にどす黒い感情が湧き上がってきた。

一度は自分に自信を与え、そして最後には地獄の底にまで突き落とした親子が住んでいた洋館に入院した直樹は、黒い感情を燃料として再び筆をとった。自分がこの世に生きた証を残すために。

けれど……。

3

「けれど、やっぱり描けなかったんだよ。構図はなんとかなるんだ。けど色が創れない。どんなに試しても、前みたいに鮮やかな、艶《つや》やかな色が創れないんだ！」

私が意識の同調を終え目を開けると、内海は頭を抱えながら、胸の中に溜まった澱《おり》を吐き出すかのように叫んだ。

それはおそらく、自信を失ってしまったことで、お前の魂がくすんだからだよ。

私は胸中で内海に話しかけた。当然、内海に私の声は聞こえない。しかし、聞こえなくても構わないだろう。そんなことは、私以上に本人が分かっているだろうから。

私は頭を抱える内海を尻目に扉へと向かう。頭の中がなんとなしにむず痒《がゆ》かった。今見た内海の過去、その中に、この屋敷で七年前に起こった事件の謎、その全てをきれいに解決する手がかりがあるような気がしていた。

内海の絵は、そして行方不明の子供はどこに消えたのか？　なぜ親子は顔を隠していたのか？

あと少し、あとほんの少し歯車が嚙み合えば全てが解けるはずだ。

……おっと、忘れていた。私は病室を出る寸前に振り返ると、内海に暗示をかける。『今晩は病室に鍵をかけないように』と。内海は虚ろな目でこくこくと頷いた。

これでよし。満足して部屋から出ようとする私の視界の隅では、無造作に置かれた汚れた夕日の絵が、紅い魂の波動を生き生きと発していた。

今回の病室への侵入もなかなかに滑らかだった。内海の『未練』を覗いた日の夜、夜勤をしている中年看護師と、記録を書いている菜穂の隙をつき、私は内海の部屋に再び侵入した。昼間に催眠で指示していた通り、部屋の鍵は閉められていなかった。

私はいくらか興奮状態だった。内海の『未練』を見たあと、私は庭で夕日を浴びながら思考を巡らした。内海の過去に説明をつけるためにひたすらに知恵を絞った。そう、夕日だ。それがよかったのだ。私はついに一つの仮説を思いついた。七年前の事件全てを説明することができる仮説を。

これから内海の夢に侵入し、その仮説が正しいか確かめるとしよう。それさえ上手くいけば、内海を『未練』から解放することができる。

暗闇が支配する部屋。視覚が内海を捉える前に、気味の悪い音が聞こえてきた。思わず身構える。しかし、音に混じって聞こえてきた呟きを聞いて、私は状況を理解する。

「死にたくない……、嫌だ、……なんで俺だけ」

言葉と言葉の間に嗚咽が挟まれる。闇に慣れ始めた目が、寝台の上でだんご虫のように丸まりながら、がたがたと全身を震わせる内海の姿を捉えた。

これが鍵をかけていた理由か。私は納得する。内海はこの姿を他人に見せたくなかったのだ。

私に気づくこともなく、内海はただただ死の恐怖に怯え続ける。今日は新月だ。窓から月光が射すこともなく、部屋を満たす闇はどこまでも深かった。

目を凝らすと内海は完全に起きているというわけではなさそうだった。目は閉じているし、言葉も支離滅裂だ。痛み止めの麻薬でせん妄《もう》状態になっているのかもしれない。

もう少ししたらしっかりと眠るだろう。私は震える内海を見上げながら待った。十数分すると、内海の震えはおさまり、弱々しい寝息が聞こえてくる。

ようやく眠ったか……。さて、仕事の時間だ。私は瞼を落とし、夢へと侵入していった。

目を開けた私は病室にいた。内海の病室に。一瞬、夢に入り込むことに失敗したのかと思ったが、すぐにここが現実ではなく、夢の世界であることに気づく。

まず、寝台に横たわっていたはずの内海が、窓際に置いた椅子に腰掛け、筆を片手に画布を睨みつけている。現実世界は深夜だったはずだが、窓からは光が射し込んでいた。そして、なによりここが内海の夢であることを証明している点があった。

この世界には『色』がなかった。

まるで昔の映画のように、白と黒、そしてその中間色である灰色でこの世界は構成されていた。窓から射し込む日光も、黄金色ではなく薄い白色だ。

なるほど、これが内海の見ている世界なのか。自らの絵を否定され、この男は自信とともに魂の『色』、この男が最も大切にしていたものを失ってしまったのだろう。

そう言えば本来犬は色が見えないらしい。私が現実世界で色を感じ取ることができているのは、私の本質が死神であり、『腐臭』を感じ取れるのと同様に、犬の感覚だけでなく死神としての感覚を有しているからなのだろう。

私は窓際の内海に近づいて行く。内海は筆を持ったまま、険しい表情で画布を睨みつけている。しかし手にしている筆はぴくりとも動いていない。

「なにをしているんだ？」私は声をかけてみる。

ようやく私に気がついた内海は、目を大きく見開いた。この反応にももう慣れたな。

「なんで犬が……」

「これは夢だ。いいか、夢なんだ。犬がしゃべってもなにもおかしくないんだ。いいから、そういうものだと理解しろ」

内海が「しゃべっているんだ？」と続ける前に、私は言葉を被せる。

「夢？」

状況を把握できないのか、内海はぱちぱちと瞬きを繰り返した。飲み込みの悪い男だ。

「そうだ。夢だ。私はお前の夢の中に出てきているんだ」

「俺はお前みたいな犬、知らないぞ。なんで知らない犬が夢に出てくるんだよ？」

ああそういえば、昼に部屋に侵入した際にはずっと絵の後ろに隠れて様子を窺っていて、目を合わせた時にはすぐに『催眠』にかけたから、私のことを知らないのか。変なところで細かい男だ。別に夢に知らない犬が出てきてもよいではないか。

私が説明をあれこれ考えていると、内海は「あっ」と言って私を指さした。

「子供のころ、隣の家にいた犬か？　いつも自分の尻尾を追いかけてぐるぐる回って……」

「そんな馬鹿犬と一緒にするんじゃない！」

私は目を剝き、そして牙を剝いた。嚙みつかれるとでも思ったのか、内海の顔に怯えが走る。

まったく、何度も言っているように、高貴な私が『嚙みつく』などという下品な攻撃をするわけがないではないか。もうここで宣言しておこう。私は犬の体に封じられている間、決して攻撃のために嚙みつくなどということはしない。

「じゃあ、どこの犬なんだよ？」

「この病院の犬だ。二週間ほど前から、『ぺっと』としてこの病院に住んでいる」

私は人間がするように、金色の毛に覆われた胸を反らした。

「ああ、菜穂さんが言っていたな。それで、なんで会ったこともないお前が夢に出てくるんだ？」

「お前が窓から庭を覗いている時、私の姿を無意識に見ていたんじゃないか？」

私は面倒になって適当な説明をする。死神だと告白するよりはいくらかましだろう。

説明に納得したのか、それとも単に興味を失ったのか、内海は私から視線を外すと画布に向き直る。私はわざと足音をたてて近づき、画布を覗き込んだ。

「真っ白だな」

「うるせえな、犬になにが分かるってんだ。用がないならさっさと消えろよ」

内海は敵意をありありとうかべながら怒声をあげた。

「用ならあるぞ」私は獣ではあり得ない、濃い意志を含有《がんゆう》した視線で内海を射貫く。

「な、なんだよ？　用って」

視線に圧倒され、内海は軽く仰け反った。私は純白の巨大な画布をちらりと見た。

「お前に絵を描いてもらうことだ」

内海の表情が硬度を増した。

「畜生に手伝ってもらわなくても……俺は描ける」

「そのわりには、なにも描いていないな。それともこういう前衛芸術なのかな？」

私は皮肉をたっぷり言葉に練り込むと、鼻先で画布を指す。内海は血が滲むほど強く唇を噛んだ。

「うるせえ!」金切り声が部屋に響く。

「また癇癪《かんしゃく》を起こすのか? それでお前は描けるようになるのか?」

「うるせえ、描いてやる! 描いてやるぞ!」

内海は吠えると、かたわらに置いてあった絵の具の『ちゅうぶ』を摑み、中身を『ぱれっと』の上に押し出していく。しかし、押し出された絵の具は、画布と同じくどこまでも純白だった。内海は顔を引きつらせると、次々とちゅうぶを摑んでいくが、中から現れるのは、新雪のような真っ白な絵の具だけだった。

「くそっ!」内海は筆を摑み、絵の具をぱれっとの上で乱暴に混ぜ合わせる。しかし、白い絵の具をいくら混ぜたところで、そこに『色』が生まれるわけもない。

内海は筆を打ちつけた。何度も、何度も繰り返し。しかし、白い絵の具は白い画布の上で溶けて消えていく。

やがて狂ったかのように動かされていた内海の腕が、首とともにだらりと力なく垂れ下がった。指先から筆が滑り落ちる。床で筆が小さく弾んだ。

「満足か?」ことの次第を無言で見ていた私は、呆れを含んだ声をかける。

「俺は……どうすればいいんだ?」

俯いたままの内海の呟きは、耳をすまさなければ聞き取れないほど弱々しかった。

「それを教えるために、私はここにいるんだ」

うな垂れていた内海がわずかに顔を上げた。

「お前がなにをしてくれるっていうんだ？」

問いかけてくる内海に向かって私は顎をしゃくった。

「とりあえず、この陰気な部屋から出るぞ」


無人のなあすすていしょんの前、階段、一階の廊下を通り、私と内海は玄関まで来ていた。やはり人間の潜在意識というものは素晴らしく、金村と同様に、内海の夢の世界も現実を細部に至るまで再現していた。『色』がないこと以外は。

扉の前に来ると、私は目で内海に「開けろ」と命じる。内海は一瞬、私を睨むが、すぐに口をへの字にして両手で扉を押した。

開いた扉の隙間から、蛍光灯のように白っぽい日光が射し込んでくる。私は目を細めながら外へと飛び出した。のろのろと覇気なく歩く内海を置き去りにして、庭園の中心、丘の上に立つ桜の樹へと向かう。

現実の庭園はまだ冬であるためか、ほとんど花を見ることはなかったが、この夢の世界の庭園には無数の花が咲き乱れていた。しかしそれも『色』が存在しなくては、美しさよりも侘しさを感じてしまう。灰色の桜など興醒めもいいところだ。

「なんでこんなとこ来たんだよ？　外になにか重要なことでもあるのか？」

「気持ちがよいだろ」不機嫌に庭を見回した内海に、私はしれっと言う。

「ああ?」

「言っただろう。あんな陰気な部屋から出るぞって。外の方が気持ちがよい」

内海の顔に薄い灰色がさし、次の瞬間白くなったかと思うと、再び薄い灰色になった。内海はへなへなとかたわらの長椅子の上に崩れ落ちる。どうやら最初怒りで赤くなったあと、脳貧血でも起こして白くなり、そして青くなっていったようだ。『色』のない世界はなんとも状況判断が難しい。しかし、自分の夢の中で貧血を起こすとは……。

さて、いつまでも時間を潰していてもしょうがない。はじめるとしよう。私は力なく長椅子に座る内海に向かって口を開いた。

「お前は、この屋敷に住んでいた親子によって自信を得た。しかし、その親子が自分の絵を雑に扱い、他人に渡したと思い、衝撃を受けて絵を描くことができなくなった。そうだな?」

「ああ、そうだよ。だからどうしたんだよ」内海の口調はどこまでも投げやりだった。

「本当にそうか?」私は思わせぶりに言う。

「……なにが言いたいんだよ?」

「親子は田舎とはいえ、こんな屋敷に住むほどだから、たしかに金を持っていたのだろう。けれど、金があったって、まったく興味のない絵を五万円の金を出して買うと思うか?」

五万円という金は、普通はかなりの労働の対価として得られるものだったはずだ。

「けれど、あいつらは俺の絵をあんなに……あんなに汚して、ぐちゃぐちゃにして、他の奴に……。俺はあいつらのために、あの子のために描いていたのに。それなのに……」

食いしばった内海の奥歯がぎりりと軋んだ。

「絵が盗まれたんだとしたら？　ごみのように扱ったのが、親子ではなく盗人《ぬすっと》だったとしたら？　お前も最初そう考えてこの屋敷に飛んできたんだろう？」

私は上目遣いに内海を見る。

「ああ、そうだ。けどな、違ったんだよ。家には一枚も俺の作品は残っていなかったし、飾られていた跡もなかった。それに、あの画廊に現れた男は犯人じゃなかっ……」

「あの男は犯人、というか犯人の一人だぞ」

私は内海の言葉に被せ、はっきりと言い放つ。内海は訝しげに私を見た。

「なに言ってるんだよ？　犯人はあんな若い男じゃなかったはずだ。確か、五十代の……」

「五十代の宝石商の太った男、金村だな。その男は犯人じゃない。冤罪だ」

ちなみにその男、お前の患者仲間だがな。

「……それじゃあ、やっぱり、あのでかい男が犯人だって言うのか？」

内海は疑わしげに呟く。私は静かに首を上下に振った。

内海の記憶の中で画廊にあらわれた大男を見た瞬間、私は思わず記憶の観察を中断しそうになった。そう、その男は『鈴木』と名乗り、金村に金を貸し、銃を渡した男だったのだ。

「いや、そんなわけない。第一、なんでお前がそんなこと知っているんだ？」

「私はなんでも知っているのだ」

この理屈っぽい男に説明することに飽きていた私は、とてつもなく適当に誤魔化そうとする。

「そんなわけないだろ。お前は俺の夢の産物なんだから、俺が知っていること以外は知るはずない」

私は首を左右に振ると、わざとらしく大きく嘆息する。本当に小うるさい男だ。

「なんだよ、その態度は。それならな、この家に一枚も絵が残っていなかったのはどう説明するんだよ。二十枚以上だぞ。それが一枚も残っていなかったし、飾られていた形跡もなかったんだぞ」

内海は勝ち誇ったかのような、それでいて苦虫でも嚙み潰したかのような表情で言った。

「本当になかったのか?」

私は真っ直ぐに内海の目を覗きこんだ。その目に動揺が走る。

「なかった。絵はなかったし、絵を掛けたような跡もなかった。この病院に入院してからも、何度も廊下やら団欒室やらを調べたさ。事件のあとほとんど改装していないって聞いたからな。あの家族に雇われて、時々掃除しに家に入っていた家政婦も探し出して話を聞いたんだ。けれどな、絵は持ってきてから数日間しか飾っていなくて、そのうちにどこかに消えていたってよ」

「それはそれは、なかなかの執念だな」

「茶化すんじゃねえよ。これでもあの親子が俺の絵を大事にしていたって言うのかよ?」

「その家政婦とやらは、子供を見たか?」

「は?　子供?」

「そうだ、子供だよ。お前の絵の一番の理解者だった子供だ。なんだ、薄情な男だな。自分の作品のことで頭が一杯で、子供のことなんて眼中になかったか？」

「別に、そういうわけじゃ……。子供を見たかなんて訊いてねえよ」

「だろうな」私は身を翻し、庭の小路を歩き出した。

「どこ行くんだよ？」

「散歩だ。単色の味気ない世界だが、いい天気だ。歩きながら話すのも悪くないだろう？」

振り返ることもせず私は言う。背後から「待てよ！」という声とともに、内海の足音がついてきた。小走りで隣に来た内海に、私は歩いたまま話しかける。

「事件で見つかった死体は二体。あの子供の両親だけだ。子供はいまだに行方不明。そのことは知っているか？」

「……ああ」

「それじゃあ、子供はどこに消えた？　なぜ見つからない？」

「……俺が知るわけないだろ」

「考えるんだ。お前の頭には豆腐でも詰まっているのか？」

「うるせえな。警察だって見つけられなかったんだ。考えたって分かるわけないだろ。誘拐でもされたんじゃないか？　もしかしたら街の奴らが言っていたみたいに、本当にあの子供は化け物で、どっかに……」

「わうっ！」私は大きく腹を膨らませると振り返り、腹の底からの咆哮を内海に放った。

「あの子供を化け物だと？　お前の作品を一番に愛してくれた少年を馬鹿にするのか？」

「な、なんだよ？　急に」

　吐き捨てるように言うと、私は再び歩き出す。

「……しょうがないだろ、街の奴らがそんな噂をたてていたんだから」

　私の詰問に、内海はぐちぐちと口の中で言い訳を転がした。私は首をぐるりと百八十度回転させ、背後の内海を見る。現実世界ではあり得ない動きに、再び内海の体が固まる。その喉の奥から「ひっ」という情けない音が漏れた。夢の中なのだからなにが起こってもおかしくないと、まだ理解できていないのだろうか？　思考に柔軟性のない男だ。

「その子供は、お前の絵のどこに惹かれたんだと思う？」

「なんだよ、急に？　知らねえよ。あの子が本当に俺の絵が好きだったかだって……」

「ぐちゃぐちゃ言ってないで、はっきりしゃべれ。いいか、子供がわざわざ嘘ついてまで、お前の絵を褒めるわけないだろうが。その子供はお前の絵が好きだったのだ。それは間違いない」

「じゃあ、なんで屋敷に絵がなかった……」

「今それを説明しようとしているんだ。いいから、子供がお前の絵を好きだったという前提で頭を使え。子供はお前の絵のどこに惹かれたと思う？」

「そんなの。本人にしか分かるわけないだろ」内海はふて腐れたのか、ぶつぶつと言う。

「分かる。お前が考えようとしないだけだ。よく思い出せ、そしてよく考えろ」

私の言葉に、内海はようやく眉間に深いしわを刻んで黙り込んだ。

「お前は『色』使いが自慢だったんだな？」

私は助け船を出す。とたんに内海の顔に得意げな笑顔が輝いた。この白黒の世界で、一瞬そこにだけ『色』が生まれそうな気配すら漂った。

「ああ、そうだ。美大でも俺みたいに『色』が創れる奴はいなかった。俺だけの才能だったんだ」

内海は鼻の穴を膨らませるが、すぐに肩を落とす。

「けれどな、あの事件のあと、急に『色』が創れなくなった……」

まあ、こんな白黒の夢を見るような魂の状態で、美しい『色』など生み出せるはずが……。

ふと好奇心から、質問が私の口をついた。

「お前は、この世界に『色』がないことに気づいているか？」

「は？　色がない？　なに言ってるんだ？」

「いや、……気にするな」やはり気づいていなかったか。おや、いつの間にか本題から離れてしまった。私は首をあり得ない角度に曲げたまま内海に話し続ける。

「ところで、自慢の『色』使いだが、なじみの画商はあまり高く評価していなかったようだな」

「あいつは俗物だったんだよ。金を物差しにして『絵』をみていたような奴だ。そんな奴に評価されようがされまいが、どうでもいい」内海は吐き捨てるように言った。

「本当にそうか？　もしかしたら、お前の画商に対する評価こそ不当なんじゃないか？」

「なに言ってるんだよ？　あいつは……」

「ぼろぼろにされたお前の絵を見て、その画商は『元々はいい絵だったような気がする』と言った。画商はそこまで汚れて無残になってしまった絵の中からも、お前の『魂』の波動を見いだせるだけの感性を持っていたのではないか？」

「……」内海は薄い唇を不満げに尖らしながらも、反論することはなかった。

「画商が優れた芸術感覚の持ち主だとしたら、なぜお前に対する評価が低かったと思う？　お前が画商に売っていた絵と、汚れていながらも画商の心を動かした絵。なにが違ったのだろうな？」

私は黙り込む内海の顔を覗き込む。内海はぼそぼそと聞き取りにくい声で呟きはじめた。

「あの頃は色々な絵を描いていたんだ。得意だった風景画以外にも、人物画とか静物画とか……。俺はそれを全部、あの親子に見せてた。あの父親はその中で子供が気にいったものを買っていったんだ。俺は残りの絵を画商に持って行ってた……」

「親子はどんな絵を買っていったんだ？」

「……風景画だった」

「親子が買わなかった絵の中にも、風景画はあったんだろう？」

「ああ、あったはずだ」

「けれど、親子が買わなかった風景画は、画商の評価もあまり高くなかった。つまりその親子はお前が描いた絵の中でも特にできの良い、芸術的価値の高い風景画を買っていったんだ。芸術に疎いと言っていた父親と、まだ幼い子供にどうしてそんなことが可能だったんだ？」

内海は唇を歪めて考え込む。人間ごときの知能では、すぐには分からないか。ならば……。

「ところで、お前から絵を買っていた親子は、なんで顔を隠していたのだろうな？」

「は？　なんだよ突然？　そんなこと分かるわけないだろ」

唐突に変わった話題に、内海は眉根を寄せる。

「いや、分かる。よく考えろ。お前が見てきたことを全て総合すれば答えが見えてくる」

「分かるって、あんな気持ち悪い格好をしていた理由がか？」

「そうだ。夜中しか歩かない、顔を隠す、窓を塞ぐ、それらの奇妙な行動をして、あの親子は『吸血鬼』などという馬鹿な噂を立てられていた。なぜ彼らは吸血鬼呼ばわりされていたのだ？　血を吸ったわけでもないのに」

「そりゃあ、生活が吸血鬼みたいだったから……」

「吸血鬼みたいな生活とは？」

「そ、それは……」痛みを感じているかのような表情で考え込んでいた内海ははっと顔を上げる。「日光を避けて……」

ようやく分かったか。それくらいすぐに気づいて欲しいものだ。

「そうだ。あの親子は徹底的に日光を避けていた。そして、あの子供は年齢にしては言葉が舌っ足らずで、歩行すらしっかりとはできていなかった」

「もしかして、なにか……病気……？」

私は静かに言う。『道案内』という仕事に就いていた私だからこそ知るその名を。

「色素性乾皮症《かんぴしょう》」

「しきそうせ？　なんだそれ？」内海は口を半開きにし、阿呆のような表情を晒した。

「先天性の遺伝病だ。その患者は紫外線に極めて弱く、少し日光に当たるだけでひどい火傷を起こし皮膚が爛《ただ》れる。ある程度以上日光を浴びると、極めて高確率に皮膚癌を生じる。そして病型によっては神経症状が生じ、言葉がうまくしゃべれない、体がふらつくなどの症状が出る難病だ」

私はかつて数人ほど、この病気の子供の魂を道案内したことがあった。思いだしてみれば、その子供達の症状と、内海の記憶の中で見た少年の様子はよく似ていた。

「そんな……。だから、外に出る時顔を隠して……」

「そうだろうな。月光にもわずかながら紫外線は含まれる。それすら遮断しなくてはならないほど、少年は重症だったのだろう。もしくはすでに皮膚に腫瘍があって、それを隠すためかもしれない。どちらにしても、つらかっただろうな。本人も、そして両親も」

「じゃあ、あの父親も……？」

「いや、父親は健常だった可能性は高い。あの病気は劣性遺伝のはずだ。両親は発症していない場合が多い。子供にだけおかしな格好をさせるのが不憫《ふびん》で、自分も同じ身なりになっていたんだろう。優しい親心じゃないか。病気で苦しんでいたそんな親子に対して面白おかしく心ない噂を流していた者達は、恥を知るべきだな。そのような者達の方が、親子よりよっぽど『化け物』だ」

「……けれど、だからなんだって言うんだ。俺の絵となにか関係があるのか？」

まだ分からないのか？　勘の悪い男だ。

「あの子供はどんなに望んでも、太陽を見ることができなかった。そんな子供が夜中に散歩しているとと絵を描いている男をみつけた。その絵には少年が渇望しているものが生き生きと描かれていた」

「それって……」

「そう、その親子が買っていった絵すべてに描かれていたんだ。お前の創り出す『色』が最も美しく映《は》えるものが」

私と内海は同時に視線を上げる。そこには絹のように純白な太陽が輝いていた。


「さて、それでは行くぞ」私はまだ空を見上げている内海を置いて歩きはじめる。

「おい、どこに行くんだよ？」

慌ててついてきた内海を従え、私は屋敷の玄関扉の前で立ち止まる。

「戻るのかよ。なんだよ、また開けろって言うのか？　お前この世界だと話せるんだろ。ちゃんとお願いしろよ。『開けてください』ってな」

「……さっさと扉を開けてください。こののろま」

私がこの上なく丁寧に言ったというのに、内海は顔を引きつらせると乱暴に扉を開いた。私は悠然と廊下を進む。内海は私の隣を歩いた。

「今更ここに戻ってどうするんだよ？」

「お前を『未練』から解放してやるのだ」

「未練？　なんのことだ？」

「お前は自分の絵を、あの親子が捨てたと思っているんだな？」

「だってそうだろ。お前はあの子供が俺の絵を気に入ってたって言うけどな、実際この屋敷には俺の絵はなかったんだよ」

「なんであの親子はこの屋敷に引っ越してきたのだと思う？」

「は？　なに言ってるんだよ？」また唐突に話題が変わり、内海は戸惑い顔になる。

「いいから考えろ。あの親子はどうしてこんな不便な丘の上に越してきたんだと思う？」

「……街から遠くて人目につかないからだろう」内海は自信なげに答える。

「そんな場所いくらでもあるだろう。それにこの屋敷は元々なかなか日当たりがいい。それをわざわざ中から塞いでいるんだ。もっと条件のいい家はあったはずだ」

「まあ、そうかもしれないけど……」

「昼にこの屋敷に来ていた家政婦は、子供がいることさえ知らなかった。家政婦が子供を見ていないということは、子供部屋も見ていないということだ。屋敷の掃除が仕事の家政婦がだぞ。

では、子供部屋はどこにあった？　家政婦がいる昼間、子供はどこにいた？」

「どこって……」内海は鼻の付け根にしわを寄せるだけで、答えられない。

「人目に付かず、日光の届かない場所。大きな屋敷ならあってもおかしくない場所だ」

内海の目が見開かれる。気づいたな。

「けれど……どこに」

「よく思いだせ。お前が絵を探して屋敷に入った時、大量の血痕がどこにあったか？　そこで父親か母親、または二人とも死んだのだろうが、少しおかしな場所じゃないか？」

「……ああっ！」

内海は大声を上げると廊下の一点を見つめた。そう、おそらくはそこだ。

私はわなわなと震え立ち尽くす内海に向かって言葉を投げつけた。

「起きる時間だ」

4

「あああっ！」

壁が震えるほどの大声をあげて、内海はばね仕掛けの人形のように勢いよく上半身を起こした。

おいおい、そんな声を出したら……。私は焦る。その焦りはすぐに具現化された。

廊下をぱたぱたと履物が叩く音が聞こえてきた。私は慌てて巨大な絵画の陰に隠れようとする。しかし遅かった。私が走り出すより早く、病室の扉が勢いよく開いた。

「内海さん、大丈夫ですか？」

焦りを色濃く含んだ声が部屋に木霊《こだま》する。その声は普段は風が奏でる音楽のごとく涼やかに聞こえるものだったが、今この状況に限っていえばあまり聞きたい声ではなかった。

部屋に飛び込んできた菜穂と私の視線が正面衝突する。菜穂の大きな二重の瞳は、一瞬さらに大きく見開かれ、次いで瞬きを繰り返し、そして最後にきりきりと三角形に吊り上がっていった。

私は挨拶でもするかのように、または言い訳でもするかのように、精一杯の愛想を込めて「わんっ」と鳴いた。

「レオ！　こんなところでなにしてるの！」

はじめて聞いた菜穂の怒声が私に叩きつけられる。夜だからかそれほどの声量はなかったが、砲撃されたかのような衝撃が走った。まあそうは言っても、高貴なる存在である私が、人間ごときに叱られたところで気にもならない。しかし、なぜか私の意思とは関係なく、尻尾が後ろ足の間に丸まり収まってしまった。尻尾と連動するように、頭も自然と下がってしまう。

「すみません。レオがびっくりさせて」

「時計。そうだ時計だ……」

「内海さん？」自分の両手を見ながらぶつぶつ呟く内海を、菜穂は怪訝そうに見つめる。

「行くぞ！　おい、『犬』！　行くぞ！」

寝台から落下するように降りると、内海は慌てすぎているためか、ぶるぶると震える手で私に手招きしながら部屋を出ようとする。

おいおい、『犬』という言い方はないだろ『人間』。私は鼻を鳴らすと内海の後ろを優雅な足取りでついていく。

「どこ行くんですか？　え、レオも？」菜穂は視線を内海と私の間で何度も往復させた。

「下の階だ。時計なんだよ。時計の奥なんだ」

混乱している菜穂を、内海は不親切極まりない説明でさらに深い混乱へと突き落とす。できることなら私が理路整然と説明してやりたいところだが、残念ながら現実世界では、私の声帯は人の言葉を発音できない。

「時計って？　だめですよ内海さん、寝ていないと。きっと夢です。夢を見て、寝ぼけているんです。ベッドに戻って落ち着いてください」

夢のせいであるのはたしかだ。しかし、内海は寝ぼけてなどいない。

「寝ぼけてなんかいない。おい、『犬』。説明してやってくれ」

……だから私がしゃべれたのは夢の中だからだ。やはりこの男、寝ぼけているのか？

無茶なことを『犬』である私に丸投げしつつ、内海は早足で病室から出て行く。振り返った私は、立ち尽くす菜穂と目を合わせ、犬の表情筋でできる限りの同情を顔に浮かべると、内海のあとを追った。

病室から出て階段へと向かう私達を、なあすすていしょんの中にいた中年看護師が見つけ、なにやら叫びだす。しかし、目を血走らせた内海は聞こえていないかのように（というか本当に聞こえていないのだろう）無視して階段を一段飛ばしで駆け下りていった。痛みに泣き叫んでいた末期癌患者とは思えない動きだ。まあ、この男の『痛み』は魂の疼痛だ。何か目標に向かい集中していれば、忘れてしまうのだろう。

階段を下りきった内海は、足をもつれさせて転びそうになりながら、廊下の一番奥に鎮座する巨大な柱時計の前へとたどり着く。

「これか？　これなんだな？　なんとか言えよ」

内海は軽やかな足取りで追いついてきた私に向かって叫ぶ。だから、現実世界で私は話せないんだよ。私は「そうだ」と言うかわりに、頷いて肯定の意を示した。

「内海さん！」

数人分の足音が背後から響いてくる。振り返った私の目に菜穂、看護師、そして院長が階段を駆け下りてくる光景が飛び込んできた。それどころか、騒ぎで目が覚めたのか、階段の踊り場には南と金村の姿まであった。病室を出てなにをやっているんだ、あの二人は？　自分達が末期癌患者だという自覚がないのか？

面倒なことになった。このまま病室に連れ戻されれば、内海の『未練』を断ち切ることはできない。ほれ内海、なにをやっているんだ、早く開けろ。

私は「おんっ」と内海を急かした。三人の医療従事者達が、私達に近づいてくる。

「なにしてるんですか、内海さん。すぐに病室に戻ってください」

必死に時計を引く内海の背中に向かって看護師が声をあげるが、内海が手の動きを止めることはなかった。内海は苛立たしげに両手で時計を摑むと、体を揺らし力任せに引っ張りはじめた。しかし、時計は微動だにしない。

「内海さん」

落ち着いた、しかし力強さを内包した声が背後から響いた。内海は動きを止める。

「院長先生……」

「なにをしているんですか？」あくまで冷静な院長の言葉に、叱責の響きはなかった。

「この時計が……。この時計の奥に……」

悪戯が見つかった子供のように、内海はしどろもどろになる。

「きっと麻薬でせん妄状態になっているんです。ハロペリドールを投与しましょう。そうすればきっと落ちついてくれます」

看護師は院長に言う。院長は私達に近づいてきた。叱責されると思ったのか、内海は首をすくめる。

「その時計がなにか、君にとって重要なんですか？」

院長の声は相変わらず抑揚がなかった。

「ええ、重要なんです！　俺にとってこれ以上重要なことなんてないんだ！」

内海は院長の目を見つめる。

「なら、そんなに焦らなくていい。ゆっくり、したいようにしてください」

予想外の院長の言葉に、内海の喉からは「うっ？」という音が漏れた。

「けど、できればあまり乱暴に扱わないでくださいよ。その時計はもう動いていないけど、なかなかいいインテリアなんだ」

院長は表情をほとんど動かすことなく言った。もしかしたら気の利いた冗談のつもりなのかもしれないが、この無愛想な男が言うと、本当に病院の備品を心配しているようにしか聞こえない。この男、あまりにも顔の筋肉を怠けさせすぎではないか？

看護師がなにか言いたげに院長を見ているが、院長はその視線を露骨に無視した。

内海はうなずくと、再び時計と相撲を始める。しかし当然のように、巨大な時計が動く気配はない。時間だけが過ぎていく。一分、二分、三分。廊下にどうにも白けた空気が流れはじめる。内海の顔が焦燥の色を帯びてきた。……なにをやっているんだか。

私は「わんっ」と一声吠える。内海は手の動きを止め私を見た。私は目で語りかける。

頭を使えと何度言えば分かる。その時計はきっと力で開く種類のものではないのだ。

どうやら内海は私の考えていることを理解したようだった。時計前面の硝子の蓋を開けると、かすかに震える手を伸ばす。長針、短針、と次々に内海は部品に触れていく。

何気なく内海が金属製の振り子を摑んで引いた。その瞬間、がちりとなにかが外れる音が響いた。内海は熱湯にでも触れたかのように手を引くと、今度はゆっくりと柱時計を横から押す。

あれほど力を込めても動かなかった柱時計が、氷の上を滑るがごとく動き出す。そしてそれまで時計が鎮座していた場所には、地下へと続く階段が巨大な口を開けていた。

三人の末期癌患者、三人の医療従事者。この場にいる私をのぞく全員が、その地の底へと続いているような漆黒の口腔に視線を縫いつけられ、動かなくなっている。

「うおんっ！」

私は廊下の壁を震わせるような大声で吠え、人間達にかかった金縛りを解く。一番最初に体の機能を取り戻したのは、意外にもと言うべきか当然と言うべきか、内海だった。

「懐中電灯！　懐中電灯を！」

内海は階段の奥を見たまま、騒ぎ出す。院長が一瞬の躊躇のあと、白衣のポケットから小型の懐中電灯をとりだし、内海に手渡した。

内海は階段の奥を照らす。闇の中に光が射し込む。二十段ほど下がったところに茶色の扉がうっすらと見えた。

内海はなにかに急かされるように階段を下りていく。私は混乱している他の者達を尻目に、内海のあとを追った。階段は長年封鎖されていたためか埃っぽく、鼻がむずむずと痒くなった。

階段を下りきったところで、内海は扉の取っ手を握り動きを止めていた。なにをしているのだ？　などとはさすがに思わない。この奥にあるもの、それは気楽に暴けるようなものではないのだ。

私の視線をどう捉えたかは知らないが、唾を飲み込んだ内海はやけに力強く頷くと、取っ手を回した。悲鳴のような軋みをあげながら扉が内側に開いていく。

部屋の中は漆黒が満ちていた。懐中電灯の光が部屋の一部を照らす。子供用であろう小さい寝台。床に敷かれた柔らかそうな絨毯。それらが明かりの中に浮き上がっては消えていく。内海は空いている方の手をかたわらの壁に這わす。かちりという音が鼓膜を揺らした。それと同時に部屋に光が満ちる。七年間も放っておかれたにもかかわらず、天井の電灯の半分ほどは、自らの存在意義を保っていた。

艶やかで、鮮やかな無数の『色』が目に飛び込んできた。それはまるで、部屋が虹に満たされたかのようだった。

闇に慣れた目には、その光量を処理することができず、視界は万華鏡のように『色』に支配される。しかし、それはなかなかにすばらしい体験だった。私は色彩の海にたゆたう。

「あっ、あああああ！」恍惚とする私の耳に、内海の悲痛な声が飛び込んでくる。

なんだ？　せっかく人が気持ちよく酔っているというのに。

目も徐々に光に慣れ、部屋の状況が認識できるようになってきた。そこは埃が目立つ煉瓦造りの十畳程度の部屋だった。部屋には蜜柑色の毛足の長い絨毯が敷き詰められ、骨董品のような紫がかった色の寝台が部屋の隅に置かれている。部屋のいたる所に玩具やぬいぐるみがいくつも散乱していた。よく見ると、部屋のすみには大人用の寝台も置かれていた。太陽が出ている間、この部屋に住んでいた子供はここで眠ったり、親と一緒に遊んだりしてすごしていたのだろう。

内海は夢遊病者のような足取りで、部屋の中心の『それ』に向かって近づいていく。この部屋を満たす鮮やかな光の中で、『それ』はやけに現実感なく、この部屋に無数に放置されている玩具の一つのように見えた。

内海は部屋の中心でひざまずくと、『それ』を抱きしめた。内海の腕の中で、『それ』は、からからと軽い音を立てて崩れ落ちた。明らかに子供のものと分かる小さな白骨死体は。

私は骨の周りの絨毯を観察する。蜜柑色の絨毯の上、入り口から遺体までの間に黒い染みが広がっていた。おそらく、襲われた両親は必死で少年を地下に隠したが、その前に少年は大きな傷を負っており、この部屋で力尽きたのだろう。

「あ、ああ、うあああああ！」

大理石のように光沢のある頭蓋骨を胸に抱きながら、内海は声をあげ続ける。そのただならぬ声を聞いてか、階段を次々に足音がおりてくる。

「なんだこの部屋？」

「落ち着いてください」

「骨？　子供の骨が……」

「警察に……早く警察に連絡！」

いくつもの声が煉瓦の壁に反響し、部屋は騒然となる。そんな中、頭蓋骨を抱きしめたまま、亀のように丸くなっている内海の肩に私は鼻先を当てる。内海はのろのろと顔を上げ、私を見た。私はくいっと首を捻り、鼻先で壁を指す。私の動きに釣られてそちらを見た内海は大きく息を呑む。

煉瓦が剝き出しになった四面の壁、そこにこの部屋を満たす艶やかな光の源泉があった。いくつもの生き生きとした『色』が躍っている風景画。

部屋の壁を一周するように飾られたそれらの絵は、重厚な額に納められ、七年もの間、地下室に放置されていたとは思えない輝きを放っていた。

内海はまぶしそうに、かつて自分が魂を塗り込んだ作品達を眺めた。

やはりそうだった。強盗犯によって画商に持ち込まれた絵は、事件が起こった時、唯一廊下にでも飾られていたものなのだろう。何週間か乾かすように言った内海の言葉を、親子は忠実に守っていたのだ。そして廊下に飾られていた絵を、犯人達は価値がある絵だと思い盗んで行った。

私は少年の亡骸に視線を送る。太陽を拒絶しなければならなかった少年は、日の光が届かないこの地下室、内海が創り出した光の海の中で、その小さな命を散らしていたのだった。

5

階段をおりていく。『こんくりいと』の冷たい階段を。目の前に扉が迫るが、私は速度を落とすことなく、頭から扉にぶつかっていく。なんの衝撃も感じることなく、私の体は扉をすり抜けた。

柱時計の奥に隠されていたあの地下室。壁にはいくつもの絵画が飾られている。しかし、それらの絵は全て『色』がない白黒の絵だった。

そう、ここは現実の世界ではない。私はまた夢の中に侵入する羽目に陥っていた。

部屋の中心には夢の主、内海直樹が小さな椅子に腰掛けて、筆を片手に真っ白で巨大な画布に向かっていた。そのかたわらには少年の白骨が転がっている。

「なにをしているんだ？」私は小さく丸まった背中に質問を飛ばす。

「なんだ、お前か」内海は私の方を振り返ることすらせず、面倒臭そうに答えた。

「『お前か』じゃない。お前はなにをしているんだ？」

「……絵を描いているんだよ」

「絵を描いている？　いったいなんの絵を描いているっていうんだ？」

「関係ないだろ」

「関係ない⁉　あの少年がここで死んだこと、お前の絵を愛していたことを教えたのは私だぞ！」

しかし、どれだけ怒声をあげても、内海は決して私の方を向こうとしなかった。

あの地下室を見つけた日、院長の指示ですぐに警察が呼ばれ、病院は大騒ぎとなった。あの白骨死体が、行方不明になっていた少年のものであることはほぼ間違いないとされた。しかし、警察の死体に対する興味はそれほどでもなかった。事件は金村が犯人と断定されている。子供の遺体が出たところで、事件が動くわけではないのだ。

そんな事情で、遺体発見から三日ほどで警察も引き上げ、病院には日常が戻ってきた。

私は今回のことで内海は『未練』を断ち切れると思っていた。再び魂のこもった絵を描きはじめると思っていた。しかし、そんな私の予想に反し、いくら待っても内海は絵を描こうとはせず、寝台の上で丸まっているだけだった。そして、その体が発する『腐臭』もかすかに弱くなりはしたものの、いまだに濃いままだ。そのまま命の灯火が消えれば、地縛霊になることが確信できるほどに。

私は混乱した。完全に仕事をこなしたはずだというのに、なぜ絵を描こうとしないのか？なぜ『腐臭』が消え去らないのか？　しかたなく体力が回復するのを待ち、私は再び内海の病室に、そして夢に侵入したのだった。

「俺の人生って……なんだったんだよ？」消え入りそうな声で内海は呟いた。

「なにを言っているんだ？」私は首をひねる。

「俺はこの七年間、勘違いのせいで絵が描けなくなっていたんだぞ。今回のことで、あの子が俺の絵を大切にしていてくれたことは分かった。そりゃ嬉しかったさ。でもな、遅すぎたんだよ」

内海は嘔吐でもするかのように、苦しげに言葉を吐き出し続ける。

「七年だぞ！　七年！　その間、俺はまともな絵が描けなかった。ようやく真相が分かった時にはもう手遅れだった。もう絵を描く時間がない。もう俺は……死ぬんだ。まだ三十年しか生きていないのに、『俺』はもうすぐ消えちまう。この世になんにも残さないで……。俺の人生、……なんの意味もなかった」

内海は両腕で自分の肩を抱くと、がたがたと震えだした。

「お前はもう死んでいるのか？」私はぼそりと、独り言のように言う。

「なんの……ことだよ？」

内海はようやく振り返った。両目と両鼻腔、そして口角から液体を垂らしながら。

「お前は『もう絵を描く時間がない』と言った。いつの間に時間がなくなった？　いつの間にお前は死んだんだ？」

私は畳みかける。内海は「俺は……」と呟いたきり、言葉を継ぐことはなかった。

「たしかにお前は死ぬ。数週間後か、数日後か。だが、それがどうして『絵が描けない』ことになる？　どれだけ生きればお前は『絵が描ける』のだ？　数年か、数十年か？　それとも永遠に生きたいとでも言うのか？」

私は容赦なく言葉を、言霊を、銃弾として内海に撃ち込んでいく。

「自惚《うぬぼ》れるな『人間』！　お前らは肉体という『仮住まい』を借りて、この世に存在しているに過ぎない。いつその『仮住まい』を返すかはお前達が決めることではない。お前がするべきことは、残された時間の短さを嘆くことなどではなく、その限られた時間の中で精一杯生きることだけだ」

私は一息に言うと口を閉じる。小さな地下室に静寂が降りた。『音』と『色』が消えた部屋で、『時間』すら消えた気がする。内海の唇が震えだす。

「俺は……なにをすればいいんだ？」

「お前にとって生きることとはなんだ？」私は質問を返した。

「生きること……、絵を描くこと……」内海は自信なげに呟く。

正解だ『人間』。私は笑顔を浮かべる。

「それで……いいのか。残された時間、単に自分の好きなことをして」

「人間は死ぬまでにこの世になにかを遺そうとする。ある者は子孫を遺す。ある者は想いを遺す。ある者は自らの名を遺す。そして、ある者は金を貯め込むことに執着し、なにも遺すことなく、死とともに全てを失う。なにかを遺そうとする行動、それこそがお前達が、『人間』がこの世に存在する意義だ。その過程で『魂』は磨かれ、美しく輝き出す」

「俺の絵は……俺が死んだあとも遺るのか？　遺る価値があるのか？」

充血した目で縋るような視線を送ってくる内海に、私は一言一言嚙んで含めるように言う。

「お前は絵に『魂』を塗り込めた。音楽、文学、思想、彫刻、『魂』の雫《しずく》を包む『箱』は多々あれど、それに中身を詰められる者は少ない。お前は魂の欠片を遺すことができる希有な存在なんだ」

「けれど、時間は……あまりないんだよ」

「たしかに、お前の作品が世間に認められて、富や名声を得る時間はないだろう。お前にとって『芸術』とは、それらを得るための手段なのか？」

「違う！　そんなわけない。俺にとって『絵』は生きることだ！　絵さえ描ければ金なんていらない。有名にならなくていい」内海は唾を飛ばして叫ぶ。

「なら描け。残りの時間を生きるんだ。残された時間は少ない。しかし、その間にお前は、普通の人間が何十年生きても遺せない、貴重なものを創り出すことができるはずだ」

内海は無言で私を見つめ続ける。ついさっきまで、死んだ魚のように光を失っていた目に、激しい感情の揺らぎが見て取れる。

「お前が遺す『魂の波動』は、見た者達の『魂』に伝わり、揺さぶるはずだ。そして彼らはさらにその波動を他の者に伝えるだろう。お前が遺した『魂』の欠片はいつまでも生き続けるんだ」

内海の息づかいが荒くなる。永久凍土のように固く冷たく凍っていた内海の心が、解けはじめている気配が漂っている。地下室の壁に掛かったいくつもの絵が、心臓のように一定の間隔で小さく鼓動しはじめた。

「本当にそう思うのか？　単に気休めじゃ……」

私は口の中で舌打ちをする。まだそんなことを言っているのか？　なんて疑り深い男だ。まったく、私にこんな臭いせりふを言わせておいてからに。

「あの子供のことを思い出せ。この部屋で死んだ子供のことだ」私は声に力を込める。

「あの子が……どうしたんだ？」

「あの子供は、お前の絵の中に太陽を見たんだ。そんなことが、『魂』の込められていない絵に可能だと思うのか？」

内海は血が滲みそうなほど唇を噛む。

「あの子供にとって、お前の絵は『太陽』そのものだった。太陽に理不尽に拒絶され続けたあの子供は、最後の瞬間、お前が創り出した太陽に囲まれて逝くことができた。お前の絵に出会えたことは、あの子供にとってきっと幸せなことだったはずだ」

固く結んだ内海の唇の隙間から漏れた嗚咽は、すぐに深い慟哭へと成長していく。しかし、その泣き声は空虚で恐怖に満ちたものではなく、胸の奥からあふれ出す熱い感情の奔流だった。

「俺はあの子に、……『太陽』を与えられたのか？」内海は号泣の合間に切れ切れに訊ねる。

その答えは分かっているだろう、『人間』？ 私は小さく頷いた。内海の号泣がひときわ高くなる。その瞬間、部屋に光が満ちた。私は驚き、目を見張る。

四方の壁に取り付けられていたいくつもの絵が、それ自体が発光しているかのように、一つ一つ鮮やかに輝きだしていた。そこからあふれ出す美麗な色彩は、単色で薄暗かった部屋全体に広がっていく。部屋が『色』で満たされた。

壁に掛かっている全ての絵が輝き終えたとき、内海が手にしていた、白色の絵の具が何種類も盛られていた『ぱれっと』が目映い光を放ちはじめた。

私は目を細め、内海の手元を見る。完全に白色だったはずのそのぱれっとには、無数の美しい『色』があふれていた。『色』同士が重なり合い、そこにまた新しい『色』が生まれている。内海が七年間失っていた『色』を取り戻していく。

七年前まで内海が見ていたであろう世界、それは空間が宝石で満たされているかのようだった。その美しい光景に私は声を失う。いつの間にか嗚咽が消えていた。背筋をまっすぐに伸ばした内海は、引き締まった表情で真っ白なままの画布を凝視している。その顔からはこれまでの陰鬱とした影は消え去っていて、ただ前だけを見て進む人間特有の威厳に満ち満ちていた。

内海が右手を動かす。虹を纏ったような筆が画布を走る。画布に刻まれた一筋の光の線は、淡く滲み、複雑にその『色』を変えながら巨大な画布全体を覆っていった。

「なあ、レオ。俺は死ぬまでに最後の絵を完成させることができるよな？　最後の、最高の作品を遺せるよな？」

内海は私に笑いかけると、初めて私の名を呼んだ。

「その答えは分かっているだろう、内海直樹」私は片方の口角を吊り上げる。

内海は満足げに頷くと、再び画布に向き筆を走らせはじめる。一筆走るたびに、星屑のような煌めきが宙に舞った。

私は夢のような（本当に夢の中の出来事なのだが）光景を味わいながら、少し後ろ髪、いや、後頭部の毛を引かれつつ瞼を落としていく。これ以上、内海の世界に邪魔をしているのは野暮というものだろう。

七年間の苦悩の鎖から解き放たれたのだ。誰にも邪魔されることなく思う存分魂を躍らせるがいい。そして、目が覚めたら、病室に置かれたあの巨大な画布に向かい、命を燃やすのだ。

私は気長に、誰の魂をも震わせるであろうその作品を鑑賞できる日を待つとしよう。

閉じた瞼の裏に、艶やかな光がいつまでも舞い続けていた。

第4章　死神、愛を語る

1

冬の太陽は正午近くでも暴力的になることなく、毛皮に心地よい暖を与えてくれる。土の香りが鼻腔を優しくくすぐる。庭園の中心で寝そべる私は、満足げに大きなあくびをすると、片目だけ瞼を持ち上げた。

開いた屋敷の二階の窓から、内海が筆を片手にこちらを見ていた。『色』を取り戻してから三日、予想通り内海は、人が変わったように創作に打ち込みだしている。

夜、病室に鍵をかけることもやめたので、実は昨夜、私は内海の病室に潜り込んでいた。私がそこで見たものは、満足げに寝息をたてる内海の姿と、窓から薄く射し込んだ月明かりを吸い込み、それを増幅しているかのような、力強くそれでいて繊細な色彩が施された絵だった。

わずか三日、その三日間で絵は完全に別物になっていた。

内海と目が合った気がする。内海は笑顔を作った。

なんのつもりだ、あの男は？　夢に出てきた私は、あくまで内海の頭が作り出した幻であって私とはまったく関係ない、と思ってもらわなければ困る。あくまでここにいる私は（見目麗しいとはいえ）単なる一匹の獣。なんの変哲もない犬に過ぎないということになっているのだ。

いや、あの男だけではない。南も金村もなにかと私に話しかけてきて、時々菜穂に内緒で私に貢ぎ物（主に『お菓子』と呼ばれる嗜好品だ）すらしてくる。ときに、あのお菓子というものはなんと素晴らしいものであろう。あの『幸せ』という概念が口の中で溶けて広がるような感覚……。

特に私は、『しゅうくりいむ』と呼ばれる菓子を愛している。あのさくさくとした心地よい歯触りの皮を嚙み切ると、中からあふれんばかりに染み出してくる『くりいむ』の甘み。まさに至高。

私は昨日南からもらったしゅうくりいむの、嫋《たお》やかな味を思いだす。とたんに口の中から唾液が湧き、口からあふれだした。唾液が顎の下の土を濡らすのを見て、私は我に返る。

ああ、しまった。食欲に支配されて思考が滞るなど、はしたない。たとえそれが至高の嗜好品だとしても。……別に韻《いん》を踏んだつもりはないぞ。

そんなことを考えながら私は再び内海を見る。内海はあろうことか軽く手を振ってきた。

まさか私が単なる獣ではなく、その実、高貴な霊的存在であることがばれているのではあるまいな？　一瞬寒気が背骨を走るが、私は濡れた時にするように体をぶるぶると激しく振って、その疑念を頭から追い払う。

彼らだって、夢の中で自分たちを導いた私と現実世界の私がまったくの別物だと思っているはずだ。常識（あくまで人間界の常識だが）を持っているいい大人なのだから。彼らは、夢の中で私と同じ姿形をした存在が自分達を救ったので、現実世界の私にも愛着を感じているだけなのだろう。そうだ、きっとそうに違いない。

私は半ば強引に思考を打ち切ると、内海に尻を向けて目を閉じた。

いくら考えてもせんないことだ。少しぐらい不審に思っていたところで、あの三人の男達も、私の正体が『死神』だとは思っていないはずだ。気にせずどんと構えていればよい。

私は結論を出すと、仕事のため今すべきことをしようと心に決める。すなわち、この麗らかな日射しの中で昼寝をして、体力を回復させるという仕事だ。

二回も夢の中への侵入を行ったため、内海の件を終えた私の体力は、その前の二回とは比べものにならないほど消耗していた。一昨日など、鼻先すら動かす気になれず、ずっと廊下で敷物のように寝そべっていたら、危うく動物病院に連れて行かれそうになったほどだ。

私は目を閉じたまま意識を集中し、鼻をくんくんと動かす。この病院全体を覆いつくすほどに濃く漂っていた『腐臭』は、もはやほとんど感じることができなくなっていた。南、金村、そして内海。この三人が『腐臭』の主な発生源であったことはたしかだ。私は再び鼻をひくつかせる。土の香り、青草の香り、残雪の香り、そして自らの生きてきた意味を悟った三人の男達から発せられる柑橘のような香り、それらの爽やかな香りに混じり、かすかに、ほんのかすかに、甘ったるい匂いが鼻をかすめた。注意しなければ気づかないほどの弱い『腐臭』。それはおそらく、まだ会っていない入院患者から発せられるものだろう。

道案内の死神としての長い経験上、これくらいの『腐臭』では地縛霊となる可能性はほとんどないことを知っている。この四人目に関してはそれほど急ぐ必要はないであろう。

今私がすべきことは、とにかくこの体を休めることだ。ということで、少し昼寝をさせて頂こう。これも大切な仕事なのだ。……本当だぞ。

なぜかかすかな罪悪感を感じながら、私は瞼を下ろした。すぐに睡魔が襲ってくる。闇の中にふっと落ちる寸前、私の意識は急激に引き上げられた。

眠気が体から一気に抜け去っていく。私は立ち上がると、庭の中心にある桜の樹の根本まで歩いた。今さっき肌で感じた感覚、あれは……。

『そこにいるな？』

虚空を見上げながら私は話しかけた。口を、舌を、声帯を動かすことなく、『言霊』を発することによって。風のざわめきが私の垂れた耳をくすぐる。

数瞬の間を置いてから、返事が返ってきた。やはり『音』ではなく『言霊』で。

『久しぶり。しばらく見ない間にずいぶんチャーミングになったなぁ。マイフレンド』

私の口の中で舌打ちがはじけた。その口調で相手の正体がわかった。眉間に深いしわが刻まれる。目の前に漂う存在。その正体は私の『同僚』、かつての私と同じ、道案内を仕事とする死神だ。

『……お前か』

私は憎々しげに言霊を吐く。道案内の死神は無数に存在するが、この同僚はその中でも私と最もそりが合わない、いわば『犬猿の仲』の死神だった。今は私が犬だから、あちらは『猿』ということになろう。

『ああ、僕だよ。そんな体に封じられているのに気づくなんて。いいシックスセンスだね』

同僚の発する言霊はからかうような響きを帯びていた。桜の幹から湧き出すように、淡く光る霞、霊的な存在が姿を現すのを、私の死神としての目が捉える。

『しくすせんす？　なんだそれは？』

聞き慣れない言葉に、眉間に刻まれたしわがさらに深くなる。

『相変わらず遅れてるね。シックスセンス、第六感ってやつだよ。時々、なぜか僕たちの存在を感じとれる動物とか人間がいるだろう。彼らが持ってる感覚のことさ』

『ならば第六感と言えばいい。わざわざ舶来語で言い換える必要がどこにあるのだ？』

『舶来語？　そんなこと言ってるからセンスが遅れてるって言われるんだよ。この時代、世界はグローバル化してボーダレスになっているんだ。人間がそれだけアップデートしているんだから、高貴な存在である僕達はもっとグレードアップすべきだよ。アンダースタン？』

なにを言っているのかまったく分からない。きっと目の前で馬が自分の一生について語り出しでもしたらこんな感じだろう。

『こんなところでなにをしているんだ？』

『愚問だね。その体に封じられてまだそれほど経っていないっていうのに、前のジョブを忘れたのかな？　マイフレンド』

たしかに今のは愚問だった。道案内の死神が地上に降りている。ならばやることは決まっている。私は反射的に屋敷を見上げる。

南、金村、内海、そしてまだ見ぬ他の患者。その誰かが死ぬのだろうか。

私が会っている三人は、『未練』から解き放たれてから一時的に病状も改善し、精力的に動いている。少なくとも数週間はもちそうに見える。そうすると、まだ会ったことのない患者が死にかけているというのか？

『ああ、違う違う。今日は道案内に来たんじゃない。ドンウォーリー。もう一つの仕事の方だよ』

もう一つの仕事？　一瞬考えてから私は理解する。なるほど、彼らの説得に来たのか。私は屋敷の隅、日陰になっている部分に視線を送る。そこには三つの魂達が身を隠すように漂っていた。

『そういうこと』

同僚は空中を滑るように移動していく。私はなんとはなしにそのあとを追った。

『なんだ、ついてくるのかい？　マイフレンド』

『暇だからな』

『暇ねえ、それは素晴らしい。僕はヴェリィビジーで目が回りそうだ。君が羨ましいよ』

『お前に「目」などないだろう。もし希望なら、いつでも代わってやるぞ』

『遠慮しとくよ。社交辞令ってやつだ。仕事もせずにだらだらと日光浴をするような、レイジィーな存在に僕はなりたくないからね』

『霊体であるお前には分からないだろうがな。肉体というのは動きすぎると、「疲労」というものを感じるんだ。疲労を回復するためには休息が必要なのだ』

『ああ、そうらしいね。知識としては知っているよ。面倒なもんだ。ご愁傷様《しゅうしょうさま》』

同僚はいかにも興味なげに言う。いつか『我が主様』に頼みこんで、必ずこの同僚にも『獣封じ』の苦行を味わわせてやろう。私は密かに心に決める。

同僚はふわふわとしゃぼん玉のように漂いながら、屋敷の裏手へと進んでいく。

『そんな陰気なところにいないで、こっちにおいで。大丈夫だ。無理矢理「マイマスター」のところに連れて行ったりしないから』

同僚はどこか人工的な陽気さと気さくさを含有した言霊を発する。しかし魂達は日陰で身を寄せ合ったまま、同僚に近づこうとはしなかった。

『そんなウェットなオーラ出さないでくれよ。ほら、心配せずにこっちに来て。君達だって分かっているんだろ。このままじゃいけないって』

同僚の言霊にかすかな苛立ちがのぞく。その姿を見ながら私は思わず口を（まあ本当の「口」は使わないのだが）挟んでしまった。

『彼らは日陰から出ないぞ』

『はあ？　日陰から出ない？　ホワイ？』

『ほわい？　そこの子供は生前、太陽に当たることができない病だったんだ。両親はその子供を日光に当てないように腐心してきた。だから魂になった今も日の光を避けているんだ』

同僚は不思議そうに私を見た。彼に肉体があればおそらく首をかしげていただろう。

『それは肉体があった頃の話だろう？　彼らはもうバディを持たない。今更日光に当たろうが関係ないじゃないか』

『たしかにその通りだが、生前に太陽に抱いていた畏怖《いふ》が魂に刻まれているのだろうな』

『なるほど、そういうものかもしれないね。確かにヒューマンという存在は理屈に合わないことをするものだ。おや？　いつの間にか逃げられたな……』

同僚の言うとおり、私達が話している間に、建物の陰にいた魂達の姿が消えていた。おそらく屋敷の裏側の方にでも移動したのだろう。

『まあいい、とりあえずトゥデイはこのくらいにして出直すとしようか』

そう呟いた同僚の『存在』がどんどんと薄くなっていく。仕事のために他の場所へ移動しようとしているようだ。死神は多忙だ。いつまでも一ヶ所の地縛霊にかかりきりにはなれない。

ふと私は疑問を感じ、言霊を飛ばす。

『なんで今頃になってあの魂達を説得しようとしはじめた？　七年間もここに縛り付けられていたのに、これまでお前は一度も姿を見せなかったではないか』

私の質問に同僚は移動を中断した。

『あのソウル達が地縛霊になった時、何度も説得したんだけど、まったく聞く耳を持たなかったから、放置していたんだよ。けれど、少し前にあの三つのソウルから強いバイブレーションを感じて様子を見てみたら、以前より頑固さがとれていて、話ぐらい聞きそうな感じになっていたんだ。だからちょっとトライしてみてるってわけさ』

なるほど、おそらくはあの子供の亡骸が地下室から見つかったことで、『未練』が弱まったのだろう。私の功績というわけだ。まあ、慎《つつし》み深い私はそんなことを声高に主張したりはしないが。

同僚は『アデュー』と訳の分からない言葉を使うと、再び存在を薄めはじめた。

『あの魂達はもうすぐ消滅するぞ』

私が言霊を飛ばすと、同僚は訝しげにゆれた。

『分かっているよ。それがどうかしたのかい？』

『説得できそうなら、もう少しあの魂達に時間を割いてやってもいいのではないか？』

人間より遥かに高い次元の存在である死神は、人間ほど時間には縛られていない。死神にとって『時間』とは人間の『距離』に近い感覚だ。ある程度なら時間の移動も可能だし、その気になれば同時にこの世界の複数の場所に存在することもできる。そして時間の移動範囲を超えた未来に起こることでも、人間が遠くを眺めるかのような感覚で『視《み》る』ことが可能だ。

残念ながらこの三次元の体に封じられている私は、今は時間に縛られ、時間を移動したり未来を視ることはできなくなっているが。

『一つ忠告をしておくよ、マイフレンド』同僚の言霊から、軽薄な調子が消え去った。『あまりソウル達……人間達に近づきすぎないことだ。あれらは「荷物」でしかないのだから、あまりシンパシーを抱きすぎると、君が本来の仕事に戻った時、支障が出るぞ』

　高貴なる私が下賤な人間ごときに近づきすぎる？　なにを馬鹿なことを。

『まあ、優秀な君はそんなこと分かっているだろうけどね。ではまた会おう。シー・ユー・スーン』

　軽佻な調子を取り戻した同僚は、いくらか皮肉が込められた言霊を残して消え去った。

　また会おう、か。たしかにここがあの同僚の担当地区であるなら、これからもちょくちょく顔を合わせることになるのだろう。まあ、死神である同僚に顔などないが。

　私は正体不明の敗北感を胸に抱えながら、屋敷の裏手へと歩いて行く。日光にほとんど晒されることのないこの辺りには、かびの匂いが漂っている。三つの魂達は屋敷の真裏に立つ樹の幹の陰に、隠れるように浮いていた。私は彼らに近づいて行く。

『なぜまだここに留まっている？』

　私は魂達に語りかける。しかし、長年剝き出しのまま現世にとどまり、傷んでいる魂達は、もはや言霊を返すことはできないのか、無言だった。

『このまま消滅を待つのか？　その子供の亡骸も見つかり、葬られた。もう「我が主様」のもとへ行くべきではないか？』

　毛羽立ってくすんでいる魂達の表面がかすかに波打つ。この反応は前回には見られなかったものだ。迷っている？

『あとはなにが望みなんだ？　どうすればお前達は「我が主様」のもとに行く？』

物言えぬ存在となりはてた魂達は、私から逃げるでもなく、そこで陽炎のようにただゆらゆらと漂い続ける。なにかを訴えるように揺れながら。

いったいなにをしているのだ？

私は脳裏をよぎった恐ろしい考えを、一瞬の躊躇のあと言霊に乗せた。

『まさか、お前達は私に犯人を、お前達を手にかけた犯人を……罰して欲しいなどとは思っていないだろうな？』

魂達の反応は目を見張るものだった。くすんで濁っていた表面が爆発したかのように、まばゆい光を放ちはじめた。

『私になにを期待しているのだ？　私は獣の体に封じられている。犯人捜しなどできない。それに、お前たちの担当はさっきの死神で、私ではない。それは私の仕事ではないのだ』

私はどこか言い訳をするように魂達に語りかける。しかし、魂達の輝きが弱まることはなく、私を急かすかのようにじりじりと近づいてきさえした。

『分かった、分かった』私は無言の圧力に白旗をあげる。『私の仕事の支障にならない範囲で、できる限りのことはする。それでいいだろう？　あまり期待はするなよ』

期待するなと釘を刺したにもかかわらず、魂達はあからさまな期待を込めて一際明るく輝いた。私は大きくため息をつくと、魂達に尻尾を向け、逃げるようにその場をあとにした。

いったいなんであんな約束をしてしまったのだろうか？　あの魂達に何かしてやる義務など

ないはずなのに。私は混乱していた。私は『我が主様』の創造物だ。『我が主様』に命じられたことを、命じられたままにこなすことこそが存在理由なのだ。それなのにどうして、仕事とは関係ないあの魂達のことまで気になるのだろう？

『人間達に近づきすぎないことだ』

頭蓋の中で同僚が残した言霊が蘇る。高貴な私が人間に？　そんな馬鹿な。仕事の合間、暇な時間にあの魂達が『我が主様』のもとへ行きやすいようにして、同僚に恩を売っておくのも悪くないと思ったにすぎない。別にあの魂達のためではないのだ。

自分に言い聞かせるように胸の中で繰り返しながら、私は屋敷の裏手から脱出する。

空腹のためか、それとも動揺のせいなのか、足元が雲の上を歩いているかのようにふわふわと定まらなかった。

2

「あっ、いた。レオー」

のろのろと庭園へと戻った私に声が降りかかってくる。私は声の方を振り向くことなく、緩慢な動きでその場に寝そべる。振り向かずとも誰の声かは分かっていた。

「あれ？　聞こえないの？　ご飯の時間だよ？」

足音が近づいてくる。しかし私は返事のために吠えたりはしなかった。いかにぺっとという立場にあるとはいっても、愛想を振りまくことをやめ、一人に、もとい一匹になりたい時があるのだ。私は目をつぶったまま微動だにしない。……大きく垂れた耳がぴくぴくと動いているが、これは反射というもので、私の意思ではどうこうできないのだ。

「レオ、どうかした？　なんか元気ないね」

すぐそばまでやってきた菜穂は、少し心配そうに私を見下ろした。私は薄目を開けて菜穂の様子を見るが、いつものように尻尾を振ったりはしなかった。

菜穂は白衣姿ではなく、青い縞模様の入った上着と薄緑色の『すかあと』を着ていた。

「廊下にご飯用意してあるよ。食欲ない？　お腹でも痛い？」

菜穂はすかあとに包まれた膝を曲げ、私の額を、そして顎下を撫ではじめた。指先が顎下の敏感なつぼに触れる。妖しくも心地よい感触に、思わず喉から甘えの声が漏れそうになるが、私は必死にその声を飲み下した。

「んー、やっぱり体調悪いのかな。いつもならご飯の時間、廊下でよだれ垂らして待ってるのに」

失礼な！　私はそんなはしたないことはしていない！　……はずだ。

「それとも機嫌悪いの？　うーんよく分からないな。レオって普通の犬とちょっと違って、複雑なこと考えてそうだからなあ」

どきりとするようなことを呟きながら、菜穂は私を凝視する。視線の圧力がじりじりと責め立ててくるが、私はなんとかその圧力に耐えきった。

「ねえレオ、ご飯食べに中入りなよ。そうしたらデザートにシュークリームあげるからさ」

しゅうくりいむ？　その単語に私の心は嵐にさらされた木の葉のごとく揺さぶられる。上品な甘さの記憶が脳を支配し、堤防が決壊したように口の中から唾液が湧き上がる。

今すぐ屋敷の中へと駆けていきたい。しかし私は耐えた。耐えきった。さすが私だ。高貴な私が、いかにあの素晴らしい甘味であるしゅうくりいむであろうと、食欲に敗れてしまうはずがないのだ。

私が勝利の余韻を味わっていると、菜穂がくすくすと笑いはじめた。

「レオ、尻尾」

尻尾？　尻尾がどうしたというのだ？　私は首をゆっくりと回して、自分の尻に視線を向けた。そこでは黄金の毛に包まれた雄々しい尻尾が、千切れんばかりに左右に反復横飛びをしていた。そのあまりの速度に、尻に痛みを感じるほどだ。

私は慌てて尻尾を止めようとする。しかし尻尾はそれ自体が一匹の生物であるかのように、この体の主人である私の命令に従わず、一心不乱に左右に往復運動を続ける。

しかたがない。私は渋々身を起こし、菜穂と並んで屋敷に向かって歩きはじめた。

「やっぱり狸《たぬき》寝入り。シュークリームが欲しいんだね」菜穂はどこか勝ち誇ったように言う。

馬鹿なことを言うな。これは尻尾が千切れると困るからであって、しゅうくりいむがそれほど欲しいというわけではない。私は優雅な足つきで歩を進める。

「レオ、速く走りすぎ。もう少し落ち着きなよ」

数秒後、いつの間にか遥か後ろにいってしまった菜穂が、息を乱しながら叫んだ。

「美味しかった？」菜穂が笑顔で私の顔を覗き込んでくる。

口の中に残ったしゅうくりいむの余韻を楽しみながら、私は二、三度頷いた。

「……レオって完全に言葉を理解してるよね。ちょっと頭よすぎな気がするんだけど」

菜穂がなにかよくないことを呟いているが、しゅうくりいむの余韻に浸っている私は気にならなかった。菜穂は恍惚《こうこつ》の表情を浮かべる私の顔を凝視してくる。

「そうでもないか……。なんか、今は馬鹿っぽい顔してるし」

菜穂がなにか失礼極まりないことを呟いているが、しゅうくりいむの余韻に浸っている私は気にならなかった。

口の周りを舐めている私の頭を、笑顔で撫でていた菜穂の手が唐突に止まった。不審に思った私が顔をあげると、いつも柔らかそうな菜穂の頬が硬直して引きつっていた。私は背後を見る。玄関近くの廊下に、糊のきいた背広を着込んだ長身の男が立ち、眼鏡の奥から冷たい視線をこちらに投げかけていた。何度か見た顔だった。たしか、この病院を買おうとしている男だ。

「病院に入らないでください」菜穂の声はその表情と同様にどこまでも硬かった。

「ああ、すいません。少し院長先生とお話ししたいんですが」

「その時は駐車場で院長に電話してください。病院内には患者さんがいらっしゃるので」

「私は患者さんに危害を加えたりはしませんよ」男はおどけるように言う。

それはどうかな？　私は心中で呟く。この男の全身から醸し出されるどこか不吉な雰囲気が、体力が落ちた患者達に悪影響を与える可能性は十分にあった。男が着ている背広は特に黒が濃いわけでもないのに、どこか喪服のように見える。

「院長先生を呼んできて頂けるとありがたいのですが」

男は硬い表情の菜穂に向かい、薄い唇を歪めて不自然なほど慇懃《いんぎん》に言った。菜穂は男から視線を逸らすと、ぱたぱたと足音をたてて階段を上っていく。

かくして、私はこの不吉な男と二人、いや一人と一匹だけで廊下に残された。口の中に残っていた幸福は、この男の出現で消え去っていた。私は多少苛立ちながら男の顔を見上げた。目が丸くなる。一瞬、目の前にいた男がいつの間にか入れ代わったのかと思った。それほどに男の変化は劇的なものだった。紳士然としていた物腰は消え去り、まっすぐ伸びていた背骨が老婆のように曲がっていく。眼鏡の奥の血走った目が、ぎらぎらとした視線を四方八方に放つ。

男は「どけよ」と言うや否や、私を足蹴にしようとする。私は迫り来る革靴のつま先をすんでのところで身を翻して躱《かわ》すと、「ううーっ！」とうなり声を上げた。もしも「決して嚙みつくなどという野蛮なことはしない」という誓いを立てていなければ、私は男に牙をたてていたかもしれない。

歯茎を剝き出しにする私を無視すると、男はその長身には似合わない素早さで、団欒室の扉を開け中に入っていった。なにをしているのか私が不審に思い、ついていこうとした瞬間、男は入っていった扉から飛び出し、次に食堂の扉を開く。

私の見ている前で男は部屋に入っては出てきたり、廊下の家具を執拗《しつよう》に触ったりと、怪しい行動をとり続けた。その間、二、三分といったところか。いったいなにをしているのだ？　低俗な人間の行動は、高貴な私には計りかねることがあるから困る。

男が一通り家具に触れ終えたところで、階段の上から足音が聞こえてきた。その瞬間、男は脱ぎ捨てた仮面を被り直した。今、私の目の前にいる男は、背広をきっちりと着込み、薄い唇にかすかな愛想笑いをうかべた似非《えせ》紳士だった。器用なことだ。階段の奥から菜穂と院長が姿を現す。

「お忙しいところ失礼します、院長先生」男は愛想良く院長に話しかけた。

「なんの用だ？　患者がいる時は病院に入らない約束だったはずだが」

抑揚《よくよう》のない院長の口調に、かすかに苛立ちが見え隠れしている。

「すみません。ただ、どうしても確認しておきたいことがありまして。すこしお話いいですか？　もちろん、外で話してもかまいませんよ。いつもみたいにね」

男は卑屈に、しかしどこか抜け目なく、院長に向けて言った。院長は無言で男を見る。

「……手早く頼む。そこの部屋でかまわない」

数秒の思考の末、院長は男を促すと団欒室の扉を開けた。二人が部屋に入り扉が閉まる寸前、院長は廊下に所在なげに佇む菜穂に、「菜穂、お前は部屋に帰っていなさい」と言い放った。

その口調はいくらか私の癪《しゃく》に障った。以前から思っていたことだが、この院長はあまりにも菜穂に対し横柄《おうへい》すぎるのではないか？　たかだか雇用主と従業員の関係にしては、あまりにもなんというか、……馴れ馴れしすぎるように思う。この国で死神として長く勤務してきた私は、この国の人間達の『常識』についてかなり深い造詣《ぞうけい》を持っている。院長の菜穂に対する態度はその『常識』から大きく逸脱している。雇用関係があったとしても、二人は他人同士であるはずなのだから。……他人同士であるよな。

　嫌な想像が頭を掠める。私はこれまで数え切れないくらい見てきている。社会的地位のある中年の男が、自らの地位を利用し若い女を性行為の対象として身近におくということを。確か『囲う』とかいうはずだ。まさか院長と菜穂は……。

　いや、そんなことあるわけがない。なにを考えているのかよく分からない院長はまだしも、菜穂が、あの可憐な娘がそんな乱れた関係を持つなんてことあるわけがない。

　私は頭をぷるぷると振って不快な想像を頭から振り払おうとするが、一度湧いたその想像は道端に捨てられた『がむ』のように、頭蓋骨の内側にこびりついた。

　なぜ私はこんなに不愉快になっているのだろう。院長と菜穂が怪しい関係であろうがなかろうが、私には関係ないことではないか。人間は子孫を残すために、新しい魂の容れ物を供給するために、性欲をもっている。それに物欲など様々な要素が加わり、歪《いびつ》な形に作用することもあろう。人間は愚かで低俗な生物なのだ。そんなことにいちいち目くじらを立ててどうする？　しかし、血流にのって全身を冒す不快感が消えることはなかった。悶々として身を捩る私に菜穂が声をかけてくる。

「行くよ、レオ」

は？　どこに？

「外。窓が開いていたら、外から団欒室の中の声が聞こえると思うから」

まるで私の心の声に答えるかのように言うと、菜穂は廊下を進んでいく。

おいおい、ちょっと待ってくれ。私はしかたなく、菜穂の華奢な背中を追って駆けだした。


「……というわけで、こちらも困っているわけです」

屋敷の裏手、団欒室の窓の下に身を隠すようにして、私と菜穂はわずかに開いた窓の隙間から聞こえてくる声に耳をすましていた。ちなみに、この場所に到達した時、窓は開いておらず、当然、部屋の中の会話も聞こえなかった。しかし、これは諦めるしかないな、と私が思った瞬間、菜穂は身を屈めて窓の下に移動すると、手を伸ばしすーっと窓を開けたのだった。

予想外の行動に唖然とする私に向かい、菜穂は「ミッション・コンプリート」と意味の分からないことを呟くと、あまり上手くない『ういんく』をしてきた。上手くできないならやらなければよいのに……。そんなこんなで、私は意味もわからず盗聴の共犯になっている。

「そんなに問題ですか？」

「ええ、問題です。買おうとしている物件で子供の遺体が出たんです。物件の価値がかなり下がってしまうかもしれない。不吉ですからね」自らが不吉な雰囲気を醸し出している男は、過剰に陰鬱な、いかにも「困っています」といった口調で話す。

「この建物は七年前の殺人事件の現場だということで、すでにかなり縁起が悪い物件のはずだ。今さら遺体が出たからといって、大して評価は変わらないと思うのだが」

「いいえ、事件は七年も前のことで、もう世間の記憶も薄れていたんです。それが今回の件で、この屋敷で陰惨な殺人があったということが思いだされました」

「工藤《くどう》さん。まどろっこしいことはいい。なにが言いたいんだ？　買値を値切りたいということか？」

院長は早口で言う。私は男の名が『工藤』であることをはじめて知った。

「いえいえ、そういうことではないんです。ただこちらも買い取らせていただく以上、状況を把握しないといけないもので……」

「つまり？」工藤のどこまでもまどろっこしい言いように、院長は明らかに苛ついていた。

「噂では、子供の遺体はどこか隠し部屋のようなところで見つかったらしいですね。できればその部屋を見せていただきたいんです。警察もいないところを見ると、もう現場検証はすんだのでしょう？　少し調べて、査定させていただけませんか？」

「何度も言っているが、患者がいる時は、あなた方に病院に立ち入ってもらいたくない」

院長の声はどこまでも硬かった。

「その隠し部屋に患者を入院させているわけじゃないんでしょう。大丈夫、気づかれないようにすぐ終わらせますよ」

「患者達はすぐ気づく。彼らはあなたが思っているより遥かに、周りの環境に対して敏感になっている。おそらく今だって、あなたがこの屋敷に入り込んでいることにみんな気づいているはずだ」

「……別に私は患者さんと接触しません。患者にはなにも影響ないですよ」

頑《かたく》なな院長の態度に、工藤の声にも苛立ちが漂いはじめる。窓の隙間から流れ出てくる空気が不穏なものに変化していく。

「影響はある」院長ははっきりと言い切った。「この病院がもうすぐ廃業することは患者達も知っている」

「はあ、それがなにか？」

「あなたが屋敷を買い取るのは、患者が全員いなくなり、病院が廃業したあとだ。この病院はホスピスなんだ。患者が全員いなくなるとは、全員が亡くなることを意味している」

隣にいる菜穂が小さく身を震わせた。

「まあ……たしかにそうですな」工藤の歯切れが悪くなる。

「つまり、私が屋敷の売却についての話をするのは、患者にとっては自分が死んだあとのことを主治医がこそこそ考えていることになる。患者によっては、自分たちの早い死を主治医が望んでいると感じるかもしれない。そんな状態では信頼関係が築けなくなる」

普段無口な院長の舌は滑らかで、その口調には熱が籠もっていた。

「そんな、考えすぎですよ。そこまで被害妄想的なこと、さすがに思わないでしょう」

「死が近づいた患者は、極めてナーバスなんだ」

工藤が黙り込む。数十秒の重い沈黙が流れた。

「……院長先生、はっきりと言わせていただきますよ」

それまで卑屈な愛想に満ちていた工藤の口調が一変した。元々ひんやりとしていた冬の空気が、更に冷たくなったように感じた。

「こんな辺鄙《へんぴ》なところにある建物なんて、本来二束三文《にそくさんもん》の価値もない物件なんだ。それを我々は、相場の数倍の金額で買おうとしている。それはこの場所が我々の開発計画に見合った土地だからです。けれど、なにも候補はここだけじゃない。あなたがそんな態度だと、こちらとしても他の候補地で計画を進めていくことになりかねません」

工藤は早口でまくしたてる。

「つまり、買い取りの話が白紙に戻ると？」院長の口調から熱が消えていった。

「場合によってはそういうことです。院長先生、これはビジネスです。ビジネスライクにいきましょう。少し屋敷の中を見て、建物の状態を調べさせていただければいいんです」

工藤は猫なで声で続ける。

「私達ほど好条件でこちらを買い取らせていただく者は、どこにもいないと思いますよ」

勝利を確信したのか、工藤の口調は軽やかだった。再び沈黙が窓の隙間から流れ出てくる。

「……分かった」
一、二分の沈黙のあと、院長は静かに言った。その声を聞いた菜穂の顔が、ちり紙のようにくしゃっと悲しげに歪んだ。

「分かってくださいましたか。ありがとうございます」嬉々とした工藤の声が響く。

「……レオ、行こう」

　桜色の唇を噛みながら、菜穂は私に囁く。これ以上この場にいたくないようだ。しかし、菜穂の動きは、次に院長の発した言葉を聞いて止まった。

「ああ、分かった。ここの買い取りの話はなかったことにしてもらってかまわない」椅子が引かれる音が聞こえてくる。「申し訳ないが、お引き取りください」

「いや、先生、ちょっと待ってください！　もっと冷静になってください」

「私は冷静だ。あなたの方が慌てているように見えるが」

「なんでそんなに患者のことを気にするんだ？　ここはあなたの所有物だろう？」

　工藤の口調から慇懃の『めっき』が剥がれ、乱暴なものへと変化していく。

「たしかに法律上、ここは私の所有物かもしれない。けれど、患者が一人でも入院している限り、この病院は患者のための施設だ」

　はっきりとした院長の言葉に、工藤の声が聞こえなくなった。

「お引き取りください」

　院長は再び工藤に向かって言う。椅子が荒々しく引かれる音が部屋から響いた。

「……後悔するぞ！」

「お引き取りください」

獣の唸り声のような、低く押し殺した工藤の捨てぜりふに対し、院長は三度同じ言葉を繰り返した。靴が床を鳴らす音に続いて、扉が叩きつけられるように閉まる音が響いた。

どちらからともなく、私と菜穂は目を合わせる。ちり紙のようだった菜穂の顔に、にまーと笑みが浮かんできた。

「ねえ、レオ、格好いいと思わない？　聞いた？　『お引き取りください』だって」

窓の下に腰を屈めたまま、菜穂は器用にぴょんぴょん小さく跳ねると、私の両前足を取った。犬の体は四本足で立つようにできている。その内の半分を取られ、私はふらふらと体の均衡を失いそうになり、必死で倒れないように腹に力を入れる。よく見ると菜穂の目はかすかに潤んで見えた。

たしかに院長の対応はなかなか男らしく、医者という人間の修理屋として素晴らしいものであった。しかし、涙をうかべるほどのものであろうか。私は面白くなかった。いや別に、ついさっき菜穂と院長の関係を怪しんだことは関係ない。決して関係ない。

私の両前足を摑んだまま、菜穂は小声で言葉を続ける。

「さすが、お父さんだよね」

は？　お父さん？　誰が？　……院長が菜穂の『お父さん』？

私の体がこてんと横倒しに倒れた。

頭の中で菜穂と院長の顔が並ぶが、どこを取ってみてもその二つの顔の間に類似点を見つけることはできなかった。混乱で思考がまとまらない。

「どうしたのレオ？　急に倒れちゃって」

　君が倒したのだよ。その両手と、衝撃的な告白で。

　私は横になったまま、まだ上手く脳細胞に浸透していない事実を、必死に消化できるように噛み砕こうとしていた。

「変なの。ご飯食べて眠くなったのかな？　こんなところで寝ると寒くて風邪引くよ」

　菜穂が私の体を気遣ってくれるが、私には体を起こす気力も湧いてこなかった。

「……しょうがないな。ちょっと眠ったら、お家戻りなよ。あとで見にくるからね。じゃあ私、ちょっとお父さんと話してくるから」

　菜穂は私に背中を向け、軽い足取りで走り去っていった。父娘か……、ようやく嚥下《えんげ》できるほどには事実を噛みくだいた私は、よろよろと体を起こす。そんな私の周りを、三つの魂がくるくると回りはじめた。なにをしているんだ、この地縛霊達は？

『なにを見ている？　どこかに行け』

　私は言霊を放つが、数日前より明らかに輝きを増している魂達は、まるで私をからかうように、ふわふわと私の周りを漂い続けた。

　なるほどな。藪蚊《やぶか》のように付き纏ってくる三つの魂達から逃げるように、太陽の光が降り注ぐ庭園の中心、桜の樹の根本に移動した私は、ついさっき全身を機能不全に陥れた事実を頭の中で反芻していた。

　なかなか受け入れ難い事実ではあったが、それを通してこの病院を見ると、今まで抱いていたいくつかの疑問が氷解していった。

　ある程度の経験が必要とされるであろう緩和医療の現場に、まだ若い菜穂が勤めていること。他の看護師達が車で通っているのに、菜穂だけ病院に住み込んでいること。菜穂がこの屋敷に強い愛着を持っていること。菜穂が院長の娘であり、この屋敷こそ菜穂の家であるなら全て理解できる。私は小さなため息をつきつつ、自らを恥じた。菜穂のような可憐で心優しい娘が、中年の男と爛れた関係になどなるはずがないのだ。

　話し声が聞こえてくる。顔をあげると、玄関から院長と菜穂が出てくるところだった。勤務中は院長に対して、あくまで看護師として距離を置いて接している菜穂だったが、勤務から離れた今は、院長の腕に纏わり付くようにして笑顔でなにか話している。その姿はまだ年端《としは》もいかない少女のようで、院長と菜穂が父娘であることがやっと実感できた。いつもは真一文字に固く結ばれている院長の薄い唇にも、ほんのかすかにほころびが見えるのは気のせいだろうか？

　二人の微笑ましい姿を見て、私の口元も自然に緩んでくる。

　今回のことでもしかしたら院長は、この病院をたたむことを思いとどまるかもしれない。そうなれば、私が仕事場を失うこともなくなる。望ましいことだ。

　これからどのように物事が進むか、犬という三次元の存在に封じられている私には知る術もない。しかし、これもなかなか面白い。未来が分からないからこそ、人は一瞬一瞬を必死に生きようとする。今回ばかりは私も人間に倣うとしよう。

私は病院を見上げ、鼻をくんくんとひくつかせた。やはりほんのわずかに、鼻を『腐臭』が掠めていく。まだ見ぬ四人目の患者が発しているであろう『腐臭』。

内海を救った際の疲労もある程度は癒えている。今夜、最後の患者を探しに行こう。私は心を決めると、夜に向け体力を蓄えるため、芝生の上に横になり、ゆっくりと瞼を落とした。

3

なぜだ？　二階の暗い廊下に置かれた観葉植物の陰で、私は思わずあげそうになった吠え声を飲み下す。十数めえとる先には、蛍光灯の明かりが煌々《こうこう》と灯ったなあすすていしょんがあり、夜勤の看護師長と夕方から勤務に就いている菜穂が働いていた。

私は二人の看護師に見つかっていないことを確認すると、廊下の奥から手前にかけて視線を走らせる。廊下の左右に互い違うように五部屋ずつ、かつては客間として使われていたであろう病室が並んでいる。この数分の間に私は看護師達の行動に注意しつつ、一つ一つの部屋の前に行っては、扉の隙間に鼻を近づけ、そこから『腐臭』が漏れてこないか探った。

四人目の『未練』に縛られた患者を探すために。

しかし、全ての部屋の前で鼻を駆使したが、どの部屋からも『腐臭』はまったく感じとれなかった。いや、『腐臭』だけではなく、普通の犬でも感じとれるような人間の体臭も、嗅ぎ取れたのはわずか三部屋、すなわち南、金村、内海が入院している部屋だけだった。

この階の病室には、私が知っている三人以外の患者は入院していない。これはどういうことなのだ？　私は観葉植物の陰に身を隠したまま頭を働かせる。

他に入院患者などいないのか？　いや、そんなはずはない。かすかではあるがこの屋敷には『腐臭』が漂っている。『未練』を持ちつつ死期が近づいている者がどこかにいることは間違いないのだ。

私は視線をついさっき上ってきた階段の方に向ける。これまで院長が住んでいるであろう三階は、最初の日に菜穂に連れられて院長室を訪れて以来、上がっていない。もしかしたら三階にも病室があるのではないか？

よく考えれば、病室が二階だけにしかないとは誰も言っていない。確認する価値はある。私は師長と菜穂が廊下を見ていないことを確認すると、なあすすていしょんの前を走り抜け、二段飛ばしで階段を駆け上がって三階へと侵入した。

三階の廊下は一見、二階とそれほど変わらなかった。一、二階よりは少々短い廊下が奥へと続いている。二階との大きな違いと言えば、階段を上がりきってすぐのところに、なあすすていしょんがないこと、そして、扉が全部で五つしかないことだった。

部屋が少ない分、一部屋の大きさはかなり広くなっているはずだ。この屋敷に富豪が住んでいた頃には、この階に屋敷の所有者とその家族達が住んでいたのだろう。

私は匂いを嗅ぎながら、ゆっくり廊下を進んでいく。一番奥の部屋から漂ってくる院長の匂いが私を慎重にさせた。こんなところをあの院長に見つかったら、一晩外に放り出されかねない。私の毛は（上司の手違いにより）いまだ夏毛のままだ。最近冬毛も少々生えてきて、黄金の体毛の体積が増えてきつつあるが、その性能を氷点下の世界で試す気はない。

私は匍匐《ほふく》前進するように身を屈めながら、一番近くの扉に鼻先を近づける。鼻腔に空気を吸い込んだ瞬間、私の垂れた耳がぴくりと動いた。ここだ、この部屋に間違いない。

扉の隙間から流れ出してくる空気の中に、かすかに、しかし確実に『腐臭』が混ざっている。ここが私が探し求めていた四人目の患者の病室だ。

私はこれまで何度もやってきたように、扉の隙間にぷにぷにの肉球を差し込もうとする。

『お手』をする時のように片前足を持ち上げたところで私は動きを止めた。

これは……違う。私の前にそびえ立つ扉は、二階の病室のもののような横引きの扉ではなかった。私の頭より遥か高い位置に半円状の取っ手があり、それを押し下げなければ開かないようだ。

なんと面倒なものを取り付けているのだ。人間のように二足歩行する生物には容易に開けることができるかもしれないが、犬の体ではこの高さの取っ手に前足を掛けるだけでも困難だ。

……しかたないか。私は肉球の摩擦を利用し、扉を駆け上がるようにせわしなく両前足を動かして体を起こしていく。伸ばした前足がぷるぷると震えだす。肉球の端が取っ手にかかる。取っ手が押し下げられ、扉がこちら側に向かって開きはじめた。

やったぞ。私は胸中で歓声を上げる。しかし扉が開いていくにつれ、私は体の均衡をどんどんと失いはじめた。ああ、これはよくない……。

取っ手につかまることでなんとか倒れまいとしたが、金属の取っ手の上をつるりと肉球が滑った。支えがなくなった私の体は後方に向かって倒れていく。

「くぉん……」口からなんとも情けない声が漏れ出す。次の瞬間、激しい衝撃が後頭部から眼球に向けて走り、視界が黄色い閃光に満たされた。私は歯を食いしばって数十秒間、痛みに耐える。

このまま廊下にいては、いつあの院長に見つかって、寒空の下冷凍の刑に処せられるか分からない。私はまだ痛みの残る頭を振ると、必死につくった扉の隙間に滑り込んだ。

ここが病室？　部屋に入った私は強い違和感を感じた。そこは病室と言うよりも……私室だった。二階で見た病室もなかなか豪奢なつくりになっていた。しかし、それらの病室とこの部屋は根本的に異なっていた。

天井まで届きそうな本棚、年季が入っている机と椅子、二階の病室に比べ安っぽい寝台、そして椅子の背に無造作にかけられた女物の洋服。病室と呼ぶにはあまりにも生活感が漂っている。

部屋を間違えたのか？　私は部屋に充満する匂いを嗅ぎ取る。そこには確実に『腐臭』が含まれていた。あれほどかすかにしか感じとることができなかった『腐臭』が、この部屋にはしっかりと漂っていた。間違いなくここが『四人目の患者』の部屋だ。しかし……。視線を寝台に向ける。寝台の上には花柄の柔らかそうな布団がのっているだけで、そこに眠っている者はいなかった。

正体不明の悪寒が私の全身を貫いた。この数週間に起こった出来事が次から次に頭を掠めていく。

いったいどうしたというんだ？ 額を中心に頭部に熱が籠もり、電子回線が焼き切れたかのように脳の処理速度が落ちていく。しかし、頭の一部、ほんの一部が、今の状況の意味を冷静に判断していた。その部分の『私』が、私に声をかけてくる。

なにを醜態をさらしている？ こんな明らかな『事実』に『私』が気づけないはずがないだろう。

そう、私は分かっている。分かっているのだ。しかし私の『感情』がその『事実』から目を背けさせる。

『感情』？ 感情などという低俗なものに高貴な私が支配されている？ そんなことが……。

思考が絡まりに絡まる。内臓が躍っているかのように、激しい嘔気が襲いかかる。

逃げよう。ここで見たこと全てを頭蓋の外に放り出し、逃げてしまおう。

逃げる？ どこに？ どこでもいい。できるだけ遠くに。全て忘れられるところに。

『我が主様』から授かった使命も忘れて？

体の中で私と『私』がせめぎ合う。魂が二つに裂かれるような苦痛に私は身悶えする。

私はよろよろとおぼつかない足取りで扉に向かって歩き出した。とりあえず、この部屋にこれ以上いたくはなかった。私が扉まであと数歩のところまで近づいた時、突然勢いよく扉が開いた。予想外の出来事に私はただ立ち尽くすことしかできなかった。

私の背後にある大きな窓から射し込んでいる月光が、扉を開けた人物の顔を蒼く、美しく照らした。

「あれ、レオ、なにしてるの？　私の部屋で」

菜穂は、この部屋の主は、不思議そうに小首をかしげた。


「レオってばとうとうこんなところまで来ちゃったの？」

菜穂は部屋の中に入ってくると、微動だにできないでいる私の頭を柔らかく撫でた。

私の前足が意思とは関係なくぶるぶると震え始める。やがてその震えは体幹、頭部、尾、そして全身へと伝わっていく。

「レオ、どうしたの？　寒いの？」

ただならぬ私の様子に、菜穂が心配そうに私の顔を覗き込む。私は自分が犬であることも忘れて、頭を左右に激しく振った。

「くぅーぅ……」口の隙間から、無意識に声が漏れる。自らの声だというのに、聞いただけで胸が締め付けられる痛々しい声が。

どうしてこれほど息苦しい？　どうしてこれほど胸が痛い？　どうして鼻の奥に刺すような

刺激を感じる？　どうして視界が歪んで見える？

私が必死に探していた『四人目の患者』。……それは菜穂だった。

思い起こしてみれば明白ではないか。なぜあの厳しい院長が、まだ十分に経験を積んでいない菜穂を自分の病院で働かせているのか。なぜ今いる患者が全員死んだら、病院を閉じようと院長が決めているのか。なぜあれほど八つ当たりを繰り返していた内海が、菜穂にだけおとなしかったのか。なぜ菜穂が庭園であれほど悲しげに「この花が咲くのを私は見られないかもしれないんだよね」と呟いたのか。

全ては菜穂の命があとわずかだからだ。

別に……驚くようなことではない。平均より早く、かなり早く肉体の命を失う娘が私の前にいるというだけのことだ。ただ……それだけだ。

そうだ、人間は死ぬのだ。理由などなく、いつでも死ぬ可能性はあるのだ。

肉体は滅び、魂となり、この汚れた物質界を離れて『我が主様』のもとに行く。それこそ人間が進むべき道であり、いつ肉体の命が尽きようと、それは特に哀しむようなことではないのだ。……たとえそれが私の命を救い、私をこの病院に温かく迎え入れ、毎日忙しい合間を縫って私に食料を与え、いつも私に太陽のごとき笑顔を向けてくれる美しく、心優しい娘だとしても。

私は恐慌状態に陥っている自身を落ち着かせるため、大きく息を吸おうとする。

「がふっ！」

喉が痙攣し、耳にしたことのある音が漏れた。これまでに救った三人の男達が漏らした音、喉から漏れ出す悲哀の奔流、それは『嗚咽』と呼ばれるものだった。その音が口から漏れるのを止めようとすればするほど、嗚咽は大きく強く成長していく。

私になにが起こっているのだ？　私は激しくむせ込んだ。苦しくて息を吸おうと思うが、その前に激しい慟哭とともに空気が肺から押し出されていく。酸素が足りない、視界が白くなる。私は初めて味わう嵐のような感情の渦に飲み込まれ、溺れていく。

「大丈夫だよ」

意識が薄らぎかけた私の体を、温かく柔らかい感触が包み込んだ。私の長く垂れた耳朶を、たんぽぽの綿毛のような声がくすぐる。

「大丈夫、なんにも心配いらないから」

菜穂は私の体を抱きしめたまま、再び柔らかい声で耳を心地よく撫でてくれた。体の震えが次第に収まっていく。乱れに乱れていた息も次第に落ち着きを取り戻してきた。

「そう、ゆっくり深呼吸して」

私は言われたとおりにゆっくりとゆっくりと深い呼吸を繰り返した。全てを天空高く舞い上げる竜巻のごとく吹き荒れていた感情の渦が、静かに凪《な》いでいく。

「よかった。もう大丈夫ね」

菜穂は額を私の狭い額にこつんと当てた。私は意識を嗅覚に集中する。菜穂の放つ若草のような爽やかな香りに混ざって、ほんのかすかに甘い『腐臭』が鼻を掠めた。

日が沈み闇の帳《とばり》がしっとりと降りるように、静かな哀愁が胸を満たしていく。この私も『感情』というやっかいなものに、強い影響を受けるようになってしまったことを。

もはや認めるしかなかった。犬の体に封じられ、人間達と接している内に、この私も『感
かつて上司は私に『感情というものが理解できていない』と言った。しかし、こんなものを私は知りたくはなかった。この精神の揺らぎのせいで、今私は冷静に行動ができなくなり、そして、耐え難いほどの胸の痛みを感じているのだ。

菜穂は立ち上がり、簞笥《たんす》の前で白衣を脱ぎはじめた。私は下着姿になった菜穂の後ろ姿を凝視する。私の視線に気づいたのか、菜穂は振り返ると私を笑いながら軽く睨んだ。

「なにじろじろ見てるの？　セクハラで訴えちゃうわよ」

菜穂は冗談めかして言う。せくはら？　なんの話であろう？

視線を外した方がいいのか迷うが、菜穂は特に気にした様子もなく着替え続けているので、本気で嫌がっているわけではなさそうだ。私は気にせず菜穂の体の観察を続ける。

別に私は菜穂の裸体に興味があるわけではない。確かに肉体に封じられ、その肉体の持つ本能を有してはいるが、私の体はあくまで雄犬の肉体である。菜穂に対して興奮することなどない。まあ、芸術的な意味で、均整のとれた菜穂の体がとても美しいと思わないこともないが
……。

一瞬菜穂に見とれかけた私は慌てて頭を振り、なにか微妙に邪《よこしま》な気配を捨て去ると、目を凝らした。菜穂の肌を見るためではなく、その体内に巣くった病を見るために。

なんだこれは？　私は戸惑う。この病院に入院している他の三人のように、明らかな腫瘍は菜穂の体には見つからなかった。しかしそのかわり、心臓、腎臓、肝臓、筋肉、全身のあらゆる臓器に熟れすぎた桃のような、薄く暗い紅色の物質がこびり付いていた。

菜穂の体になにが起こっているのだ？……いや待て。私はかつてこれと同じような疾患に罹っていた者を見たことがある。その者を看取り、魂を導いた経験がある。

埋もれていた記憶が少しずつ蘇ってくる。たしかこの病気は……、そうだ『あみろいどおしす』とか呼ばれている病だ。『あみろいど』という異常な蛋白質《たんぱくしつ》が全身の臓器に沈着《ちんちゃく》し、その機能を奪っていく難病。特に心臓に沈着すると、不整脈や心不全を引き起こし、致命的になる。

私は更に目を剝き、菜穂の胸郭の中で力強く脈打つ筋肉の塊に目を向ける。その臓器には、砂糖の塊に群がる蟻のごとく、暗紅色の物質がべっとりと染みついていた。

私の見ている前で、それまで一定の旋律《せんりつ》で鼓動を奏でていた心臓が、わずかな間に三回ほど細かく震え、それから二、三秒、自らの仕事を忘れたかのように動きを止めた。菜穂は胸に手を置き、不快感があるのか、軽く顔をしかめた。

すでに不整脈を起こしはじめている。外見からは読みとれなかったが、やはり菜穂に残された時間はそれほど長くないのだ。

気持ちが急《せ》く。私は菜穂から多大な恩を受けてきた。しかし、いまだになにも恩を返せていない。私は菜穂になにをすればよいのだろう？　私になにができるのだろう？

……そんなこと決まっている。菜穂の『未練』を調べ、それから解き放つことだ。全身全霊を込めて、菜穂を『未練』から救ってやることだ。

私は初めて任務としてではなく、自らの意志で『仕事』をすることを決心する。いや、別に菜穂に特別な『感情』を覚えているからではない。これは、あくまで菜穂から受けた恩義を返すためだ。

「ねえ、レオ。今日は私の部屋で寝る？　一階より、ここの方が暖かいもんね。大丈夫、お父さんには内緒にしてあげる」緩い寝間着《ねまき》に着替えた菜穂が手招きをする。

これは好都合だ。一晩一緒にいれば、菜穂が抱えている『未練』を聞き出すこともできるだろう。催眠にかけてもよいし、夢を覗くこともできる。私は菜穂のかたわらに腰を下ろした。

「レオってやっぱり言葉を完全に理解しているよね」

くすくすと菜穂は笑う。ふむ、犬としてはもう少し頭の悪いふりをした方がよいのだろうか？

「ねえ、レオ。実は私、レオの秘密知っているんだよ」

私はぴくりと耳を動かし、顔を上げる。秘密？　なんのことだ？　まさか、団欒室の机の上に置かれていた箱の中から『びすけえと』を数個、盗み食いしたことか？

私はどぎまぎしながら菜穂の次の言葉を待つ。菜穂の形のよい唇がふわりと開いた。

「レオって……本当はただの犬じゃないんだよね。本当はしゃべることもできるんでしょ。それで、ここに入院しているみんなの悩み聞いて、解決してあげたんだよね？」

……え？　金槌を振り下ろされたような衝撃が後頭部を襲う。思考が完全に停止する。

「内海さんも、孫さんも、南さんもみんな言っていたよ。レオは普通の犬じゃないって。きっと自分達を助けに来てくれた天の使いか何かだってさ」

なんということだ！　私は天井を仰ぐ。完全にばれている。我々は存在を人間に知られてはならないというのに。

どうする？　どうすればよい？　菜穂の話しぶりからすると、私が普通の犬ではないと知っているのは、菜穂と三人の患者だけのようだ。全員の私に関する記憶を消してしまおうか？　私の死神としての能力を最大限に使えば可能かもしれない。

いや、だめだ。私はすぐにその案を却下する。もし、これまでに救った三人から私に関する記憶を消した場合、彼らは『未練』から解き放たれたことすら忘れて、再び『腐臭』を撒き散らしはじめるかもしれない。私なくして彼らの救済はなかったのだから。

ならば残された方法は……。私は更に脳細胞に鞭を入れる。考えついた手段はたった一つだった。

しかたない、これしかないのだ。

『……頼みがある』私は菜穂に向け、おもむろに言霊を放った。

「え、なに？」

初めて聞く言霊に、菜穂は不安げな表情で部屋の中をきょろきょろと見回す。耳ではなく、魂に直接話しかけられているため、違和感を感じているのだろう。

『れおだ。犬の声帯では人間の言葉が発音できないから、魂に直接話しかけている』

菜穂は首の動きを一度止めると、すぐに首関節が錆び付いたかのようなぎこちない動きで私の方を向く。二重の普段から大きな目が、目尻が裂けそうなほどに見開かれた。

「……レオ？」

『ああ、そうだ』

「レオが……しゃべってるの？」

『「しゃべっている」と言っていいのかわからないが、私が魂に直接話しかけている』

「………」

『………』

正体不明の沈黙が私と菜穂の間に流れる。そして、菜穂が呟いた。

「え？」

『え？』

「えええええぇー!?」

『ええ？』

壁が震えるほどの大声を出した菜穂に驚いて、思わず私も言霊で声をあげてしまう。

「うそ？　うそ？　え？　本当にレオが？　え？　本当に？　うそ？　本当に普通の犬じゃなかったの？」

菜穂は一息の内に「うそ？」と「本当？」という相反する言葉を三回ずつ口にした。支離滅裂の発言に、私まで混乱してくる。今晩はやたらと混乱する夜だ。

『うそって……知っていると言ったじゃないか。私が普通の犬ではないと』

「それは、患者さん達がそんなこと言ってるから、なんとなく言ってみただけで……、本当に話せるなんて……」

菜穂はひどく深刻な表情になり、黙りこむ。

『……なんだその道理に合わない行動は？　なぜそんな訳の分からないことをする？』

「女の子ってよくそういうことをするの。ぬいぐるみに話しかけたり……」

『私はぬいぐるみじゃない！』私は目を剝いて抗議する。高貴な私を、布と毛玉でできた動物の模造品と同列に扱うなど言語道断だ。

「ごめん、そういう意味じゃなくて、話さないものになんとなく話しかけちゃうっていうか」

『けれど、私は話せる』

「うん、……そうみたい、だね。私の頭がおかしくなってないなら。けどなんて言うか……、えっと、……ちょっと待って、落ち着くから。少し頭を整理させて」

『そうだな、……私も少し落ち着かせてくれ』

私は『お手』をするように片前足を上げ菜穂を制すると、頭の熱を冷ます。私達は揃って眉間にしわを寄せ黙り込んだ。そのまま数分の時間が経つ。頭の熱がある程度発散したところで、私は言霊を放った。

『状況を確認させてくれ。……つまり、菜穂は私が話せないと思って私に話しかけた。患者達が私が特別な犬だと言っていたから、なんとなくそんな無意味な馬鹿げた行動をとった。私はそれに騙され、必要ない告白をしてしまった。そういうことだな？』

言葉に出してみて、状況が整理できた。問題はこの混乱した状況をいかにして収拾するかだ。

「……なんか言葉に棘がない？　レオって結構毒舌だったんだね」

疲労しきった口調で呟きながら、菜穂が唇を尖らせる。疲れているのは私も同じだ。

その時、部屋の扉をとんとんと叩く音が部屋に響き、扉がゆっくりと開きはじめた。私は反射的に横っ飛びで机の陰に身を隠す。

「……菜穂」

いつもどおりの、あまり表情がうかんでいない顔で部屋を覗き込んできたのは、院長だった。

「あ、あの。お父さん。どうしたの？」露骨に焦りを含んだ声で菜穂は答える。

「こんな夜中に大声をだして。お前こそどうした？」

院長は部屋の中に視線を這わせる。私は体を猫のように丸めて、できる限り小さくなろうとする。

「……えっとね」菜穂は助けを求めるように横目で私を見てきた。

こんな時に犬を頼ろうとするんじゃない。

『転んだとか、なにか落としたとか、小指をぶつけたとか適当なことを言えばいいだろう』

私は言霊で助言を飛ばす。こういう時、言霊は便利だ。狙った相手にだけ言葉を届けられる。

「あの……、転んで、ちょっと物を落として、それで小指をぶつけちゃったの」

まるで院長を真似するかのように、菜穂は異常なほど抑揚のない単調な口調でしゃべった。

想像を絶する大根ぶりだ。それに誰が全部合わせろと言った？　私は頭を抱える。

挙動不審な菜穂を、院長は疑わしげに見る。

「……気をつけるんだぞ」

数秒の沈黙の後、院長はぼそりと言うと部屋から出て行った。扉が閉まった瞬間、空気が弛緩する。私と菜穂は同時に大きく息を吐いた。

「上手くごまかせたね。私、結構演技の才能あるのかも」

それは激しい勘違いだ。

『ありがとう』私は言霊で礼を伝える。

「ありがとうって、なにが？」菜穂は妙に艶っぽく小首を傾げた。

『院長に私のことを言わなかったことだ』

「当たり前でしょ。『ここにしゃべる犬がいます』なんて言ったら、私の方が変な目で見られちゃう。よくて寝ぼけてると思われて、下手すれば、病院に連れて行かれちゃう」

『ここも病院だが？』

「ちょっと違う種類の病院」

『……よく分からないが、まあいい。それよりも菜穂にお願いがある』

「お願い？　なあに？」

『私が普通の犬じゃないことを……黙っていて欲しい。そうしないと私は困るんだ』

『我が主様』にお叱りを受けてしまう。私が緊張して答えを待っていると、菜穂は手を伸ばし私の頭をさわさわと撫でた。その心地よい感触に、私の尻尾は左右に揺れる。

「いいよ、お願いされなくてもそのつもりだし」

拍子抜けするほどあっさりと、菜穂は了解してくれた。最初はかなり驚き、困惑はしたようだが、今のどたばたのおかげか、菜穂はすでに私が特別な犬であることを受け入れつつあるようだ。やはり若いだけあって思考に柔軟性があるのだろうか？　それともあまり物事を深く考えないだけなのだろうか？　どちらかというと後者のような気が……。

「だってそんなことばれたら、レオ、政府に捕まって解剖とかされちゃいそうだもの」

恐ろしい未来予想図に、左右に揺れていた私の尻尾が、股の間で縮こまる。

菜穂は寝台の上に倒れ込む。柔らかそうな布団がふわりと波打った。

「けど、なんかまだ信じられない。本当にレオが話しているんだね。なんか、普通の犬じゃない気はしていたんだよね。まさかここまで普通じゃないなんて思わなかったけどさ。それとも、私の頭がおかしくなった方が正解だったりして」

『菜穂が信じたい方を信じればいい。どちらを信じようとも事実は変わらない』

「身も蓋もないなあ。なんかレオって口調がやけに年寄りじみているよね。せっかく可愛いのに勿体ない。何歳ぐらいなの？　百年ぐらい生きてたりするの？」

最後の部分はあくまで冗談めかしながら菜穂は言う。はて、私は何年生きているのだろう？　犬の姿を借りてからはまだ数週間程度だが、死神としては何百年、何千年もこの国を担当してきた。そもそも人間と違う次元に存在している私達にとって、『時間』の流れというものは一定ではない。

『三週間ぐらいだ』しかたないので、犬の姿になってからの年齢、というか週齢を答える。

「三週間⁉」菜穂の声が甲高くなる。「三週間って、丁度レオがここに来た頃じゃない」

『そう、あの吹雪の日に私は犬の体を借りて地上に降臨したんだ』

そして行き倒れになりかけた……。

「え、あの日なの？　それに、降臨って……。えっと、ちょっと基本的なこと訊いていい？」

『ん？』

「レオって……なんなの？」

『犬だが』

私の本質は高貴な霊的存在ではあるが、この物質界には犬の体を借りて存在している。つまり私は今、犬であると言えよう。

「……犬なの？」

『犬以外のなにに見える？』

「いや『なにに見える？』って言われると、やっぱり犬に見えるんだけど、私の知ってる犬はしゃべらないし、それくらい大きくなるのに何年もかかると思うし」

『今の私は犬だ。ただこの体に封じられている私の本質は、高貴な霊的存在だ』

「霊的存在？　なにそれ」菜穂は身を乗り出して訊いてくる。

『人間は私達のことを「死神」と呼ぶ』私は少しためを作ってから言霊を放つ。

次の瞬間、波が引くように菜穂の顔から表情が消えていった。

「……そっか、……死神か。レオがそうなんだ」

『……そうだが？』突然の菜穂の変化に私は戸惑う。

「じゃあ、私、今夜死ぬのかな？」

菜穂は小さな、本当に小さな声で囁いた。その顔に表情が戻ってくる。しかし、その顔にうかんだのはそれまでの少女のような天真爛漫な表情ではなく、殉教者の表情であった。

『なにを言っている？　そんなわけないだろう』私は必死に否定する。

「だって、今レオ、自分のこと『死神』って言ったじゃない。いいよ、そんなに気をつかわなくても。……自分がいつ死んでもおかしくないことは分かっているから」

私は菜穂の勘違いに気がつく。

『違う。死神は死に立ち会いはするが、人間の命を刈り取るような野蛮な真似はしない』

「……本当に私を殺しに来たわけじゃないの？」

『なんの得があってそんなことをしなくてはならないんだ？　第一、霊的存在である死神は、人間の体に触れることもできないのだぞ。どうやって人間を殺すんだ』

「えっと、持ってる大鎌でばさーっと」

『私は鎌なんて持っていない』

「鎌、持ってないんだ。それじゃあ顔が骸骨だったりは……」

『しない！』

なぜ人間は死神と聞くと、そんなおぞましい姿を想像するのだろう。

「……それって、死神なの？　私が知ってる死神とはちょっと違う気がするんだけど」

菜穂は細い顎の先を摘むようにする。いつの間にか普段の表情に戻っていた。

『別に私達が「死神」と名乗っているわけではない。人間達が勝手にそう呼んでいるだけだ』

「そういうもんなんだ」菜穂は上唇を少し前に出しながら頷く。完全に納得してはいないようだが、私が菜穂を殺そうとしていないことだけは理解してもらえたようだ。

「それじゃあ、レオはなんで犬になってこの病院にいるの？」

『話せば長くなる……』それにあまり詳しく話したいとは思わなかった。なにしろ私がここにいるのは、左遷に等しい不名誉なことなのだ。

「いいよ。私、明日夜勤だから、夜更《よふ》かししても大丈夫なの。レオのこと聞かせてよ」

……まあ、そこまで言うなら少しぐらい話すとするか。

『それでは、かいつまんで手短に話すぞ』

私は自らの仕事について話しはじめた。菜穂の命がもうそれほど長くないことを配慮し、仕事の詳細を語ることはせず、深い悩みを持っている人間を救うためにやってきたこと。これまで患者達の苦悩を素晴らしい手際で解決してやったことなどを端的に、必要最低限の事柄だけにしぼって話した。そして、私は話の最後に胸を反らして言霊を放った。

『菜穂にもなにか心にわだかまりがあるのだろう？　私に話してみるといい。これまでの三人のように私が解決してやろう』

その瞬間、それまで頷きながらどこか楽しげに聞いていた菜穂の表情に、すっと影がさした。

「もう結構遅い時間だね。寝ないと」菜穂は唐突に言った。なぜか硬度の増した声で。

『いや、それほど時間は経っていないぞ。それに「夜更かししても大丈夫」と……』

「眠くなっちゃったの。今日はもうお終いにしよ。私寝るから、レオは一階に戻って」

菜穂は寝台から立ち上がると、私の体を両手でぐいぐいと押しはじめる。

『え？　ちょっと待って……』

突然横っ腹を押された私は、踏ん張ることもできず、ずりずりと後退していくと、ついには部屋の外まで押し出される。

菜穂は私を外に出すと、扉を勢いよく閉めた。中からがちゃりと錠《じょう》を下ろす音が聞こえてくる。

『どうした？　なにかあったのか？』

状況が把握できず、私は言霊を扉の向こうにいるであろう菜穂に向かって飛ばした。

「いいから放っておいて！」

返ってきた癇癪を起こしたかのような甲高い声に、私は一瞬怯む。なにがここまで菜穂を動揺させたのだろうか？　次の瞬間、一番奥の部屋の取っ手ががちゃりと音をたてた。肝が冷える。私の言霊は菜穂にしか聞こえないが、菜穂の声は他の者にも聞こえる。今の叫び声を聞きつけて、院長がまた様子を見にこようとしているに違いない。

いったいなんだというのだ？　私は戸惑いながら一目散に階段に向かい走り出した。

4

菜穂の部屋に侵入した翌日、私は中年看護師が正面玄関の扉を開けるのを待って庭園に出て、長椅子の横で日光浴をしていた。

天気は晴天。冬の朝の空気は清冽だった。肌寒さはあるが、ある程度冬毛が生えてきている私には辛いほどではない。なかなか気持ちの良い朝。しかし私の気分はこの空ほどには晴れていなかった。

寝そべっている私の耳がぴくりと動いた。瞼を上げ、眼球だけ動かして屋敷の方を見ると、不機嫌の原因が餌の入った深皿を片手に近づいてきていた。

「レオー、あの、……朝ご飯だよ」

私服姿の菜穂はおずおずと声をかけてくる。普段、私は廊下で食事をしているのだが、今日に限って、食事をここまで運んできてくれたようだ。まあ、理由は分かっているが。

私は声が聞こえないかのように動かない。

「レオー、寝ているの？　ご飯持ってきたよ」

すぐそばまで来た菜穂は私の顔を覗き込むが、私は反応しない。

「もしかして……拗ねてるのかな」菜穂は媚びるような声を出す。

別に拗ねてなどいない。不機嫌なだけだ。

「あのさ、念のため聞いときたいんだけど、昨日のことって私が寝ぼけてみた夢じゃ……」

『ない』菜穂が言い終える前に言霊を被せながら、私はゆっくりと身を起こした。

「……だよね」菜穂はため息をつくと、頭痛でもするかのように軽く頭を振った。

『それより腹が減っているんだ。その食事を置いていただけないかな？』

私は皮肉で飽和した言霊を放つ。

「あ、ごめんごめん」

私は菜穂が慌てて置いた深皿に近付くと、そこに満たされているどっぐふうどを優雅に食べはじめる。ふむ、今日は私の好物、半生牛肉味のどっぐふうどだ。おそらく菜穂が私の機嫌を直すためにとっておきのものを開けたのだろう。しかし、こんなもので騙されるほど私は単純ではないぞ。

そんなことを考えながら、私は一心不乱に皿の中身を胃袋に詰め込んでいく。中身がなくなった皿を隅々まで舐めると、私は満足の息を吐いた。満腹だ。

『ご馳走様だった。ところで、これは独り言だが、昨夜は暖かい部屋から追い出されて、寒い廊下で寝ることを余儀なくされたので、いまいち睡眠が不十分な気がする』

「だから、本当にごめんね、ちょっと苛々しちゃって。もう許して」

菜穂は両手を合わせる。まあこれくらいで許してやるとするか。どっぐふうども美味であったし。私はちらりと菜穂に視線を送る。私が食べ終えたにもかかわらず、菜穂は屋敷に戻ろうとしない。私を見る目に、なにかを期待するような雰囲気すら感じられた。

菜穂も分かっているのだろう、『未練』を放置しておくことが望ましくないということを。

さて、これからは仕事の時間としよう。私は表情を固めると、菜穂に向き直る。私の雰囲気の変化に気がついたのか、菜穂の顔にも緊張が走った。私は厳かに言霊を飛ばす。

『そんなに「未練」を認めるのが嫌か？』

「未練？」

『そうだ。残された時間が短くなった者が、現世に対して持っている後悔のことだ』

桜色の唇にぎゅっと力が込められる。

「そんなもの……ないよ」菜穂は明らかに嘘と分かる口調で言う。

『なんだ、この病院が廃院になることか？　自分がいなくなったあと、この思い出の場所が他人の手に渡ることが嫌なのか？』

私はあの工藤とかいう男に対する菜穂の異常なまでの嫌悪と、院長が病院の売却を白紙に戻した時のはしゃぎようを思い出す。菜穂は唇を固く結んだまま、私の質問に答えることはなかった。

『いや、違うな。もし病院についてのことなら、そこまでかたくなになる必要はないものな。それなら私に話してくれるはずだ』

菜穂はまだなにも話さない。病院の件にも大きな関心はあるだろう。しかし、菜穂はもっと強い『未練』をその胸に抱いている。私にはそれに目星が付いていた。

『あの若い医者か？』菜穂の肩が大きく震えた。

「……なんのこと?」

あからさまに反応しておきながら、菜穂は誤魔化そうとする。しかもそのせりふは、外国人がしゃべっているようにたどたどしかった。やはりこの娘、演技の才能が皆無だ。

『たしろ……だったかな? あの医者のことを想っているんだろ?』

「名城よ。田代じゃなくて名城先生!」菜穂は強い調子で私の間違いを訂正すると、一転して弱々しい声で続ける。「別に名城先生は……なにも関係ないよ」

本当に大根だな。

『あの医者はつがいになっているのか?』

「つがい?」

『結婚しているかということだ』

「……していないよ。つがいなんて動物みたいに言うのやめてよ」

人間だって動物だぞ。

『それではつがいの真似事。恋人というんだったか? そういう相手がいるのか?』

「それは……知らない。そんなこと……」

菜穂の声がどんどんと小さくなっていく。

『つがいになっていないのなら、問題ないじゃないか。あの男が好きなら、想いを伝えればいい』

「そんなことできるわけないでしょ!」

菜穂はこれまで聞いたことがないほどの大きな声で叫ぶと、すぐに「ごめん、大声出しちゃって」と謝罪した。

『なぜ「できるわけない」のだ？』

菜穂はまただんまりを決め込む。

『想いを告げて相手に拒絶されることを恐れているのか？』

菜穂はまだなにも答えない。

『いや、違うな。他の理由があるはずだ』

そのような普通の人間がもつような感情では、『腐臭』は生じない。『死』を自覚した上で生じる強い感情だからこそ、魂を縛るような『未練』となり得るのだ。

『菜穂はこのまま、なにも伝えないまま逃げ続ける気なのか？』

私が挑発するように言うと、菜穂は血管が浮き出るほどに強く握った拳をぶるぶると震わせた。ぎこちなく唇が開いていく。

「だって！　私はもうすぐ……死ぬのよ！」菜穂は両手で顔を覆うと、苦悩を言葉に乗せて吐き出していく。「こんな、こんなもうすぐ死ぬような女に告白されたら、名城先生が困るに決まってるじゃない。先生はすごく優しい人なの。だから断ろうにも断れないに決まっている。そんなの嫌なの。私は時々、名城先生とお話しできればそれで満足なの」

俯いた菜穂の足元に近づき、見上げながら、私は少々強い調子で言霊を放つ。

『なぜ、名城の気持ちを自分勝手に決めつけるんだ？』

「え？　自分勝手？」菜穂は目をしばたたかせる。

『そうだ。なぜ名城が菜穂の愛情を迷惑がると思う？　菜穂の言うあの男の優しさとは、相手の告白に真っ正面から応えることもせず、表面上だけの優しげな態度をとることなのか？　本当の優しさとは、相手の想いを受け止め、正直にそれに応えることではないのか』

菜穂は私の正論に押し込まれるかのように身を反らすと、躊躇いがちに呟く。

「……そうだよね。名城先生ならちゃんと応えてくれるかもしれない」

そこまで言って菜穂は口ごもった。想いを拒絶することが名城の心理的負担になると恐れているのだろう。しかし、それは杞憂《きゆう》ではないだろうか。なぜなら……。

『あの男は、菜穂のことが好きだぞ』

「え？」菜穂の頬の朱が一瞬で濃くなる。胸の前に両手を持ってくると、菜穂はぱたぱたと振った。「うそうそうそ。そんなことあるわけない。名城先生が私のことを好きだなんて」

『なにを言っているんだ？　あの男の菜穂を見る目、完全に好意を持った相手を見る目だ』

この娘、やはりどこか抜けている。

「うそ……。そんな……」

真っ赤な顔を晒しながらぼそぼそと呟くと、菜穂は再び難しい顔をして黙り込んでしまう。

ああ、もどかしい。なにを悩むことがあるというのだ。名城に想いを伝えたいのであろう？

そしてその相手も自分のことを想っている。躊躇う必要などないではないか。

私が無言で菜穂の決心を待っていると、菜穂は力なくしゃべり出した。

「でも、もし名城先生が心から私のことを……好きでいてくれたって、意味ないじゃない。あと何ヶ月かしか一緒にいられない。それに私がいなくなる時、もしつきあっていたら、名城先生はすごく哀しむに決まっている。だから……このままが一番いいの」

菜穂の目から真珠のような涙がこぼれ落ちる。言葉の後半には嗚咽が混じっていた。

「ね、だから……このままでいい」

涙で化粧が崩れた菜穂は、無理矢理に痛々しい笑顔をつくった。

『そんなことはない！』私は怒鳴りつけるように言霊をぶつける。

「な、なに？　なんでそんなに怒ってるの？」

菜穂は私に両掌を向けて、顔にかすかな怯えを浮かべた。

『人間はなにか目的があって愛情を持つのか？』

「え？　どういうこと？」

『人間はつがいになるために愛するのか？　子供を作るために愛するのか？　なにかを相手からもらいたいから愛するのか？　それらがなければ「愛」は無意味だというのか？』

言霊が止まらない。私はなぜこれほど興奮しているのだろう？　地上に降臨する前は、『愛』などというものは物欲と性欲が混ぜ合わさった結果生じる汚らしいものだと思っていた。しかし、数週間人間達と接してみて認識は変わってきていた。たしかに『愛』の根源には動物的な欲求が関わっている。しかし人間は、それを単なる欲望から、もっと純粋なものへと美しく昇華させることができるのだ。私が愛して止まない芸術作品のように美しいものに。

そのことを私に教えてくれたのは、紛れもなく目の前にいる心優しい娘だった。ただの迷い犬である私をまるで『家族』のように受け入れ、扱いにくい患者達を献身的に看護している姿。それが私の人間に対する評価を大きく変化させたのだ。

それほど周りに対して『愛』を与えている菜穂が、想い人からの『愛』を受け取る機会さえ与えられずに逝くなど、あってはならない。

『たしかに菜穂は名城と長い間は共にいられない。しかしそれがなんだというのだ？　人間はいつかは死ぬ。いつかは離ればなれになる。だから「愛」を抱かない方がいいというのか？　共に過ごす一分、一秒、それがなによりも大切なのではないのか？』

私は語り終えると菜穂を見た。菜穂は俯いたままなにも言わない。重苦しい沈黙。

私の説得では菜穂の固まった心を解かすことができなかったのだろうか？　人間の感情をよく理解できない私が『愛』を語るなど、滑稽なことでしかなかったのだろうか？

私が自らの無力を嘆いていると、菜穂の唇が震えるように動いた。

「私……まだ誰かを好きになってもいいのかな？」

『もちろんだ！』私は顔をあげ、思わず後ろ足だけで立ちあがりそうになる。

「……そっか。そうなんだ」

菜穂は再び笑った。顔は涙に濡れ、目は腫れていたが、今度の笑顔はついさっきまでの痛々しさが消え去り、天空から降り注ぐ日の光のような明るさに満ちていた。

「死神が言うなら、たしかだよね。わかった。私……頑張ってみる」

『ああ、それがいい』私は尻尾を千切れんばかりに激しく左右に振った。

その時、正面に見える道から車が姿を現した。特徴的な形をした『すぽおつかあ』だ。振り返った菜穂の顔が硬直する。

おお、そう言えば今日は休日、名城が朝からこの病院に勤める日だった。なんという『たいみんぐ』なのだ。これは今こそ告白せよと、天が菜穂に味方しているに違いない。

車は駐車場に停まり、名城がおりてくる。

『よし菜穂、今だ。あの男に思いの丈をぶつけてこい』私は全力で菜穂を焚きつける。

「え？　うそ。そんな。無理だって、もっと心の準備が……」

『なにを言ってるんだ。これ以上ない機会ではないか。鉄は熱いうちに打てと言うだろう』

「で、でもさ、私泣いちゃって、化粧崩れて不細工になっちゃってるし」

『大丈夫だ。いつもと変わりないぞ』

「変わりないって……それも失礼な話だし……。あのさ、とりあえず今日のところは落ち着いて、後日改めてってことに……」

「わん、わん、わおん！」へたれたことを言い出す菜穂を、私は吠えたてた。

「分かった。分かったわよ。告白すればいいんでしょ、告白すれば」

半ばやけくそ気味に菜穂は言う。そうだ。こういうことは勢いが大切なのだ。

『では頑張るんだぞ』

「ええ？　ちょっと、レオ。どこか行っちゃうの？　一緒にいてくれないの？」

焦った菜穂はその場から離れはじめた私の尻尾を摑もうとする。私は優雅に尻尾を動かし、菜穂の手をかいくぐる。

『愛の告白を盗み聞きするほど野暮ではない』

「そんなあ……」

『遠くから見守っている。しっかりやるんだ。きっと上手くいく。私を信じろ』

菜穂は下唇を嚙んで黙り込む。今にも逃げ出しそうな気配だ。名城は私達を（というか菜穂を）みつけて、こちらに近づいてきた。しかし菜穂は俯いたまま、名城を見ようとはしない。だめなのだろうか？

唐突に、菜穂は自分の頰を両手で強く張った。ぴしゃりと小気味良い音が響く。

「女は度胸！」

宣言するようにそう言うと、菜穂は私に拳を突き出してくる。その意味を悟った私は、小さい拳に濡れた鼻先で触れた。

「頑張る！」

『頑張れ！　幸運を祈る』

菜穂と頷き合うと、私は急いでその場をあとにする。ここからは二人の時間だ。

屋敷の入り口辺りまで駆けていき、私は振り返った。大きな桜の樹の下に佇む菜穂に、名城が少し心配げな表情で近付いていた。まあ、いきなり自分の頰を張り、そのうえ犬に拳を突き出したのだ。傍目には怪しい行動であっただろう。

私はまるで自分のことのように緊張しながら菜穂を見守った。

名城が菜穂になにか話しかける。菜穂はその顔を直視できないのか、俯いたままだった。口元がかすかに動いているが、まさか告白しているのか？　呪文を唱えているようにしか見えないぞ。

名城が心配そうにしきりになにか言っている。あまりにも普段と様子が違うので心配しているのだろう。菜穂は何度も顔を左右に振った。

頑張れ、菜穂！　私の想いが届いたのか、俯いていた菜穂は一転して空を見上げると、大きく息を吸った。

「名城先生！」ここまで聞こえて来る大声で菜穂は言った。「ずっと前から好きでした。もし、もし、迷惑じゃなかったら、私とおつきあいしてください！」

そんな告白の仕方があるか！　目を覆いたくなる。今の告白、病院中に聞こえたのではないか？

いや、それでもとりあえず菜穂はやるべきことをやり遂げた。あとは名城の答えを待つだけだ。まさかあの優男《やさおとこ》、拒絶したりしないだろうな。万が一にでもそんなことをしてみろ。私が死神としての能力の全てを使い、菜穂の素晴らしさを理解できるように洗脳してくれよう。

名城は突然の告白に瞬きを繰り返しながら硬直していたが、数十秒後、金縛りから回復すると、菜穂に向かって何事か呟いた。

なんと言うことだ！　私は絶望に天を仰ぐ。

菜穂の目に涙があふれているではないか！　あの男、菜穂をふったのか？　菜穂に好意を持っていなかったのか？　やはり私に人間の感情を読みとることなど無理だったのか？

どうすればいい？　名城に拒絶され菜穂の『未練』がさらに強くなってしまうかもしれない。ん？　告白しないままに死を迎えることが『未練』だったのだから、これでそれは消えるのだろうか？　いや、なんにしても、菜穂を悲しませる者は私が許さない。

こうなればしかたがない。もう手段を選んでなどいられるか。私が『催眠』をかけ、意地でも菜穂の愛を受け入れてもらうとしよう。

駆け出そうと足に力を込めたところで、私は異常に気づく。うん？　なにか様子が変だ？

私は目を凝らして二人を見た。菜穂は止め処《ど》なく涙を流しているにもかかわらず、その顔には心からの、これまで見たことがないほどの幸せそうな笑みがうかんでいた。

菜穂は気を失ったかのように名城に向かって倒れ込む。名城は菜穂の細い体をおずおずと抱きしめる。二人はその周りだけ時間が止まったように固く抱き合いつづけた。

うん？　これはもしかして万事上手くいったのか？　そういえば、人間という生物は嬉しくても涙を流すことがあった。これもそうなのか？

……うむ、なんとなくそんな感じだ。これは成功、ということでよいのだよな？　間違いない。二人ともこの上なく幸せそうだ。

ひとしきり二人を眺めた私は身を翻し、屋敷の中へと向かう。

菜穂が幸せになったことが嬉しい気持ちと、かすかになにやらもやもやした気持ちが胸を満たしている。もしかしてこれは『嫉妬』とかいう感情ではあるまいか？　いやまさか、高貴な存在である私が人間に嫉妬することなどありえない。

私はぷるぷると首を振る。なんにしろ、二人の時間を邪魔するような野暮なことはしない。そう、何度も言っているが、私はなかなかに気の利いた死神なのだよ。

第5章　死神、街におりる

1

胸一杯に息を吸い込む。鼻腔を樹々の爽やかな香りが掠めた。私は意識を嗅覚に集中させる。しかし、どれだけ鼻腔の空気をかき分けて探しても、欠片ほどの『腐臭』も感じ取ることはなかった。

菜穂が名城に告白した日からすでに一週間が経過していた。私は雲一つない冬晴れの空を見上げる。この空のように私の胸も澄み渡っていた。

私はやり遂げたのだ。この病院にいた地縛霊予備群全員の『未練』を断ち切り、見事『我が主様』から命ぜられた、崇高なる使命を果たしたのだ。

背後から土を踏みしめる音が聞こえる。振り返ると菜穂と名城が並んで近づいてきていた。二人とも見慣れた白衣姿ではなく、こなれた私服を着ている。

二人の手は繋がれているわけでもなく、さりとて離れているわけでもなく、小指同士が微妙に触れ合っている。

「日光浴？」そばに来た菜穂が膝を折り、私の背中を撫でる。

『ああ、そうだ。菜穂はどこか行くのか？』

私は菜穂だけに聞こえるように『言霊』で話しかける。

「今日は休みだから、街で映画見てくるの。夕方には帰ってくるね」

『そうか、気をつけて行ってくるんだぞ』

「なんか、レオってお父さんみたい」菜穂がくすくすと笑う。

「院長先生って、休日だとこの犬みたいにだらけきるんだ。意外だな」

菜穂の言葉を勘違いした名城は、まじまじと私を見つめる。失礼な男だ。私はだらけている
わけではない。いつ『我が主様』から新しい仕事を拝命してもいいように、体力を蓄えている
のだ。

「じゃあ、行ってくるね。なにかお土産買ってこようか？」立ち上がりながら菜穂が言う。

『しゅうくりいむ！』「わおん！」

思わず興奮して、言霊を放つと同時に吠えてしまった。名城が少し身を引く。肝の小さい男
だ。

「はいはい、それじゃあお留守番よろしくね」

手をひらひらと振りながら、菜穂は名城と並び駐車場へと歩いて行った。

『任せておけ。そのかわりしゅうくりいむを忘れないように』

私は二人の背中を見送る。二人から花蜜のような香りが漂ってきた。幸福にあふれた者が発する香りだ。菜穂と名城の幸福はあと数ヶ月、いや、数週間しか持たないかもしれない。しかしそれがなんだというのだ。菜穂は今を精一杯生きている。

私達死神とは違い、人間は時間に縛られ、『死』という時限爆弾を内包しながら存在している。いつその爆弾が破裂するのか、それを知る術は彼らにはない。だからといって、常に『死』の影に怯えていてもしかたがないのだ。

時間に縛られているからこそ人間はその限られた時間、命を燃やして必死に生きるのだろう。それは、悠久の時を存在し続ける私のような存在から見ると、天空に一瞬だけ美しく咲き乱れ、そして消えていく花火のようで、少々羨ましくさえ思えた。

ふむ、人間の人生が花火のようか……。この数週間で私の人間に対する評価も大きく変わったものだ。二人の背中が小さくなっていくのを、私は目を細めて見送る。

『何かセンチメンタルなムードだね。マイフレンド』突然言霊が降ってきた。

『……なんの用だ？』

背後に死神の気配を感じるが、私は振り返らない。こんな軽薄な口調で言霊を飛ばす者など、私はあの同僚の他に知らない。

『人の目を見て話すのがマナーだって習わなかったのかい』

『お前に「目」などないだろう』

『相変わらず身も蓋もないいね。はぁ』

同僚は言霊にため息のような音を混ぜた。無駄に器用な奴だ。

『今日は誰かの「道案内」か？』

私が救った三人の男達は最近は調子が良いようで、病人とは思えないほど精力的に活動している。しかし、彼らが末期癌患者であることは紛れもない事実だ。いつ病状が急変してもおかしくはない。

『ノーノー。安心しなよ、マイフレンド。今日も「説得」に来ただけさ』

私は吐き出しかけた安堵の吐息を、無理矢理飲み込む。

『なぜ私が安心する？　私は彼らに対してなんら特別な感情を持っていないぞ』

『本当かねぇ』

疑わしげな同僚の言霊を聞き流すと、私はやや強引に話題を変える。

『ところで、あの地縛霊達はまだ「我が主様」のもとへ行こうとしないのか？』

『なぜか、あのソウル達、急に元気になってね。当分消滅の心配はなさそうだけど、やっぱり「マイマスター」のもとには行ってくれないんだよ。はぁ』

同僚は再び言霊でため息をつく。気に入ったのか？

『彼らは……自分達を殺した犯人達が罰せられることを望んでいるんだろう』

『ん？　犯人を？　なぜ？』同僚は心から不思議そうに私を見る。

『なぜって、家族皆殺しにされたんだ。恨みを持つのは当然だろう』

『恨み？　当然？　なにを言っているんだマイフレンド？　恨みなんてなんの意味もない。そんな無意味な「感情」で、消滅の危険を冒すなんて、まったくロジカルじゃない』

同僚に言われて私は我に返る。たしかにそのとおりだ。恨みなどという無駄な『感情』に左右されず、彼らは『我が主様』のもとへと向かうべきなのだ。しかし……。

『もちろんお前の言うとおりだ。ただ、人間がそのような非論理的な行動を取るのを、地上に降りてから何度も見てきた。だから「当然」という言葉を使った。人間のような低俗な存在は「感情」に振り回されても当然、という意味だ』

私は慌ててその場を取り繕う。我ながらかなり苦しい言い訳であった。

『たしかに、殺されたソウルはかなりのハイパーセンテージで「地縛霊化」するからなあ』

同僚は私の言葉に疑問を持たなかったようだ。

『けれどマイフレンド、あのソウル達は異常だと思わないか？　ほとんどの場合殺されても、数ヶ月も経てば君が言う「恨み」も薄れ、「マイマスター」のもとに向かうというのに、あれらはいまだに強い「未練」に縛られている。往生際が悪いったらありゃしない』

往生際が悪いというのは言い得て妙だな。私は横目で屋敷の方を見る。もはや定位置のようになっている屋敷の陰から、三つの魂がこちらの様子を窺っていた。

『ところでマイフレンド。君の仕事はなかなか大変なようだね。まあ、失敗してもネバーマインド。いくら地縛霊ができても、僕がみんな説得して導いてやるさ』

そう言霊を放つと、同僚はふわふわと地縛霊達がいる屋敷の裏側へと向かおうとする。

は？　今、なんと？

『ちょっと待て！』私は能力の限りの強さで言霊を放った。

『なんだい？　そんなに強い言霊を放って』

同僚が文句を垂れるが、私にはそんなことを気にしている余裕がなかった。

『どういう意味だ？』

『ん？　なんの話だい？』

『だから、私が失敗するとか、地縛霊ができてもお前が導くとかいう話だ！』

それほど寒いわけでもないのに、体中の毛が逆立つ。口から上下の牙がかちかちとぶつかる音が聞こえてくる。そんな私に向かって、同僚は欠片ほどの『感情』も乗せない言霊を放った。

『なにって、この世界の時間で二週間ぐらいあと、このホスピタルにいる七、八人が死んで、そのほとんどが地縛霊になるってことだよ』

なん……だと？　いったいなにが……？　頭蓋の中を疑問が反響する。耳鳴りが止まない。胸腔が腐っていくような嘔気が私を責め立てはじめる。

『大丈夫かい？　マイフレンド』

今にも崩れ落ちそうな私に、同僚がさして心配そうでもない感じで言霊を発する。

『気にするな。それより、二週間後にここでなにが起こるんだ？　なぜ彼らが地縛霊なんかに……』

『……そんなこと聞いてどうするんだ？　マイ……いや、君は』

同僚の言霊から、それまでの軽薄な響きが、訳の分からない舶来語とともに消え去る。

『まさか忘れてはいないだろうな。僕達は人間の「死期」を変えてはならない。それは、肉体を持ち、物質世界に干渉しやすくなっている君だって例外ではない』

『……私の仕事は彼らを地縛霊化から救うことだ。この病院にいる者達が「地縛霊化」するというなら、それを防ぐことが私の仕事のはず』

『なら、彼らの寿命に干渉しないで「地縛霊化」を防ぐんだ。いいかい、僕は君があの人間達の命を助ける為に役立つような、いかなる情報も教える気はない。君がどうなろうと知ったことではないが、とばっちりで僕まで「我が主様」にお叱りを受けたくはないからね。人間が死ぬのは運命なのだ。いつ、どんな死に方をしようが、僕達が気にするようなことではない』

『そうだろうな、……お前にとっては』

私は唇の両端を吊り上げる。『苦笑』という表情だ。犬の顔にしては上手くできた方だろう。

同僚の言っていることは正しい。これ以上なく正しく、論理的だ。これこそが死神の思想だ。しかし、なぜか私は同僚の言葉に反感を持ってしまう。本当に私はどうしてしまったのだろう？

『それでは失礼するよ。ゆめゆめ馬鹿なことを考えないようにな』

私は引きとめることをしなかった。同僚は私の前で手のひらに落ちた雪のように消え去った。

急に気温が下がったような気がする。私はぶるりと体を大きく震わせた。

どれだけ時間が経ったのだろう。時間の感覚がよく分からなくなっている。いつの間にか太陽は、西にかたむいていた。

同僚が消えてから私はずっと空を見上げ、そこに浮かぶ雲の形に意識を集中していた。少しでも雲から視線を外せば、同僚が言った不吉な予言が頭を支配してしまいそうだった。

背後から足音が聞こえてくる。それが誰のものかすぐに分かった。元々体重の軽い者が、更に軽やかに歩く足音、そんな音をたてられる者は、この病院には一人しかいない。

「あれ、レオ、まだそこにいたの？　寒くなってきたから、暗くなる前に家に入りなよ」

すぐそばまでやって来た菜穂は私の頭を撫でる。よほど名城と映画に行ったのが楽しかったのか、足取りだけでなく、口調まで軽やかだ。私はのろのろと顔をあげると、一瞬言霊を放とうとする。しかし、なにを言えばいいのか分からなかった。

あと二週間程で菜穂達は死ぬ。そして地縛霊としてこの世界を彷徨い、苦しむことになる。私はそれをただ傍観者として見ていることしかできない。潮風に晒された鉄のように私の心が腐食していく。私はだらりとこうべを垂れた。

「どうしたのレオ？　体調悪いの？」

『……大丈夫だ。もう少し風に当たっている。菜穂は先に戻っていてくれ』

砂を噛んだような味が口の中に広がった。

「そう？　体冷やさないようにね」菜穂は心配そうに私を見ながら、屋敷に向かう。

『菜穂』私は思わず菜穂を呼び止めた。

「ん？　どうしたの？」

菜穂の水晶のように澄んだ瞳に、私の姿が映った。塩を掛けられた蛞蝓のように萎れている情けない私の姿が。

『いや、……何でもない』

「ならいいんだけど……。あ、お土産のシュークリーム買ってきたよ。食べる？」

『ああ、明日にでも食べるから、取っておいてくれ』

「……そう、じゃあ食べたくなったら言って」

菜穂はまだ心配そうに振り返り振り返り私を見ながら、病院へ戻っていった。私はその場にうずくまる。なにも考えたくなかった。全てを忘れここから逃げ去りたかった。

夜の匂いを含み始めた風が、私の体と、そして心から温度を奪っていった。

2

暗い階段を駆け上がる。一気に三階の廊下まで到達した私は、一番手前の扉、菜穂の部屋の前に着くと、唾を飲み込み心を落ち着ける。

この扉を開けば後戻りはできない。それでもいいのか？　自らに問いかける。

いいのだ。もう決めたことだ。ここまで来て怖じ気づくなど男らしく……もとい、雄らしくない。

いくぞ。決意を固め、半円状の取っ手へと飛び上がろうと身を屈めた瞬間、扉が勢いよくこちら側に向かって開いてきた。固い扉は私の頭頂部に高速で衝突し、目の前に星が散る。

「……くぅん」私は体を丸めて激痛に耐えた。

「あ、ごめん。レオ、ごめんね」

開いた扉の隙間から菜穂が顔を出し、私の惨状を見て両手で口を覆う。しかしどれだけ謝られても、痛みと格闘している私は答えられない。

「えっと、お父さんに見つかったら大変だから、とりあえず部屋に入ろうよ」

菜穂は私の両前足を摑むと、ずるずると引きずりはじめた。

『痛い！　お腹がこすれて痛い！』私は言霊で悲鳴を上げる。

「ごめん、少しだけ我慢して」

菜穂は放すどころか、更に引く力を強める。部屋の中に私を引きずり込んだ菜穂は、「ふぅ」と大きく息を吐いた。

「ばれなくて良かったね」菜穂は極上の笑顔を私に向けてきた。しかし、唇の端がかすかに引きつっているのを私は見逃さない。

『……痛かったぞ』私は精一杯恨みがましい視線を菜穂に送る。

「ごめんね。えっと……シュークリーム食べる？」

菜穂は下手なういんくをすると、両手を合わせた。

『しゅうくりいむを渡せばいつでも私が許すとでも思っているのか？　高貴な私は食欲などに

行動を左右されたりはしない』私は毅然として言霊を放つ。

「んー、けど、尻尾は違うみたいだよ」

その言葉を聞いた私は、振り返って自分の尻を見てみる。そこではふさふさと黄金の毛に包まれた尻尾が、車の『わいぱあ』のように左右に激しく揺れていた。

『これは……単なる肉体の反射だ。それよりどこに行こうとしていたんだ？』

私は必死に話題を変える。

「ん？　別にどこかに行こうとしていたわけじゃないよ。外から足音が聞こえたから、レオだと思って。来ると思っていたから。夕方、レオなんか変だったもん。だってレオがシュークリームに反応しなかったんだよ。せっかく美味しくて有名なお店で買ってきたのに」

失礼な。私はたしかにしゅうくりいむを好んではいるが、あくまで上品にたしなむだけ……。

しかし、有名なしゅうくりいむか。後学のため味見をしてみるのもやぶさかでは……。

「レオ、よだれがすごいよ。ちょっとだけ食べる？」

菜穂は笑いながら私の口元を指さすと、部屋の隅にある小型冷蔵庫に近づいて行く。私は慌てて口の中に収まり切らないほどに溢れている唾液を飲み込んだ。

「はい、どうぞ」

菜穂は紙皿の上に五つほど、うずらの卵大の可愛らしいしゅうくりいむをのせて私の前に置いた。せっかく買ってきてくれたのだし、頂くとするか。私は優雅にしゅうくりいむに口を近づける。

「そんなにがっつかなくても、誰も取ったりしないよ」

菜穂が私の頭を撫でながら失礼なことを言う。誰もがっついてなどいない。多分。

数十秒後、五つのしゅうくりいむを腹に収めた私は、満足げに口の周りを舐めた。

「美味しかった？」

『うむ』私は頷くと目を閉じ、大きく息を吐いた。私はここにしゅうくりいむをねだりに来たわけではない。暢気にご馳走になってしまったが、大切な話をしに来たのだ。この上なく大切な話を。

私はもう一度大きく息を吐き出すと、菜穂の顔を真っ直ぐに見る。心臓の鼓動が加速していく。私の雰囲気の変化に気が付いたのか、菜穂の表情も引き締まった。私は言霊を紡ぐ。

『単刀直入に言う』

同僚と会ってからのこの十数時間、私はひたすらに考え、苦しんできた。

思えば地上に降りてから、私は様々な場面で自ら選択をしなくてはならなかった。そして今、私は最大の選択を迫られていた。……自らの存在を賭けた選択を。

私は『我が主様』の命令を実行するために生み出された存在だ。そんな私が『我が主様』に逆らって存在できるのだろうか？　もしかしたら、『我が主様』の望まぬ行動をとった瞬間、私の存在は角砂糖が水に溶けるように、跡形もなく消え去ってしまうかもしれない。

しかし、このまま何もせず菜穂達を見殺しにする、その選択肢は到底受け入れることはできなかった。菜穂にはこの地上に降臨してからというもの、並々ならぬ恩を受けてきた。今こそ恩を返すべき時だ。私は覚悟を決めると、言霊を放った。

『このままだと二週間後、……菜穂は死ぬ』

菜穂の体が電撃でもうけたかのようにびくりと跳ねる。薄い桜色の唇が震え、固く結ばれた。水晶のような瞳が涙で滲む。菜穂はゆっくりと両手で自分の顔を覆い、体を丸めた。

かすかな安堵が胸に広がっていた。明らかに死神として逸脱した行為をしたが、『私』はまだ存在している。私は小さく肩を震わせ続ける菜穂を見守る。数分後、菜穂は顔を上げた。

「そっか、そんなに早いんだ。クリスマスくらいか……。年は越せると思っていたんだけど……ちょっと残念だな」

けなげにも菜穂は笑顔を見せた。

「けれど……大丈夫。覚悟はできてるから。身辺整理しておかないとね。ありがとうレオ、教えてくれて。ちょっとショックだったけど。これで、落ち着いて……死ねるかも」

菜穂は『大丈夫』とは程遠い表情で、俯いたまま言葉を続ける。

「ちょっと一人にしてもらっていいかな？」

そういうわけにはいかない。私は菜穂の言葉を無視して言霊を放ち続ける。

『菜穂だけじゃない。この病院にいるほとんどの人間が、その日に死ぬことになる』

菜穂の目が目尻が裂けそうなほどに見開かれる。

「え？　なに？　どういうこと⁉」菜穂は私に摑みかからんばかりに迫ってきた。

『私にも分からない。たしかなのは二週間ほどあとに、この病院のほとんどの人間が一気に命を落とすということだけだ』
「そんな……それじゃあ、お父さんも、ナースのみんなも？」
『ああ、そしてもしかしたら名城もだ』
菜穂は「ひっ」と息を飲むと、助けを求めるかのように視線を彷徨わせた。
「ねえ、どういうことなの？　そんなこと急に言われても、私、分からないよ」
かすれ声で言うと、菜穂は私の首筋に抱きついた。細かい震えが伝わって来る。
『すまない……私にもなにが起こっているのか分からないんだ』
「そんな。……なら、どうすればいいの？」伝わって来る震えが一段と強くなる。
『菜穂……』
私はゆっくりと、そして力強く言霊を放った。
『なにが起こるのか、私と一緒に調べてくれ。そして、……君たちを助けさせてくれ』
「ふぅ……」菜穂は『てぃいかっぷ』から口を離すと、大きく息をついた。
『落ち着いたか？』
「まだ。もう一杯飲ませて」
菜穂はかっぷに湯気の立つ薄茶色の液体を注ぐと、勢いよく飲んでいく。
『なにを飲んでいるんだ？』

漂う芳醇な香りに興味を惹かれ、私は菜穂が座っている椅子の肘掛けに前足をかけ、かっぷの中身を覗き込む。琥珀色に光る液体が白い磁器の中に満たされていた。

「アールグレイの紅茶。レオも飲んでみる？」

『うむ』

菜穂はもう一つかっぷを取り出し紅茶を注ぐと、冷凍庫から取り出した氷を浮かべる。

「はい、これで熱くないはずだから」

床に置かれたかっぷの中身を、私は舌ですくい取る。少し熱いが火傷するほどではない。氷で薄められたためか味はそれほどしないが、柔らかく炎が燃える暖炉のような香りが、口から鼻腔へと広がっていく。ふと気づくと、菜穂が必死に舌を動かす私を凝視していた。

『なんだ？　そんなにじろじろと見て』

「前から思っていたけどさ、レオって結構食い意地が張ってるよね」

『なっ⁉』私は思わず言霊で絶句する。食い意地が張っている？　高貴なこの私が？

「だって、いつものご飯ものすごい勢いで食べるし、シュークリームの時なんて手ごと食べられちゃいそうだもん」菜穂は手をひらひらと振る。

『違う！　私は食い意地など張っていない。食事に時間を掛けないのは、そのような原始的なことに時間を掛けたくないからで……』

「うん、じゃあそういうことにしとく」菜穂は悪戯っぽくういんくをすると、残った紅茶を一気に呷った。「もう大丈夫。これで落ち着いた」

菜穂の言葉に多少納得いかないものを感じながらも私は頷く。

「えっとね、ちょっとまだ混乱しているけど、話をまとめさせて。このままだと、私はあと二週間で死ぬ。私だけじゃなくて、他のみんなも。そういうことよね」

『ああ、そうだ』

「みんなって、具体的には誰なの？　患者のみんなだけじゃないんだよね、……お父さんとか、ナースのみんなとか、……名城先生も？」

『誰かは分からない。知っているのは七、八人が死ぬことだけだ。ただその人数は……』

「この病院にいる人、ほとんど全員の人数よね……」

菜穂は口に出すことを躊躇っているかのように、切れ切れの小声で呟いた。

時間により入れ替わりはあるものの、基本的にこの病院にいる者の人数は七、八人だった。

重い沈黙が部屋を満たす。

「本当にそんなことが起こるの？　なにかの間違いじゃないの？」

沈黙に耐えかねたのか、菜穂がまくし立てはじめる。

『間違いじゃない。そして、なにが起こるのか私にも分からない』

同僚が私に嘘をつくわけがない。そんなことをする理由がないし、そもそも死神は、人間のように卑劣に嘘をつくことなどない。

「山火事でも起こるのかな。他には地震とか、土砂崩れとか……あと隕石《いんせき》が落ちてくるとか」

菜穂は指折り自然災害をあげていく。たしかに大きな丘の上にあるこの病院では考えられないことではない。……隕石は微妙だが。

『その可能性はあるな』

「それじゃあ、二週間後にみんな一時的にこの病院から避難すれば、誰も死なないですむんじゃない。今は患者さん達みんな比較的体調いいから、十分に移動できると思うし」

『ああ、その可能性はある』私は同じ答えを繰り返した。

「なんでそんな含みのある言い方するの？」菜穂は眉根を寄せた。

私は口元に力を入れながら、言霊を放つ。

『おそらく、……自然災害じゃない』

この十数時間、私はずっと二週間後になにが起こるのか考えてきた。最初に思いついたのは、菜穂と同じように自然災害だった。しかし、私の聡明な頭脳を長時間働かせて演算した結果、おそらくそれは違うという結果にたどり着いた。

同僚は「七つか八つ『地縛霊』が生まれる」と言ったのだ。人間という傲慢《ごうまん》な生物は、まるで自分達が世界の中心であるかのように考えている一方で、思いのほか自然に敬意を払っている。自然災害で命を落とした者は、特に地縛霊化する確率が高いわけではない。寿命で死ぬのと同じように、自然災害によって命を失うのも、人間は『運命』と受け入れる性質があるのだ。

「なんでそんなこと分かるの？　地震とか火事じゃないって」

菜穂は真っ直ぐに私の目を覗き込んでくる。なんと説明するべきだろうか？　地縛霊のことまで細かく説明するのは、時間もかかるし、なによりあまり菜穂には聞かせたくなかった。このままだと死後も現世を彷徨い、苦しまなくてはならないことなど。

『このままだと菜穂達は強い「未練」をもって死ぬらしい。人間は自然災害で死んでも、そこまで強い「未練」を持つことはほとんどないんだ』

菜穂は首を捻った。まあ今の曖昧な説明で納得しろと言うのも無理な話だろう。

「それじゃあガス漏れとか、漏電《ろうでん》で火事とか、……飛行機が墜落してくるとか？」

なんで最終的に、空からなにか落ちてくる発想にたどり着くのだろう？

『それも同じことだ。事故で死んだ場合も、人間はそれほど「未練」を持たない。それなりに「運命」として受け入れやすいからな』

「じゃあ、……なにが起こるわけ？」

菜穂の声が震える。私が醸し出す雰囲気から、不穏な空気を感じ取ったのだろう。

ここでなにが起こるのか、私には予想がついていた。十数時間、聡明な私の頭脳が働き続けた結果、一つの答えが浮かび上がっていた。

同時に何人もの人間が命を落とし、かつその全員が地縛霊化する状況。何度脳内で演算しても、それ以外には思いつかなかった。

私は静かに、できるだけ菜穂に刺激を与えないようにゆっくりと言霊を放った。

『菜穂。二週間後、君達は……殺されるんだ』

「ころ……される」

菜穂は理解できない異国の言葉でも聞いたかのように、たどたどしく鸚鵡返《おうむがえ》しする。

『そうだ。二週間後、何者かがこの病院に侵入して、君達を殺すんだ』

私ははっきりと言い放つ。曖昧に言葉を濁していてもしかたがない。菜穂には状況をしっかりと理解してもらわなくてはならないのだ。

人間は強い悪意を持った相手に理不尽に殺された時、高確率で地縛霊化する。家族など身近な人間が同時に殺された時は更にその確率は上がる。おそらく二週間後、この病院で菜穂達は全員、惨殺されるのだろう。結果、その相手への迸るような恨みが、茨で編んだ縄のように、彼らの魂を傷つけながら現世に縛り続けるのだ。そして悪意を持って相手を殺す生物など、人間以外にはあり得ない。

「この病院で……殺人事件が起こるの？」

『そういうことだ』

「誰が……？　なんで……？」

『分からない。だから協力してくれ。犯人が誰なのか、どうすれば防げるのかを知るために』

「死神でも分からないの？」

『死神は人間より遥かに高等な存在だが、万能というわけではない。特に今、私は犬の体に封じられている。使える能力は限られているんだ』

「そうなんだ……」菜穂の顔に露骨な落胆が浮かぶ。

『そんなに心配するな、あと二週間もある。なんとかなる』

私は菜穂を元気づけようと、言霊を飛ばす。

「本当に？」

疑念と期待が同程度に混ぜ合わされた視線を浴び、私は言葉に詰まる。俯く菜穂を見て、思わず安請け合いしてしまったが、果たして本当に未来を変えることなどできるのであろうか？私は未来に起こることを菜穂に伝えた。この世界に影響を与えた。このことにより、同僚が見たという未来が変化するのか、それとも私がこれを伝えることも含めての未来を同僚が見ていたのか、それは聡明な私にも分からなかった。

『この病院を恨んでいる者はいないか？　例えば院長と諍《いさか》いを起こした患者がいたとか』

私は強引に話を逸らした。

「そんな人いないはず。お父さんは患者さんのために一生懸命、しっかり治療してるから、患者さんも家族の人達もみんな感謝してるよ」

菜穂は身を乗り出して、少しだけ声の調子を強くする。

『……そうか』

菜穂の言葉が正しいかどうか私には判断がつかなかった。たしかにこれまで見てきたところ、院長はその雰囲気に似合わず、なかなかに情け深く腕も良い医者のようだ。ただ、だからといって、誰からも恨まれていないとは限らない。人間はどんな些細なことからでも、大きな怒りを生み出すことができる特殊な生物なのだ。

「それに、いくら病院を恨んだって、患者さんも含めて全員殺すなんてことすると思う?」

『たしかにそうだが……』

私は曖昧に頷いた。菜穂の言うことは正論だ。病院に恨みを持っていても、患者を含め皆殺しにするなど狂気の沙汰、論理的ではない。ただ論理より狂気に身を委ねる人間も少なくはないことを、私は死神としての長年の経験で知っていた。

しかし、狂気に身を委ねた人間が七、八人の人間を、一人も逃がすことなく殺害などできるものだろうか? 病院に火でも放てば可能か? いや、放火では全員が地縛霊化することはないだろう。失火なのか、放火なのか分からないうちに命を落とすのだから。だとすると強盗か何かか? しかしこんな街から離れた潰れかけの病院に、わざわざ押し入る強盗などいるのだろうか?

『どうにも犯人像はすっきりしないな』私は喉の奥から唸り声を上げた。

「レオはどんな人が犯人だと思うの?」

『そうだな……』私は思いつくままに言霊を発しはじめる。『まずは、この病院に異常な執着を持っている。一人ではなく仲間がいるだろう。冷静に物事を進めるだけの知性があり、その一方で目的のためなら手段を選ばない凶暴性も併せ持っている。それらを考えると、外見は理知的に見えるが、その内面は獣にも劣るような男だ』

ん? なんだこの感覚は? 言霊を放つたびに、頭蓋骨の中にかゆみを感じる。なにかを思い出しそうで思い出せない。ふと気づくと、菜穂が何度も瞬きをしながら私を見つめていた。

『なにか私の顔についているのか？』

さっきのしゅうくりいむの跡でもついているのだろうか。私は口の周りを舐め回す。すると菜穂は、私を見つめたまま桜色の唇をゆっくりと開いた。

「私、……犯人分かったかも」

3

目の前を巨大な鉄の塊が高速で走り抜けていく。その迫力に私は思わず二、三歩後ずさった。鼻腔に焦げるような悪臭が立ち込め、思わず咳き込んでしまう。

「大丈夫？　レオ」菜穂が心配そうに私の顔を覗き込んでくる。

『大丈夫じゃない！　いったいなんなんだ』私は投げやりに言霊を飛ばした。

「なにって、トラックよ。知らないの？」

『「とらっく」ぐらい知っている。毒煙を出しながら物を運ぶ巨大な鉄の塊だろう』

「毒煙って……、ちょっと排気ガス出してるだけじゃない」

以前は私もちょっと白い煙を出しているだけだと思っていた。けれどこの体になって初めて分かった。あれは毒だ。毒の煙だ。車一台なら大したことはないが、何台もの車が走り回っている街中では耐えがたい刺激臭となる。特にとらっくが出す煙は強烈だ。

「たしかに排気ガスっていい匂いではないけど、そんなに臭い？」

『私は人間の数千倍も嗅覚が鋭いんだ！』

「うーん、普通の犬は気にしてないのに。やっぱりずっと丘の上にいたせいかなぁ」

目の前の信号が青く変わる。

「ほら、レオ、行くよ」

菜穂は横断歩道を渡り始める。しかし私は排気煙のせいで涙が出て視界が霞んでいて、すぐには動けなかった。

『あ、ちょっと、待っ……』

菜穂が私の言霊に気づく前に、綱が引っ張られ、その先にくりつけられた硝子の飾りがついた私の首輪も引かれる。喉が閉まり、「ぐぎゅ」という、踏まれた蛙のような声を出してしまった。

「あ、ごめん。大丈夫？　私、犬の散歩に行くのはじめてで……」

『……以後気をつけてくれ』

私は顔を伏せる。高貴な私が首を綱で括られ引きずられるとは……。

菜穂に協力を要請した次の日の午後、私と菜穂は車で、丘の麓にあるこの街にやってきていた。以前は死神として、遥か高みから人々の住む街を見ていたが、犬の視線から見るとなにもかも巨大に見える。特にとらっくなど、近くで見ると鉄の猛獣にしか見えなかった。

「ほらレオ、ボーッとしてないで、早く行こうよ。もうすぐそこだから」

菜穂が首輪を引く。なんだか私の扱いがぞんざいになっていないか？　私はしかたなく、少々怯えながら横断歩道を渡った。車道を挟んだあちら側には五階建ての建物がそびえ立っている。そここそが私達の目的地だった。入り口には『蔵野《くらの》建設株式会社』と記されている。建物の前まで行くと、私は入り口の脇で座り込んだ。

「なにしているの？」

『なにって、私は犬だぞ。さすがにこの中まで入っていくわけにはいかないだろう？』

そのくらいのこと、人間でない私だって知っている。大丈夫だろうか、この娘は？　犬の私よりも常識を持っていないなんて。

「大丈夫。それなら心配いらないから」菜穂は薄い胸を反らすと、すかあとのぽけっとから濃い色眼鏡（たしか『さんぐらす』とか言ったか）を取り出した。

『本当にこれで大丈夫なのか？』

私は不安げに言霊を吐く。私とは対照的に、菜穂は欠片ほどの不安も見せていなかった。

「大丈夫だって。堂々としていればいいの」

私はしかたなく菜穂を先導して進んでいく。目の前の硝子製の扉が、触ってもいないのに開いた。自動扉か。まったく人間はどこまで怠慢なのだ。扉を開くぐらい大した労力でもあるまいに。

扉の奥、正面にある受付に座る、やや化粧の濃い受付嬢が真っ直ぐに私達を見てくる。まっげを強調しすぎているその目は如実に、「変な奴らが来た」と語っていた。私は渋々、色眼鏡をかけた菜穂を引き連れて受付に向かう。

「すみません。呼んでいただきたい方がいるんですけれど」菜穂は良く通る声で言った。

「あの、失礼ですが、ペットの入館は……」受付嬢は私をじろじろと見る。

分かっている。ここに入ってはいけないことは分かっているのだよ、私は。

「あ、この子、盲導犬です」

菜穂はしれっと嘘を吐いた。明らかに怪しい嘘を。目が見えないにしては菜穂の足取りはしっかりしすぎているし、私の体に取り付けられている物も盲導犬用の手綱ではなく、散歩用の綱だ。案の定、受付嬢の目には不審が充満してきている。

「盲導犬はダメでしたか？　こちらの会社は盲導犬でも社内に犬は入れないという方針ですか？」

「いえ……そんな。あの、盲導犬でしたら大丈夫です」

菜穂の気迫に押され、受付嬢は私達の入館を許可する。

「ありがとうございます。で、呼んでいただきたい方がいるのですが」

菜穂はまた、すかあとのぼけっとに手を差し入れ、名刺を一枚取り出した。私は名刺の表面に視線を這わせる。そこには『蔵野建設株式会社　営業三課　工藤哲夫《てつお》』の文字が記されていた。そう、あの男だ。院長に執拗に病院の売却を迫っていたあの長身の男。

菜穂が昨夜思いついた犯人像に当てはまる男、それが工藤だった。外見はまともそうだが、その目の奥に狂気を秘め、そしてなによりも病院に異常な執念を燃やしていた男。

普通なら地上げが上手くいかないからといって殺人までするわけもないが、あの男の底なし沼のような目を思い出すと、それもありうると思えてしまう。

有力な犯人候補が見つかったことで私達は興奮した。しかし、その次に取るべき行動で私と菜穂の意見は大きく分かれた。私は工藤を観察し、二週間後の事件の犯人であるかどうか慎重に確かめるべきだと考えた。対して菜穂は、かつて受け取った工藤の名刺から会社の場所は分かっているので、すぐに乗り込んで問い詰めるべきだと主張した。

まだ起きていない事件のことで問い詰めるなど、乱暴だし危険だと思ったが、菜穂は「一度私達とトラブルを起こしているところを目撃されれば、手を出しにくくなるでしょ」と意見を曲げなかった。

侃々諤々《かんかんがくがく》の議論の末、最終的には菜穂の案をとることになった。自分の意見を全く曲げない菜穂に私が根負けしたのだ。普段はおっとりしている菜穂だが、時々とてつもなく強情《ごうじょう》になることがある。

「工藤さんは今いらっしゃいますでしょうか？」菜穂は笑顔で訊ねる。

「あ、ただいまお調べいたします。お約束はありますでしょうか？」

「いえ、約束はありませんが、丘の上病院の件とお伝えくだされば会っていただけるはずです」

「分かりました。少々お待ちください」

受付嬢は受話器を取り、何かしゃべりはじめる。三分ほどで受話器を戻すと、受付嬢はなんとも複雑な顔をして口を開いた。

「あの……、工藤はおりますが、『丘の上病院』様は存じ上げないということです」

「あの男、そんなこと言ってるんですか！」

菜穂は受付の机に両手をついて身を乗り出す。大切な病院を知らないとしらを切られたことが逆鱗《げきりん》に触れたらしい。完全に我を失っている。

菜穂は色眼鏡の下から、受付の正面に掲げられている会社内の案内図に視線を送った。

おいおい、盲目のふりをしているんだぞ。

「営業三課っていうのは、四階にあるんですね。今から丘の上病院の娘が行くから、待ってろって『工藤』に伝えておいてください」

菜穂は低い声で告げると、私を残し『えれべえたあ』に向けて歩き出す。だから盲目のふり……。

「あ、あの……」

その小さな体から迸る怒気に怯えたのか、受付嬢は菜穂を止めることもできず、慌てて受話器を持ち上げる。きっと工藤に警告でもするのだろう。

私も菜穂に続いてえれべえたあに乗り込んだ。なにやら大事《おおごと》になりそうだが、ここに至ればそれもいいだろう。ここで工藤と大きくもめておけば、あとあと病院に手を出しにくくなるのはたしかだ。病院でなにか事件があれば、真っ先に工藤が疑われることになる。

私は無言で目的の階に着くのを待つ。というか不機嫌な菜穂に声を掛けることが憚《はばか》られた。下手に刺激すると八つ当たりされそうだ。扉が開き、私達はえれべえたあから出る。広い空間に無数の机が置かれ、数十人の背広姿の男達が忙しそうに働いていた。

「工藤さんはどこですか！」

菜穂は壁が震えるほどの大声で叫んだ。この階にいる全員の視線が菜穂と私に集まる。

「工藤哲夫さんです。丘の上病院の件で話しに来ました。隠れてないで出てきて！」

重ねて菜穂は大声を上げる。その姿は合戦で名乗りを上げる武将のようであった。静まりかえった空間の中、椅子に座っていた男がおずおずと立ち上がり、私達に近づいてきた。

「あの、私が営業三課の工藤哲夫ですが、……あなたは？」

そこに立っていたのは、私の知る『工藤』より一回り背が小さく、二回り横に広がった、頭髪の薄い中年男だった。

「どういうことなの？　あの会社の工藤が『工藤』じゃないなんて。あいつ私達を騙していたの？　じゃあ病院買うって言うのも嘘？」苛立った菜穂の声が車内に響く。

『そんなに一度に訊かれても分からない。少し考えさせてくれ』

助手席で丸くなりながら、私は薄目を開け、上目遣いに菜穂を見る。

「レオ、なんか……寝ようとしてない？」

『していないぞ』

「ホントに？」

『本当だ』

今回ばかりは本当に眠ろうとなどしていなかった。たしかに硝子窓から入って来る麗らかな日射しは私を眠りの底なし沼へと引きずり込もうとするが、悠長に眠っている余裕などない。残された時間は二週間しかなく、最大の容疑者であった男の手がかりが消えてしまったのだから。

「ねえレオってば、ちゃんと考えてよ。あんまりだらけていると、ご飯抜きにしちゃうよ」

菜穂は八つ当たり気味に私の体をぽこぽこと叩く。もちろん手加減しているので、痛いというよりはなかなか気持ちいいが、思考が遮られることこの上ない。

『ちゃんと考えているから、少し静かにしていてくれ。それと、食事を人質にとるのは卑怯だ』

私は体を捻って抗議する。

「ごめん。けど、なんか焦っちゃって。このままだとみんなが殺されちゃうと思うと……」

『それは分かるが、今は落ち着かなくては』

「……そうだね。……頭冷やしに飲み物でも買ってくる。レオはなにか必要なものとかある？」

『しゅうくりいむ！』

間髪を容れずに答えた私に、菜穂は湿度の高い視線を向けてくる。

「本当にシュークリームが必要なわけ？」

『当然だ。しゅうくりいむの糖分によって、私の脳は普段の倍以上の速度で動き出すであろう』

「『であろう』って言われても、……まあいっか。コンビニで買ってきてあげる」

菜穂は運転席の扉を開け外に出て行った。これでようやく落ち着いて考えられる。私は菜穂の（なかなかに心地よかった）妨害によって中断されていた思考を再開させる。

本物の『工藤哲夫』は名刺が自分のものであることは認めたが、毎日のように大量に配っているので、誰が自分の名を騙《かた》ったのかに心当たりはないとのことだった。

あの長身の男は建設会社社員の名刺を使い、身元を偽って院長に近づいていた。そんなことをするぐらいだ、二週間後の事件に男が関わっている可能性は極めて高い。

ではなぜそんなことをしたのか？　おそらく男は病院を買う気などなかった。もし買えるだけの財力をもっているなら、他人の名前を騙る必要などない。つまりあの男が病院にやって来たのは、あの屋敷や敷地に興味があったのではなく、その他に目的があったのだ。その目的は何だ？

あの男はやたらと病院の中に入りたがっていた。しかし、病院になにがあるというのだろう？　たしかに年季の入った、それなりに高級そうな調度品はあるが、こんなに手の込んだことをしてまで手に入れたいものとは思えない。だとすると患者が目的か？　経歴を考えると、金村だろう。海外に逃亡してから、金村はかなりあくどい商売に手を染めていたようだ。男が病院に侵入し金村を襲おうとしてもおかしくは……。

いや、おかしいな。私は頭を振って自分の考えを否定する。金村を襲いたいなら、そんなまどろっこしいことをする必要はない。あの男はよく庭園に出ている。金村を襲うなら病院内よりも、外の方が遥かに容易だ。それに、末期癌患者をわざわざ襲うこともないだろう。

思考が袋小路にはまる。この方向ではだめだ。もっと違う角度からこの事件を見るのだ。私は工藤と名乗っていた男の姿を脳裏にうかべる。あの男を見るたび、私は頭の中を虫が這うような感覚を味わっていた。私はあの男を以前にどこかで見たことがある。それなのに思い出せない。

どこだ？　どこで見た？　道案内として魂を導くため地上に降りた時か？　いや違う。魂を『我が主様』のもとに導いていた頃、私は人間の顔など砂粒ほども気にしていなかった。私が一人一人、個々の人間に区別をつけるようになったのは、自らも犬という肉の檻に閉じ込められてからだ。

道案内として働いていた時ではない。そうすると残っているのは……。

「おまたせー。買ってきたよー」

またしても私の思考は邪魔者に妨害された。

『ああ、もう！』思わず言霊で悪態をついてしまう。私もなかなか器用になったものだ。

「なに？　大きな声出して」

『「声」は出していない。「言霊」だ。もう少しでなにか浮かんできそうだったのに』

「なによ。せっかくシュークリーム買ってきたのに。いいよ、私一人で食べちゃうから」

そんなご無体な。

『いや、すまない。きっと糖分不足で苛々しているのだ。そのしゅうくりいむを食べれば、消えかけた「あいであ」がうかんでくるかもしれない』

私は助手席に座り、『お手』を繰り返す。

「んー、どうしよっかな」

菜穂は袋からしゅうくりいむを取り出すと、私の届かない高さで挑発するようにゆらゆらと揺らす。見えない糸で繋がれているように、私の頭も同調して揺れる。

「しょうがないな。はい、食べていいよ」

菜穂は苦笑すると私の口元へしゅうくりいむを近づける。私は拳大のしゅうくりいむを一口で頬張った。さくりという音が心地よく鼓膜を揺らす。口の中に幸福が弾けた。私は瞼を落とし、味覚に全神経を集中させる。胸の中がほんのりと温かくなる。

「それで、なにか思いついた？」

自らもしゅうくりいむを齧りながら、菜穂が訊いてきた。

『ん、小さいしゅうくりいむもいいが、大きいものを豪快に頬張るのも趣があって……』

「シュークリームの話じゃない！」

ん？　しゅうくりいむの話じゃない？　ああ、そうだ……。

『工藤と名乗っていた男の件だったな』

「そうよ。本気で忘れていたわけじゃ……」

『そんなわけないだろう。ちゃんと食べながら考えていた』

「……本当に？」

菜穂は疑わしげに目を細め私を見てくる。なぜか思わず目を逸らしてしまった。

『あー、そうだ、菜穂。病院になにか貴重なものは置いていないか？』私は話題を逸らす。

「それって、人を殺してでも欲しいような高価なものってこと？」

『そうだ』

「そんなものがあったら、病院をたたもうとしたりしてないよ」

『ああ……そうだな』

私は言葉を濁す。たとえ病院の経営が安定していても、おそらく菜穂が死んだ後、院長は病院をたたもうとするのではないか。娘の思い出が色濃く染みついた病院で、一人で他人を看取り続ける。そんな生活に耐えられるとは思えなかった。

しかし、病院に高価なものがないとしたら、なにを目的にあの男は病院に近づいたのだ？　それは人を殺してまで手に入れる価値があるのだろうか？

ん？　人を殺してまで手に入れる？　七年前……。

『だいや……』私は言霊で呟いた。

「なにか言った？」

『いや、なんでもない。そんなはずないからな』

金村の記憶では、屋敷にあった宝石の価値は、欲深い人間なら他人の命を奪ってでも手に入れるに値するものであったはずだ。しかしそれは、三人の親子を殺した強盗犯たちに持ち去られている。

……いや、本当にそうだろうか？　事件の日、犯人の一人は金村に撃たれている。宝石を探す余裕がなくなり、そのまま屋敷をあとにしている可能性はある。もしかしたら、あの屋敷のどこかに、まだ宝石が隠されているのではないか？

しかしそこで、思考が行きづまる。たとえ屋敷に宝石が隠されていたとしても、なぜ今なのだ？　親子が死んでから数年間、屋敷はずっと無人だった。その間にいくらでも探せたではないか。

宝石が隠されていることを知ったのが最近なのか？　その場合、どこから宝石の話が漏れた？　強盗犯達と金村、そして殺された親子、それ以外に屋敷に宝石があることを知る者はいないはずだ。

「どうしたの？　黙り込んじゃって」

『ちょっと黙っていてくれ。もう少しでなにか思いつきそうなんだ』

私は鋭く言霊を飛ばす。菜穂は不満そうに唇を尖らせたが、おとなしく口を閉じた。

もし七年前、強盗犯達が宝石を見つけることができず屋敷をあとにし、最近までそれを取りに来られなくなっていたのだとしたら……。

『菜穂、車を出してくれ！』私は興奮して言霊を飛ばす。

「え、なにか分かったの？」

『あとで教える。いいから早く発進してくれ。図書館に行くんだ』

「図書館？　なんで」

『だから、着いたら教える』気分が高揚している私は、悠長に説明する気など起きなかった。とりあえず想像したことが正しいかどうか、早く知りたかった。

「……あっそ」菜穂は不機嫌そうに呟くと、鍵を回す。車体が振動を始めた。「レオ」

『ん？』

「気をつけてね」言うが早いか、菜穂は車を急発進させた。

正面からぶつかってきた重力の壁に、私の体は背もたれに押しつけられる。

「わおぉん？」体勢が崩れ、私は助手席の上で逆さまになった。

「だから気をつけてって言ったのに」

上下が反転した視界の中で、菜穂が少々意地悪そうに笑った。


「それで、なにを探すの？」

図書館の奥へと進みながら、菜穂は私に話しかける。私は全身に突き刺さる好奇の視線に痒みを感じながら、身を小さくして菜穂の隣を歩いていた。

　図書館に入ってすぐ、私を見て目を丸くする職員に向かって菜穂は「介助犬です」と堂々と言い張り反論を封じた。しかし、さすがに図書館に犬は違和感がありすぎる。誰もが歌舞伎の舞台に乱入した宇宙飛行士を見るような目で私を見ている。借りてきた猫のようになっている私と対照的に、菜穂は自分の全身に突き刺さっている視線をまったく気にしていなかった。外見に似合わず肝が据わっている。もしかしたら、天然ぼけで鈍感なだけかもしれないが。

『新聞を調べたい』

「新聞？　新聞見るのに図書館まで来たの？」

『昨日今日の新聞じゃない。七年前の新聞だ。さすがに図書館にしかないだろう？』

「七年前……」菜穂の表情が曇る。「あの殺人事件のことを調べるの？　やっぱりあれが今回のことと関係があるの？」

『関係はある……と思う。けれど調べるのは屋敷で起きた殺人事件のことじゃない。あの事件から二、三ヶ月以内に、この町で高利貸しが捕まっているはずだ。それを調べて欲しい』

　三人の親子を殺したのはおそらく、金村を脅していた闇金業者達だ。その男達が殺人事件のあと、別件で逮捕され、数年間を拘束されて過ごしていたとしたら、全ての辻褄が合う。

「高利貸し？　なんでそんなことを？」菜穂は小首を傾げた。

『私の想像どおりなら、その高利貸しが屋敷を狙っている犯人だ』

「え？　意味が分からないんだけど……」

　戸惑いが菜穂の顔にうかぶ。それはそうだ。南、金村、内海、三人の過去を知り、その上で私の聡明な頭脳が全力で演算を繰り返して、ようやくたどり着いた結論なのだから。患者達の過去にあったことを知らない菜穂が理解できるはずもない。

『話せば長くなる。まずはこの図書館が閉まる前に、七年前の何十何百の新聞を虱潰《しらみつぶ》しに見ないといけないんだ。だから急ごう。見つけたらゆっくりと説明する』

「そう、じゃあ約束ね。しっかり説明してよ」

そう言うと、菜穂はてくてくと私から離れ、近くに置いてあった椅子に腰掛けた。座席の正面に置かれた机には四角い機械が置かれている。確か『てれび』とか呼ばれている人間の娯楽品だ。

『なにをやっているんだ？　悠長にてれびなんて見ている時間はない』

「これはテレビじゃないよー」

菜穂は歌うように、というか本当に鼻歌交じりに言うと、右手でなにやら小さな機械を押してかちかち音をたてた。手のひらに隠れるぐらいの小さな機械で、てれびに向かって線を延ばしている。まるでねずみのような形だ。

『どこから見てもてれびではないか？』

いかに私が人間の娯楽品に疎いといっても、てれびぐらい知っている。かつてこの機器がこの国に入ってきて、宝のように扱われた時代も見てきているのだ。

「やっぱレオって感覚がレトロだよね。これはテレビじゃなくてパソコンだよ」

ぱそこん？　なにやら耳にしたことはある気がするが、てれびとの違いが分からない。

「わざわざ新聞なんかで探さなくたって、インターネットで調べればそんなの一発」

菜穂は今度は両手で、大量にぼたんの埋め込まれている手元の板を叩きはじめた。

いんたあねっと？　それは『ぱそこん』だと言ったではないか。わけが分からない。

「えっと、七年ぐらい前で、闇金、この近くで逮捕っと」

混乱している私を尻目に、菜穂はぼたんをかたかたと打ち続ける。これ以上説明する気はないらしい。私は所在なくその場に座って、菜穂の姿を見上げることしかできなかった。これは私が事件のことをあまり説明しないことへの意趣返しなのだろうか？

「あった！　ほらレオ見て見て」菜穂が嬉しげに声をあげる。

『てれびなどを見ている暇は……』

「いいから、見たら分かるってば」菜穂は身を屈め、私の前足を強引に摑む。

『分かった、分かった。見るから足を放してくれ。また転ばされてはたまらない』

先月、興奮した菜穂に両前足を摑まれ引き倒された記憶が頭をよぎる。

『なんだというのだ、一体……』

言霊で文句を言いながら、私は軽く飛び上がり、前足を机に掛けると、しぶしぶてれびの画面を覗き込む。画面にはなにか映像が映っていると思っていたが、予想に反してそこに映っているものは大量の文字の羅列《られつ》だった。

「そういえば、レオって文字読める？」

『当たり前だ』何年この国で道案内をしていたと思っているんだ。漢文だって読めるぞ。

一番上部に書かれているのは、巨大な『暴力団員　拉致誘拐容疑で逮捕　被害者は死亡』の文字だ。私は文字を目で追う。そこに書かれていたのは単純極まりない、そして愚劣な事件だった。

七年前の十一月、非合法の高利貸しをしていた三人の男達が、夜逃げを計画していた男を車で拉致した。そして街中を走っていたところ、死にものぐるいで逃げだそうとした被害者が男達の隙をつき、走行中の車の扉を開け外へと飛び出した。しかし、不運な被害者は、そのすぐ後ろを走っていた車に轢《ひ》かれ命を落とすこととなった。被害者を乗せていた車はそのまま逃走したが、警察の捜査により、三人の男は三ヶ月ほど経って逮捕されたという事件だった。

私は更に詳しく文字を追っていく。その記事の日付は六年前の一月、そして事件の起こった場所は、この街から郊外へと続く幹線道路だった。

これだ！　これこそ私が探していた事件だ！　興奮が血流に乗り、全身を温めていく。

まさかこんなに簡単に見つかるとは。ぱそこんだか、いんたあなんたらだか知らないが、これは便利なものだ。技術の進歩もあながち悪いものではないな。

『記事が切れている。この下は？』私は菜穂に向け『お手』を繰り返す。

「はいはい、すぐにスクロールするから落ち着いて」

菜穂はねずみに似た機器を動かす。それに呼応して画面の文字が上方に流れていった。

「あ！」「わんっ！」

私と菜穂は同時に甲高い声を上げてしまう。周りの多くの人間が、非難の視線を私達に浴びせかけてくる。しかし、そんなことを気にしている場合ではなかった。画面には三人の男の顔写真が並んで映し出されていた。そのうちの二人は、見覚えのある顔だった。金村の記憶の中で見た顔。鈴木と名乗っていた筋肉質の男と、洋館で金村に撃たれた長身の男。

二人の顔写真の下には『水木《みずき》容疑者』『近藤《こんどう》容疑者』と記されていた。この水木というのが『鈴木』の本名というわけか。もう一人の、私の見覚えのない若い男の写真には、『佐山《さやま》容疑者』と記されている。

私の想像は間違っていなかった。屋敷で親子を殺した犯人達は、仲間の一人を金村に撃たれ撤退を余儀なくされた。そして再び屋敷に戻り宝石を探し出す前に、違う罪により拘束されたのだ。おそらく彼らは長期間、『刑務所』とか呼ばれる場所で強制労働を科せられていたのだろう。そして、ようやく苦役から解放された男達は、今度こそ大金を手に入れようと病院に接触してきた。

工藤と名乗っていたあの紳士然とした男が、この三人のごろつきとどういう関係なのかはっきりとは分からない。しかし、間違いなく協力関係にあるはずだ。

ん？　そう言えばなんで菜穂も驚いているんだ？　菜穂は私と違い金村の記憶を見ていない。当然、二人の顔も知らないはずなのに。

私が不審に思っていると、菜穂は再びねずみまがいの機器をかちかち動かした。

足元から突然機械音が響き、私は慌てて飛びすさる。机の下にある機械が細かく震えながら、一枚の紙を吐き出していた。私は警戒しながらその様子を見る。紙の表面には犯人達の一人、金村に肩を撃ち抜かれた男の顔写真が印刷されていた。

おお、こんなこともできるのか。このいんたあなんとかというものは本当に便利だ。私は目の前でかたかたと印刷されている『近藤容疑者』とやらの顔を凝視する。見るからに凶悪な顔だ。短く刈り込んだ髪、温度を感じさせない目つき、唇は刃物のように鋭い。

しかし、この男の顔を印刷してどうするのだろう？　菜穂の意図が分からなかった。

菜穂は印刷を終えた紙を机の上に置き、かたわらに置かれていた『ぼおるぺん』を手に取ると、乱暴に紙の表面に走らせた。いったいなにを？　私は再び前足を机の上に引っかける。菜穂は男の短く刈られた頭部に髪を描き足していた。

やや反社会的な雰囲気を醸し出していた男の面構えが、髪を伸ばしただけでまともに見えてくるから不思議なものだ。それにつれ、頭にまた虫が這うような痒みがぶり返してくる。なんだこの違和感は？

最後に菜穂はぺんの先を『近藤容疑者』の目元に近づけると、両目を四角で囲んだ。即席眼鏡のできあがりだ。

「やっぱり……」

菜穂が呟き、紙を両手で持った。その瞬間、頭に走っていた掻痒感《そうようかん》が蒸発し、かわりに激しい自己嫌悪が襲いかかってくる。私としたことがなんという失態だ。なぜこんな明らかなことに気がつかなかったのだ？　後悔の炎がじりじりと体を炙る。

机に置かれた紙の上では、『工藤』と名乗り何度も病院を訪れていた男が、真っ直ぐに私を見つめていた。

4

『……そういうわけだ』

言霊で語り終えると、私は伸びをする。言霊は催眠や夢枕と違い、あまり体に負担をかけることはないが、さすがに長時間使い続けるとそれなりに疲労は溜まる。

「疲れたの？」

運転席で『はんどる』にもたれかかっていた菜穂は、弱々しく微笑むと、手を伸ばし私の首筋を揉んでくれた。心地よい刺激に尻尾が緩やかに左右に揺れる。私は硝子窓の外に視線を向ける。漆黒の闇が帳《とばり》を下ろしている。時刻はすでに午後九時を回っていた。

工藤と名乗っていた男が、六年前に逮捕されていた高利貸しであったことを突き止めた私達は、街を出て丘の上病院へと向かった。帰りの車内で菜穂は私に説明を求めた。当然だ。六年前に街で高利貸しが逮捕されていたことをなぜ私が知っているのか、疑問を持たない方がおかしい。しかし、私は最初、説明することを躊躇った。

これまで私が行ってきたことをしっかり説明するためには、曖昧に誤魔化してきた私の仕事内容、魂や地縛霊などについて詳しく説明しなくてはならなかった。そこをぼかしては、菜穂を十分に納得させることができるとは思えなかった。

いかに恩ある菜穂に対してとはいえ、そこまで説明してしまうことが許されるのか、私には分からなかった。しかし、運転している菜穂の横顔を見て、迷いは消え去っていった。私は菜穂に、このままでは二週間後に死ぬことを伝えてしまっている。死神としての禁忌をすでに犯してしまっているのだ。『我が主様』からきついお叱りを受けるのは覚悟の上だ。

どこから話していいのかなかなか判断がつかなかったが、私は『長い話になるぞ』と前置きしてから説明を始めた。まずは私がなぜこの地上に降臨したのかから。

最初に予告したとおり、話は長いものになった。街から病院まではそれなりに距離があると言っても、車を使えば十五分程度で着く。病院の近くまで来た時も、話はまだ始まったばかりだった。話が終わらないと見た菜穂は、病院近くの路肩に車を停めると、はんどるにもたれかかり、無言で私の言霊による説明を聞き続けた。

私は無表情の菜穂からやや圧迫感を感じながら、知っている全てのことを話した。私自身のこと、魂のこと、そして私がいかにして患者達を地縛霊化から救い、その過程でなにを知ったのか。

私の話を菜穂がどう感じたか分からない。人間にとって、死後自分がどうなるのか、それは最も興味ある事柄であると同時に、最も目を逸らしていたい事柄でもあるはずだ。

死後に魂となり、『我が主様』のもとへと導かれる。しかし未練が強いと、地縛霊となり消滅する危機に陥る。これが人間にとって、菜穂にとって救いとなるのか、それとも恐怖を与えるものなのか、人間ではない私には分からなかった。

「ねえ……」独りごちるかのようにか細い声で菜穂は呟いた。「その『我が主様』って、どんな存在なの？」

『偉大なお方だ』私はそれ以外に『我が主様』を表現する言葉を知らなかった。

「それで、その『我が主様』のところに行った魂は……そのあとどうなるの？」

菜穂は期待と恐怖を湛えた口調で訊ねる。私は虚を突かれ、即答できなかった。

『それは……分からない』

「『我が主様』以外知らないっていうこと？」

『いや、知ろうと思えば知ることはできるだろう。ただ私は……興味がなかった』

言葉を選ぶことなく、私は正直に答えた。そう、私は興味がなかったのだ。魂の行く末に、そして人間自体に。地上におりる前の私にとって、魂は所詮『荷物』でしかなかった。運ばれたあと、『荷物』がどのように扱われるかなど、私の知ったことではなかった。

しかし、なぜ魂に興味を持たなくてはならないのか以前分からなかったのと同じように、今はなぜあれほど魂に、人間に興味を持っていなかったのかが分からなかった。

「……そっか、興味なかったんだ」

菜穂の口調はほんのかすかな安堵と、それを遥かに上回る失望が含まれたものに変わった。

『地上に来る前、私は人間に接触することがなかったし、魂たちが私に語りかけることもほとんどなかった。だから……興味を持てなかったんだ』

私は言い訳をする。しかし本当にそうだろうか？　魂達はなにか伝えようとしていたのに、私が聞こうとしなかっただけではないか？

私は『我が主様』のもとに機械的に魂を運び続け、自分が素晴らしい『道案内』であると自負していた。しかし、それは本当に素晴らしい仕事だったのだろうか。もっと、魂に対して誠実に対応するべきだったのだろうか？　いや、しかし……。激しい頭痛が襲いかかってくる。

「ねえ、私ってこのままだと、『地縛霊』になるの？」菜穂は硬い声で呟く。

『……そうだ』

「それじゃあ、今レオが頑張って私達を助けようとしているのも、仕事だからなの？　私達を地縛霊にしないように、その『我が主様』に言われているからなの？」

『違う！』私は言霊で叫んだ。今度はすぐに答えることができた。『最初の三人を助けたのは、たしかに仕事だった。菜穂に前へ進めと勧めたのも、もしかしたら仕事だったからかもしれない。けれど、今は違う。今私は……「我が主様」の命に逆らっている』

『我が主様』の手足となるために存在している私が、その御命令に逆らっている。自覚はしていたが、言葉にしてみると改めて恐ろしさが身に染みる。自分という存在が削り取られていくような喪失感が胸郭を満たす。四肢に生じた小さな震えの欠片が、蔓《つる》植物が這うように体の表面を覆っていく。

「レオ、どうしたの？　大丈夫？」菜穂が慌てて私の体を撫でる。

『……なんでもない』私はなんとか言霊を絞り出す。掠れた言霊を。

「なんでもないって、こんなに震えているじゃない。寒いの？　それともどこか痛い？」

『……怖いんだ』

言葉にして初めて私は自覚した。そうだ、私は『怖い』のだ。なるほど、これが『恐怖』という感情か。まるで氷の鎖で心臓を締め付けられているかのようだ。

「怖いってなにが？」

『「我が主様」からお叱りを受けることがだ』

「お叱り？　お叱りってなにされるの？　そんなにその『我が主様』って怖いの？」

『「我が主様」は寛大なお方だ。ただ、同時に厳しくもある。もしかしたら私は……』

そこまで言霊を放ったところで私はごくりと唾を飲む。魂の震えが言霊にまで伝わる。

『存在を消されてしまうかもしれない』

「存在を消されるって……死ぬってこと？」菜穂は悲鳴のような声を上げた。

死？　確かにそうかもしれない。死神にとって存在を消されるということは、人間で言う『死』とほぼ同義なのだろう。

なるほど、今私は初めて自らの『死』を意識しているのか。ずっと『死』を異様に恐れる人間を見て滑稽なことだと思っていたが、その考えは改めなくてはならないな。『死』はこのうえない恐怖だ。必死に目を逸らし、その存在を意識外に押し出さなくてはならないほどに。

「なんでそんなことに……？　レオがなにをしたっていうわけ？」

菜穂の息が荒くなる。私は答えることができなかった。

「黙ってちゃ分からないよ。教えてくれたら、なにか力になれるかもしれないじゃない」

ああ、なんていい娘なのだろう。ついさっきまで自らの死後に怯えていたというのに、今は自分よりも私の心配をしている。人間とはかくも崇高な存在だったのであろうか？　地を這い回り、自らの欲のために行動し、他人を傷つけることもいとわない人間という動物を、私は軽蔑していた。それは間違いだったのだろうか？　いや、一概に間違いとも言えないであろう。しかし、それはあくまで人間の一面に過ぎなかった。

もう菜穂には全てを伝えよう。私に人間の美しい一面を気づかせてくれた娘。この娘に隠しごとなどもうできない。

『私は……菜穂達を助けようとしている』私はゆっくりと言霊を放った。

「どういうこと？」

『死神は人間の寿命に関わることを禁じられている。人間の寿命を縮めることも、延ばすことも』

「それって、私達を助けるために……レオが死ぬかもしれないってこと？」

私は力なく頷いた。菜穂は私の顔を両手で挟みこむ。

「なんでレオがそこまでするわけ？　だってレオ、死神なんでしょ。人間が死ぬのなんて見慣れているんでしょ？」

『菜穂は凍死しかけた私を助けてくれた。私が病院にいられるようにしてくれた。私に毎日食事をくれた。私にしゅうくりいむをくれた。だから、私は……菜穂が好きなのだ』

勝手に言霊が滑り出る。私自身も気付いていなかった本心が露わになっていく。

「でも、でも……私、殺されなくても……もうすぐ死ぬんだよ」

菜穂は涙に潤んだ瞳で私の目を覗き込むと、私の首筋に両手を回し抱きしめてくれた。

『菜穂は幸せじゃないのか？』私は菜穂の首筋に鼻をこすりつけながら訊ねた。

「……幸せ？」不思議そうな呟きが漏れる。

『そうだ。夢だった看護師になって、名城という恋人を得た。今、菜穂は幸せじゃないのか？』

菜穂の体がぴくりと震える気配が伝わってきた。

「幸せだよ。……すごく幸せ」菜穂は私から離れると、潤んだ目を向けてきた。

『菜穂にはできるだけ長く幸せでいてもらわなければならない。それが受けた恩を返すということだ。それをせずに見殺しにするなど、高貴な私の誇りが許さない』

私は力強く言霊を放った。いつの間にか体の中に燻《くすぶ》っていた恐怖は消え去り、代わりに菜穂を、そして二週間後に殺される可能性のある者達を助けなければならないという使命感が燃え上がる。

これまで味わったことのない感覚に戸惑いながら、私は菜穂の絹のようにきめ細かな手を舐める。

『大丈夫だ。「我が主様」は情け深いお方で、私は優秀なしもべなのだ。おそらく、お叱りと言っても、それほどのものではないだろう』

私の言霊は菜穂の気を楽にさせると同時に、自らに言い聞かせるものでもあった。

『それよりも今は、近藤という男とその仲間を止めることを考えよう』

口元に力を入れ、潤んだ目を私に向けながら、菜穂は何度も頷いた。

「じゃあ、……どうしよう。警察に連絡すればいいのかな？」

『警察という集団は「将来人を殺すから逮捕してくれ」と言えば、動いてくれるのか？』

「くれないよね……。それじゃあ、詐欺で通報するのはどうかな？　うちの病院を他人の名前を騙って買うって言ったんだから詐欺に……ならないよね。お金だまし取られたわけでもないし……」

勢いよくしゃべり出した菜穂だったが、次第に言葉が力を失っていく。

『警察という組織はあまり、犯罪を未然に防ぐことに適してはいないように思うぞ』

「分かってるよ。そんなに言うならレオもなにか考えてよ」

菜穂は桜色の唇を尖らし、頬を膨らませる。

『もちろん考えている。警察に届けることも考えた。対応してくれるかどうか分からないが、少しでも動いてもらえれば近藤への牽制《けんせい》になるかもしれない。やっておいて損はない』

「……それなら、私のこと馬鹿にしなくてもよかったじゃない」

馬鹿になどしていないが？

『ただ、それより効果的で、成功率の高い手段がある。そちらの方をまず優先させよう。奴らが欲しがっているものを私達が先に見つけるんだ』

「それって、ダイヤを探すってこと？」

『そうだ。そうすれば病院が襲撃される理由はなくなる。宝石は警察にでも渡せばいい』

「そうかもしれないけど、本当にダイヤなんてあるの？　私あそこに住んでもう三年ぐらいになるけど、そんなもの見たことないよ」

『殺された親子はいくつも宝石を見つけたと話していた。その宝石は金村が奪った一個を除いて、まだこの屋敷にあるはずだ』

「けれど、七年前も、この前男の子の遺体が見つかった時も、警察が色々探しただろうけど、そんなものは見つからなかったのよ」

『警察は宝石を探していたわけではないだろう？　それほど大きいものではないし、一見しただけなら硝子玉にしか見えない。そう簡単には見つからないのではないか？』

「うーん、そうかもしれないけど、私達だけで探すのはちょっときつくない？　うちの病院かなり広いし、昔の家具とか手をつけてないものもいっぱいあるから」

　菜穂の言うことはもっともだった。しかし私には秘策があった。

『奴らに恩を返してもらうことにしよう』

「奴ら？」菜穂は首を十五度ほど傾けた。

第6章　死神、絶体絶命

1

「ねえ、本当にみんなに言うの？」

団欒室を覗き込んだ菜穂は、額にしわを寄せながら言う。

『当然だ。なんのためにあの三人を集めたんだ？』

扉の隙間から見える部屋の中では、南、金村、内海の三人が所在なさげに、思い思いの行動をとっている。図書館に行った翌日の昼下がり、私は菜穂に頼んで、三人の患者を院長や他の看護師達に気づかれないように団欒室に集めてもらっていた。

計画では、これから三人に私の正体を明かし、宝石探しに協力してもらうつもりなのだが、菜穂はどうにも乗り気でないらしい。私だってできれば正体を隠しておきたいが、背に腹は代えられないのだ。私に大恩あるあの三人なら、私の正体を知っても、それを吹聴したりはしないだろう。……たぶん。

「けれど、やっぱりレオが、えっと、……死神だってことは、さすがに刺激が強すぎると思うの」

『奴らも、私がただの犬ではないことは気づいているのだろう？』

「えっとね、みんなも確信があるわけじゃなく、なんとなくそんな気がしてるだけで……」

『そんな気がしているなら、大した衝撃を受けることもないだろう？』

「うーん、少なくとも、死んだあとの話とか、死神って言うのは避けた方がいいと思う」

たしかに無駄に患者達を動揺させない方が、あとあと動きやすいかもしれない。

『それなら私の仕事の話は詳しくはしない。ただ「未練」を解決しに来たということにしておけばいいだろう。それに私達は死神と名乗っているわけではない、人間が勝手にそう呼ぶのだ』

「それじゃあ……」菜穂は目を閉じ、額に人差し指を当てて考え込む。「『土地神』って言うのはどうかな？　この山の土地神様が犬の姿になって、みんなの悩みを解決しに来たっていうことで」

土地神？　別に私はこの土地に縛られているわけではないのだが……、まあいいか。

『ああ、分かった分かった。それでいい』私は投げやりに言霊を飛ばすと、肉球を扉に押しつける。『それでは行くぞ』

菜穂は覚悟を決めたのか、力強く頷いた。私は右前足に力を入れる。しかし、犬用にできていない扉は想像以上に重く、ぴくりとも動かない。

「はい」見かねた菜穂が上から手を伸ばし、扉を開いてくれた。

……情けない。出鼻をくじかれながらも、私は胸と虚勢を張って部屋の中に進んでいく。六つの目が私に注がれる。なぜか三人が三人とも、私に旧友を見るような眼差しを向けてきた。なにやら背中がむずむずする。

「菜穂さん、何の悪巧みかな？　みんなを集めて、レオまで連れてきて。お父さんには言えないようなこと？」三人を代表するかのように、南が冗談めかして言う。

「あ、えっと、あのですね……」菜穂は言葉に詰まりながら、助けを求めているのか、牽制しているのか、判断が難しい眼差しを私に向けてきた。

『私は「土地神」だ！』

面倒なので、私はさっさとこの部屋にいる四人に向かって言霊を飛ばした。菜穂が片手で顔を覆ったが、気づかないふりをする。

『お前達があまりにもうじうじと悩んでいるから、力を貸してやった。感謝しろ。ところで、その恩を少し返してもらいたい。具体的には……』

「ストップ。レオ、ストップ」

菜穂が私の口を鷲掴みにした。私は口で言霊を放っているわけではないので、話し続けることもできたが、とりあえず黙ってみる。

「ほら。みんな驚いているじゃない」

言われてみれば、三人とも豆鉄砲を食った鳩のような阿呆面を晒していた。

『しかたがないだろう。こうしなければ話が始まらないのだ』

「それはそうだけど。もう少し心の準備が必要なの。もっと前置きをしなくちゃ……」

『わざわざそんな面倒なことしていられるか』

「えっと、菜穂さん……、これは……」

彫像のように凍りついた三人の内、最も早く解凍された南が、私と菜穂の論争の間におずおずと割り込んできた。

「さっきの、なんて言うか、頭の中に直接聞こえるような声は、レオが……」

「あの、えーっとですね。……なんて言うか」

『そうだ。私が話していたのだ』言い淀む菜穂を遮り、私は言霊を飛ばす。

「ちょっと待ってくれよ！　マジかよ！」内海が頭を振りながら叫ぶ。

『まじだ。私は冗談が嫌いだ』

即答した私から内海は一歩遠ざかった。失礼な男だ。

誰もなにもしゃべらなくなり、団欒室の中にはねっとりとした粘度の高い沈黙が充満する。なんとなしに居心地が悪く、私は後ろ足で喉元を掻いた。

たっぷり五分は経ってから、ようやく凝り固まっていた部屋の空気が動いた。三人の患者達が示し合わせたかのように大きく息を吐くと、私を凝視する。いったいなんだと言うんだ？

「いや、分かっちゃいた、分かっちゃいたんだ。お前が普通の犬じゃないことはな」金村は天井を仰ぐ。「けど、さすがにこんなに堂々と犬にしゃべりかけられると、なんというか、……

心の準備がな」

菜穂が「ほら見なさい」と目で語ってくるが、私は無視する。

『分かっていたならいいだろう。それより、なんで私が普通の犬じゃないと気がついた？』

私はこれまで、夢の中でしか三人に話しかけていない。極力正体がばれないように細心の注意を払ってきたのだ。そのために普通の犬のように一心不乱に食事をし、暖かい昼は惰眠を貪り、球を投げられれば夢中で追ったのだ。そう、全ては普通の犬であることを印象づけるためで、断じて私が望んでそのような行動をとっていたわけではない。にもかかわらず、この三人は私が特別な存在だということを見抜いていた。なぜなのか？　私の全身からあふれ出る高貴な雰囲気が原因だろうか？

「いや、あの地下室が見つかってから、俺、昼はよく庭とかこの団欒室に来るようになったんだよ。お前のおかげで吹っ切れたからさ。そこには、俺と同じように吹っ切れた南さんと孫さんがいて、三人で話したりするわけだ」

内海は患者仲間達を指さす。

「そうするとさ、全員、レオが夢に出てきて色々助けてくれたって言うだろ。それに、夢を見る前の昼にみんながみんな、催眠術をかけられたみたいに昔のことをお前に話し出しちまったって言う。偶然にしちゃあできすぎだろ」

理路整然とした内海の説明に、私はぐうの音《ね》も出なかった。まさか三人が井戸端会議よろしく自分達の経験を語り合うとは。南は起き上がれないほど病状が悪かったし、金村は他人に対し敵意剝き出しだった。内海にいたっては自分の殻に閉じこもり、誰とも話そうとしていなかった。いかに私が聡明であっても、『未練』を断ち切ることで、患者達がこれほど劇的な変貌を遂げるなど予想しようもなかったのだ。

「それに、夢から覚めて地下室を探しに行く時、さすがにお前の行動は異常だったぞ。目が覚めたらすぐ隣にいるし、俺の言っていることを完全に理解して反応してるしさ」

内海からとどめのだめ出しをされ、私の尻尾は水分を失った青菜のように萎れる。

「いや、しかしこうして見ると、普通の犬にしか見えないのにな」

金村が私の体をまじまじと見ながら、私の周りを歩きはじめる。

『なにを言っている。普通の犬などとは明らかに異なったこの高貴な雰囲気、お前は感じないのか？』

「あ、うーんとな、……正直に答えていいのか？」

『……いや、答えなくていい』その口ぶりでは答えたに等しいではないか。

「えっと、レオ。さっき君は『土地神』って言ったのかな？　ということは君はこの土地についている……なんというか、……神様なのか？」

『人間達の「神」の概念はあまりにも曖昧すぎるのでなんとも言えないが、少なくとも私は、今この場所に棲みついている高尚な霊的存在だ』

「それで、なんで君は私達の悩みを解決してくれたんだ？」

『それが私の仕事だからだ。そのために私はここにいる。そういうものだと理解しろ』

南は納得したのかしないのか、微妙な表情をうかべる。

「それじゃあ、最後に一つ。なんで君は犬の姿をしているんだ？」

『それはまあ……、色々と事情があるのだ。あまり追及するな』

左遷されたなどと言えるか。

『さて、私についての質問はそのくらいにしろ。私はなにもお前達と話がしたくて集めたわけではない。どうしても伝えなくてはならない大切な話があるのだ。このままでは、お前達は二週間後に殺されるぞ』

「だから。心の準備が必要って言っているでしょ！」菜穂が私の頭をはたいた。


そふぁに座った三人の男が、同じ姿勢で頭を抱えて険しい顔を晒している姿は、なにやら前衛彫刻じみて見えた。

二週間後に起こること、その犯人と動機、そして今すべきこと。私が言霊で語り進めるにつれ、三人の顔は引きつり、歪み、蒼白く変色していった。そして全てを語り終える頃には、三人は蠟で固められたかのように動かなくなってしまった。もはや二週間後のことで頭がいっぱいで、私の正体などどうでもよさそうだ。

「あいつらが……」金村が呻く。その脳裏には自分を借金で苦しめ、そしてこの屋敷に住んでいた三人の親子を殺害した男達の顔が浮かんでいるのだろう。

「あの、孫さん……って呼んでいいのかな？　今のレオの話は本当なんですか？　あなたがこの屋敷での強盗殺人で指名手配されている金村……さんだっていうのは」

慎重に言葉を選びながら訊ねる南に、金村は重々しく頷いた。

「そうです。俺の本当の名前は金村です。偽名を使って、申し訳ありませんでした」

「けどさ、孫……金村さん。あんたがあの子供を殺したわけじゃないんだよな？」

内海は長椅子から軽く尻を浮かせた。もしも金村が子供を殺していたと言い出したら、そのまま飛びかからんばかりの勢いだ。

「違う！　俺は殺していない！　たしかに銃を撃ったけれど、それは俺の前に強盗に入っていた奴に向けてだ。子供の姿は店にダイヤを見せに来て以来、目にしていない」

「そうか、ならいいんだけどさ……」

内海は不信を湛えた目で金村を睨みつける。大々的に殺人の容疑者とされている男を信用できないのもしかたがない。それに、金村は確かにあの日強盗に入っていたのだ。結果的に親子を傷つけることはなかったが、状況が違っていれば、近藤達と同じ行動をとらなかったとは言い切れない。

南も内海のように直接口には出さないが、元警察官として、指名手配されている男がすぐそばにいることに抵抗を感じているようだ。もともと多いしわがさらに増えている。

「まあ、金村さんのことは置いておいて。レオ。ちょっと聞きたいんだけれど、このままだと二週間後に私達が全員……殺されることはたしかなのかな？」

南は歳を重ねているだけあって、内海よりは冷静だった。落ちついた口調で質問をしてくる。

『疑うのか？』

「いや、疑うというか、あまりにも突飛な話で……」

南は助けを求めるように、両隣にいる患者仲間を窺う。金村と内海も同調するようにぎこちなく頷いた。いつの間にか私と普通に話しているくせに、自分達が殺されることは信じられないとは。殺される確率と、しゃべる犬に会う確率では、前者の方が遥かに高いと思うのだが。

「いくらダイヤを見つけるためだって、この病院にいる人間を皆殺しにしたりするか？　ちょっと現実離れしすぎててさ……」内海は頭を振る。

『あの男達は宝石のためにすでに三人殺している。なんで今回に限って殺さないと思う？　ここにいる全員が死ぬかは分からない。ただ、このままでは二週間後に、この病院にいる大部分の人間が命を失うことはたしかだ』

内海は口を開けるが、なにも言葉は出てこなかった。

足の間で組んだ両手を凝視しながら、ずっと黙り込んでいた金村が突然立ち上がる。

「それなら、俺が警察に行ってくる。自首して、あいつらが犯人だって言えばいい。そうすればあいつらが逮捕されて……」

『お前は七年間逃げていた殺人容疑者だぞ。そんな男の言葉が簡単に信じてもらえると？』

「信じなくても、あいつらを参考人として呼ぶぐらいするはずだ。そうすればここに手を出すことをためらうかも……」

『二週間以内に確実にそれができると言えるか。それに、お前は無実の罪で拘束されたまま最期を迎えるつもりか？』

そんなことをすれば、ふたたび金村が『未練』を抱えてしまうかもしれない。金村は一瞬言葉に詰まるが、すぐに絞り出すように声を出す。

「なにもしないよりましだ」

『そんなこと私が許さない。苦労してお前を「未練」から解き放ってやったというのに、水の泡にするつもりか』

「しかたがないだろ！」

『お前達はなにを聞いていたんだ？　なにもしないなどと言っていない。この屋敷にある宝石を探すんだ。そうすれば解決する』

「本当にそんなものがあるとでも思っているのかよ。あの親子は確かに『他にもある』と言っていたけれど、見たわけじゃない。それにあれから何年経っていると思ってるんだ？　七年だぞ。本当にあったとしても、誰かが見つけて売っぱらってるさ」

金村は蠅でも追い払うかのように手を振った。

『事件後、警察が捜査に入っても見つからなかったのだ。そして病院として改装されるまではとんど人が近づくことはなかった。幸いなことに、院長は元々あった家具などを処分せずそのまま使用している。まだこの屋敷の中に宝石がある可能性は高い』

「お前だって行き当たりばったりじゃないか。俺のアイデアとなにが違うって言うんだ！」

『少なくともあの男達は、この屋敷に宝石があると思っているんだ。なにか根拠があるのかもしれない。お前が自首などするより、遥かに勝算がある』

私と金村は睨み合う。視線が押し相撲をするが、どちらも一歩もひかなかった。私の喉から無意識に「ぐるる」という唸り声が漏れた。

「いい加減にして！」

耳元で鼓膜を引き裂かんばかりの大声があがった。巨大な槌で殴られたかのような衝撃とともに、頭蓋内で音が跳ね回る。くらくらとして、二、三歩よろけてしまう。

「今はそんな場合じゃないでしょ！」

私と金村の間に仁王立ちになり、頬を紅葉のごとく紅潮させた菜穂を、私達は呆然と見る。

「レオも孫……じゃなくて金村さんも分かった？」

金村は首をすくめ怯えるように、菜穂に向かって小さく「はい、すみません」と呟いた。

「レオは分かったの？」菜穂の目がぎらりと輝いた気がした。全身に震えが走る。

『ごめんなさい！』私は思わず寝転ぶと、白い腹を晒け出してしまった。なぜこんな行動をとったのか自分でも分からない。しかし、なんとも屈辱的な姿だ。

「みんな落ち着いてください。レオが急にずばずば説明しちゃったから混乱するのはしょうがないですけど、まずは冷静になりましょう。いいですか」

私のせいなのか？　いそいそと腹をしまい、私は『伏せ』の体勢になる。

三人の男達は教師に説教された子供のように、座ったまま神妙に頷いた。

「とりあえず、レオが普通の犬じゃないってことは理解してくれました？」

　患者達は一瞬、お互いの態度を窺うが、すぐに代表して南が口を開く。

「それはまあ、ここまで来れば信じないわけにいかないですよ。私達も元々レオにはなにか特別なものを感じていたから。けれどまさかここまで『特別』だとは……」

　南は頭痛でもするのか、頭をおさえる。金村と内海も似たような態度で黙りこんだ。

　菜穂は三人を見渡すと、さらに言葉を続ける。

「それじゃあ次に、皆さんは二週間後の話は信じてもらえますか？」

　再び患者達はお互いの態度を窺いはじめる。さっきより遥かに長く。数十秒後、躊躇いがちに答えを発したのはやはり南だった。

「それに関してはなんとも……。やはりあまり現実感がないというか。未来を見られるというのもそうだし、その上、全員が殺されるなんていうのはちょっと……」

　まだそんなことを言っているのか？

「どれだけ価値があるダイヤか知らないけどさ、そのために何人も皆殺しにするなんてさすがにないんじゃないか？　普通なら他の方法を考えるだろ」

　内海が南に同意するようにあとを継ぐ。

『だからさっき言っただろう。近藤達は最初、院長を騙してこの病院に忍び込もうとしていたんだ。それに失敗したからどうにもならなくなって強硬手段に出るんだ』

「それは確実なのかよ？　お前は俺達が殺される光景を見たのか？」

私の顔面の筋肉が軽く引きつった。

『いや……見たわけじゃない。ただ二週間後にここで何人もの人間が死ぬはずなんだ……』

「なんだよ『はずなんだ』って。そんな曖昧なことじゃ困るんだよ。それにお前がその『高貴な霊的存在』とかなら、ここを襲う奴らぐらいどうにかならないのかよ？」

く……、痛いところを突いてくる。

『私には、……直接人間を攻撃するような能力はないのだ』

「なんだよそれ。全然役にたたねえじゃねえか。第一……」

勝ち誇ったように、内海が更に言葉を重ねようとする。温厚な私ももはや限界だった。

『もういい！』私は全力で言霊を放つと、内海達に尻尾を向け大股で歩き出す。『行くぞ、菜穂。こんな物わかりの悪い奴らに協力させようと思った私が間違っていた。私達だけで探すぞ』

菜穂はどうしていいのか分からないのか、私と患者達の間で視線を往復させた。

『来ないならいい。私だけでやる。私を信じなかったことをあとで後悔しても遅いからな』

捨てぜりふを残し、私は扉の隙間に体を滑り込ませようとする。

「……信じるよ」

独り言のような声が私の動きを止めた。振り返ると、顔を伏せたままの金村が、上目遣いに私を見ていた。

「俺はお前を信じるよ」

　重苦しい声で金村は繰り返す。その言葉は声量に反して、他の者達の意識を強く引きつけた。胸に溜まった澱を吐き出すかのように大きく息を吐くと、金村は隣に座る南に向き直る。

「俺が見たダイヤはとんでもない上物だった。南さん。あなたの恋人だった女性の父親は、かなりの資産家だっただろ？」

「えっ、あ、そうだね。すごいお金持ちだったよ」急に話を振られた南は、慌てて答える。

「だろうな。そうじゃなきゃあんなダイヤは手に入らない。あれが二、三個あれば、一生遊んで暮らせるくらいだ。……あいつらはあのダイヤのためなら、俺達を皆殺しにするぐらいなんとも思わない。他に方法がなければ、奴らはやるさ。……確実にな」

　部屋の温度が一気に下がったように感じた。自分達と同じ患者、しかも近藤達のことをよく知る金村が私に同調したことで、南と内海からようやく危機感が漂いはじめる。

「おい、レオ」金村は私を見る。

『なんだ？』

「さっきは悪かった、感情的になっちまって」

『分かればいい。謝罪を受け入れよう』

　寛容な私は鷹揚に頷いた。金村はなぜか眉間にしわを寄せる。

『なんだ？』

「普通はな、こういう場合『俺も悪かったよ』って言うもんだ」

　なぜそんなことを言わなければならないのだ？　私はなにも悪いことなどしてないぞ。

『人間の常識など知らん』

「そりゃあそうだな」分厚い唇を皮肉げに歪めると、金村は菜穂を見た。「菜穂さん、あなたの判断に任せるよ。あなたがこの場で一番状況が分かっているし、冷静そうだ。俺が自首した方がいいなら、喜んで自首する。さっきは一瞬迷ったけど、最期を刑務所で迎えたって後悔はしない。自業自得だ。たしかに殺しはしなかったが、俺がダイヤを一つ盗んだのは間違いない。財産の寄付先も決まったたし、やり残したことはないんだ。もういつ死んだってかまわない。けれどな……」

金村は部屋にいる者達を見回す。

「内海君、そして菜穂さん、少なくともあんた達はまだ死んじゃだめだ。あんた達にはまだやることがあるだろう。内海君は絵を完成させないといけないし、菜穂さんはせっかく摑んだ幸せをもう少し堪能するべきだ。な、南さん、そう思うだろう」

金村に水を向けられた南は、数秒黙り込んだあと、重々しく頷いた。

「その通りだね、金村さん。というわけで菜穂さん、押しつけるようで悪いが、これから私達がどうするべきか決めてください。あなたや内海君と違って、私はもう十分に生きた。この老いぼれ、どんな無茶な指示でもしっかりとやり遂げますよ」

最後を冗談めかして、この部屋に充満した重い雰囲気をわずかに緩めた南の言葉を受け、菜穂は頷くとゆっくりと口を開いた。

「まずダイヤを探しましょう」

三人の男は、菜穂に向かって力強く頷いた。

なぜこの男達は私の言葉には従わないくせに、菜穂には従順なのだろうか。きっと男の本能で女の言葉に従いやすいのだろう。そうに違いない。

よく分からない敗北感を感じながら、私は盛り上がる人間達の脇で小さく丸まった。

2

「どう、なにか感じた？」背後から菜穂の声が聞こえてくる。

『いや、まだなにも……』言葉少なに答えると、私は体を低くして鼻を動かす。

菜穂の指揮の下、私達は宝石の探索に当たっていた。

これまで多くの患者が使ってきた二階に宝石がある可能性は低いということで、とりあえず菜穂と私が三階を、残りの三人が一階を探すことにした。

私と菜穂が今探している三階の奥、院長室の正面にあるこの部屋はかなり埃っぽく、匂いを嗅ぐたびに鼻がむず痒くなる。部屋の中には無数の家具や調度品が収められていた。

「いったいこの部屋はなんなんだ？」

「三階は院長室、私の部屋、お父さんの寝室、当直室の他に部屋があって、ここは物置にしてあるの。病院に改装する時、必要ないものとかはほとんどこの部屋に押し込んだんだ」

どうりでごみごみしているはずだ。

「ねえ、七年も前の匂いって分かるの？」古い箪笥の抽斗を開きながら、菜穂が訊ねてくる。

『分かるわけがない。もう匂いなんて完全に消えてしまっている』

「え？　じゃあなんで床の匂いかいでいるの？」

『私が探しているのは匂いじゃない、「想い」だ』

「おもい？」

『人間が愛着を持ったものには、魂の欠片が染みつく。私はそれを探しているんだ』

「それって、鼻で感じるの？」

『うむ……、別に鼻で感じているわけじゃない。多分死神としての本質が感じ取っているのだろう。ただ、犬の本能としてなにか探す時はこうやって鼻を使ってしまうんだ』

「ふーん、変なの」

悪かったな。好きで犬の体に封じられているわけではない。私は少々不機嫌になりながら、鼻を動かし続ける。鼻先をかすかに青林檎の香りのような『想い』が掠めた。

どこからこの『想い』は香ってくる？　私は必死に鼻を動かして、その源を探る。全神経をその『想い』に集中させながら私は部屋の奥の方に進む。

ここだ。私はなんとか香りの源泉へとたどり着く。部屋の一番奥の窓のそば、そこには人の背丈ほどの木が置かれていた。その枝には電飾やら、玩具やらがごたごたと飾りつけられている。『想い』はこの木から香ってきていた。

「この木はなんなんだ？」ある時期にこれと似た木が、街の至る所に出現することを知っていたが、どうにも舶来物の気配を感じたので、詳しく知ろうとは思わなかった。

「クリスマスツリーよ。知らないの？」

『「くりすます」？　聞いたことあるようなないような……』

「レオって、人間の世界の知識がかなり偏っているよね」

『ほっといてくれ』

「クリスマスっていうキリスト教の記念日に、もみの木に飾りをつけてお祝いをするの。この木ね、元々このお屋敷にあったものなんだ。持ち主がいなくなったあとも、最低限の管理はされていたらしくて、この木は枯れないで残っていたのよね。この飾りも、元のまま。おもちゃがいっぱい飾られているから、多分殺された子が飾りつけたんだと思うな」

菜穂は木の葉を愛おしそうに撫でる。なるほど、だから子供の『想い』が染みついているのか。

「きれいだから捨てないでとっておいて、この部屋の日の当たるところで育てているの。そしてクリスマスには、この木を団欒室に飾って、参加したいっていう患者さん達と病院のみんなで小さなクリスマスパーティーを開いているんだ。患者さん達にとっては、……最後のクリスマスパーティー。……クリスマス。ちょうど二週間後だな」

菜穂の顔に硝子細工のような儚い表情が浮かんだ。胸の奥に針で刺されたかのような痛みが走る。その『くりすます』というのは、きっと特別な日なのだろう。そして、二週間後に訪れるその日は、菜穂にとって最後の、そして最も特別な『くりすます』になるはずだ。

しかし、今のままではその日を迎えることすらできるかどうか分からない。

『その木の他には、少年の「想い」は感じない。他の部屋を探しに行こう』

私は菜穂の表情に気がつかないふりをした。こんな時、なんと声をかけていいのか分からない。それがなんとももどかしかった。

菜穂は私の言霊が聞こえないかのように、愛おしそうに木の枝を撫で続けていた。


「どうでした？」

疲れ果てた表情で長椅子に座り込む患者達に菜穂が訊ねるが、答えは彼らの表情を見れば明らかだった。宝石の探索を始めてから四時間後、私達は再び団欒室に集合していた。

「なにも見つからなかったよ。この屋敷は広すぎる。私達だけじゃ難しいんじゃないかな」

ため息混じりに弱音を吐く南の顔には、疲労が色濃くうかんでいた。『未練』を断ち切り、少し体調が上向いたところで、彼らが末期癌患者であることは変わっていない。

「最初は簡単に考えていたけどさ、宝石なんて小さなものを隠す場所なんていくらでもあるじゃん。探しても探してもさ……」

一番体力が残っているはずの内海でさえ、声にまったく張りがなくなっている。

「じゃあ、今日はここまでにしましょうか」菜穂は左手首の腕時計に視線を落とす。

「もう五時で、一時間後には夕食の時間になりますし……」

その言葉に反対する者は誰もいなかった。

私は危機感をおぼえる。わずか数時間家捜しをしただけでこれほど消耗するなら、このまま漫然と探していてはだめだ。どこか、宝石が隠されている可能性が高い場所をある程度しぼらなければ。私はこれまでに得ている情報を脳内で統合していく。小さな事実をつなぎ合わせていけば、手がかりが見つかるかもしれない。

なにかが見えてきそうな気がする。目を固くつぶり、私は頭の中で事実の破片を組み合わせていく。破片同士がゆっくりと集まり、一つの形を作りはじめた。もしかしたら……。

『ちょっと待て』

とぼとぼと部屋を出ようとしている患者達に、私は言霊を飛ばす。三人は面倒くさそうに私を見た。

『金村、ちょっと聞きたいことがある』

「なんだよ？」すぐにでも部屋に戻って休みたいのか、金村はぶっきらぼうに返事をする。

『殺された親子に、見つけた宝石が本物であると言っていなかったのだな。親子はあれを硝子玉だと思っていたんだな』

「ああ、多分な。俺の態度がおかしかったから、父親の方は怪しんでいたかもしれないけれど、少なくともあんなに価値のある物だとは知らなかっただろうな」

『そうか……』

「それがどうしたんだよ？」

『それなら、あの宝石は親ではなく、玩具として子供が持っていたかもしれない』

「まあそうかもな」

だとしたら……。私は廊下へと続く扉へ視線を送る。

『あの地下室だ！　きっとあそこに宝石はある！』

私につられるように、全員が廊下の方を見た。

「なに言ってるんだよ。あそこはこの前、警官達が徹底的に調べてただろ」

内海がため息まじりに言う。しかし、私の頭には一つの可能性がうかんでいた。

『子供部屋になる前、あの部屋はなんのための部屋だったと思う？』

「なんのためって、倉庫かなにかじゃないか？　それを、子供を日光と人目から隠しておくために使ったんだろ。あの時計を置いて」

『確かにあの地下室は子供を日光から守るのに最適だっただろう。しかし、両親は子供を隠すつもりもなければ、あの時計をわざわざ設置したわけでもないと思うぞ』

私の言葉が理解できないのか、患者達は訝しげに眉根を寄せる。私は大きくため息をつくと説明を続ける。

『彼らが子供を隠していたように見えたのは、全て日光を避けるためだ。そのために、窓を塞ぎ、日が落ちてからしか行動しなかった。たしかに、昼間は時計で地下室への扉を閉めていて、それで家政婦が子供を見たことがなかったのかもしれないが、それはきっと子供を隠すためというより、万が一にも子供が日光に当たらないようにするためだ。その子供は日が出ている間は地下室で眠り、夜になったら起きて出てきていたんだろう。もし本当に両親が息子を隠したかったなら、夜に連れて歩こうなどとはしないはずだ。つまり、あの時計は七年前にここに住んでいた家族がわざわざつけたものではなく、元々あった可能性が高い。両親はそれを利用したにすぎない』

「ああ、そうかもな」内海がつまらなそうに言った。

私は南に視線を向けた。

『お前の恋人の父親はどんな男だった？』

「どんなって、葉子さんの父親だけあって聡明な人だったよ」

『その男は日本の敗戦や、その後のことまで読んで、財産を宝石などに換えて手元に置いていた。ならば、あの部屋は財産を隠しておくための隠し部屋だった可能性はないか？』

「……まあ、その可能性もあるかもしれない」

「けれど、ダイヤを隠すのに、あんな大仰な部屋を作るか？」金村が横から疑問を挟む。

「いや、あの人は財産を宝石だけで持っていたわけじゃないはずです。もともとは現金、有価証券、美術品、骨董品、色々な物を持っていたのを、日本の敗戦を悟って海外に逃げ出すため、最終的に持ち運びやすいダイヤに換えたんだと思います」

南の言ったことは、私が思っていたことと寸分違《たが》わなかった。

『その男は不安だったはずだ。しかたないとはいえ、自分の全財産を簡単に持ち運べる物に換えてしまったのだからな。もしそれが盗まれれば文無しになり、家族を抱えて路頭に迷うことになる。だから絶対に見つからない場所に隠したはずだ』

「つまり、あの地下室がもともと隠し倉庫だったたって言うのか？　ただどっちにしろ、警察はあそこではなにも見つけなかったぞ」金村は興味なげに言う。

『それはきっと表面上しか調べなかったからだ。宝石の持ち主は地下室でも特に見つかりにくい場所に隠したはずだ。そして、子供が偶然それを見つけ、その隠し場所で保管するようになった』

三人の男達はお互いに顔を見合わせる。憔悴《しょうすい》していた彼らの顔に、かすかな期待がうかんでいる。よし、あと一押しだ。

「地下室を探しましょう」

私が言霊を発しようとした瞬間、菜穂の良く通る声が部屋に響いた。言霊を発し損ねた私は口を少し開いた体勢で固まっていた。

……そこは私が決めぜりふを吐く場面ではないか？


「どこにもないじゃないか」

探しはじめて十数分で、早くも内海が匙《さじ》を投げた。堪《こら》え性《しょう》のない男だ。

しかし、寝台と玩具ぐらいしかおいていないこの十畳ほどの空間で、十数分という時間は探索するのに十分な時間でもあった。事実、私以外の四人はどこか手持ち無沙汰な様子で、玩具をいじったり、壁にかけられている内海の絵画を見たりしている。

「レオ、やっぱりないみたいだけど……」

壁際で必死に鼻を動かしている私に、菜穂が躊躇いがちに声をかけてくる。しかし、私は答えない。わざわざ弱音に反応するような余裕はない。

「たしかにここにあったかもしれないけどさ、その子供が見つけたんだろ。やっぱり他の所に持って行かれてるんじゃないか？」

内海のせりふに金村と南がうなずく。すでに諦めているかのような雰囲気だ。いかに病人で体力がないからとはいえ、もう少し集中力が続かないものだろうか。

『この前、病院を訪れた近藤は必死に地下室に入ろうとしていた。きっと奴には確信があったんだ。地下室に宝石が隠されているという確信が』

私は言霊を飛ばしながら自分の頭の中を整理していく。

『たしか強盗によって、この屋敷はかなり荒らされていたということだ。つまり、金村に撃たれる前に、近藤達はかなりの長時間家捜しをしたが、宝石を見つけることができず、撤退を余儀なくされた。そして七年後、強盗に入った時に姿を消した子供が地下室から発見された。当然近藤達は、宝石は子供とともに地下室にあったと考える』

必ずあるはずだ。必ずこの地下室のどこかに。

私は痛みを感じるほど目を見開き、鼻腔に空気を送り込む。この部屋は住んでいた少年の『想い』で満たされている。七年経っても至る所に『想い』がこびりついている。特にそれは内海の絵や玩具に集中していた。しかし私が探しているのはそのような強いものではない。もっとかすかに香る『想い』だ。殺された子供が宝石を手にしていた時間はそれほど長くはない。太陽に拒絶される哀しみをずっと癒してくれた絵や玩具に比べれば、『想い』は弱いだろう。しかし、少年は星の輝きのようなその石に、絵や玩具とは違った感動を抱いたはずだ。

ん？　入り口近くの床に伏せていた私はふと顔を上げる。

この部屋に主に漂っているものとは違う種類の『想い』が鼻を掠めた。内海の絵や、玩具に染みついた『想い』が暖かな日射しのような香りなのに対し、いま感じた『想い』は清涼感を含んだものだった。私は感覚を研ぎ澄まし、その源を探る。気を抜けば見失って、いや嗅ぎ失ってしまいそうな香りを追い、私は煉瓦造りの壁に鼻を近づける。

ここだ！　入り口そばの壁の下方にはめ込まれた煉瓦の隙間。そこから香りは流れ出ている。

「わおん！」

興奮した私は言霊を使うのを忘れ、大きく吠えてしまう。半ば諦めたようにだらだらと部屋を彷徨っていた四人は、驚いて振り向く。

「どうしたの、レオ？　急に大きな声出して」

『ここだ！　この煉瓦だ！』

そばに寄ってきた菜穂を見ながら、興奮した私は『お手』をするように一個煉瓦を触ってみせる。

「その煉瓦がどうかした？」

『これをどかしてくれ』

「どかしてって、無理よ。しっかり固められてるんだから」

『いいからやってみるんだ』

「はいはい。『ここ掘れわんわん』ね」

意味は分からないが、なんとなく不愉快なことを言いながら、菜穂は煉瓦に手を掛け軽く引いた。煉瓦は滑るように引き抜かれていく。

「えっ？」菜穂は手にした煉瓦を目を丸くして見る。その上下には滑らかに移動させるための小さな車輪が備え付けられていた。

「なにこれ？」

『ここが隠し場所だ』

この部屋を作った男は、時計で隠した部屋の中に、更に隠し場所を作っていたのだ。本当に慎重な男だ。きっと石橋を叩きすぎて壊してしまうような男だったのだろう。

「奥が見えない。なにか照らすものを」

「懐中電灯がある」

「ここにあのダイヤがあるのか？」

ついさっきまでの覇気のない態度が嘘のように、興奮した声を上げ、男達は砂糖に群がる蟻のように集まってきた。菜穂が懐中電灯を内海から受け取り、代表して覗き込む。

「なにか見えるかな？」南の声には期待と不安が入り交じっていた。

「たぶん……金庫みたいです」

『開きそうか？』私は唾を飲み込んだ。

「うん、開くと思う。鍵が付いたままになっているから」

おおっ、という歓声が誰からともなく湧き上がった。命綱となる宝石がもう手の届くところにある。その確信が四人の顔に朱をさしていた。

「開けて……みますね」

少々上ずった声をあげながら、菜穂は震える手を小さな穴の中へそっと差し込んだ。

3

「菜穂さん、こんばんは」

玄関から入ってきた名城が菜穂の姿を見つけ、明るく声をかける。

「ああ、……はい」菜穂は恋人に対し力のない返事をした。

「どうかした？　体調が悪いの？」名城の声に焦燥が混じる。

「あ、いえ、そんなことないです。ちょっとレオの遊び相手していたら疲れちゃって」

え？　私のせいにするのか？

「そう。ならいいんだけど。あんまり無理しちゃだめだよ」

名城は「菜穂さんを疲れさせないようにな」と私の頭をぽんぽんと叩いた。やはり私のせいらしい。どうにも納得いかない。それに、気軽に私の頭をはたくでない。

「それじゃあ、ちょっと当直室に荷物を置いてくるから、またあとで」

「はい、またあとで」菜穂は疲労が色濃く滲んでいる顔になんとか笑みをうかべる。

『……私が悪いのか？』名城が廊下奥の階段に消えていくと、私は正当な抗議を開始する。

「あ、怒った？　ごめんね」

『いや、別に気にしなくていい』

あまりにも生気の感じられない菜穂の口調に、私は思わず許してしまう。約一時間前、菜穂はあふれ出そうなほどの期待とともに金庫の扉を開けた。その腹の中に蓄えられている宝石を、理不尽な『死』から逃れるための命綱を想像しながら。しかし、金庫の中には……なにもなかった。そう、大仰に隠されていた隠し金庫は、宝石を吐き出し切ったあとだったのだ。

金庫の中からはたしかに『想い』の残り香が漂ってきた。かつて少年がそこに宝石を置いていたことはほぼ間違いなかった。しかし、それらはどこかに持ち去られてしまっていた。

どこへ？　それはもはや分からない。あの子供の両親が宝石の価値に気が付き売り払ったのか、それとも事件のあとに屋敷に侵入した何者かが持ち去ってしまったのか。少なくとも、宝石がまだこの屋敷に残っている可能性は低いだろう。

空の金庫を見つめる菜穂達の顔は、見ているこちらが息苦しさを感じるほど悲壮感にあふれたものだった。地下室から出ると、南、金村、内海の三人は背中を丸めながら病室へと戻っていった。そして、私と菜穂は再び当てのない探索へと戻ったのだった。

とりあえず菜穂を引き連れて、廊下で匂いをかいでみたりするが、どうにも気が入らない。

「ねえ、レオ。今日はもうやめにしない」菜穂が弱々しい声で言う。

『……そうだな』私の言霊も力を失っていた。一刻も早く団欒室の絨毯の上で丸くなり、惰眠を貪るべきだと、犬としての本能が責め立てる。

「他の方法考えないとだめかもね……」

『……ああ』

覇気のない会話を交わしながら、私達は廊下を奥へと並んで歩く。前方からどたどたという重い音が響いてきた。

「いたいた。菜穂ちゃん、ちょっといい？」

師長が肉付きのよい体を震わせて階段を下りながら、菜穂に声をかける。

「はい、なんですか？」

「悪いんだけど、今日の夜勤やってもらえないかしら」

「え？　どうかしたんですか？」菜穂は小首をかしげた。

「今、夜勤の酒井《さかい》ちゃんから連絡があって、何かね、倒木があってこの病院に来る道が塞がれてるらしいの。電話つながってるからそこの内線電話とって」

「あ、はい」

菜穂は素直に頷くと、廊下の壁に備え付けられている受話器をとった。私は人間を遥かに凌駕する聴力を集中させる。

「菜穂ですけど」

「あっ、なほちゃん。ごめんねー」受話器から調子の外れた鼻歌のような陽気な声が聞こえてくる。よく聞く声。この病院に勤める数少ない看護師の一人だ。

「あ、いえ。なにがあったんですか？　大丈夫ですか？」

「私は全然大丈夫だよ。けどね、なんか車が通れないの。道の途中で大きな木が倒れたらしくてさ。開通させるのに明日の朝までかかるんだって。で、本当に悪いんだけどさ。今日の夜勤代わってくれないかな？　師長も帰れないから一緒にやってくれるって言ってるし、今は患者さんみんな不思議と元気だから、楽だと思うからさ」

「あ、わかりました。それは全然構いません」

疲れ切っているだろうに、菜穂は健気にも空元気を振り絞り、明るい声で答える。

「ありがとー。本当にごめんね。今度埋め合わせするからさ」電話越しだというのに、両手を合わせてへこへこと頭を下げているのが見えるような声だった。

「けれど、いつ頃倒れたんでしょうね。名城先生は来られているし、調理師さん達も帰れたみたいなんですけど」

「えー、名城先生行けたんだ。なほちゃんよかったじゃん。彼氏と夜勤だよ。まあパパも街におりられないから、楽しさ半減かもしれないけど」

「なに言ってるんですか！」菜穂は頰を桃色に染めながら声を大きくする。

「そんなに照れなくてもいいのよん。でも、名城先生が行けたってことは、タッチの差だったんだ。なんか、ごついおっさんがバリケードみたいので通行止めしてて……」

そこまで聞こえたところで、ぶつりと声が途切れた。

「あれ？　もしもし？　もしもし？」

菜穂は声をかけるが、受話器は沈黙したままだった。首を捻りつつ菜穂は受話器を電話機に戻す。

「菜穂ちゃん、話は分かった？」

「あ、はい。とりあえず夜勤すればいいんですね。すぐに着替えます」

「ごめんね。けど名城先生が当直だから、デートだと思っていいわよ。みんな安定していて仕事あんまりないから」

「師長までなに言ってるんですか！」菜穂は照れを誤魔化すように甲高い声を上げる。

「なんの騒ぎだ？」

菜穂の声と対照的な低い声が廊下に響く。背広姿の院長が階段を下りてきていた。今から街の診療所へ向かうところなのだろう。

「あ、先生、だめですよ。今日は街に行けませんって」師長は両手をぱたぱたと振る。

「ん？　どういうことだ？」

「酒井ちゃんから連絡があって、倒木で街への道が通行止めらしいんですよ。さすがに車使えないと、夜道は危ないですからね。今日は誰かに代わってもらった方がいいですよ」

「……確認してみる」

片眉をよく観察しなければ気づかない程度に持ち上げると、院長は階段を廊下まで下り、受話器を取って耳につけた。更に眉に角度がつく。

「故障か？」

院長は手に持った受話器を振った。壊れた機械を持つと、人間はとりあえず振ってみるという本能を持っているようだが、この行動に意味はあるのだろうか？

「あ、さっき酒井さんと電話してる途中、急に聞こえなくなったの。その時に故障したのかも」

「そうか」いくら振っても直らないことを悟ったのか、院長は受話器を戻し、懐から携帯電話を取り出す。「……携帯も圏外だ」

「おかしいですねえ。確かに電波悪いですけど、圏外になることは少ないのに」

「あれ、私のも圏外になってる。……なんで？」菜穂が自分の携帯電話を確認して眉をひそめる。

どうにも不穏な空気が廊下を満たしていく。今の状況がどれほどの異常事態なのか分からなかったが、人間達の緊張が私にも伝わってくる。

「倒木で通行止めになっていると言ったな」

「ええ、酒井ちゃんから電話があってそう言っていました。山道の入り口辺りらしいです」

「……状況を見てくる。そこまで行けば携帯もつながるだろう」

院長は手にしていた外套を羽織ると、玄関へと進み、扉を開け外へ出て行く。

開け放たれた扉がゆっくりと閉まっていく。その時、私の肉球が絨毯を蹴った。閉まりかける玄関扉の隙間から外に飛び出ると、庭園を抜けた先にある駐車場へと向かう院長を追う。

なぜ自分がこんな行動をとっているのかいまいち分からなかったが、体中を虫が這うような不安感が私をつき動かしていた。

庭園を通り抜け、駐車場に入ってようやく、足早に歩く院長に追いついた。勢いよく走ってきた私を院長は不思議そうに一瞥すると、車の扉に手を掛けた。そこで院長は動きを止め、視線を足元に下ろす。一瞬その行動の意味を計りかねたが、院長の視線を追ってすぐに状況を理解する。

『ごむ』でできた車輪が潰れていた。一つでなく四つとも。偶然こんなことが起こるわけがない。明らかに故意に潰されている。私と院長は同時に駐車場を見渡した。

駐車場には院長の車以外に菜穂、名城、師長の三人の車が置かれている。薄い街灯の明かりの下、三台の車の車輪も全て、塩を掛けられた蛞蝓のようにへたっているのが見えた。

なにか良からぬことが起こっている。それはもはや予感ではなく確信だった。

夜の森が放つ清廉な香りに混じり、獣臭が鼻を掠めた。背骨に電流が走る。私は地上に降りる前、この感覚を特殊な状況で何度も味わっていた。特殊な状況、『戦場』で。

これは『殺気』。人間が相手を殺害しようとする時に発する気配。考えるよりも前に院長の膝裏に体当たりをしていた。院長は大きく体勢を崩す。次の瞬間、院長の胸があった位置の硝子窓が粉々に粉砕された。爆発音が辺りに木霊《こだま》する。この音も知っている。銃声だ。すぐに逃げなくては。

「うおんっ！」私は腹の底から警告の咆哮を放った。

院長は私がなにを伝えたいのかすぐに気が付いたようだった。すぐさま体を低くしたまま屋敷に向かって走り出す。私もすぐに院長の後を追い、全力で庭園を走る。銃声が数発続き、足元の土が爆《は》ぜた。背後から撃たれている。

振り返る余裕はなかった。屋敷の玄関扉が近づいてくる。このままでは扉を開けている間に狙い撃ちにされてしまう。

『菜穂、扉を開けろ！』私は扉の奥にいるであろう菜穂に向けて言霊を飛ばした。

間もなく玄関に着くというところで、屋敷の重い扉が開きはじめた。隙間から菜穂と師長の顔が覗く。私と院長はほぼ同時に開いた扉の隙間に飛び込んだ。

「鍵を閉めろ。あと廊下のカーテンも閉めるんだ」息を乱しながらも、院長の声は落ち着いていた。銃撃されて命からがら逃げてきたというのに、なかなかの胆力だ。

「なんなんですか、今のは!?」

指示されたように、廊下にある窓のカーテンを慌てて引きながら、師長が金切り声をあげる。

「……分からない」院長の額に深いしわが寄った。

菜穂は私の隣にひざまずくと、院長と師長に聞こえないように囁いてくる。

「なにがあったの？」

なにが起こったのか、私には分かっていた。私の優れた嗅覚が現状を完全に把握させてくれた。私は言霊でゆっくりと告げる。最悪の状況を。

『……近藤だ』

菜穂は大きく息を呑んだ。

「うそ……ホントに？　間違いないの？」

『間違いない、あの男の匂いをかぎ取った』

菜穂の表情が恐怖に満ちていく。

「なんで？　まだ二週間あったはずでしょ？」

その口調にはかすかに、私を責める響きが含まれていた。私はなにも言うことができず黙り込む。同僚はたしかに二週間後と言ったはずだ。いったいどういうことなのだ？

私の明晰な頭脳はすぐに二つの可能性を叩きだした。

一つは同僚が間違えていた可能性。死神がいる世界とこの世界では、時間に対する概念が大きく異なる。同僚は二週間「ぐらい」と言ったのだ。その「ぐらい」の誤差が、思っているよりも遥かに大きかったのかもしれない。

そしてもう一つは……私が原因という可能性だ。同僚の予言を聞いた私は未来を変えようとした。その行動で未来が変わってしまった可能性がある。悪い方へと……。

「なにがあったんですか？」

騒ぎを聞きつけて、まず白衣を着た名城が、続いて患者達が階段を下りてきた。

「分からないんです。急に電話がつながらなくなって、院長先生が外に出たらすごい音がして……」

師長は喘ぐように支離滅裂な説明を始める。当然それで状況が摑めるわけもなく、混乱が混乱を呼ぶ悪循環が生まれつつあった。

『近藤達がやってきた。外で待ち伏せしていた』

患者達だけに聞こえるように私は言霊を発した。三人の患者は一瞬動きを止めると、恐怖と嫌悪の入り交じった表情を浮かべる。

「相手は誰だか分からないが、外に出たら銃撃された。車のタイヤは全部パンクさせられている。この屋敷に閉じ込められた。外部と連絡する方法を考えないといけない」

院長は手短に状況とこれから行うべきことを、普段通りの淡々とした声で発した。沸騰しそうなほど混沌としていた廊下の空気が、わずかに温度を下げる。

「撃たれた？　大丈夫なんですか？」名城が恋人の父親を気遣う。

「当たってはいない」

私のおかげでな。

「なんで？　誰がこんなことを……？」名城は細かく呼吸をしながら質問を重ねる。

「見当もつかない。みなさん携帯を確認してください。つながる携帯はないか」

名城の質問を一言で切り捨てると、院長は素早くこの場にいる全員に指示をだす。

南をのぞく全員がほぼ同時に手のひらに収まる小さな機器を取り出し、そしてほぼ同時に顔に失望の色を浮かべた。

「なんで？　いつもはつながるのに！　なんで！」

この場で最も恐慌状態に陥っている師長が、焦燥に任せて手の中の機器を壁に投げつけようと、脂肪のよく乗った腕を振り上げた。

「落ち着くんだ」

院長の声はそれほど大きくはなかった。しかし普段よりも低く、重量のある言葉は臓腑に響いた。誰もがその圧力に黙り込む。

「パニックになったら危険が増すだけだ。携帯がだめなら他の方法を考えるんだ」

院長がそう言い終えた瞬間、世界が暗闇の中に堕ちた。

「なに？」「停電？」「電線が切られたんだ！」「なにも見えない!?」

落ち着きをとりもどしつつあった空気が再び沸騰する。

昼行性の動物である人間は、暗闇を異常に恐れる。闇の中で猛獣に襲われていた遠い祖先の記憶が残っているのかもしれない。まあ、それでなくても最も頼っている感覚を奪われることは、不安を呼び覚ますには十分なのだろう。

この闇に乗じて近藤達が攻撃を仕掛けてくるかもしれない。私は視覚の代わりに嗅覚と聴覚を総動員し、周囲の状況の把握に努める。しかし予想に反し、近藤達が屋敷に侵入してくる気配はなかった。

「すぐに非常電源に切り替わる」

院長の言葉を合図にしたように、普段とは比べものにならないほどの弱々しい光が廊下に灯った。お互いの顔をなんとか確認できるほどの光量が、不安に歪む人々の顔を照らし出す。

「なんでこんなことまで……、いったいだれが？」

「わからない。ここに盗るものなどないはずだし、それほど恨みを買ったおぼえもない」

名城の呟きに対して、院長は律儀《りちぎ》に答える。

「……あの男よ。ここを買おうとしていたあの男」菜穂が低く暗い声で呟く。

「……工藤？」院長は不思議そうに娘を見る。

「あの男は本当は工藤っていう名前じゃない。本当は近藤っていって、五年以上刑務所にいた男なの。あの男が襲ってきているの！」興奮した菜穂は、一息に今の状況を説明する。

私には襲撃者達の素性を教えることが正しい判断か分からなかった。たしかに上手く説明できれば状況がはっきりして、少しは混乱を抑えられるかもしれない。しかし、短時間で『上手く』説明するのは困難極まる。

「なんでお前がそんなことを知っているんだ？」

「それは……」

院長が当然の質問を娘に浴びせ、菜穂は当然口ごもる。

ここは思い切って、私がここにいる全員に正体を明かすべきか？　いや、そんなことをしても混乱が深くなるだけか？　私が迷っていると、助け船は予想外のところからあらわれた。

「……私がご説明します」

「孫さん？」院長は訝しげに金村を見た。

「先生、私の本名は孫ではありません。金村といいます。これまで騙すような真似をして申し訳ありませんでした」金村は深々と頭を下げる。

「金村？」師長が薄い明かりにうかぶ金村の骨張った顔を覗き込んだ。

「はい。私は七年前この屋敷で起こった殺人事件の犯人として、指名手配されている宝石商です」

金村の正体を知らなかった院長、師長、名城の瞬きの回数が増えた。あまりにも唐突で突飛な告白に、脳の処理速度が追いついていないらしい。数秒後、喉の奥から小さな悲鳴を漏らして、師長が金村のそばから一歩飛び退《の》く。死にかけの患者のなにを恐れているのだか。

「ただ、信じてください。たしかに七年前、私はこの屋敷に忍び込みました。けれど、ここに住んでいた親子はすでに殺されていた。真犯人は今外にいる近藤という男です」

金村は逃げた師長に向かって必死に訴える。しかし師長はずりずりと後ずさると、激しく顔を左右に振った。金村は分厚い唇を固く結ぶ。

「……詳しい話が聞きたい」院長は普段通り平坦な声で言った。

「はい、けれどここは危険です。あの男達が襲撃してきたらすぐに見つかってしまいます。まずは移動しましょう」

金村の提案に反対するものはいなかった。

「二階の病室に行こう。あそこなら鍵もかかるし、外の様子も見ることができる。それに二階は部屋数が多いから、すぐに見つかることはないはずだ」

階段を上った私達は、奥から二番目の病室に入り、中から鍵をかけた。

「誰か見えるか？」窓布の隙間から外を窺う名城に、院長が話しかける。

名城は自分の姿が外から見えないよう身を屈めていた。

「いえ、少なくともこちら側には誰もいないように見えます」

院長は頷くと、硬い表情で部屋の隅に視線を送る。

「それで……金村さん、だったかな。さっきの話の続きをしてください」

「先生、そんなことより外に連絡する方法を考えないと！」

恐怖で息を荒らげながら、師長が抗議の声をあげる。

「電話線は切られた。携帯も通じないところをみると、妨害電波でも使われているんだろう。残された方法は街まで直接行くことしかないが、車が使えず、外に出ると襲撃される状況ではそれもできない。今できることは状況を整理することぐらいだ」

理路整然とした院長の説明に、師長は黙りこむ。院長は視線で金村に説明を促した。

「この屋敷には、戦時中の所有者が残したダイヤが隠してありました。ここに住んでいた少年がそれを見つけ、宝石商だった私の所にダイヤの鑑定にやってきた。その時、借金で追い詰められていた私は、それを奪うために拳銃を手に入れこの屋敷に忍び込みました。けれど私が忍び込んだ時には、同じようにダイヤの存在を知ったあの男達によって、家族はすでに殺されていたんです」

「ダイヤ……」予想外の単語に、院長の口調に戸惑いが混ざる。

師長の目がすっと細くなった。その目は露骨に「そんなこと言って、あんたが殺したんじゃないの?」と語っていた。その視線に気がついたのか、金村は師長に深々と頭を下げた。

「私のことが信じられないのは分かります。この事件が終わったら、警察につきだしてもらってもかまわない。けれど今は信じてください」

「先生、七年前ニュースで、金村って名前の宝石商が犯人だって言っていたんですよ。今でもおぼえています」

師長は震える指を金村につきつける。院長は師長に鋭い視線を送ると口を開いた。

「この人に残された時間は、わずかなんだぞ」

師長の顔が強張った。金村の口元に力が入る。

「そんな人がこの期に及んで嘘をつく意味があると思うか? いいから、まず話を聞くんだ」

「……はい」師長はしぶしぶと頷いた。

「ありがとう、先生、本当に……」

「続きをお願いします」金村の感謝の言葉を遮って、院長は先を促した。

「はい。この家に侵入した私は、襲いかかってきた近藤を反射的に撃ちました。そして近藤が持っていたダイヤを奪って、そのまま海外に逃げたんです」

「ということは、あの男達はあなたに復讐するために来ているってこと?」

師長の声には隠しきれない叱責が込められていた。

「いや、違うはずです。私はかなり人相が変わったし、日本に帰ってから近藤に直接顔は合わせていない。……先日、病室の窓から偶然近藤の顔を見て、あの時の男だと気がついただけです」

金村は言葉の後半に少しだけ嘘を混ぜた。まあ、私の存在抜きで説明するにはしかたがないだろう。死を前にしても、人間は必要なら嘘を吐くのだ。

「じゃあ、なんのためにあいつらはこの病院を攻撃してきたんですか？」

名城はまだちらちらと外の様子を窺っている。

「多分、ここにあるダイヤを奪うためだと思います」

「ダイヤはあなたが持っていったって……」

「それは一個だけです。あの親子の口ぶりからすると、もっとたくさんダイヤはあったはずです。私はあの男達が残りのダイヤを盗んで行ったと思っていました。けど、あいつらは私に撃たれたせいで探せなかった。そして、もう一度この屋敷に探しに来る前に、あいつらはきっと違う罪で、刑務所にでも入っていたんでしょう」

「それでしつこく屋敷の中を見せろと言っていたのか」院長は腕を組んだ。

「けれど、あの人達はここを買うはずだったんでしょ！　なんで急にこんなことを？」

「私が拒否した。売却の話は白紙にした」

誰に対してともつかない師長の叫びに、院長は端的に答える。師長は血走った目を剝くと、両手で顔を覆い、その場に崩れ落ちる。

「だからって……。だからって、なにも殺そうとしなくても……」

そうだ、なぜ近藤はいきなりこんな最終手段に出た？　まだ取るべき方法はいくらでもあったはずだ。その時、頭蓋の中で小さな虫が蠢《うごめ》いたような感覚がした。

なんだ、今のは？　なにか重要なことを見逃している気がする。私は記憶の欠片を丹念にさらっていく。おそらくはあの時だ。近藤が屋敷に入り込んだ日。あの日、近藤は私と二人……もとい、一人と一匹だけになって……。

後頭部を重い棒で殴られたような衝撃が私を襲う。まさか！　私は慌てて扉に近づき、後ろ足だけで立つと、肉球を使って必死に錠を外し扉を開け、その隙間から身を躍らせた。

「レオ！」

背後から菜穂の慌てた声が追ってくる。しかし、私は足を止めることができなかった。廊下を走り抜けると、転げ落ちるように階段を下り、一階へとたどり着く。薄い非常灯の光に、長い廊下が不気味にうかび上がっていた。

近藤がこの屋敷に入った日。廊下に残された近藤はせわしなく様々な部屋に入ったり、廊下のあちこちを触ったりしていた。あの時はなにをしているのか分からなかった。

私はなんと愚かだったのだろう。あの行動の意味に気がついていれば、こんなことにはならなかったのに。身を焦がす後悔とともに廊下に下りた私は、必死に鼻を動かす。

「レオ！」菜穂と名城、そして院長が階段から下りてくる。

「どうしたの、レオ？　ここは危ないよ。早く上に戻ろうよ」

菜穂が私の胴体を抱き、引きずろうとするが、私は身を激しく捩ってその手から逃れると、廊下の端に置かれた観葉植物の鉢の中を覗き込んだ。

たしかあの男はこの辺りに……。私の目に異物が飛び込んでくる。

ああ、やはり……。絶望感が血液に乗り全身を冒す。私は鉢の中の土に混じっている小さな機器を咥えた。舌先に土の耐えがたい苦みが広がり、反射的に吐き出してしまう。口先からこぼれ落ちたその機器を、菜穂が手のひらで受け止めた。

「なにこれ？」菜穂は親指の先ほどの大きさの機器を、様々な角度から眺める。

『……盗聴器だろう。一階の至る所にあるはずだ』

「盗聴器……」菜穂の表情に嫌悪感が浮かぶ。

『私達の会話は聞かれていた。言霊は聞こえなくても、人間の声は聞こえる。これで……近藤は自分達の正体に気づかれたことを知った』

土は吐き出したというのに、口の中の苦みは消えるどころか強くなっていく。

『……全部私のせいだ』

菜穂に連れられ、私は二階の病室に弱々しい足取りで戻った。そんな私の姿を見て南、金村、内海はなにか訊ねたそうな顔をするが、当然私に話しかけるわけにはいかず、私も言霊で答えるような気分ではなかった。そんな私に代わって菜穂が前に出る。

「盗聴器が仕掛けてありました」

菜穂は手のひらの上の小さな機器を皆に見せた。患者達の顔が強張る。自分達が交わしていた会話が、近藤達をどれほど刺激したかかえりみて。

「けれど、全然攻めてこないところを見ると、諦めて撤退したんじゃないか？」

窓にちらりと視線を投げかけながら、内海が楽観的な意見を口にした。

いや、そんなことはないだろう。おそらくは……。

「いや、待っているだけだな……」金村は内海の楽観論を一言のもとに切り捨てた。

「待っているって、なにを？」

「仲間が集まるのをだ。多分仲間の一人が、邪魔が入らないようにここに来る道を封鎖しているはずだ。その仲間がここに来るのを待ってやがる」

その通りだろう。

「今、病院の周りにいるのは一人か二人だ。屋敷内に攻め込んでも、何人か外に逃げられる。そうなると、時間をかけて屋敷を家捜しできない。あいつらはここにいる全員を確実に殺す気なんだ」

部屋の空気が硬直する。全員が数十分後、いや、ややもすれば数分後に訪れるであろう未来に怯え、言葉を発することもできなくなる。部屋の空気は触れれば切れそうなほどに張りつめた。

「つまり、あと少しで、奴らは私達を殺すために病院に侵入してくると言うんですね」

唯一、少なくとも外見上は、動揺を見せない院長が、皆を刺激しないよう静かに訊ねる。

「間違いありません。私はあの男達をよく知っています。あいつらは絶対に諦めません」

鉛のような沈黙が部屋に下りた。気を抜けば押しつぶされてしまいそうな空気に耐えられなくなったのか、師長が声をあげる。

「院長、逃げましょう！　それしかないですよ。裏口から逃げれば……」

「患者を置いてか？」

院長は静かに言う。師長は口を開いたまま言葉を継げなくなる。

「みんなは走って逃げられるような状態じゃない。病院に危険が及んだ時、医療従事者は最後まで残るのが鉄則だ」

院長はちらりと娘の恋人を見た。名城は少々血の気の引いた顔をさらしながらも、力強く頷くと、隣に寄り添う菜穂の肩に手を置く。菜穂の表情がふっとゆるみ、対照的に撃たれた時でさえ大きく崩れることのなかった院長の表情筋が歪む。やはり父親だな。

「それじゃあ、残された手段は戦うしかないですねぇ」

南がこの場にそぐわない間延びした声で言った。

「……皆さんはここに隠れていてください。僕と院長先生が一階でどうにかします」

名城は握った拳を震わせながら言う。明らかに無理をしているのが分かる口調だが、その一方で本気であることも伝わって来た。

「いやいや、名城先生、それはだめですよ」南はやんわりと、名城の決意を切り捨てた。「いくら恋人の前とはいえね、一人だけ格好つけようたってそうはいきませんよ」

「え、いや……でも」名城は助けを求めるように院長に視線を送る。

「皆さんはこの病院の患者です。皆さんを危険に晒すわけにはいきません」

院長の言葉には岩盤のような固い意志が込められていた。

「今はそんなこと言っている場合じゃないでしょう。外にいる男達と比べてこちらが有利なのは人数だけです。そこを最大限に利用するのは当然だと思いませんか？」

南のもっともな指摘に、渋い顔のまま院長は黙り込んだ。

「老いぼれですけど、これでも元警察官です。剣道の腕はなかなかですよ。それに金村さんはあの男達のことに詳しいし、内海君はまだ体力がある。私達を使わない手はありません」

南は二人の患者仲間に視線を送る。金村は覚悟を決めた顔で、内海は蒼白な顔ながら、二人ともしっかりと頷いた。

「しかしそれは……」

戸惑いながら、院長は三人の患者を順に見回す。岩盤の意志に小さな亀裂が入った。

「先生方だけであの男達に対抗しようとして、それが失敗したら、結局私達も殺されることになるんです。それなら最初から、一番成功する確率が高い方法をとるべきですよ」

南の論理的な説得は、とうとう固い岩盤に穴を穿つ。院長は喉の奥から小さなうなり声を出すと、まるで拗ねるかのように「分かりました。……お願いします」と呟いた。この院長を説得するとは、だてに年を重ねていない。

「では、あの男達が攻め込んでくる前に急いで武器になりそうなものを集めて、なにか作戦を立てましょう。あまり時間はありません」

元警官だけあって南の指示は的確で、皆を従わせるだけの力強さを兼ね備えていた。

しかし、いかに人数的に勝っていても、相手は汚い仕事に慣れているうえ、拳銃を持っている。普通に戦っても絶対的に不利だろう。その不利を覆すだけの作戦が必要だ。地の利はこちらにある。それを生かさなくては。

人間達が侃々諤々の議論をしている中、私は意識を集中し、この窮地を乗り越える方法を考える。この病院に今あるものを最大限に使い、あの男達を効率的に、最低限の危険性で撃退する方法……。

『……ちょっといいか』

私の正体を知る人間達に向かって私は言霊を飛ばした。言霊が聞こえた四人だけが私の方を向くのを、残りの人間達が不思議そうに見る。

私は居ずまいを正した。この状況の責任の一端は……いや、大部分は私にあると言っても過言ではない。ここは素直に反省したうえで、人間などでは及びもつかない私の知能を駆使して、彼らを窮地から救ってやらなければならない。それが私にできる唯一の贖罪《しょくざい》だ。ここはできるだけ謙虚に作戦を提案しよう。私は可能な限り下手《したて》に出ながら言霊を放った。

『私の素晴らしい案を教えてやってもいいぞ』

4

私の垂れた大きな耳がぴくりと動く。屋敷の外から自動車の駆動音がかすかに響いてくる。

……来たか。体にあふれる緊張を空気に溶かし込み、口からゆっくりと吐いていく。

屋敷に籠城を始めてから約三十分、とうとうこの病院が戦場と化す時が来た。

『車が着いた。もうすぐ奴らが入ってくるぞ』

私は言霊で情報を伝える。当然返事はなかった。しかし、確認するまでもなく四人は私の警告を聞き、おのおのの持ち場で準備を調えているはずだ。戦闘の準備を。

私の作戦は、南の口から院長達に伝えられ、受け入れられた。この私が考え出した完璧な作戦なのだ。当然と言えば当然だ。作戦が上手くいけば一人の犠牲者も出すことなく、この場を収めることができるかもしれない。しかし、上手くいかなければ……。

悪寒が全身を震わせる。

私はなんと脆弱《ぜいじゃく》な存在なのだろう。初めて感じる無力感に苛まれる。

音という概念が消えてしまったかのように、辺りは静寂に満ちている。火で炙られるようなじりじりとした時間が過ぎていく。ふと背中にむず痒いような違和感が走った。私は目の前にある障害物の陰から顔を出し、薄暗い廊下に視線を向ける。

……なんだ？　廊下の中央辺りに、薄く発光する霞が掛かっているように見える。

私は目を閉じると何度か頭を振り、再び瞼を押し上げる。しかし、光の霞はやはり廊下の宙空を漂っていた。私は目を凝らしていく。犬の目でなく、死神としての霊的な目を。ようやく私は淡い光の正体を知る。そこに死神がいた。

最初、私は同僚がいるのかと思った。この地域を担当するのはあの同僚のはずだ。しかし……。

「わっ……」思わず喉から驚きの声がもれそうになり、必死に鳴き声を噛み潰す。

たしかに同僚がいた。しかし、同僚だけではなかった。同僚のそばに悠然と漂っていたのは私の上司だった。そう、私を犬の体に封印し、夏毛のまま吹雪の中に送り込んだあの上司だ。

『こんなところでなにをしているのですか!?』

混乱した私は上司に向かって言霊を飛ばす。しかし、上司も同僚もなにも言わなかった。まるで私の言霊が聞こえていないかのように。体を走る悪寒が強くなる。

上司は私になにか伝えに来たのだろうか？　いや、それなら私の問いかけを黙殺するわけはない。ならば……。上司はやはり『道案内』に来たのか？

私によって死期がずらされてしまった魂達を自らの手で導き、その首尾を『我が主様』に報告するために。そして、私を処罰するために。

『やはり、彼らは今日死ぬのですか？　そして、私は罰せられるのですか？』

無言のままの上司に訊ねるが、やはり答えを得ることはできなかった。

なるほど……、あくまで黙っているというなら私にも考えがある。私は言霊に力を込める。

『それが「我が主様」の御心なら、甘んじて受けましょう。しかし、私が消滅するにしてもこの夜が終わってからだ。私はどんなことをしても、ここにいる人間達を守る。たとえそれが……「我が主様」の御意向に沿わなかったとしても』

私が宣言を終えると、上司と同僚は無言のまま、融けるように壁の中に消えていった。

次の瞬間、静寂が破られた。けたたましい銃声によって。

玄関扉の錠の辺りが吹き飛び、重い扉がゆっくりと外側に向かって開いていく。

正面からか。身構えた私はほくそ笑む。どこから侵入してくるか、様々な想定をしていた。玄関だけではなく、団欒室や食堂、調理室、廊下など、窓があるところならどこからでも可能性があった。正面からやってくるという、まったく捻りがなく、こちらとしては対応しやすい手段をとったということは、相手は私達を侮《あなど》っている可能性が高い。

私は見つからないように気をつけつつ、拳銃を手に玄関から入ってきた男を観察する。

若い男だった。三十前後というところか。男の顔には見覚えがあった。菜穂とともに図書館で見つけた記事で近藤、水木と並んで写真で顔を晒されていた男。たしか『佐山』とかいったはずだ。

拳銃を構え、神経質に左右に視線を走らせながら、佐山は廊下をじりじりと進んでくる。見たところ、近藤ほどの胆力はなさそうだ。

外にいる者達が全員で突入してくることはないと踏んでいた。そんなことをすれば、病院から何人か逃げ出した時に追えなくなる。予想通りだ。

『男が一人廊下を進んでいる。まだ出てくるな』私は言霊で指示を飛ばす。

「なんだよこれは……？」

廊下の奥、私が隠れている場所の近くまで来て、佐山は戸惑いの声をあげる。そこに置かれた巨大な絵の前で。普段なら柱時計が置かれているその部分には、内海が描いている巨大な絵が立てかけられていた。男達が侵入する前に、内海の部屋から運んで来たのだ。そう、私は今、その絵の後ろに身を潜めている。私は大きく息を吐き覚悟を決める。

作戦開始だ。私は絵の後ろでわざと足を踏みならして音をたてた。

「誰だ！　動くんじゃねえ。おとなしく出てきやがれ」

矛盾したことを金切り声で叫びながら、佐山は絵に向かって銃口を持ち上げた。

撃つんじゃないぞ。私は佐山を刺激しないように、ゆっくり絵の後ろから這い出す。

「くぅーん」甘えた声を上げると、私は舌を出し「はっはっ」と荒い息をついた。媚《こ》びを売っているわけではない。緊張で体温が上がってしまい、こうして体温を下げないとならないのだ。いかに犬であっても撃たれる可能性はある。もし可能なら肉球で白旗を摑み、それを振りながら姿を見せたかったほどだ。

佐山は慌てて回転式拳銃の銃口を私に向けると、目を見開いた。緊張で息が詰まる。佐山の人差し指が引き金にかかった。

だめか。私は固く目を閉じ、鉛玉が体にめり込むのを待つ。しかし、いくら待っても、衝撃も鼓膜を破るような銃声も襲いかかってこなかった。私は怖々と瞼を持ち上げる。

「なんだ、犬かよ」

佐山は露骨に安堵の表情をうかべ、銃口を下げた。私も同時に安堵の息を吐く。

「なかなか可愛いじゃねえか」近づいてくると、佐山は空いている手で私の頭を撫でる。

ふふ、私の愛らしさに打ちのめされたようだな。作戦通りだ。私は特別に尻尾まで振ってやる。意思に反して尻尾を動かすせいで、尻の筋肉がつりそうになる。

「なあ、この病院の奴らはどこにいるんだよ。教えてくれよ」

阿呆が、誰がお前などに教えるものか。それよりも……私の目を見ろ！

私は『お座り』の姿勢のまま佐山を見上げた。佐山と私の視線が交差した瞬間、私はその魂に干渉を始める。病気で打ちのめされていた患者達に比べると、さすがに佐山の魂は強靭《きょうじん》だった。なかなか干渉ができない。私は歯を食いしばり、あらん限りの能力を振り絞る。

さっさと私の軍門に降《くだ》れ！　一瞬、佐山の瞳が揺れ、焦点がぶれた。その体が硬直する。

『今だ！』私は言霊で叫ぶ。もう一人、私とともに絵の後ろに隠れていた南に向かって。

「はあっ！」

病人のものとは思えない、腹の底に響く息吹とともに、突然絵から火搔《ひか》き棒が飛び出し、佐山の脇腹を抉った。肋骨が折れる不快な音が鼓膜を揺らす。

獣じみた苦痛の声をあげながら、佐山はその場に倒れ込む。激痛で催眠状態からは回復したようだ。佐山は拳銃を持つ手を持ち上げ、絵に向けようとする。

しかし引き金が引かれるよりも早く、絵の後ろから飛び出した南が剣道家らしい美しい姿勢で、佐山の手首に火掻き棒を打ちつけた。佐山の前腕があり得ない方向に曲がり、拳銃が床に転がる。

「今です！」

足元に転がった拳銃を蹴り飛ばして、南が叫ぶ。それとほぼ同時に調理室と食堂の扉が開き、院長、名城、金村、内海の四人が出てきて佐山に飛びかかった。

混乱状態に陥り、腕が折れていることも忘れて佐山は激しく暴れだす。

「名城君！　早くジアゼパムとハロペリドールを！」

罠にかかった獣のように暴れる佐山を必死に押さえ込みながら、院長が叫んだ。

名城は白衣の懐から注射器を取り出し、針についていた透明の保護筒を噛んで取り去ると、佐山の尻に深々と針を突き刺した。注射器の中に入っていた液体が押し込まれていく。

針が刺さった瞬間は一際激しく暴れた佐山だったが、次第に電池でも切れたかのようにその動きが鈍くなっていく。

「……鎮静剤が効いてきたようだ」

院長は大きく息を吐きながら立ち上がると、浅い寝息を立てはじめた佐山を見下ろした。

金村と内海はおそるおそる佐山を押さえていた手を放す。拘束を解かれても佐山はぴくりとも動かなかった。その手足を、金村が手早く『がむてえぷ』で拘束していく。

小さな勝ち鬨《かどき》が上がる。私も調子に乗って「うおーん」と遠吠えまでしてしまった。

「内海君、絵を破いてしまった。すまない」

南は絵に穿った小さな穴を撫でながら首をすくめた。

「気にしないでください。これくらいならすぐに修復できます」

内海は笑顔で南の肩を叩く。絶体絶命の状態から一矢《いっし》報いたことで、私達は高揚していた。

しかし次の瞬間、勝利の余韻は一瞬にして蒸発した。

硝子の割れる音が廊下に響く。何者かが窓を破り、屋敷に侵入してきた。屋敷の外に控えていた佐山の仲間が異常に気づき、急遽突入してきたのだろう。

「隠れろ！」

院長が押し殺した声をあげる。皆、せわしなく首を振って隠れ場所を探そうとするが、この廊下に隠れる場所などほとんどない。団欒室の方から足音が響いてくる。

金村が一瞬、蹴り飛ばされた拳銃を取りに行こうとする。しかし、院長が肩を摑んで金村を止めた。足音はもうすぐそこまで近づいている。

隠れる場所は一つしかない。私達は慌てふためきながら、絵の後ろへと入っていく。

全員が絵の裏側に滑り込むのと、団欒室の扉が開く音が響くのはほぼ同時だった。巨大な絵だとはいっても、五人と一匹を収容するにはかなり窮屈だ。私達は身を寄せ合って息をひそめる。

「佐山！」野太い声が廊下に響く。「おい、なに寝てんだよ！　ふざけてんじゃねえぞ」

ごすっという、おそらくは佐山の体に蹴りを叩き込んだのであろう音が聞こえた。私は床に這いつくばると、絵の陰から廊下の様子を窺う。そこでは、無駄に筋肉の発達した大男が拳銃を片手に、力なく横たわる佐山の体を続けざまに蹴っていた。

金村の記憶の中で『鈴木』と名乗っていた大男、水木だ。仲間に対しての仕打ちとはとても思えないほど乱暴に、水木は蹴りを打ち込み続ける。

ひとしきり佐山への蹂躙を終えた水木は、酒樽のように巨大な胸郭を更に膨らませた。

「畜生が！　誰が佐山をこんなにしやがった！　出て来やがれ」

お前だ！　野獣のような水木の咆哮に、私は心の中でつっこんだ。

水木は拳銃を手にしたまま、廊下を見渡した。その目に宿っている狂気の光を見て、全身の毛が逆立つ。絵の後ろに隠れた私達は必死に息をひそめた。

薄い画布を挟んで数歩先に、拳銃を持った男がいる。しかも、武器など必要ないほどの大男ときている。火掻き棒ぐらいしか武器を持たない私達は、見つかれば皆殺しにされるだろう。

「なんだよ、この絵は？」

水木は佐山と同じように、明らかに怪しい絵を警戒する。しかし、水木は佐山のように甘くはなかった。絵の裏を覗き込むようなことはせず、銃口を絵に向け、視覚ではなく鉛玉でそこに人がいるか確認しようとする。

『菜穂！　頼む』私は必死に言霊を放った。

水木は撃鉄を起こすと引き金に指をかける。その時、階上よりがたんという大きな音が響いた。水木は弾かれたように階段に向き直ると、銃口を移動させた。

「誰だ！」

壁が震えるような大声をあげ、水木はゆっくりと階段を上りはじめる。私はその姿を、絵の陰から慎重に観察した。一段一段、水木の足が階段を踏みしめていく。

『まだだ』私は言霊で、水木の姿が見えていないであろう菜穂に指示を出す。『まだだぞ』

水木は一階と二階の中間にある踊り場に立ち、暗い二階の様子を窺っている。そして次の瞬間、水木は警戒しながら、とうとう踊り場から二階へ続く階段に足を踏み出した。

『今だ！』私は菜穂に合図を送った。

「やあああ！」

菜穂と師長の雄叫《おたけ》びが響いた。その声に続いて、闇に覆われていた二階から巨大な機械が姿を現し、階段を滑り落ちてくる。麒麟の首のように長い『ああむ』を備え付け、それにより人間の体を透視する『ぽおたぶるれんとげん』と呼ばれる機械だ。

「うおお⁉」水木は両手を広げ、自分に向かい落下してくる機械を受け止めようとする。

しかし、いかに大量の筋肉を身に纏った大男であろうと、加速して向かってくる巨大な鉄の塊を止めることはできなかった。水木は機械と一塊《ひとかたまり》となって踊り場の壁に叩きつけられる。

どぉんという重い音が響いた。私達は恐る恐る絵の後ろから廊下へと出て行く。

やった……のか？　機械の下敷きになった水木は動かない。おお、成功だ。また大成功だ！

私は尻尾を激しく左右に振ると「おんっ」と吠えた。

「やった！　ざまあみやがれ」

内海が快哉《かいさい》を叫んだ瞬間、私の頬を風が掠めた。後方の壁が爆砕する。一瞬で背筋が凍りついた。

「てめえら……やってくれたな」

機械に押しつぶされ、頭から流れる血で顔面を赤く染めた水木は、怒りで爛々《らんらん》と輝く目で私達を睨みつけながら拳銃を構えていた。

私はあんぐりと口を開く。あれほどの衝撃を受けながらまだ動けるとは、いったいなにでできているのだ、この男の体は？

銃口を私達に向けたまま、ずるずると機械の下から這い出した水木は、壁に背を預けた。さすがにどこか痛めてはいるようだ。

「全員ぶっ殺してやる。全員ぶっ殺してやるからなぁ！」

歯茎を剝き出しにし、怨嗟《えんさ》に満ち満ちた声で叫ぶその姿は、さながら地獄から這い出した魔物のようだった。水木の指が引き金にかかる。

撃たれる。そう思った瞬間、水木の全身に液体が浴びせかけられた。強い刺激臭が鼻を刺す。私は反射的に顔を背けた。

「畜生が！　なんだこれは」

咆哮を上げながら、水木は上方に視線を向ける。そこにはばけつを手にした菜穂が、蒼い顔で足を震わせながら階段上に立っていた。

「てめえ！」水木は銃口を菜穂に向ける。

「撃ったらあなたも死ぬ！」

菜穂は震えながらも大声で叫んだ。引き金を半分ほど絞った水木の指が動きを止める。

「あなたにかけたのはガソリン。撃てばあなたは火だるまになるわよ」

水木は顔を引きつらせると、濡れた自分の袖の匂いを嗅ぎ、軋みをあげるほどに歯を食いしばった。視線で刺し殺そうとするかのように、菜穂、そして階下にいる私達を睨みつけると、水木は銃を懐にしまい込む。

これも私が考えた案だ。非常発電用の液体化石燃料をかけることで発砲を防ぐ。最も恐ろしい武器を封じることができた。これでなんとかなるかもしれない。

ところが、水木は背中に手を回すと、『ずぼん』にでも挟んでいたのか、大振りの鉈《なた》を取り出した。人間の前腕ほどの長さの鉈を構える水木の姿はますます魔物じみて見え、勢いづいていた私達の意気は、空気が抜かれた風船のように一瞬にして萎んでしまう。

化石燃料で濡れた髪を振り乱しながら、水木は階段をおりてくる。菜穂より先に私達を始末するつもりらしい。

「銃なんかなくても、てめえらを皆殺しにするぐらいわけねえんだよ」

殺気に満ちた水木の声に押されるように、私達はじりじりと廊下を後退する。しかし、後ろに余裕はない。いつの間にか股の中に収まっている私の尻尾の付け根が、絵画の表面に触れた。

どうする？　私は必死に思考を巡らせる。この危機的状況を打破できる名案を考えなければ。それも今すぐに。しかし焦れば焦るほど脳細胞は過熱し、思考が混乱する。

当初の計画では、二階からの圧殺攻撃で、一人ないしは二人ほど無力化する予定だった。まさかあの重量の直撃を受けてまだ動けるとは、想定外もいいところだ。

うん？　視界の隅で、金村が一人でふらふらと絵の後ろへと入り込むと、すぐに出てきた。金村が手にしているものに気づき、私は目を大きく見開く。金村の手にはばけつの持ち手が握られ、その中で化石燃料がたぷたぷと波打っていた。

化石燃料は、なあすすていしょん、団欒室、食堂、絵の後ろなど数ヶ所に蓋をしたばけつに入れて用意していた。しかし、今さら燃料を持ち出すことになんの意味があるというのだ？すでに水木は燃料漬けにされている。

訝しむ私をよそに、金村はなんの気負いもなく、階段を下りきった水木に近づいて行く。私は金村を止めようとした。しかし無造作に歩を進める金村の横顔を見て、放ちかけていた言霊を飲み込む。金村の顔面からは、表情という表情が消え失せていた。

金村は水木が踏み込んでも、ぎりぎりで鉈が届かないであろう距離で足を止めた。

「久しぶりだな、『鈴木』。俺が分かるか？」

金村はほとんど顔の筋肉を動かすことなく言う。

「ああ、金村だろ。お前の名前を聞いた時は耳を疑ったぜ。盗聴器の性能がいまいちだったから、聞き間違いかと思ったよ。しかし、あのデブ野郎が貧相な体になっちまったな。なんだ、お前から殺されたい……」

そこまで言ったところで、水木の分厚い唇が動きを止める。燃料で痛めたのか、それとも怒りのためか、出血したかのように赤く染まっている目が見開かれた。

金村が掲げた手の中にあったもの。それは『らいたあ』とか呼ばれる手動発火装置だった。

水木は一歩後ずさる。

「な、なんだ。そんな百円ライターじゃあ、投げたら火が消えるだろ。俺を焼き殺したければ、もっと近づかないといけねえぞ。そんなことできると思ってるのか？　あと一歩でも近づいてみろ。てめえの頭かち割ってやるからな！」

水木は大声で叫ぶと、鉈を大上段に振りかぶる。しかし、全身から湯気のように立ち上っていた狂気は、もはや水木から感じられなかった。目を凝らすと、かすかに腰が引けている。

数瞬の膠着《こうちゃく》の後、金村は唐突に両手でばけつを掴むと、その中身をぶちまけた。自分の全身へと。

廊下に漂う化石燃料の蒸気がさらに濃くなる。鼻腔を針で刺されるような刺激臭に涙があふれ、視界が霞んだ。

「な、なにやってるんだよ、……てめえは」

予想外の金村の行動に、水木は鼻の付け根に深いしわを刻んだ。

「その鉈を捨てて、その場に腹ばいになれ」

金村は機械が文章を読み上げているかのような、感情の籠もっていない声で命令する。

「ふざけてんのか！　てめえは！」

「嫌なら俺は自分に火をつける。これだけのガソリンだ。お前にも飛び火するだろうな」

金村がやろうとしていることを理解し、水木の喉から「ひっ」と悲鳴が漏れた。

「……できるわけねえ！　そんなことをしたら、てめえも死ぬんだぞ」

じりじりと後退しながら、水木は叫び続ける。

「それがどうした？」水木が下がった分だけ進みながら、金村はごく自然に言ってのけた。

「どうしたって……」水木は二の句が継げなくなる。

「知らないのか？　俺は放っておいてもあと何週間かで死ぬんだ。ここで死んでもそんなに変わらないだろう？　というより……」

能面のような顔にようやく表情らしい表情が浮かんだ。般若のような表情が。

「俺の人生をめちゃくちゃにしたお前を道づれにできるなら、願ったり叶ったりだ」

らいたあの火打ちにかけた金村の親指がぴくりと動いた。その親指が下に落ちれば、炎が二人の体を情熱的に抱擁するだろう。

「やめろおおっー」

水木は叫ぶと同時に鉈を投げ捨てる。金村はつまらなそうに、親指の動きを止めた。

「……腹ばいになって、手を後ろに回せ。変な動きを見せたら火をつける」

相変わらず淡々と金村は言う。水木はその言葉に微塵も逆らおうとしなかった。

「分かった。分かったから落ち着けよ」

勝負はついた。水木はのそのそと巨体をガソリンが染みこんだ床に横たえ、背中で手を組んだ。

内海が我に返ったように動き、床に落ちているがむてえぷを手に取ると、後ろ手に組んだ水木の両手を拘束する。続いて名城がまた注射器を取り出し、水木の尻に針を突き刺した。針を臀部に突き刺された時も、水木はほとんど動かず、小さく呻いただけだった。

『なかなかのはったりだったな』らいたあを懐にしまう金村に、私は言霊を飛ばす。

「はったり？」顔についた燃料をぬぐいながら、金村は心から不思議そうに呟いた。

『……いや、なんでもない』この男……本気だったのか。

「みんな、大丈夫？」

階上から様子を窺っていた菜穂が、師長と共におりてきた。この病院の中にいる全員が、鎮静剤の効果で腫れぼったい瞼が徐々に落ちてきている水木を取り囲む。疲労の色が見えるものの、誰もが笑顔を浮かべていた。

これでおそらくは残り一人。この集団の頭である近藤だけだ。

あとは近藤さえどうにかすれば、誰一人命を落とすことなく夜明けを迎えられるだろう。

残りはたったの一人だ。私が気合いを入れ直した時、背後で足音が聞こえた。何気なく振り返った瞬間、私の思考は停止した。

「素晴らしいチームワークでしたよ、皆さん」

廊下の中央辺りで銃口を向けながら、その残りの一人が楽しげに言った。

第7章　死神のメリークリスマス

1

「皆さん、動かないでください。こう見えても私、かなり射撃に自信があるんです」

突然の出来事に硬直している私達を見回しながら、近藤はからかうような口調で言った。その手に握られた拳銃が非常灯の薄い光を禍々《まがまが》しく反射する。

「いつの間に……」名城が呻き声をあげた。

私達が水木を縛り上げていた時に決まっている。きっと玄関の扉の陰から中の様子を窺っていた近藤は、この場に全員が集まっているのを見て、悠然と玄関から入ってきたのだ。そして、水木を拘束したことに歓喜している私達のすぐ近くまで接近した。

どうしたらいいのか分からず、私達は立ち尽くしていた。そんな中、金村がじりじりと前に動く。数歩先には佐山が落とした拳銃が落ちていた。

金村が拳銃に飛びつこうと身を屈めた。次の瞬間、壁を震わすような轟音が廊下に響きわたる。金村は声にならない悲鳴を上げてその場にもんどりうつと、自分の足を抱えてうずくまる。

「ね、なかなかの腕でしょう」近藤は煙が上がる拳銃を構えながら、愉しげに言った。

「骨は大丈夫だ！　けれど、動脈が切れているかもしれない！」

「圧迫止血しないと。ハンカチを！」

院長と名城が金村に駆け寄り、撃たれた足の処置を始める。

「俺に感謝しろよ、金村。拳銃拾っても、そんなガソリンまみれの体なんかで撃ったら、皆さんを巻き込んだかもしれないぞ」

薄い唇の端を吊り上げて笑う近藤を、金村は殺気の籠もった目で睨みつける。近藤は「おお怖い」と芝居じみた言葉を吐くと、必死に足の処置をしている院長を睥睨する。

「院長先生、あなたが悪いんですよ。素直に私を病院に入れていれば、こんな乱暴な手段を取らなくてもすんだのに」

近藤は心の底から残念そうに言うと、菜穂に視線を移した。

「お嬢さん、申し訳ないですが、そこのガムテープで皆さんの手を縛っていただけますか。他の方々は壁際に並んで座ってください」

銃をちらつかせながら慇懃に近藤は言う。菜穂は戸惑い、皆を見回す。

「三分以内に全員縛ってください。その時縛られていない人間は撃たせてもらいますよ」

肩に埃がついていますよとでも言うような気軽さで、近藤は言った。菜穂は目を見開きがむてえぷを拾い上げると、「ごめんなさい」と謝りながら順番に差し出された手を拘束していく。

「先生方の手もですよ」

近藤に指示され、菜穂は躊躇いがちに父親と恋人に近づく。二人とも頷くと、そろえた両手を差し出した。菜穂はその手にもがむてえぷを巻いた。

「それにしても、この二人を捕まえるぐらいなら、しっかりとどめを刺しておいてくださいよ。そうすれば取り分が増えたのに」

作業する菜穂を見ながら、近藤は廊下に落ちている拳銃と、水木の懐に入れてあった拳銃を取り、自らの背広の懐に入れながら言う。口調は冗談めかしていたが、温度をまったく感じさせない視線が、その言葉が本心であることを物語っていた。水木の全身からは燃え上がるような狂気が迸っていたが、この男は氷のような狂気を纏っている。

私は近藤と目を合わそうとしていた。この男さえ『催眠』にかけ、行動を操ることができれば、全て解決だ。きっとこの男の魂は佐山より遥かに強靭だろうが、私が本気を出せば……。

「わんっ！」私は撃たれない程度に小さな声で吠えてみる。近藤の顔が私に向き、視線がぶつかり合った。

今だ！　この千載一遇《せんざいいちぐう》の機を逃してはならない。私は全身全霊で近藤の魂に干渉を試みる。

「くぉん……」

弱々しい悲鳴が私の喉から漏れ出した。脳震盪《のうしんとう》でも起こしたかのように足がふらつき、私はその場に倒れ込む。氷漬けにされたかのような悪寒が全身を走る。

今のはなんだ？　私は混乱しながら近藤を見る。強靭とか強靭でないという問題ではない。

この男、魂が……穢《けが》れすぎている。この男の魂に接触を試みた瞬間、毒のような穢れが逆流してきた。こんな魂と接触などできない。下手をすれば私の方が取り込まれてしまう。

「特にこいつは役立たずでね」

私から視線を外すと、近藤は刃物のように薄い唇の端を持ち上げ、寝息を立てている佐山の頭に銃口を向けた。本気で撃つ気であることは誰の目にも明らかだった。その狂気に空気が凍りつく。

「終わりました！」

引き金が引かれる寸前、歯を食いしばり痛みに耐える金村の手を最後に拘束した菜穂が、必死に声を張り上げる。その声で近藤は顔を上げた。床に転がる佐山のことはもう頭から消え去っているようだ。その姿は壊れた玩具に興味を失った幼児のようであった。

「ご苦労様でした、お嬢さん。それでは次にちょっとお訊ねしたいのですが……」近藤の目に獣欲《じゆうよく》が掠める。「ダイヤは見つかりましたか？」

菜穂は助けを求めるようにちらりと私に視線を送った。私は迷う。どうするべきだ？　なんと答えたらよい？　ここで正直に「宝石などない」と言っても、近藤は信じないだろう。

「……なんのことですか」額に汗をうかべながら、菜穂は消え入りそうな声で答えた。

「誤魔化そうとしても無駄ですよ。盗聴器で聞いていたんです。あまり性能が良くないので細かいことまでは聞こえませんでしたけど、あなた方がダイヤについて話をしていたのが聞こえました。あとは、『土地神』がどうとか、意味の分からないことも言ってましたっけ。変な宗教でもやっているんですか？」

　近藤はからかうように言いながら、銃を揺らす。

「たしかにダイヤは探しました。けど……見つかりませんでした。ここにダイヤなんてないんです」

「いや、そんなわけない。私はよく調べたんですよ。この屋敷に住んでいた富豪は終戦直前、全財産をダイヤに換えて海外へ逃げようとした。けれどその前に屋敷が空襲にあって富豪は死に、ダイヤは焼失したと思われていました。けれど本当は焼失などしていなかったんです。それをあの子供が見つけたんだ。一個だけじゃなく、もっと沢山ね」

　近藤は上機嫌に言い放った。本当によく調べている。ここまで調べるのにも、かなりの苦労があっただろう。近藤の金に対する執念に私は舌を巻く。

「お前の……勘違いだよ」

　拘束された手で、上着を足に押し当て止血をしている金村が、喉の奥から声を絞り出した。

「なにか言ったか、金村？」近藤は凍りつくような視線を金村に向ける。

「ダイヤは結局一個しかなかったのさ。他は燃えちまったんだよ。その一個は俺が香港で売っちまった。お前の七年越しの大計画も骨折り損でお終いだ」

　金村は痛みで顔を歪めながらも、喉の奥から「ひっひっ」と笑い声を上げる。

「ダイヤの代わりに手に入れたものっていえば、俺が撃った鉛玉だけだったってわけだ」

「金村、てめえ体の油は減っちまったが、舌には油がついたらしいな。べらべらとよくしゃべりやがって」

刃物のように目を細めた近藤は、つかつかと金村に近付くと、革靴のつま先を金村の口元に叩き込んだ。鈍い音がして、金村の頭が後ろの壁に叩きつけられる。壁に背をもたれさせたま、金村はずるずると崩れ落ちていった。

「ありがとうよ。お前のおかげで思い出した。この肩を誰に撃たれたのかをな。今でもな、寒い日は痛むんだよ」近藤は金村に銃を向け撃鉄《げきてつ》を起こした。

「やめろ！」金村の隣に座っていた名城が立ち上がろうとする。

「動くんじゃねえ！」

吠えるとともに近藤は銃口を動かし、引き金を引いた。銃弾は名城の腕をかすり背後の壁を粉砕する。菜穂が悲鳴を上げ、名城の白衣の腕の部分が血で紅く滲んでいく。

「座ってろ。頭吹き飛ばされてえのか！」

近藤は名城の眉間に銃口を押しつけた。再び引き金に指がかかる。

「ダイヤのところに案内します！」突然、菜穂が大声で叫んだ。

「……なんて言いましたか？」

顔だけ菜穂の方を向き、近藤は慇懃な態度を取り戻す。しかし、その目は蜘蛛が巣を張ったかのように血走っていた。

「ダイヤがある場所を知っています。そこに案内しますから……やめてください」

菜穂は俯き、砂を嚙むように言った。もちろん菜穂は宝石のある場所など知らない。時間を稼ぐためだけのはったりだ。

「どこにあるんですか？」近藤の顔が欲で紅潮していく。

「……地下室です」菜穂は近藤の望む答えを口にする。

「やっぱり！　そうだと思ったんだ！」近藤は歯を剝き出し、破顔した。「すぐにダイヤを渡してください、今すぐに」

菜穂は助けを求めるように私を見た。

「安心してください、お嬢さん。私の目的はダイヤだけです。それさえ手に入ればあなたたちに興味はない。誰にも危害を加えることなく消えましょう。もちろん縛ったままですが、明日の朝には発見されますよ。それなら誰も死ぬことはない」

菜穂の不安げな視線の意味を勘違いした近藤は、にこやかに言う。なんと狡猾《こうかつ》な悪党だろう。こうやって儚い希望を相手の前にちらつかせ、その行動を巧妙に操ろうとしている。思わず飛びついてしまいそうな煌《きら》びやかな希望。しかし、それが毒を含んだ疑似餌《ぎじえ》であることは明らかだ。

近藤はなにがあろうと全員を殺すつもりだろう。おそらくは自分の仲間達も含めて。

私は脳が沸騰するほどに知恵を絞る。今この場で使わないで、いつこの明晰な頭脳を使うというのだ。ふと気が付くと、廊下の宙空をふわふわと淡い光の霞が漂っていた。上司と同僚だった。今まで消えていたというのになんの用だ？

目を凝らすと、そこに漂っている霊的存在は、私の仕事仲間の死神達だけではなかった。上司の隣に寄り添うように、三つの魂が漂っている。かつて近藤に殺害された親子の魂達。

私はいよいよ上司がなにをしたいのか分からなくなる。いや、今はそんなことを考えている余裕はない。この状況をどうにかしなければ。

どうすれば菜穂達を助けられる？　今取りうる最善の手はなんだ？

次の瞬間、頭蓋の中で閃光が弾けた。これだ！　これしかない！

『菜穂、近藤を地下室へ連れて行くぞ！』

私は言霊を飛ばす。菜穂は驚いて私を見た。

『大丈夫だ、考えがある。それに……私も一緒に下りる。大船に乗ったつもりで任せておけ』

「レオ……」菜穂の強張った顔の筋肉がわずかにゆるむ。

『いいか、よく聞くんだ……』

そう前置きすると、私は菜穂だけでなく、三人の患者達にも言霊で最後の作戦を伝えていく。

「なにをぼーっとしているんですか？」

言霊に意識を集中していた菜穂に、近藤の鋭い言葉が刺さる。

「あ、すみません」菜穂は慌てて背筋を伸ばした。

「早くダイヤを渡してくださいよ、お嬢さん。そうすれば私達はいなくなる。お互いにとってメリットがあるでしょう」

この男ぬけぬけと……。あまりにも卑劣な近藤の言動に、私は吐き気すらおぼえた。

「……分かりました。地下室に案内します。そこの絵の後ろに階段があります。そこを下りていったところです。先導しますから、ついてきてください」

菜穂はたどたどしい口調で、近藤に説明をしていく。近藤は鋭い視線を絵に向ける。

「中に入って取ってきてください」

そう言うと近藤は院長達に銃口を向け、「その邪魔な絵を移動させてください」と指示を飛ばした。

くっ、この男、ついてこないつもりか？　それでは計画が始まらない。おそらく近藤は自分が地下に行っている間に、廊下にいる者達が逃げ出すと思っているのだ。

菜穂は訴えかけるように私を見た。大丈夫だ、手はある。

『地下室には、外へ逃げ出すための秘密通路があると言え』

意味が分からなかったのか、菜穂は小さく「え？」と呟いた。

『いいから早く言うんだ！』

「あの、その、地下室に……外に逃げ出すための秘密の通路があるんです」

菜穂はなんの脈絡もなく、相変わらずの棒読みで私に指示されたことを言う。いや、もう少し前置きかなにかをした方が……ああ、この際それはどうでもいいか。

予想通り近藤はあからさまに反応した。逡巡がその顔に色濃く浮かぶ。この男がなにを考えているのか私には手に取るように分かった。地下室に入った菜穂が、そのまま宝石を手に外へ逃げ出すことを恐れているのだ。

こんな状況で自分だけ助かろうなどと菜穂がするわけがない。しかし、近藤はそうは思わないはずだ。人間は自分ならどうするかを考えてしまうから。

近藤に銃口を向けられながら、院長達はがむてえぷで括られた手でなんとか絵を脇に避《よ》けた。柱時計が露わになる。

『地下室に向かえ』

「えっ？」私の指示に菜穂は戸惑いの声をもらす。

『私を信じろ。今すぐに地下室へ向かうんだ！』

菜穂は私と柱時計の間で数回視線を往復させると、意を決したように唇を固く結び、柱時計を横に押す。巨大な時計は横滑りし、地下室へと続く階段が出現した。

階段を下りはじめようとする菜穂を見て、近藤は「あっ」と小さい声をあげる。

『後ろを振り返るな。そのまま下りるんだ』

私は近藤の足元をすり抜け菜穂の隣に並ぶ。今度は菜穂は躊躇うことなく私の指示に従って階段を下り始めた。

ほれ、声をかけろ。手遅れになるぞ。菜穂が宝石を持って逃げ出すかもしれないぞ。私は背後の近藤の気配に神経を尖らせながら、菜穂とともに階段を下りていく。

一段、二段、三段……。しかし背後から声はかからない。だめなのか？　私は失敗したのか？　心臓を鷲摑みにされているかのように息苦しい。

「ま、待て」私が半ば諦めかけた時、近藤の焦りを含んだ声が追いかけてきた。

「おん！」やった。歓喜のあまり軽く吠えてしまう。菜穂と私は足を止め振り返った。

「……私もついて行く」

苦虫でも嚙んだかのような顔で、近藤が私達を睨んでいた。物事が思い通りに進まないことがよほど不愉快らしい。ついさっきまでの上機嫌な態度が消えている。

立ち上がろうとした院長が、近藤に銃口を向けられる。娘が強盗犯とともに地下室へ行くのだ。父親としては胸が張り裂けそうなほど不安なのだろう。院長の食いしばった歯がぎりりと軋んだ。

「逃げようとなんてしないでください。もし上がってきた時に一人でも逃げていたら、お嬢さんを殺します。だから院長先生、皆さんをしっかり見張っていてくださいよ」

八つ当たりするかのように、近藤は院長達を脅しつける。そんなことをわざわざ言わなくても、誰も菜穂を置いて逃げたりなどするわけがない。それに、彼らにはこれから大切な役目があるのだ。

近藤は次に私を睨みつけた。「その犬はなんですか？」

なんだ、私にも八つ当たりするつもりか？

「いつも私についてくるんです。私の大切な……友達ですから」

菜穂は私を守るかのように、私と近藤の間に立った。

なぜか分からないが、『友達』と呼ばれた瞬間、胸郭の中にほんのりと温かい炎が灯った。

私と菜穂の視線が絡む。私達はどちらともなく力強く頷きあった。

「だめだ。邪魔だから廊下で待たせて……」

『先に行って待っているぞ、菜穂』

近藤が言い終える前に、私は言霊を残して暗い階段を駆け下りた。一気に最下段まで到達すると、わずかに開いた扉の隙間から室内に入っていく。

これからの作戦は私がいなくては成り立たない。それに……『友達』と呼ばれたからには離れるわけにはいかないではないか。ついさっきまで感じていた不安は、木枯らしに吹かれた塵のようにいつの間にか消え去っていた。

2

ひんやりとした地下室の空気が、火照った体から熱を奪っていく。脳細胞まで冷やされている気がする。私は細く息を吐いた。自分でも驚くほど落ち着いていた。

闇に満たされた地下室で、私は天井辺りを見上げる。菜穂と近藤より先にこの地下室に下りてきた者達がいた。壁から染み出すように現れた霧状の淡い光、上司と同僚だ。その脇にはやはり三人の魂も漂っている。

まったく、本当になにが目的なのだろう？　いまだに上司達の目的が分からないが、さっきほどの嫌悪感を感じることはなかった。

『そんなに最後まで見たいなら、そこで見ているがいい。このあと、「我が主様」のお叱りを受けることは分かっている。だが今は邪魔をするな。最後まで黙って見届けてくれ』

私は自らの決意を言霊に乗せる。私の熱意が伝わったのか、それとも単に興味がないのか、上司達はなにも反応をしなかった。

私は意識を上司達から外し集中する。これから私は菜穂とともに、文字通り命がけの作戦を実行しなければならないのだから。

革靴が階段を叩く音が近づく。扉が軋みをあげながら開いた。

とうとう時間だ。菜穂は部屋に入ってくると、電灯をつけようと手を伸ばす。

『全部つけるな。少し暗い方がいい』

菜穂は私の意図を察し、三つある電源の押しぼたんのうち一番下だけを押す。部屋の一番奥の電灯だけが灯り、部屋の中を照らす。非常電源に切り替わっているせいか、明かりは想像以上に弱々しかった。

「……暗いな」近藤が呟く。

「非常電源に切り替わっていますから」

菜穂は部屋の中へと進んでいく。つられるように、近藤も部屋の中に入った。ここまでは作戦通りだ。

「なんなんですか、この部屋は？」

近藤は子供用の寝台に触れながら、独りごちるように言った。

「ここは……子供部屋です」菜穂はどこまでも硬い声を紡ぐ。「あなたが殺した子供の部屋でした。あの子はこの部屋で死にました」

「あの気味の悪い子供の部屋ですか。なるほど、こんなところに逃げ込んでいたのか」

近藤は悪びれる様子もなく、部屋の隅々に視線を走らせた。

「あなたは……子供を撃ったんですか？」菜穂はかすかに怒気を含んだ声で訊ねる。

「別に狙って撃ったわけじゃないですよ。窓から侵入しようとした私達を見て、母親と一緒に逃げようとしたから、脅しで撃っただけです。結果的には当たってしまったみたいですけどね。しかしこんな地下室に隠れていたとは思いませんでした。ああ、そういえば母親は死んだ時、あの柱時計にしがみついていましたね」

外から撃たれて、母親が慌てて子供だけこの隠し部屋に隠したというわけか。しかし、すでに撃たれて重傷を負っていた子供は、ここで一人息を引き取った。そして、母親は柱時計の前で撃たれ、時計に弾痕が残った。

「なんで、……ダイヤが手に入ればよかったんでしょ」菜穂の声が震えだす。

「あの時は子供がダイヤを持っているのが見えたものでね。撃たれた子供はダイヤを落として逃げていったので、結果的には正しい判断でしたよ」

「正しい判断？」菜穂の口調に含まれる怒気の濃度が上昇していった。「子供を殺すことが正しい判断だって言うの？」

『やめろ！　その男に何を言っても無駄だ！』

私は菜穂を落ち着かせようとする。ここで近藤を刺激してもなんの利益もない。

「私は議論するためにここにきたわけじゃありませんよ」

近藤は大きく舌打ちすると、菜穂の眉間に銃口を当てた。

「それで、ダイヤはどこにあるんですか？」

菜穂は銃口から目を逸らすことはなかった。今まで全ての相手を屈服させてきた武器を前にしても、か弱い女が一歩も引かないのを見て、近藤は唇を醜く歪めた。

「ダイヤはどこなんだ！」怒声が煉瓦の壁を震わせる。

『菜穂……』

時間が凍りついたようだった。私は息をすることも忘れ、状況を見守る。引き金にかかった近藤の人差し指に力が籠もる。だめか……。私は思わず目を閉じるが、銃声は聞こえなかった。おそるおそる瞼を持ち上げる。近藤は拳銃を下げていた。

ふうっと息を吐くと、近藤は破顔する。

「お嬢さん、こんなことをしていてもお互いのためにならないでしょう。あなたにとって今大切なのは、この病院の人達の命のはずです。そのためにも早くダイヤを渡してください。そうすれば私も、これ以上誰も傷つけることなくこの病院から消えることができます」

一転して媚びるような猫なで声で近藤は言う。

「……分かりました。今取り出します。そこで待っていてください」

あくまで硬い声で言うと、菜穂は入り口近く、隠し金庫がある場所に近づいていく。

ひざまずいた菜穂は、金庫を隠している煉瓦を引き抜いていった。近藤が「おぉ」という期待の籠もった声を上げる。

「くぅーん」私は菜穂のそばに寄り添い、か細い鳴き声をあげた。

「大丈夫よ、レオ。心配しないで。すぐにすむから」

菜穂は私の首筋に両手を回し、耳元で柔らかく囁いた。菜穂の体温がじんわりと伝わってくる。そうだ、大丈夫だ。全て上手くいく。

「早くしてください」苛立った近藤が菜穂を急かす。

「……はい」首筋から腕を離すと、菜穂は私の瞳を覗き込んだ。

『やろう。私達ならできる』

私の言霊に菜穂は力強い頷きで応えた。

煉瓦の隙間に菜穂の両手が吸い込まれて行った。菜穂は穴の中を探るように両手を動かすと、数十秒後に腕を引き抜いていく。その両手は合わせられていた。

「これです」

菜穂は近藤の目の前で合わせた両手を開く。蕾が花開くように開いた手の中には、十数個の透明な塊が電灯の光を薄く反射していた。近藤は菜穂の手のひらからその塊達を摑み取る。

「これか！　これが！　やっとみつけた。七年も……やっと！」

その透明な塊を眺めながら、近藤は恍惚の表情をうかべる。今だ！　今しかない！

『走れ！』

私の言霊を合図に、菜穂が身を翻し、階段に向かう。私も素早くそのあとに続いた。

手の中の輝きに見とれていた近藤ははっと顔をあげる。しかしもう遅い。すでに私達は階段を駆け上がりはじめている。私達を追おうとした近藤の手から、塊が一つ転げ落ちた。近藤は慌ててそれを拾おうとする。

「待てっ！」

背後から声が追いかけてくるが、「待て！」と言われて待つ馬鹿などいるわけもない。

「閉めて！」『閉めはじめるんだ！』

階段を半分ほど上がったところで、菜穂の叫びと、私の言霊が同時に飛ぶ。それとともに階段の入り口にある柱時計が動きはじめた。廊下にいた者達が閉めているのだ。

このまま私と菜穂だけ脱出し、近藤を中に閉じ込める。それが私が立てた作戦だった。この地下室は元々は隠し金庫だ。外でしっかり押さえつければ、閉じ込めることができるはずだ。私と菜穂は一心不乱に階段を駆けのぼる。もう少しだ。

「あっ、くぅ」

あと数段というところで、菜穂は突然胸を押さえ膝をついた。苦悶に顔が歪んでいる。私はその場で急制動し、菜穂に寄り添った。心臓か？　よりによってこんな時に。

その時、銃声が狭い廊下に木霊した。そばの壁が弾ける。近藤が銃撃してきている。このままでは同僚の予言が現実のものとなってしまう。絶望が体内から私を腐食していく。

「待たねえか！」近藤の怒号と、激しく階段を鳴らす靴音が背後から響いた。

もうだめなのか？　失敗なのか？　私が絶望しかけたその時、半分ほど閉まった出口の隙間から人影が入り込んできた。

「菜穂さん！」

転げるように階段を下りてきたのは名城だった。名城はがむてえぷで合わせられた両手を菜穂の体の下に入れると、軽々と持ち上げる。ひょろひょろとした外見に似合わず、なかなか力強いではないか。火事場の馬鹿力というやつか。

顔を紅潮させて階段を上がる名城の後ろを、私も駆け上がっていく。近藤の靴音はすぐ背後まで迫って来ていた。振り向く余裕などない。名城は菜穂を抱き上げたまま出口へと飛び込んだ。私もすぐあとに続く。柱時計がずるずると動き、出口を閉じようとする。

なんとか体が通る程度の隙間に私は滑り込んだ。視界が開ける。私が飛び出たのを見て、柱時計に手を掛けていた院長、南、内海が最後の一押しをしようとする。

やった。私はやったのだ。歓喜の雄叫びを上げようとした瞬間、唐突に私の体は見えない壁にでも衝突したかのように停止し、そして後方に引き戻された。菜穂が目を見開き、私に向かって手を伸ばす。しかし、その指先が私に触れることはなかった。

あ……。呆然とする私の目の前で、重い音をたて柱時計が出口を閉ざした。

「畜生がぁ！」近藤が声を嗄らして叫ぶ。私の尻尾を鷲摑みにしながら。

ああ、そうか。直前で私は近藤に尻尾を摑まれ、引きずり戻されてしまったのか。近藤は私の尻尾を放すと、出口の扉に飛びついた。私は冷めた目で、閉まった扉に爪をたて、開けようとしている近藤を眺める。小さな取っ手はあるが、外側から院長達が必死に押さえているのだろう、横開きの重い扉を開けることはできなかった。取っ手にかかった近藤の指先から血が滲む。

……まあ、これはなかなか悪くない結末なのではないか？　私はずきずきと痛む尻尾を動かしながら考える。たしかに私も外に逃げられれば言うことはなかったが、少なくとも菜穂達を守るという目的は達せられた。作戦は九割方成功したと言っていい。さすがは私の考えた緻密な作戦だけのことはある。

このあと、閉じ込められた近藤は警察に逮捕されるだろう。この病院の者達は近藤に殺されずにすむ。素晴らしい。全て丸く収まるではないか。

ん、私か？　私はまあ……殺されるだろうな。

一瞬の油断によって全てを失った近藤の、怒りのはけ口にされるだろう。残念ながら私はそれに抗う手段を持ち合わせていない。近藤に嚙みつきでもすれば一矢報いることぐらいはできるかもしれないが、所詮は無駄なあがきにすぎない。嚙みつくなどという野蛮な行為に及ぶぐらいなら、高貴な私は潔く死を選ぶとしよう。

「畜生！　畜生！　畜生が！」

近藤は狂ったように閉じられた扉に蹴りを叩き込む。しかし、扉は微動だにしない。この地下室は財産を守るための金庫室であったのだ。そう簡単に壊れるわけがない。

ついに近藤は拳銃を扉に向けると、何度も連続して引き金を引いた。

狭い空間に銃声が反響し、硝煙の匂いが充満する。しかし、銃弾は扉にめり込みこそするものの、貫通することはなかった。想像以上に頑丈な扉だ。

弾を撃ち尽くしても近藤は引き金を引き続けた。がちっがちっと撃鉄が空撃ちする。がちっ、がちっ、がちっ、がちっ……。

空撃ちの間隔が次第に延びていき、ついに近藤は拳銃を持つ手をだらりと下げた。

「畜生、せっかくダイヤを……」

空になった弾倉に緩慢な動きで弾を再装塡すると、近藤は片手を懐に入れ、その中から透明な塊を取り出した。地下室から漏れてくる薄い光を弱々しく反射する塊を眺め、近藤は表情を緩める。近藤にとってその塊は、精神を安定させる効果があるようだ。

なかなか有用だな、それは。私は笑いそうになった。いや、もし私に人間の声帯がついていたら、間違いなく笑い声をあげていただろう。近藤が愛おしそうに眺めているその透明な塊、それは宝石などではなかった。

それは私の首輪に付いていた硝子玉だ。そう、菜穂が私に買ってきてくれた、あの趣味の悪い首輪に付いていたものだ。

菜穂は地下室で私の首に手を回した時に首輪を外し、それを手にしたまま隠し金庫に手を入れ、硝子玉を取り外して、あたかも金庫の中から取りだしたように見せかけたのだ。

よく見れば近藤もそれが安物の硝子玉であると気がついたかもしれない。しかし、地下室の薄暗い照明と、何年間も血眼《ちまなこ》になって探していた宝物を見つけたという興奮が目を曇らせた。

「これさえあれば、なんでもできるはずだった……。ようやく手に入れたのに……」

目を閉じ、歯を食いしばると、近藤は愛おしそうに硝子玉に頬摺りまでしだした。

のか。

「かふぁ」ついに私の喉から嘲笑が漏れだしてしまった。犬が吹き出すとこのような音がする
近藤が殺意の籠もった目で私を睨む。人間の笑いとは違っても、馬鹿にされていることは伝わるらしい。次の瞬間、革靴のつま先が私の脇腹にめり込んだ。肋骨が折れる不快な音が体内から響く。息が詰まり、口から胃液が逆流する。倒れた私の口元に第二撃が撃ち込まれる。口の中に鉄の味が広がり、折れた歯がころころと階段を転がる。

「きゃうん」私の口からなんとも情けない声が漏れる。

いかんいかん。高貴な存在である私がこんな声を上げるわけにはいかない。私は口元に力を込める。近藤はそんな私に蹴りを撃ち込み続けた。何度も、何度も、何度も……。

靴先が突き刺さるたびに耐え難い苦痛が襲う。自分の口から悲鳴が漏れているかどうかもよく分からない。血が目に入ったのか、もともと薄暗かった視界が赤く染まりはじめる。

ほとんど視力がなくなった目に、かすかな光の霞が飛び込んでくる。上司達だった。

なんだ？　そんなところでなにをしているんだ？　蹴られ続けながらも、私は思考を走らせる。

……なるほど。私はようやく、上司がわざわざ地上に降臨してきた理由に思い当たった。

きっと上司は『道案内』をしに来たのだ。人間ではなく私の。

死神が封じられた生物が死ぬことなど、かつてなかっただろう。そんな前例のない事態に対処するために、上司はわざわざ現場まで来たのではないか。

きっと、私がここで死ぬことは決まっていたのだ。犬の肉体が朽ち果てた時、そこから解放される私を上司が『我が主様』のもとへと連行するのだろう。罰を受けさせるために。私にはどんな処分がくだされるのだろうか？　消滅させられるのか？　それとも軽いお叱りですむのか？　不思議と不安は感じなかった。

なんにしろ私はやり遂げたのだ。地縛霊化を防ぐという『我が主様』に命じられた仕事と、菜穂達を近藤から救うという、はじめて自らの意志で決定した使命を。

温かな満足感が折れた胸郭の中から湧き上がり、全身の痛みを癒してくれる。

もしお叱りが軽くて、また『道案内』の仕事に戻れたとしたら、数ヶ月後、私が菜穂の魂を案内させてもらえるように頼もう。私の命を助け、世話をしてくれ、そして私を『友達』と呼んでくれた娘だ。これまでのように機械的に案内するのではなく、最大の敬意を払って案内をしよう。そうだ、ついでだし他の三人も私が案内してやるとするか。

「聞こえるかぁ！」ひとしきり私に暴行を加えると、荒い息をつきながら、近藤は扉に向かって叫ぶ。「今すぐにここを開けろ！　でないとこの犬を切り刻むぞ！」

なにを馬鹿なことを言っているのだ。私は犬だぞ。私を助けるために七人の人間の命を差し出す、そんな馬鹿げた取引が成り立つわけがない。論理的に考えれば当たり前ではないか。

反応がないことに腹を立てたのか、近藤は懐から小刀を取り出した。地下室から漏れてくる薄い光が、刀身を妖しく映し出す。

ああ、あれで切りつけられるのか。刃物で切られた経験はないが、あれは痛そうだ。

「十秒以内に扉を開けろ。この犬の尻尾を切り落とすぞ。尻尾の次は足だ。そのあとははらわた引き裂いてやる」

近藤は私の尻尾に小刀の刃先を近づける。もはや私に逃げる力は残っていなかった。ひやりとした金属の感覚に、内臓の温度まで奪われていく気がする。

「一、二、三……」近藤が拷問の開始までの時間を刻みはじめる。

ああ、どれほど切られたら絶命するのだろう。それまで私は悲鳴を耐えられるだろうか？扉の外にいる者達に不要な罪悪感を与えないためにも、静かに死にたいものだ。

「……七、八、九、十。時間だぞぉ！」

わざわざ叫ばなくてもいい。扉が開くわけなどないのだ。お前の残りの人生はこの地下室のように、出口のない闇に沈むことは決まっている。だから、私の体で思う存分その鬱憤を晴らすがいい。覚悟はもうできている。

近藤は舌打ちをすると刃先を沈める。尻尾の皮膚が破れ、蹴られるのとは違った鋭角の激痛が私の脳に伝わる。私は犬歯が軋むほど歯を食いしばる。悲鳴が漏れ出ないようにするために。所詮『痛み』など、体の危機を脳に伝える電気信号でしかない。高貴な私なら耐えられるはずだ。そう耐えられるはず……。

身を固くして私は激痛を待つ。しかし、いくら待っても電撃のような痛みが脳に突き刺さることはなかった。私は固く閉じた目を開ける。網膜に映り込んだ光景を信じられず、私は目を見開いた。

それは幻だと思った。いまわの際にいる私が見た幻であれと望んだ。しかしその願いは、刃物のような唇の両端を持ち上げる近藤の顔を見て霧散する。

扉が躊躇いがちに、しかし確実に開いていた。なにをしているんだ！

「わん！」驚きが吠え声となって喉から迸る。

「いいぞ、いいぞ……」小刀を懐にしまい、かわりに拳銃を手にしながら近藤が呟く。

『やめろ、開けるんじゃない！』私は慌てて制止の言葉を言霊に乗せた。『私はもともと霊的な存在だと言っているではないか。犬の体が死んでも元の存在に戻るだけだ。だから、早く閉めるんだ！　私のことは気にするな！』

菜穂と患者達には今の言霊が届いているはずだ。しかし扉が止まる気配はない。

『やめろと言っているのが聞こえないのか！　なんのために私が必死になってこの作戦を実行したと思っているんだ！』私は必死に言霊で叫び続けた。

「だめだ……」隙間から入り込んできた小さな声は、金村のものだった。「ここでお前を見捨てたら、俺は俺を赦せないんだよ」

『なにを……言っているんだ？』

私は呆然と呟く。そんなこと全然論理的ではない。私がいいと言っているのに……。

「あと少しの人生、後悔はしたくないんだよ。それに、レオ。君にまだ恩を返していないじゃないか」南の声が続いた。

『恩など感じる必要はない。あれは私の「仕事」だったんだ』

「お前を見殺しにしたらな、また『色』が創れなくなっちまうんだよ。だから絶対にそんなことできない」今度は内海の声だった。

『なにを言っているんだ？　お前達の言っていることは全然論理的ではない！』

「論理的かどうかなんてどうでもいいの」

最後に菜穂の凜とした声が、階段まで響いてきた。

「私達は友達を助けたいだけ。友達を助けるのに理由なんていらないの」

扉が完全に開く。菜穂が柔らかい笑みをうかべながらそこに立っていた。

私はもはやなにも言うことができなかった。菜穂達の説明は理性的とは言えない。しかしなぜか私は反論できなくなっていた。彼らの行動は間違っている。人間達が度々見せるこのような不合理な行動を私は忌み嫌ってきた。しかし、それなのに、なぜか私は菜穂達の行動が、身が震えるほど嬉しかった。

「なにをぶつぶつ言っているんだ。いいから、そこから下がれ」

近藤が菜穂に拳銃を向け脅しつける。再び閉じ込められることを警戒しているのか、発砲することはなかった。菜穂は言われた通りに後ずさりしていく。拳銃を構えたまま近藤は階段を上がっていき、扉の外へと消えた。

私はずきずきと痛む体を引きずって、必死に階段を上っていった。

菜穂、南、金村、内海、院長、名城、固まって立つ六人に向かって、近藤が拳銃を向けていた。師長の姿は見えない。全員の手の拘束は解かれていた。

「あの看護婦はどこに行った？」

近藤が廊下を見回す。もはや紳士然とした仮面は剝がれ落ち、獣性にあふれた本性が露わになっている。

「扉を開ける前に、彼女だけは逃げてもらった」

院長が落ち着いた声で答えた。近藤は一瞬不快そうに舌打ちすると、院長を見る。

「……先生。なんで扉を開けたんですか？　まさか私も開くとは思っていませんでした」

「菜穂と患者達が望んだからだ」院長は普段通りの平板な口調で即答した。

「あなたは医者でしょう。患者の安全を守るのが仕事なんじゃないですか？　そいつらが望もうと、開けないのがプロの行動のはずだ」

そうだ、その通りだ。院長が菜穂達を止めるべきだったのだ。

「ここは普通の病院じゃない。最期の時を安らかに過ごすための病院だ。その犬を見殺しにしたら、患者達のこれからの時間が辛いものになると判断した」

「は、お偉いことですな」

近藤は「理解できない」というように頭を振った。それは私も同感だった。今までこの院長は常に理性的な判断を下していたではないか、なぜ今回に限って……。

「それに……」院長はちらりと階段から這い上がった私を見た。「その犬も一応、大切な病院の一員なんでな」

院長まで……。ほとんど感情を見せないこの院長まで私のことをそんなふうに思っていたのか。人間の感情はやはり危険でくだらない。本当にくだらない。そう思うのに、胸の中が淡く温かくなっていく。

「大変ですねえ、こんなことに巻き込まれて。あなたは閉めておきたかったんでしょう？」

近藤は名城に水を向けた。

「僕もこの病院の医者だ。それに菜穂さんが望むなら、僕はそれを叶えたい」

「なんだ、そういう関係だったわけですか。美しいねえ」

青臭《あおくさ》い名城のせりふを近藤は鼻で笑うと、嬲《なぶ》るように拳銃をふらふらと揺らす。みんな銃口が自分を狙うたびに体を硬くする。

「欲しいものは手に入れたんだろう。もうここに用はないはずだ。さっさと消えてくれ」

拳銃を揺らし続ける近藤に、院長は鋭く言葉を叩きつける。近藤の喉の奥からえずくような、くぐもった笑い声が聞こえた。

「いえ、最初はそうするつもりだったんですがね、……気が変わりました。あんな暗いところに閉じ込められたんだ。そのお返しをしないとな」近藤は心から愉しそうに笑った。「お前ら、全員死んじまいな」

ああ、やはりこうなってしまうのか。同僚が見た未来、それは変えることができないものだったのか。絶望が全身の細胞を冒していく。私は目を固く閉じた。

『どうした、マイフレンド？　諦めるのかい？』

唐突に降ってきた言霊に、私は驚いて顔を上げる。同僚がすぐ目の前に漂っていた。

『なぜ、今になって私に声をかける？』

『仲間に声をかけるのが、そんなにおかしなことかな？』

今度は同僚の隣に漂っていた上司まで言霊を飛ばしてくる。

どういうことだ？　上司と同僚は私と菜穂達が死ぬのを見届け、『我が主様』のもとへ連れて行くために来たのではないのか？

『あなたはずっと私が語りかけても、無視していたではないですか』

『お前の新しい仕事の結末を、わざわざこの世界に降りてまで見に来たんだ。私がいちいちアドバイスなどしていたら興ざめだし、お前も気を悪くすると思ったのだが』

予想外の答えに、一瞬体の痛みも忘れる。

『あなたはこの犬の体が死んで、ここから解放された私を「我が主様」のもとへ連れて行くために来たのではないのですか？』

『なにを言っているんだ？　なんでお前がその肉体から出た時、わざわざ私が迎えに行ってやらなければならない？　自分でちゃんと帰ってこい』

上司は呆れるように揺れた。もし彼に肉体があったら、大きなため息でもついていただろう。

『なら、なんで今になって声をかけたんです？』

『君があまりにも情けなく見えたからだよ、マイフレンド。見ていられなかったのさ』

上司に代わって同僚が答えた。

『まったく私の部下だというのに、そんなに簡単に諦めるんじゃない』上司が同調する。

『こんな状況で私になにができるというのです？　私達は直接人間を攻撃する術など持っていないではないですか』

私は苛立ち、少し荒れ気味の言霊を放った。

『それはお前が自分で考えろ。私は別に人間達を助けるために来たわけではない。私達は人間の生死には関わらない』

上司が言う。その通りだ。それが死神の立ち位置であるべきだ。しかし私は……。

『けれどお前は違うのだろう。あの者達を助けたいのだろう。ならやり遂げてみろ』

上司は私に発破《はっぱ》をかけると、手から離れた風船のようにふわふわと離れていった。

私にできること？　私は正面を見る。しっかりと目を見開いて。

「まずは俺を騙してくれたあんたからにしようか。お嬢さん」

銃口が菜穂の胸に向く。近藤は暗い欲望に目を爛々と輝かせ、引き金に指をかけた。院長と名城が庇うように菜穂の前に出ようとするのを、菜穂が必死に止めようとする。

今、私ができることといえば……。これか！

私はよろよろと近藤の足元に近づく。暗い欲望に耽っている近藤は私の行動に気がつかない。私は四肢に力を込め沈み込んだ。激痛が襲いかかるが、歯を食いしばって耐えた。次の瞬間、全力で飛び上がった私は近藤の腕に狙いをつけた。

あの腕をしゅうくりいむだと思うんだ！　私は自分に言い聞かせると拳銃を摑んだ近藤の腕に口を近づけていく。

「がぁぅ！」

私は無心で近藤の腕に食らいついた。ほぼ同時に近藤は引き金を引く。私が飛びついたせいで照準が外れ、廊下に置かれた観葉植物の植木鉢がはじけ飛んだ。

「があああ!?」腕に噛みつかれた近藤が獣じみた絶叫を上げる。

ああ、とうとうやってしまった。高貴な私がこんな下劣極まりない攻撃をしてしまうとは……。しかしこれはしかたがないのだ。こうしなければ菜穂が殺されてしまっていた。

毒を食らわば皿まで。私は顎に渾身の力を込める。鋭い牙が袖を突き破り肉に食い込んでいく。口の中に生臭い鉄の味が広がった。

私は吐き気を抑えこみながら必死に牙を突き立てた。牙の先が何か硬いものに触れた。骨まで達したらしい。痛みに耐えきれなくなったのか、それとも私の牙が神経を断ち切ったのか、近藤は拳銃を取り落とした。

「放せえ！」

近藤は左手で作った拳を私の目元に叩きつけた。一瞬目の前で閃光が瞬き、すぐに視界が白く染まる。口元から力が抜け、私は無様に地面へと落ちた。体の下で「べしゃ」と音がたつ。べしゃ？　なんの音だ？　体の下が濡れている？　朦朧とする意識の中で鼻を動かし、体についた液体を嗅ぐ。刃物のような刺激臭が脳天に突き抜けた。おかげで霞がかかっていた頭がすっきりとする。さっき金村が撒いた化石燃料だ。

ふと目の前に拳銃が落ちていることに気がついた。私は慌てて体勢を立て直すと、拳銃を口にくわえようとする。これさえ奪い去ってしまえば、近藤が皆を殺すことはできない。いや、近藤は他に拳銃を二丁持っているのだったか？　まあそれにしても、拳銃を奪うことには意味があるはずだ。

私の口が拳銃に近づく。あと少し、そう思った瞬間、再び目の前に閃光が走り、体が浮いた。

「舐めんじゃねえぞ、犬っころが！」

その声を聞いて、私は近藤に蹴られたことに気づく。大きくはじき飛ばされた私は、地下室への階段を三段ほど転げ落ちた。口の中に広がる血の味は、近藤のだろうか、それとも私のだろうか？

私は再び近藤に襲いかかるため足に力を込めようとする。しかし、四本の足はもはや私の命令を聞くことはなかった。足元が定まらないまま階段を上り切ったところで限界が訪れる。私は階段と廊下の境目で倒れ込んでしまった。

「レオ！」

私に向かって菜穂が走り出そうとする。他の者達は阿呆のように呆然と立ち尽くしているだけだ。おいおい、私が嚙みついたのを見て、近藤に襲いかかるぐらいのこともしなかったのか？

「動くんじゃやねえ！」

しゃがんで拳銃を拾い上げた近藤が、膝立ちのまま怒声を上げる。菜穂はその場で足を止めた。

「みんな俺を舐めやがって。殺してやる。全員ぶっ殺してやる！」

近藤は菜穂に照準を合わせると、なんの躊躇もなく引き金を絞った。

『菜穂！』

「菜穂さん！」

私の言霊を言葉にしたように叫ぶと、名城が菜穂の前に割って入った。

引き金が引かれる。銃声が廊下に轟いた。名城の体が後方へはじき飛ばされる。

私の網膜に、弾倉から零れた火花が瞬きながら、近藤の足元に広がる化石燃料の海の中に落下していく光景が、こま送りのように映し出されていく。

そして……、世界が紅で満たされた。私は声もなく目の前の光景を眺める。

もはや近藤の姿は見えず、そのかわりに目の前に巨大な火柱が出現していた。火花という切っ掛けを与えられた化石燃料は、ため込んでいた熱量を紅蓮《ぐれん》の炎として吐き出し続ける。

火柱の中に、かすかに人影が見えた。なにか叫ぼうと人影は口を開くが、その口腔内に蛇のような炎が容赦なく侵入していく。火柱の一部と化した近藤は、下手な踊りでも踊るようにふらふらとこちらに近づいてくる。私は慌てて身をかわす。私の体にも少量ながら燃料はついているのだ。引火してはたまらない。私の脇を通り過ぎた近藤は一段目の階段を踏み外した。巨大な炎の玉が階段を転がり落ちていく。

階段を転がり終えたところで止まった近藤は、すでに動くことはなかった。それがもともと人間であったかどうかも、もはやはっきりしない。今や近藤は地下室を照らすための薪のようだった。長年少年の遺体が置かれていた暗い地下室を照らすための。

「名城先生、大丈夫ですか！」

菜穂の甲高い声が聞こえる。見ると菜穂が倒れた名城の首に両手を回して上体を起こしていた。なんとなく面白くない……。私も結構重傷なのだぞ。おそらくその男より。

「ああ、なんとか」

私の予想通り、名城はそう言うと着ていた白衣をはだけた。下から青い前掛けのようなものが現れる。『れんとげん』写真とかいうものを撮る時に着る、鉛の入った防護服だった。その胸の辺りには鉛玉が一つめり込んでいる。これも私の案だ。感謝するがよい。

「思ったよりこの防護服頑丈だね。X線だけじゃなく銃弾まで防げるなんて」

名城は冗談めかして笑うと、「うっ」と唸って胸を押さえる。調子に乗るからだ。肋骨ぐらい折れていてもおかしくない。まあ、名誉の負傷を楽しむといい。

南が廊下に置いてあった消火器を手に取り、燃えている絨毯を手際よく消火していった。最後までこの男が一番冷静だったな……。

菜穂と名城以外の者達は、廊下の火が消えると私の方に駆け寄り、まだ燃えている近藤を見る。全員の顔に割合こそ違え、安堵、嫌悪、憐憫が混ざった表情が浮かんだ。確かに壮絶な死に様ではあったが、あれほど極悪非道な相手に対してかすかにでも憐憫の情を抱くとは、人間という生き物はやはりよく分からない。

まあいい、なんにしろこれで終わったのだ。私は天井を見上げ大きく息を吐く。そこには同僚が漂っていた。脇には三つの魂達もいる。

『あの近藤という男の魂は、お前が「我が主様」のもとへ連れて行くのか？』

『そんなことできると思うかい？　マイフレンド』同僚はふらふらと揺れる。

私はちらりとまだ燃えている近藤に視線を向けると、頭を振った。

『いや、……できないだろうな』

『その通り。僕達には手が出せないさ』

炎の勢いは次第に弱まっていき、ついには消える。消し炭となった近藤の体から湧き出すように、球状の霊体が飛び出した。私は顔を顰《しか》める。

近藤の魂は……醜かった。普通なら淡く光っているはずの表面は、どす黒くくすみ、粘着性の液体でもついているかのように気色悪くてかっている。内部では内臓の動きを連想させるような蠕動が見てとれた。数十年の生涯でどれだけの悪行を重ねれば、これだけ魂を穢せるのだ？

体から離れた近藤の魂は、自分が長年連れ添った体の外にいることに混乱しているのか、その場でふわふわと漂っている。普通なら魂はこのまま遺体の近くに留まり、それを私達が『我が主様』のもとへと導いていくのだ。そう、普通なら……。

近藤の魂は一瞬震えると、なにかから逃げるように上昇しはじめる。

気づいたか……。私は口元に力を入れる。本当なら目を逸らしたかった。現に私が死神として『道案内』に就いていた時は、これから起こるような悲惨な光景を見ることは避けてきた。

しかし今回それは許されない。直接的ではないにしろ、近藤の『死』に私は関わっているのだから。

階段の半分辺りまで上昇をしていた近藤の魂だったが、そこで動きを止める。いや、正確に言えば動きを止められる。後方から引っ張られるようにその場で揺れると、少しずつ近藤の魂は下降しはじめた。その動きが自らの意思ではないことは、時々上方にぴくぴくと動くことから明らかだった。しかし、吸い寄せる力の方が遥かに強かった。ついには魂はもといた遺体の近くまで引き戻される。そして……『奴ら』が現れた。

近藤の遺体の下から、軟体動物の触手のように蠢く、無数の細長い影が出現した。それは植物の蔦のようでもあり、爬虫類の舌のようでもあり、そして赤ん坊の手のようでもあった。私は首に力を入れる。そうしないと目をそむけてしまいそうだった。

命を失った肉体から抜け出た魂は、道案内の死神によって『我が主様』のもとへと導かれる。しかしまれにそれができない魂が存在する。生前に悪行を積み重ねることにより、高貴な存在である我々が近づけないほど負の気をため込んだ魂だ。それらに私達は触れることはできない。下手に接触すれば私達死神もその魂の毒に冒されてしまう。ついさっき、近藤の魂に干渉しようとした私が取り込まれかけたように。

道案内である私達が触れられないほど穢れた魂はどうなるのか。それは、『奴ら』が処理してくれる。そう、『処理』するのだ。

近藤の魂を取り囲むようにゆらゆらと伸びた影は一瞬静止すると、次の瞬間、それまでの緩慢な動きが嘘のような素早さで近藤の魂に襲いかかり、……喰いだした。

三つ叉に分かれた葉や手のように見えていた部分は、もはや口にしか見えなかった。『奴ら』は嬉々として、その小さな口で近藤の魂に噛みつき、啄《ついば》み、引き千切り、削ぎ取っていく。

魂に痛覚があるのかどうかは知らない。恐らくはないだろう。しかし、近藤の魂が激しい苦痛を感じていることはたしかだ。のたうち回り逃げようとするが、その度に『奴ら』が噛みつき、引き戻す。

『奴ら』が何者なのか私は知らない。興味がないのではない。知りたくないのだ。私は『奴ら』の存在をできるだけ意識の中に置きたくないのだ。

喰われ続けた魂が見る見る小さくなり、元の三分の一程度になる。するとそれまで数十本の触手状であった『奴ら』が身を寄せ合いはじめた。『奴ら』は融け合うように一塊になっていく。そしてついに融合を終えた『奴ら』は、巨大な蛇のような姿へと変わっていた。蛇は口を百八十度近く開くと、そのあぎとをゆっくりと近藤の魂へと近づけていく。近藤の断末魔の叫びが聞こえた気がした。耳を塞ぎたくなるような、苦痛に満ちた叫びが。

『奴ら』は一口で近藤の魂を飲み込むと、どこか満足げに咀嚼をはじめる。

数十秒掛けて近藤の魂を味わい終えると、『奴ら』の姿は霞のように消えていった。後には、かつて人間だった炭の塊が、ぽつんと置かれていた。

終わった。これで全て終わった。全身から力が抜けていき、私はその場にへたり込んだ。興奮のために忘れていた痛みもぶり返してくる。

『情けない姿だね、マイフレンド。けれどあの男の腕に嚙みついた時は格好よかったよ』

同僚が言霊を飛ばしてくる。あんな下品な行為を褒められても、嬉しくもなんともない。

『お前はこういう結末になることを知っていたのか？』

死神ならある程度の未来が見えるはずだ。この結末を知っていてもおかしくない。いや、普通に考えたら知っていたと考えるのが妥当だ。

『もちろん知っていたよ。マイフレンド。君にここの人間が殺されることをしゃべった瞬間に、見えるフューチャーがどんどんと変わっていったんだ。あの時は驚いたよ』

なるほど、あの時同僚が過剰に焦っていたのはそういうわけだったのか。私と雑談しただけで眺めていた未来が大きく変われば、驚くのも当然だ。

『それで、お前はなんのためにわざわざこの場に来た？　この病院の者達が死なないなら、ここにくる意味などないだろう。あの男の魂は喰われてしまったしな』

私が揶揄すると、同僚は楽しげに揺れた。

『なにを言っているんだ。案内すべきソウル達ならいるじゃないか。君のすぐそばに』

気づくと、いつの間にか私の周りを三つの魂が取り囲んでいた。彼らは最初に見た時の弱々しさが嘘のように明るく輝いていた。思わず顔の筋肉が緩む。そうか、自分達を殺した犯人が罰を受けたことによって、ようやく『未練』から解き放たれたのか。

『さて、それじゃあそろそろ自分の仕事をすることにしよう。ではマイフレンド、ソーロング』

相変わらず意味の分からない気障《きざ》な挨拶を残して、同僚は天井へと染み入り、その姿を消した。三つの魂達は同僚を追うように上昇しはじめる。ゆらゆらゆらゆらと踊るように。

私は彼らの姿が天井へ消えるまで、温かい満足感を感じながら見送った。

「レオ！」

天井を見上げる私に真横から強烈な衝撃が襲いかかる。全身がばらばらになったかのような痛みが走り、思わず「きゃうん」と声が漏れてしまう。

「レオ！　大丈夫だった？　痛くない？　怪我してない？」

菜穂は私の首筋にしがみつきながら言う。名城への心配が一段落し、私の番になったらしい。

『痛い！　菜穂の腕が痛い！　放してくれ！』

「あ、ごめん」言霊での悲鳴を聞いて、菜穂は慌てて私から腕を放す。

恐ろしい攻撃からなんとか逃れた私は、安堵の吐息を吐きながらもう一度天井を見上げる。そこにはもう同僚の姿も魂達も見つけることができなかった。そんな私を見ていた菜穂の表情がぐにゃりと崩れた。大きな二重の目に涙が溜まっていく。

「ありがとう。……本当にありがとう」

菜穂の腕が再び私の体に回される。数秒前の激痛を思い出し思わず身を固くするが、今度は腕に強い力が込められることはなく、包み込むように首を抱かれる。絹のような肌触りが心地よかった。菜穂は私の首筋に顔を埋めると肩を震わせはじめる。私は『毛についた燃料で汚れてしまうぞ』と言おうと思ったが、それも野暮かなと思い直し、そのまま抱きつかせておく。

菜穂の押し殺した泣き声を聞きながら、私の地上での仕事はひとまず終わりを迎えたのだった。

3

赤色灯が目に染みる。私は風情のない毒々しい紅色に照らされた庭園をてくてくと歩いていた。足を踏み出すたびに軋むような痛みが走るが、耐えられないほどではない。

事件が終わってから数時間が経っている。事件後すぐに近藤達の車に積まれていた電波妨害器を止めて警察を呼んだので、屋敷周辺は無数の警察車両で埋め尽くされていた。

私以外の皆は警察に話を聞かれている。近藤の仲間の二人はすでに連行されて行った。

私は庭園の中心にある桜の樹を見上げる。そこに赤色灯の明かりとは異なった輝きがたゆたっていた。

『お疲れ様だったな』上司は労いの言葉を掛けてくる。

『本当に疲れました』それが正直な気持ちだった。

『そうか、それは貴重な経験だ。私は人間達の言う「疲れた」という感覚が分からないからな』

『ならあなたも犬になってみればいい。すぐに経験できますよ』

『機会があったら検討しよう』上司は明らかにその気のない返答をする。

さて、あまり無駄話ばかりしていてもしかたがないな。

『それで、私への処分はどうなっているのですか？』

『処分、なんのことだ』

『誤魔化さなくてもいいです。私は規則を破った。彼らの寿命を操作してしまった。その罰はあまんじて受けましょう』

『ああ、そのことか』

上司のせりふはまるで処分のことを忘れていたかのようだった。

『それは規則と言うよりは慣習のようなものだぞ。元々私達は夢に現れるか、言霊で話しかけるくらいしか人間に接触する方法がないし、そんなことをしてもほとんどの場合「気のせい」ですまされてしまう。それに、そんな面倒なことをして人間に接触しようとする物好きもほとんどいないからなあ』

慣習？　私は目をしばたたかせる。

『お前の意見を取り入れて、生前から人間に接触させることを決めた時点で、ある程度未来に影響がでるのは当然だと思っていた。それにお前は今は地上に実体があるわけだから、人間の寿命に少しぐらい影響を与えても問題ないんじゃないか？』

上司は適当極まりないことを言う。私は全身の筋肉から力が抜けていくのを感じた。あの悲壮な覚悟は一体何だったのだ。

『では、あなたはなんのためにわざわざ降臨してきたのですか？』

暇なのか？

『そんな言い方はないだろう。部下が必死に頑張っているようなので、ちょっと気になったのだ』

どうやら暇だったらしい。しかし本当によいのだろうか？　やはり『我が主様』はお怒りではないのだろうか？　私が質問を重ねようとした時、上司が『少し待て』と言霊を放ち、動きを止めた。『我が主様』の御言葉を受けとっている。私の体を緊張が走る。

やはり『我が主様』は私の行動をお怒りなのだ。今、上司に私への処分について御命令を下しているのだろう。しかたがない。これは私が決めたことなのだ。私は菜穂達を救うことができた。後悔はなかった。

『……「我が主様」の御心のままに』

上司はそう言霊を呟くと私を見た。ついさっきまでの軽薄な雰囲気は完全に消え失せていた。

『「我が主様」より、お前に処分がくだされた。お前は権限から逸脱した行為を行った。その責任はとらねばならない。よって……』

私はこうべを垂れて御言葉を待つ。上司は言霊を続ける。

『お前は当分の間、地上に棲む獣の体に封じられ、人間と共に生活し、地縛霊化しそうな人間達を救わなければならない』

おお、なんと厳しい処分なのだろう。この高貴な私が獣の体に封じられ、地上に堕とされるとは。なんて残酷な……。ん？

『あの……、私はすでにその処分を受けている状態のような気がするのですが……』

私は首を捻りながら訊ねる。

『そうだな。簡単に言えば、今のまま当分頑張れということだ。なにか不満があるか？』

『えっと。……それでよろしいのですか？』

『よろしいもなにも、それが「我が主様」の御命令なのだ。御命令、受けるだろうな？』

私は大きく息を吐くと漆黒の闇に満たされた空を見上げた。ああ、やはり『我が主様』はこの上なく慈悲深く、それでいて少し適当なお方だ。……もちろんよい意味で。

『我が主様』が御言葉を下されたのだ。私に選択権などない。まだ当分こんなところで過ごさなくてはならないのか。まったく、気が重くなる。しかしなぜか、尻尾が左右に揺れるのを止められなかった。

私は胸を張ると力強く言霊を飛ばした。

『「我が主様」の御心のままに！』

『励めよ』

満足そうに揺れると、上司の姿はゆっくりと薄くなっていき、融けるように消えていった。

上司を見送り、私は振り返る。警官の数は相変わらず多いが、菜穂達は屋敷へと戻りつつある。疲れているので聴取は後日また改めてということなのだろう。私も疲れた。近藤に蹴られた体もずきずきと痛む。今はなにもかも忘れて休みたい。

「レオー。どこー？　怪我治さないとー」

屋敷の入り口から菜穂の私を呼ぶ声が聞こえる。私は軋むような痛みに耐えながら足を踏み出した。さて、戻るとしようか。

我が家に。

4

「メリークリスマス！」

菜穂の意味の分からないかけ声とともに、『くらっかあ』とか呼ばれる西洋爆竹が鳴らされた。

煌びやかな電飾が施されたもみの木の下で、強烈な火薬の匂いに辟易《へきえき》しながらも、賑やかな祭りの雰囲気と、食卓の上に並べられた様々な料理、そして山盛りのしゅうくりいむに、私はなんとなしに高揚した気分になっていた。

近藤達の襲撃から約十日後。今日は『くりすます』という西洋の祭りの日らしい。

実は先日の事件にはまだ続きがあった。近藤の死で事件が終わったと思っていたのは私の大きな勘違いだったのだ。事件の次の日、私は菜穂に連れられ、地獄へと向かうこととなった。

『動物病院』という名の地獄へ。

怪我を診てもらうためということで連れて行かれたその場所に着いた瞬間、名城が運転する車の後部座席で、菜穂の膝に頭を載せてまどろんでいた私はびくりと体を震わせた。頭蓋の中では犬としての本能が、最大限の音量で危険を知らせていた。私には『逃げる』という選択肢があったはずだ。しかし死神としての誇りと、『病院』という場所に対する慣れが私から正しい判断を奪った。

他の犬達の阿鼻叫喚《あびきょうかん》が木霊する院内に入り、自分の判断違いに気がついた時はすでに遅かった。『獣医』という名の悪魔の使いは、私の全身をこねくり回し、わけの分からない機械に縛り付け、全身を包帯でぐるぐる巻きにし、あまつさえ、あの注射……体に針を刺すという非人道的な行為までしたのだった。

帰り際、車の中でぶるぶる震える私に、菜穂は「そんなに怖かったの？」と声を掛けてきたが、私は寒くて震えていたのだ。断じて恐怖で震えていたわけではない。そう、断じて。

まあ、そうこうして事件から十日ほど経った今、私の怪我はかなり回復し、激しく動かなければあまり痛みを感じないほどになっている。獣医のおかげと言うより、早く治さなければまたあの地獄に連れて行かれるという恐怖のおかげだろう。

私は部屋を見回す。菜穂、南、金村、内海、院長、名城、他の看護師達。十人足らずの人間が、様々な装飾が施されたこの団欒室で思い思いに『くりすます』を楽しんでいる。

特に三人の患者達、そして菜穂が、心の底からこの時間を楽しんでいるように見えた。それは四人にとってこれが最後のくりすますであることと無関係ではないはずだ。一年後、世界中でこの祭りが開かれる時、彼らはすでにこの世界にはいないだろう。

南と金村は事件のあと、病状がかなり悪化してきていた。現に今も二人は、食卓の上に所狭しと並べられた食事にほとんど手をつけておらず、飲み物を舐めるように飲んでいるだけだ。しかし、二人に悲壮感はまったく見られなかった。おそらく二人は安心したのだろう。自分がこの世ですべきことは全てやりきったと。そして、最期の時に向けてゆっくりと、穏やかに準備を始めているのだ。

そう言えば、警察に逮捕された水木と佐山は、警察には金村のことは話していないらしい。下手にそのことを話せば、七年前の強盗殺人に自分達が関わっていたことがばれてしまうと踏んでのことだろう。しかし、金村が自分の死後に警察に届くよう、七年前の真相を綴った文書を弁護士に渡していることを私は知っている。

南、金村とは逆に、内海は事件前よりも生命力を増しているように見える。今も皿に山盛りにした料理を口に流し込んでいる。内海にはまだ仕事が残っていた。人生最後にして最高の絵を描きあげるという仕事が。

「レーオ」

物思いに耽っていると、背後から声をかけられる。振り返ると菜穂が両手を後ろに回し、笑顔で私を見下ろしていた。

『後ろになにを持っているんだ？』

私は警戒心を露わにしながら後ずさる。動物病院に行ってからというもの、菜穂はなにかと動物病院からもらった、苦くて不味い薬を飲ませようとするのだ。

「そんなに怯えなくても大丈夫だって。クリスマスプレゼントを渡すだけ」

『くりすますぷれぜえと？』

「そう、クリスマスにはお互いに贈り物をするんだ。この前の首輪、なくなったから新しいの買ってきてあげたの」

菜穂は私の首に腕を回すと、「うん、似合う似合う」と上機嫌に言った。私は部屋の隅にある姿見に映った自分の姿を見る。派手派手しかった前回の首輪とは違い、茶色の革製の首輪に、睡蓮をかたどった手彫りの金属製の装飾が一つだけぶら下がっている。

これはどうしたことだ。なかなか私に似合っているではないか。前回、あのとんでもない首輪を買ってきたのが嘘のようだ。

「名城先生と買いに行ったら、レオにはこれが良いだろうって」

名城、良くやった。私は様々な角度から、首輪をつけた自分の姿を鏡に映して眺める。なるほど、贈り物をお互いに渡すか。なかなか風流な慣習だ。しかし、困ったことにそれを知らなかった私は、菜穂に対してなにも用意していない。次第に左右に振られていた私の尻尾が垂れ下がってくる。

「気に入らなかった？」

『いや、とても気に入った。ただ……私はなにも菜穂に渡すものを用意していない』

「なに言ってるの、そんなこと気にしなくていいの。レオは私達を助けてくれたんだから」

菜穂はいつものように私の頭を撫でてくれた。

『菜穂はなにか欲しいものとかはないのか？』犬である私に用意できるものなど、ほとんどないことは分かっていたが、訊ねずにはいられなかった。

「そうだなぁ。欲しいものはないけど、できればこの病院がずっと続いて欲しいかな」

『……やはり、この病院はたたまれるのか？』

「お父さんに訊いたわけじゃないけど、多分そうなっちゃうかな。事件以来、お父さん病院続けたいと思っているっぽいんだけど、お金がね。……こればっかりはどうしようもないよ」

菜穂は哀しげに部屋全体を見渡す。菜穂にとってこの病院は看護師になるという夢が叶った場所であり、仲間達とともに戦った場所であり、そして終の住処でもあるのだ。菜穂がこの場所にいられるのは、長くともあと数ヶ月。自分がいなくなったあと、この屋敷が変わってしまうことが、菜穂にとってはとても辛いのだろう。

どうにかしてやりたい。できることならずっとここを菜穂の思い出の場所のまま、今のままに留めておいてやりたい。しかし本来は死神という高貴な存在の私も、この地上では一匹の獣に過ぎない。犬に金を稼ぐ手段など、この世知辛い世界には存在しない。私は改めて自分の無力さを噛みしめる。

「あ、ごめんね、湿っぽい話になっちゃって。シュークリームもいっぱい用意してあるからね。今日だけは何個食べてもいいよ」

菜穂は最後に私の頭をぽんぽんと叩くと、小箱の入った籠を持って離れていった。他の者達にも贈り物を配りに行ったのだろう。その後ろ姿を見送ると、私は大きなため息をつく。せっかくのしゅうくりいむにも、今はあまり食指《しょくし》が動かなかった。

視界の隅で色とりどりの光が点滅する。そちらの方向に顔を向けると、もみの木に取り付けられた電飾が、天空の星々のように瞬いていた。三階の物置に置かれていたもみの木だ。今日の祭りに合わせて、この部屋まで運ばれてきていた。

私はもみの木を見上げる。そうしていると落ち込んだ心が少し慰められるような気がする。不思議なものだ。単に植物に様々な装飾を施しただけであるというのに。

しばし、私はそのもみの木を眺めていた。

ふと胸の奥底でなにかむず痒さを感じた。なんだこの感じは？　私は小さな違和感の正体を探ろうとする。それは目の前に立つもみの木を見れば見るほど強くなっていった。

……あ！　私は口をあんぐりと開く。

『菜穂！』

私はもみの木を見上げたまま強く言霊を飛ばしていた。驚いたのか、院長に万年筆を渡していた菜穂は体を震わせる。言霊が聞こえない院長は、目の前で急にびくっと体を震わせた菜穂を不思議そうに見た。

「どうしたの、レオ。大きな声出して、びっくりしたじゃない」菜穂が駆け寄ってくる。

『声ではない、言霊だ』

「どっちでもいいじゃない。もう、せっかく感動的なシーンだったのに。いつも表情が変わらないお父さんが笑って、もうちょっとしたら泣きそうだったのに」

笑う？　泣きそうだった？　あの男が？　私はちらりと院長を見るが、いつもの無愛想な顔に変化はないように見えた。娘ならではの観察眼なのか？

『それは悪かった。けれど院長の笑顔より珍しいものを見つけたんでな』

「お父さんの笑顔より珍しい？　つちのこでも見つけたの？」

あの男の笑顔はそこまで珍しいのか？

『いや、つちのこほどではないかもしれないが、……多分つちのこよりも役に立つぞ』

私は気を取り直すと、顎をしゃくってもみの木を指す。

『あれを見ろ』

「なに、クリスマスツリーになにかあるの？」

『私の贈り物……「くりすますぷれぜえと」とかいうやつだ』

「え？　プレゼント？」菜穂は眉間に浅くしわをつくり、怪訝そうに訊き返す。

『このもみの木は、近藤に殺された親子が住んでいた頃からあるものなんだな？』

「そうだけど……？」

『色々装飾が施されているな、この木は』

「うん。クリスマスツリーってそういうものだから……」

質問に答えず言霊を続けた私に、菜穂は小首をかしげる。

『しかし、少し飾りつけが子供っぽくないか？』

枝には電飾などに混ざってぬいぐるみや玩具などが飾られていた。

「小さな子のクリスマスツリーだったからね。子供って自分の好きなものをツリーに飾り付けるの。私も昔はお人形飾ったり……」

『それだ！』私は強く言霊を放つ。

「どうしたの？　驚いた……」菜穂は両手で自分の胸元を押さえる。

『ああ、悪かった。そう言えば、最終的に宝石は見つからなかったな』

再び私は話題を変えた。

「え、うん、それはそうだけど。レオ、大丈夫？　さっきからなんか話が飛び飛びになってるよ。頭痛かったりしない？　ちょっとボーッとしてるの？」

失礼な。この頭脳明晰な私に対して。私は構わず続ける。

『あの地下室で偶然見つけた宝石は、少年にとって宝物だったはずだ。そのうちの一つは肌身離さず持ち歩いていたが、いくつもあった宝石を全部持ち歩くことはできなかった。残りの宝石を少年はどうしていたんだろうな？』

「え……？」菜穂は首を傾げ目を細めるが、やがて私の言葉の意味を理解してきたのか、元々大きい目を目尻が裂けそうなほどに見開いていく。油ぎれしたぶりき人形のように妙にぎこちない動きで、菜穂はもみの木の方を向いた。

菜穂の目の前に立つもみの木の枝には、いくつもの光が煌めいていた。

『硝子玉にしては、少々美しすぎると思わないか？』

「うそ……。そんな……」

菜穂はそのまま動かなくなる。ここは専門家の出番だろう。

『金村』私はちびちびと林檎の果汁を飲んでいる金村を言霊で呼ぶ。

金村は振り返ると、少ししんどそうに立ち上がり近づいてきた。

「どうかしたか？」

他の者に聞こえないよう、私のそばにしゃがみ込みながら話す金村の口調は、最初に会った時とは別人のように穏やかだった。毒気が抜けたのはよいことなのかもしれないが、何度も悪態をつきあった仲としては、なぜか物足りなく感じてしまう。

『そこのもみの木を見てくれ』

「ん？　これがどうかしたのか？」金村はもみの木の枝を適当に撫でたりしている。

『もっと真剣に見るんだ。お前の目は節穴か』

私の発破で、少々不愉快そうに金村の目元に力が入る。そうそう、それくらいの毒がないとこの男らしくない。

「いったいツリーがなんだっていうんだよ。別におかしなところなんて……」

そこまで言ったところで金村は言葉を止め、不思議そうにもみの木に顔を近づけていく。やや浮腫んでいる金村の瞼がどんどんと大きく見開かれていく。

「あああぁ！」拳が入りそうなほど開かれた金村の口から大声が漏れ出し、団欒室にいた全ての者の視線を引きつけた。

「どうしました？」近くにいた名城が慌てて駆け寄ってくる。

「だ、だ、だ……」金村はもみの木を、正確にはもみの木の枝にくくりつけられた小さな塊を指さしながら、喉の奥から奇声を発し続ける。

「金村さん。落ち着いて。まず横になりましょう。師長さんバイタルを計って……」

「違うんです。先生、違うんです」金村は掠れた声で言うと、震える手をもみの木に伸ばす。

「ダイヤです。ここにダイヤがあるんです！」

金村は叫びながら、枝にくくりつけられた光の塊に手を伸ばす。蛍光灯の光を吸収し、何倍にも増幅させて放っているかのような力強さと、触れれば砕けそうな儚さが同居する塊に。

「院長先生、これですよ、あいつらが血眼になって探していたダイヤは。こんな所にあったのかよ、見つからないはずだ。ざまあみやがれ！」金村は大声を上げて笑い出した。

「ダイヤ……」

呆然と呟く菜穂は、濃縮された光の結晶に白く細い指を伸ばす。指先が触れた瞬間、七色の煌めきがふわりと広がった。その美しさに菜穂は息をのむ。

「ここにも、ここにもある！　こりゃ宝のなる木だな」

金村は次々と枝についている宝石を見つけていく。さっきまでの悟りを開いたかのような雰囲気は消し飛び、その声は生々しい生気に満ちていた。まあ、こちらの方がこの男らしくて良い。

『その宝石はお前のものじゃないぞ。私から菜穂への「くりすますぷれぜえと」だ』

まさかそのまま自分の懐に入れはしまいとは思うが、とりあえず釘を刺しておく。

「それくらい分かってる。今更自分のものにしようとするわけないだろ。俺の寿命があとどれくらいだと思っているんだよ」金村は私を睨む。

『はしゃいでいたではないか』

「しかたねえだろ。宝石商のさがってやつだ。それにこれは因縁のダイヤだからな」

『どうだか。ほれ、さっさとそれを菜穂に渡すんだ』

「わかってるって」

　金村は片手に盛られた宝石を渋々といった様子で菜穂に手渡す。菜穂は手の上で輝く光の結晶をどうしたらいいか分からないようで、助けを求めるように辺りを見回した。

『なにを挙動不審になっているんだ？』

　あまりにも落ち着かない菜穂の態度に、不安になって言霊をかけると、菜穂は私のそばにひざまずいて囁いた。

「これ、どうすればいいの？」

『どうすればいいって、私からの贈り物なのだ。菜穂がもらえばいいではないか』

「こんな貴重なものもらったって困っちゃうよ」

『別に懐に入れろと言っているわけじゃない。この宝石でできることがあるだろう？』

「できること？」

　混乱して頭が回っていない菜穂は、眉根を寄せる。まったく世話が焼ける。

『その宝石はかなりの価値があるものなのだろう？　経営難の小さな病院ぐらいなら簡単に立て直せるぐらい』

菜穂の顔の動きが止まり、手のひらの上に載る未来の可能性を見つめる。

「でも、そんなこと……。これは私達のものじゃないし……」

『院長はこの病院を家具も含め丸ごと買ったのだろう？　人間の規則がどうなっているか知らないが、ある程度は院長にも権利があるんじゃないか？　それに、それの本当の持ち主だった男は戦争で死んでいるはずだ。今更文句を言う者もいないだろう』

「本当にそんなことして……」

『いいんだ。最後の心残りを、その宝石で解決するんだ』

菜穂はそれでもしばらくの間、視線を彷徨わせていたが、やがて瞼を落とし唇を固く結んだ。その姿は瞑想でもしているかのようだった。再び開いた瞼の下から現れた瞳にはもはや迷いの色はなく、宝石にも劣らない強い輝きが宿っていた。

「お父さん！」

立ち上がると、菜穂は院長の目の前につかつかと歩いて行く。

「な、なんだ」唐突に娘の強い決意を込めた言葉をうけ、院長は少し身を引いた。

「お願い。私、この病院がなくなるのは嫌。このダイヤを使って病院を続けて」

菜穂は宝石を差し出す。

「病院を、続ける……？」院長の顔に珍しくはっきり表情が浮かんだ。迷いの表情が。

「外科医だったお父さんが、緩和ケアを勉強して、この病院を始めたのが、私のためだったってことは分かってる。けれど、お父さんは今はすごく素敵な緩和ケア医になったし、ここもすごくいい病院になった。ここがなくなるなんて嫌なの。それが、私がいなくなったあとのことだとしても……」

菜穂は父親の目をまっすぐに覗き込んだ。院長は唇を固く結び、無言を貫く。

「お金の問題ならこのダイヤでなんとかなるでしょ。あとはお父さんの気持ちだけ。……病院をたたむこと、簡単に決めたわけじゃないって分かってる。私が……いなくなったあと、ここで仕事を続けるのが辛いことも分かっている。本当なら私もずっとここで働きたかった。でも、それはできないから、思い出が詰まったこの病院だけでも……」

たたみかけるように菜穂は必死に言葉を続ける。途中からその言葉には嗚咽が混じり、目からは止め処《ど》なく、手の上の宝石に勝るとも劣らないほど美しい涙がこぼれる。

「お父さん、お願い……」菜穂は涙に濡れた手を父親の手に重ねる。

数秒の沈黙の後、院長を取り囲む人々の中から南が一歩進み出ると、菜穂の隣で深々と頭を下げた。

「先生、こんなこと言える義理じゃないのは分かっていますが、私からもお願いいたします。この病院は素晴らしい病院だ。私はこの病院で救われたんです」

南に倣うように金村、そして内海が前に進み出た。二人は南の隣に並ぶと同時に勢いよく頭を下げた。

「俺だってそうですよ、先生。なんの希望もなくて、俺は自暴自棄になってた。死ぬことが怖くて仕方がなくて、誰彼構わず当たり散らした。けれど、この病院に来て俺は変わることができた。体の中に腐った毒をためたまま最期を迎えずにすんだんです」

「俺もです。この病院で俺はまた絵が描けるようになった。この病院に来なければ、俺は絵を描けないまま終わっていました。俺は描き終えた絵をこの病院に寄付するつもりです。先生、どうか病院を続けて、俺の絵をここに飾って下さい」

金村と内海は頭を下げたまま次々に院長に訴えると、ちらりと私に視線を送ってきた。

私を見るんじゃない。私は少しきっかけを与えただけだ。お前達が自分で助かったんだ。だから私に感謝するのは構わないが、露骨に視線を送るんじゃない。院長達になにか気づかれたら、病院が存続しても仕事がしにくくなるだろうが。

私がやきもきしている間、院長は眉間に深いしわを刻んで考え込んでいた。緊張を孕んだ沈黙がこの華やかな部屋に満ちる。院長は厳しい表情のまま、沈黙を破った。

「これは卑怯だ……」

「卑怯って？」菜穂が恐る恐る、震える声で訊ねた。

「私は常々、患者の希望には応えるようにスタッフに指導してきた。そして今入院している患者全員が、私に病院を続けろと言っている」

院長は小さく息を吐くと、かすかに、本当にかすかに唇の片端を持ち上げた。

「これじゃあ……病院をたたむわけにはいかないじゃないか」

誰からともなく小さな声が湧き上がり、やがてそれは爆発したかのような歓声へと成長していく。菜穂が院長に飛びつき、細身の院長はよろよろとふらついたりしている。

患者、そして医療従事者、誰もが笑顔で手を取り合って喜んでいる。

私ははしゃいでいる人間達を満足げに眺めた。これで本当に私は仕事をやり遂げた。この病院にいた、菜穂も含めた四人の患者全員の『未練』を完全に解消することができた。病院が続くなら、私も当分ここで『我が主様』のために働くことができそうだ。失職の危機をまぬがれた私は、名城と手を取り合って喜んでいる菜穂から視線を外し、もみの木のもとへと移動する。

木の下の部分に、金村が見つけ損なった宝石が一つぶら下がっていた。私はなんとなしに鼻先でそれに触れる。糸で吊るされた宝石が静かに揺れ、その中に内包されていた煌めきを撒き散らす。

私は目を細める。色々と紆余曲折あったが万事うまくいった。菜穂、南、金村、内海そして私、このうち一人（もしくは一匹）でも欠ければこううまくはいかなかっただろう。

ふと私は首をかしげる。よくよく考えてみると、これはうまくいきすぎではないか？　三人の男達の未練を解決してゆく中で、複雑に絡まり合った真実が解けていき、七年前の事件の真相が明らかになった。その結果三人の患者、菜穂、そしてあの三つの魂達までもが救われた。まるでなにかの意志が働き、私達はここに集められたかのようではないか？

しかし、そんなことができるとしたら……。

私は天を仰いで苦笑する。想像が正しいとしたら、いったいどこからが御計画なされていたことなのだろう……？　やはり、私などでは計り知れない偉大なお方だ。

なんにしろ、今日はこの祭りを思いきり楽しむとしよう。私は思いきり鼻から息を吸い込む。

向日葵のような陽気で楽しげな香りが鼻腔を満たしていく。

なるほど、少し賑やかすぎるきらいもあるが、西洋の祭りも悪いものではないな。私は少しかたくなになりすぎていたのかもしれない。同僚のように西洋かぶれになる必要はないだろうが、柔軟に受け入れてみれば、舶来の文化もなかなかに味があるようだ。

揺れる宝石を眺める私の頭頂部に、温かい手のひらが置かれた。いつの間にか菜穂が私の隣にしゃがみ込み、私と同じ目の高さから宝石を眺めていた。

『名城は放って置いていいのか？』

「なに？　妬《や》いているの？」菜穂が小悪魔的な笑みを浮かべる。

『馬鹿なことを言うな』私はぷいっと顔を背ける。

「ふふ、可愛いね」

しばし私と菜穂は並んで揺れる宝石を眺めていた。

「綺麗だね」

『ああ、綺麗だな』

小さな菜穂の呟きに、私も小さく言霊で答える。

菜穂はふわふわの毛に包まれた私の首に腕を回すと、耳元で囁いた。

「メリークリスマス。レオ」

私は試しに同僚にならい、少し気障な発音で答えてみる。

『メリークリスマス。菜穂』

エピローグ

小鳥の囀《さえず》りが耳をくすぐる。庭園の中心に小さく盛り上がった芝生の上で、私は満開の桜を見上げていた。淡い薄紅色で視界は満たされる。

年が明けてすぐ、南と金村が続けて逝った。二人ともその命が尽きる二、三日前から昏睡《こんすい》状態に陥り、眠るようにその命は消えていった。死に顔は二人とも穏やかだった。

二人の死から約二ヶ月後、今度は内海が逝った。鎮痛用の麻薬で意識が朦朧としつつも、内海は最期の瞬間まで満足げに自分の最高傑作を眺め続けていた。

朝日に麗らかに照らされたこの病院の庭園を描いた遺作は、内海の遺志のとおりに屋敷の一階の廊下に堂々と飾られ、見る者の心に爽やかな風を起こしている。その絵の中で、満開の桜の樹の下には、樹を見上げる三人の患者、私、そして白衣姿の菜穂が描かれていた。

私は桜から視線を外し、庭園全体を眺めた。数ヶ月前は寒々しかったこの庭園も、今は色とりどりの花が咲き誇っている。これもひとえに、毎日甲斐甲斐しく植物たちの世話をしていた菜穂のおかげだろう。しかし……、その菜穂はもういない……。

数日前から心臓の動きが不安定になり、菜穂は病室で酸素を吸いながら臥せるようになっていた。院長や名城、看護師達が入れ代わり立ち代わり看病に当たった。私は人間の医療器具など使えないので、ただ寝台のかたわらに座り、苦しいだろうに無理に笑顔を作る菜穂を見守ることしかできなかった。

私は菜穂を励ましたかった。『死』は終わりではないと伝えたかった。しかし、寝台の上に横たわり酸素を送るための口あてをした菜穂は、盛んに私に「大丈夫だよ。きっとまた会えるから」と逆に私を励ましさえした。

私は最期の時まで、菜穂に感謝の言霊をかけることしかできなかった。

そして、まだ日も昇らぬ今日の未明に、菜穂は多くの者たちに見守られながら、眠るように息を引き取った。口あてを外された菜穂は、いつも桜色に染まっていた頰が蒼白くなっていたが、それ以外は本当にただ眠っているだけのように見えた。

菜穂の体からは美しい魂が浮かび出たのだろう。しかし、私は視界が涙でぐにゃぐにゃに歪み、喉に流れ込む鼻水でむせ返ったため、その魂を見ることはできなかった。

きっと私は『花粉症』とかいうものになってしまったのだろう。そうでなければあんなに涙が流れるわけがない。

名城が菜穂の頰を撫でながら涙を流し、師長をはじめとした看護師たちが菜穂の体に縋《すが》りつき、院長が顔の筋肉をぴくぴくと痙攣させながら嗚咽を飲み込んで立ち尽くす病室を、私は洟《はな》を啜りながらそっと後にした。

　菜穂の亡骸はたしかに美しかった。しかし、もはや菜穂はそこにはいないのだ。私は菜穂の外見に惹かれたのではない、その魂の美しさに惹かれたのだ。それ以上病室にいる意味を私は見いだせなかった。菜穂は逝ってしまったのだから。

　色とりどりの花で満たされた視界が滲んでいく。

『泣いているのかい？　マイフレンド』桜の花の中から言霊が降ってきた。

『……まだいたのか？』

　私は顔を上げる。私が病室から出て、庭に佇みはじめてから数時間が経っている。すでに同僚は『我が主様』のもとへと向かうため、菜穂の魂とともにこの世界から消えていると思っていた。

『あのレディの魂に、最後に親しい人々に会う時間を与えているんだ。彼女のヴォイスは聞こえなくても、勘のいい人間ならなにか感じるかもしれないからね』

『……お前はいつもそんなことをしているのか？』

　私は首を捻る。『我が主様』のもとへ迅速に魂を導くことが我々の仕事だ。魂を待ってやるなど、聞いたこともない。

『まさか。今回は特別だ』

『特別？』

『このレディは君にとって大切な存在だと、ボスから聞いている。マイフレンドの大切な存在なら、私にとっても大切なのは当然だろう。だから丁寧に案内しているんだよ』

同僚はさも当たり前のように言った。だから私はこの同僚とは気が合わないのだ。そのようなことは少しぼかして言うのが、『侘び寂び』というものだというのに。

『なぜ尻尾を振っている、マイフレンド？　その尻尾の動きにはなにか意味があるのか？』

『犬の体は呆れると、尻尾が左右に動くようになっているのだ』

『そういうものなのか？』

『そういうものだ。お前も一度犬になってみれば分かる。今度はお前の番になるように上司に推薦しておこう』

『遠慮しておくよ』

いやいや、やってみれば思っているより悪いものではないぞ。私は心の中で密かに、今度上司に会った時、この同僚も地上に送るように熱烈に推薦することを決める。

春の風が私の黄金の毛をなびかせた。

『……なあ、訊きたいことがあるのだが、いいか？』私は迷いながら言霊を放った。

『訊きたいこと？　なにかな？』

『「我が主様」のもとに行った魂たちは……そのあとどうなるのだ？』

私の質問を聞いた同僚は驚いたかのように揺れた。

『なんだ、マイフレンド。そんなことも知らなかったのか？』

『……興味がなかったからな』

『マイフレンド。ソウル達は私たちの大切なゲストだぞ。あまりシンパシーを抱きすぎるのもよくないが、もう少し興味を持ってもいいのではないかな』

『……反省している』

私が渋々そう言霊を飛ばすと、同僚は不思議そうに私を凝視した。

『なんだ？』

『君は変わったな』

『変わった？　私が？　当たり前だろう。犬の体に封じられているのだから』

『ノンノン。外見のことではない。中身のことだ。私たちの中でもひときわ頑固で、任務をこなすこと以外にはなにも興味を示さなかった君が、ソウルのことを気にかけたり、反省を口にするとは……。僕にとって大きな驚き、サプライズだよ』

そうなのか？　私は驚かれるほどに変わったのだろうか？　自分ではよく分からない。しかし、変わっていようがいまいが構わない。私は私だ。

『私のことなどどうでもいいだろう。それで、魂達は……菜穂はどうなるのだ？』

黄金の毛に覆われた私の胸の奥で、心臓が痛みを感じるほどに激しく鼓動する。

同僚は私に近づくと、囁くように言霊を飛ばしてきた。私は息をするのも忘れ、その内容に耳を……もとい、心を傾ける。

『「マイマスター」のもとへと行ったソウル達は……』

同僚はゆっくり説明を始める。私は一言も聞き漏らすまいと精神を集中させた。説明が進んでいくにつれ口元が緩んでくる。尻の方からぱたぱたという音が聞こえてきた。

『……ということになっている』

『そうか……よく分かった』

同僚が説明を終えると、私はできる限り平静を保ちながら言霊を飛ばす。

『なぜ呆れているんだ？　マイフレンド。君にとってはいい話ではないのか？　君はあのレディに幸せになって欲しいのだろう？』

今にも千切れんばかりに左右に動く私の尻尾を、同僚は訝しげに見た。

『気にするな。犬の体は複雑なんだ。本当に知りたいなら犬になってみるしかない』

たしかに私は変わったかもしれない。こうも嘘が簡単に出るようになってしまった。

死神として誕生してから長い期間、ほとんど変わることなく自らの仕事をこなすだけだった私が、わずか数ヶ月で変化をきたしてしまった。おそらくは好ましい変化を。

地上に降臨してから半年ほどの思い出が私の脳裏に走馬燈のように蘇る。それはあのもみの木に吊るされていた宝石よりも光り輝く経験だった。

『マイフレンド』同僚が私に言霊をぶつけてくる。『物思いに耽っているところを悪いが、君にゲストがいる』

『げすと？』

『彼女がみんなへの挨拶を終えたらしい。最後に君と話したいと言っている。本当は許されないことなのかもしれないが、彼女は特別だし、相手が君なら認めざるを得ないよ』

同僚が誰のことを言っているのか理解し、私は身を震わせる。

『どこに……？』

『顔を上げればわかるよ』

私は真上を見る。舞い散る桜の花弁の中、薄い桃色の光の塊が浮いていた。

『菜穂！』私は言霊で叫ぶ。

太陽の下で見る菜穂の魂は、今まで見たどの魂よりも美しかった。もみの木にくくりつけられていた宝石を彷彿《ほうふつ》させるような淡い光が、その表面で煌めいている。

菜穂の魂は降りてくると、私の周りをゆっくりと回り始める。そして、弱々しく、しかしたしかに言霊を放った。

『あ　り　が　と　う　ま　た　ね　レ　オ』

視界が滲み、なにも見えなくなる。きっと花粉症が悪化してしまったのだ。

『なにを言っているんだ。感謝するのは私だ。菜穂は私の最高の……「友達」だ』

私は必死に菜穂に感謝を告げた。どれほど言霊を紡いでも、私の気持ちの一割も表すことができないのがもどかしかった。菜穂の魂が揺れる。私は菜穂のはにかんだ笑みを見たような気がした。

『では、そろそろ行こうか』

同僚が菜穂の魂を促す。美しい光の結晶は静かに舞い上がりはじめた。

『菜穂をよろしく頼む。死神同士の約束だ』

私は同僚に頼み込む。すると同僚は不思議そうに私を見た。

『死神？　なにを言っているんだ？　マイフレンド』

『なにをって……人間は私達をそう呼んでいるだろう？』

『死神か？　いや、たしかにそんな風な不吉な呼ばれ方をすることも稀にあるけれど、普通はもっと別の名で呼んでくれるぞ』

『別の名？』

私の問いに同僚はどこか誇らしげに言霊を放った。

『エンジェル。「天使」さ』

天使……。天の使い。私は目を見開く。

ああ、思い出した！　そうだ、『天使』だ！　私達は『天使』と呼ばれているんだ。

『では、マイフレンド、また会おう』

『ああ、そうだな』

私は同僚に答えると、桜の樹のてっぺんの辺りまで上昇した菜穂の魂に向かい言霊を飛ばした。

『菜穂。また会う日まで……幸せに』

菜穂の魂は嬉しそうに震えると、虹のような七色の煌めきを残し消え去った。いつの間にか同僚の姿も見えなくなっている。

私は菜穂が消えていった抜けるような青空を見上げ続けた。

いつまでも、いつまでも、いつまでも……。

私の食事は数ヶ月前よりはるかに増えた看護師たちが、入れ代わり立ち代わり世話をしてくれる。私はかなり人気があるらしく、私の食事係は彼女達の中では名誉ある仕事になっているようだ。

＊

最近はあの無愛想な院長の感情が読めるようになってきた。慣れてくると、思ったほどつきあいにくい人間ではないようだ。機嫌の良い時は街に下りた際、帰りにしゅうくりいむを買ってきてくれたりする。

私は秋の麗らかな日射しの中、葉を茂らせた桜の樹の根本に横たわり、物思いに耽る。

そういえば、この地上に降臨してから一年近く人間達を観察し続けた私は、最近になってなぜこの時代のこの国において、地縛霊になる者が多いのかが分かった気がする。

きっと、この国は豊かになりすぎたのだ。豊かになり、そして『死』から目を背け始めた。飢えることがなくなり、生活環境が改善し、そして医療が大きく進歩したこの国では、人間誰もがいつかは迎える『死』を特別なものと思い込んでしまった。『死』を不浄のもののように扱い、日常からできるだけ隔離し始めた。

この国の者達は、日常の生活で『死』に触れる機会が極端に少なくなり、そしていつの間にか、自分達がいつかは『死』を迎える運命にある存在だということを忘れはじめた。

『死』を意識せず、ただ漫然と与えられた時間を消費し続けてきた者達は、終わりが近づいて来たとき、自分の人生が有限だったことに初めて気づき、無為に過ごしてきた自らの人生を激しく後悔する。そこに『未練』が生まれるのだ。

なぜこの国の人間達は『死』から目を背けたのだろうか？　自らが限られた時間を生きていることを知っているからこそ、人間はその命を燃やし、与えられた時間を濃密なものとしていくことができるというのに。

ただ、そのことに気づくのに遅いということはないのだろう。いくら死の間際になっても、人間は自らの存在意義を知り、残されたわずかな命を輝かせることができるのだ。

南、金村、内海、そして菜穂がおのおのの最期に、そうしたように。

おや……。寝そべったまま私は顔を上げる。『たくしい』と呼ばれる自動車が駐車場に入ってきた。停車したたくしいの後部扉が開く。

私は鼻をくんくんと動かす。車が吐き出す埃っぽい悪臭に混じって、甘く不快な匂いが鼻を掠める。これは大物が来たな。

たくしいから出てきたのは老女だった。薄くなった頭髪とひび割れた肌が、女の不治の病、おそらくは癌、との長い戦いを物語っていた。

そして女を蝕んでいるものは病だけではなかった。死を前にして、長い人生の中で時間が消化しきれなかった後悔、激しい『未練』が放つ『腐臭』が、涙が出そうなほど強く漂っている。

このままでは遠くない未来、あの女は地縛霊としてこの世につなぎ止められてしまうだろう。

そう、このまま私が『仕事』をしない限り。『我が主様』から命じられた誇りある仕事を。

また忙しくなりそうだ。私は大きく伸びをすると、病院に向かって芝生の上をてくてくと歩き出した。あの女の情報を集め、部屋を特定して、夜忍び込んで……。『仕事』の手順を頭の中で組み立てていく。

この屋敷に来てからもうすぐ一年。これまで十数人を『未練』から解き放った私だ。今回も見事『未練』から救い出してやろう。

さて、それでは改めて自己紹介するとしよう。

私は犬の姿をした天使である。

名前はレオという。

かつてこの病院に住んでいた美しく、心優しい娘から授かった大切な名だ。

二〇一三年十一月　光文社刊

光文社文庫

優《やさ》しい死神《しにがみ》の飼《か》い方《かた》

著 者　知《ち》念《ねん》実《み》希《き》人《と》

2016年5月20日　初版1刷発行
2024年11月5日　26刷発行

発行者　三宅貴久
印刷　新藤慶昌堂
製本　ナショナル製本

発行所　株式会社 光文社
〒112-8011　東京都文京区音羽1-16-6
電話 (03)5395-8149　編集部
8116　書籍販売部
8125　制作部

ISBN978-4-334-77289-5　Printed in Japan

組版　萩原印刷